Pôlefiction

Laini Taylor

La Marque des Anges

1. Fille des chimères

Traduit de l'anglais
par Anne Krief

GALLIMARD JEUNESSE

Titre original : *Daughter of Smoke and Bone*
Initialement publié en 2011 chez Little, Brown and Company,
New York, États-Unis.
This edition published by arrangement with Little,
Brown and Company Inc.,
New York, New York, USA.

Pour Jane,
Un nouveau monde et ses possibles.

1

Jamais peur

En se dirigeant vers son école, marchant sur les pavés couverts de neige qui assourdissait le bruit de ses pas, Karou n'avait aucun mauvais pressentiment concernant cette journée. C'était un lundi comme les autres, l'air de rien malgré son caractère très lundiesque, sans parler de son côté très janvieresque. Il faisait froid, il faisait sombre – en plein hiver, le soleil ne se levait pas avant huit heures du matin – mais c'était aussi particulièrement joli : avec la neige qui tombait et l'heure matinale, Prague avait des airs de ville fantôme, comme sur un ferrotype des débuts de la photographie, tout argentée et nimbée dans un voile de brume.

Dans la grande artère qui longeait le fleuve, les trams et les bus fonçaient, ancrant la journée dans le XXIe siècle, tandis que dans les petites rues adjacentes, plus paisibles, le calme hivernal aurait pu être celui d'un autre temps. La neige, les pierres et la lumière fantomatique, ses propres pas et le plumet de fumée qui s'élevait de son gobelet de café, il n'en fallait pas plus pour ramener Karou à des préoccupations prosaïques : l'école, les courses. Une brève morsure de l'intérieur des joues, amère, quand un pincement au cœur se faisait soudainement sentir – comme le font toujours les pincements au cœur –, qu'elle se hâtait de balayer, bien décidée à en finir avec tout ça.

Elle tenait son gobelet de café d'une main et de l'autre maintenait son manteau fermé. Elle avait glissé l'anse de son carton à dessins sur son épaule. Ses cheveux, défaits, longs et bleu lapis, se couvraient d'une résille de flocons de neige.

Rien qu'un jour comme les autres.

Quand tout à coup.

Un grognement, des pas précipités, et elle se sentit attrapée, plaquée violemment contre le large torse d'un homme, tandis que des mains lui arrachaient son écharpe et que des dents – oui, des dents – lui mordillaient le cou.

Son assaillant lui mordillait le cou.

Agacée, elle essaya de le repousser sans renverser son café, mais quelques gouttes s'enfoncèrent néanmoins dans la neige sale.

– Bon sang, Kaz, lâche-moi ! lança-t-elle en se retournant pour faire face à son ex-petit ami.

La lueur du réverbère baignait son beau visage. « Beauté à la con, se dit-elle en le repoussant, visage à la con. »

– Comment as-tu deviné que c'était moi ?

– C'est toujours toi. Et ça ne marche jamais.

Kazimir gagnait sa vie en surgissant de nulle part, et cela le frustrait de ne jamais réussir à faire sursauter Karou. « Tu n'as jamais peur, toi », se lamentait-il, en faisant une moue qu'il croyait irrésistible. Jusqu'à une date récente, elle n'y aurait pas résisté. Elle se serait mise sur la pointe des pieds et aurait léché sa lèvre charnue, l'aurait prise entre ses dents et mordillée jusqu'au moment où elle se serait laissé langoureusement embrasser et fondre contre lui comme neige au soleil.

Mais cette époque était révolue.

– Peut-être que tu ne fais tout simplement pas peur, dit-elle avant de passer son chemin.

Kaz accéléra le pas pour marcher à sa hauteur, les mains dans les poches.

– Pourtant, je *suis* terrifiant. Le grognement ? La morsure ? N'importe qui aurait déjà eu une crise cardiaque. Mais pas toi, qui as de l'eau glacée dans les veines.

Comme elle ne relevait pas, il ajouta :

– Avec Josef, on va lancer un nouveau circuit : celui des vampires de la Vieille Ville. Les touristes vont marcher comme des dingues.

C'était évident, se dit Karou. Ils étaient prêts à payer cher les « circuits fantômes » de Kaz, qui consistaient à se faire promener la nuit dans le labyrinthe des ruelles de Prague, en s'arrêtant dans des endroits où des meurtres étaient censés s'être produits, alors des « fantômes » surgissaient de sous les porches et déclenchaient leurs cris. Elle-même avait fait le fantôme à plusieurs reprises, brandissant à bout de bras une tête sanguinolente en poussant des gémissements tandis que les touristes passaient des cris aux rires. Elle s'était bien amusée.

Avec Kaz aussi, elle s'était bien amusée. Mais plus maintenant.

– Je te souhaite bonne chance, lança-t-elle d'une voix neutre, en regardant droit devant elle.

– On pourrait te faire faire quelque chose, proposa Kaz.

– Non.
– Genre femme fatale vampire…
– Non.
– Appâtant les hommes…
– Non.
– Tu pourrais mettre ta cape…
Karou se raidit.
– Tu l'as toujours, hein, chérie ? insista Kaz d'un ton doucereux. La plus belle chose que j'aie jamais vue, toi, ta peau blanche drapée dans cette soie noire…
– La ferme, siffla-t-elle en s'arrêtant au milieu de la place de Malte.
Mon Dieu, songea-t-elle. Comme elle avait été stupide de tomber amoureuse de ce ravissant petit saltimbanque, de se faire belle pour lui et de lui laisser de tels souvenirs ! Merveilleusement stupide.
Solitairement stupide.
Kaz leva la main pour chasser un flocon de neige en équilibre sur les cils de Karou.
– Touche-moi et je t'envoie ce café à la figure !
Il baissa la main.
– Holà ! Petit Gourou, ma sauvage Karou. Quand cesseras-tu de m'agresser ? Je t'ai dit que j'étais désolé.
– Eh bien, d'accord, sois désolé. Mais sois-le ailleurs.
Ils s'exprimaient en tchèque, et l'accent qu'elle avait acquis s'accordait parfaitement avec l'accent natal de Kaz.
Il soupira, énervé que Karou refuse encore ses excuses. Cela ne figurait pas dans le scénario.
– Allez…, dit-il, cherchant à l'amadouer.

Il avait une voix rocailleuse et douce à la fois, comme celle des chanteurs de blues, un mélange de soie et de gravillons.

– Nous sommes faits l'un pour l'autre, toi et moi.

« Faits l'un pour l'autre. » Karou espérait sincèrement que si elle devait être faite pour quelqu'un, ce n'était pas pour Kaz. Elle le regarda, ce beau Kazimir dont le sourire avait agi sur elle comme un aimant. Et cela lui avait paru une situation enviable, comme si les couleurs étaient plus vives avec lui, les sensations plus intenses. Ç'avait été également, ainsi qu'elle avait pu s'en rendre compte, une position très courue, occupée par d'autres filles lorsqu'elle la laissait vacante.

– Demande à Svetla de faire ta femme fatale vampire. Le rôle est pour elle…

Il eut l'air peiné.

– Ce n'est pas Svetla que je veux. C'est toi.

– Malheureusement, je ne suis pas une option.

– Ne dis pas ça, répondit-il en cherchant à lui prendre la main.

Elle la retira vivement, avec un violent pincement au cœur, malgré tout le détachement qu'elle cherchait à manifester. « Ça ne vaut pas le coup, se dit-elle. Pas le moins du monde… »

– Tu sais que tu es en train de me suivre ?

– Pfff. Je ne te suis pas. Il se trouve que je vais dans la même direction que toi.

– C'est ça…

Ils étaient à quelques portes de l'école de Karou. L'école d'art de Bohême était un établissement privé, abrité dans un palais baroque rose, rendu célèbre pendant l'occupation nazie où deux jeunes nationalistes tchèques avaient égorgé un commandant de la Gestapo, avec le sang duquel ils avaient écrit le mot « liberté » sur les murs. Une révolte aussi brève que courageuse, avant qu'ils ne se fassent arrêter et empaler sur les piques de la grille. Aujourd'hui, les étudiants se retrouvaient devant cette même grille, en fumant ou en attendant leurs amis. Mais Kaz n'était pas étudiant – à vingt ans, il avait quelques années de plus que Karou – et elle ne l'avait jamais vu se lever avant midi.

– Qu'est-ce que tu fais debout ? s'étonna-t-elle.

– J'ai un nouveau job. Il commence tôt.

– Ah, bon ? Tu fais tes circuits de vampires le matin ?

– Non. Autre chose. Des… *dévoilements*, en quelque sorte.

Il arborait un large sourire. Jubilatoire. Il voulait qu'elle lui demande quel était son nouveau travail.

Elle s'y refusa absolument.

– Alors, amuse-toi bien, conclut-elle, avec indifférence, avant de s'éloigner.

– Tu ne veux vraiment pas savoir ce que je fais ? lui cria Kaz dont le sourire s'entendait encore dans sa voix.

– Je m'en fiche complètement, répliqua-t-elle en franchissant la grille de l'école.

Elle aurait mieux fait de lui poser la question.

2

Dévoilements

Lundi, mercredi et vendredi, Karou commençait par un cours de dessin d'après modèle. Lorsqu'elle entra dans la salle, son amie Zuzana était déjà là et avait installé deux chevalets, un pour chacune, face à l'estrade. Karou posa son carton à dessins en même temps que son manteau, retira son écharpe et annonça :

– J'ai été suivie.

Zuzana leva un sourcil : elle était très forte pour ce genre d'acrobatie et Karou lui enviait ce don. Ses propres sourcils étaient incapables de bouger indépendamment l'un de l'autre, ce qui nuisait à ses expressions de suspicion et de mépris.

Zuzana faisait ce qu'elle voulait de ses sourcils, mais là, elle ne tenait qu'à exprimer une simple curiosité, sans exagération aucune.

– Ne me dis pas que l'Abruti a encore cherché à te faire peur !

– Il est dans une phase vampire en ce moment. Il m'a mordu le cou.

– Ah, ces petits acteurs..., maugréa Zuzana. Crois-moi, faut que tu tases ce naze. Ça lui apprendra à faire peur aux gens.

– Je n'ai pas de Taser.

Karou ne précisa pas que, de toute façon, elle n'avait pas besoin de Taser et qu'elle était parfaitement capable de se défendre toute seule sans avoir recours à l'électricité. Elle avait reçu une éducation des plus inhabituelles.

– Eh bien, trouve-t'en un. Sérieusement. Ce genre de comportement doit être puni. En plus, ça pourrait être marrant. Tu ne crois pas ? J'ai toujours eu envie de taser quelqu'un. *Zap !* ajouta Zuzana en faisant semblant d'avoir des convulsions.

Karou secoua la tête.

– Non, petite violente, je ne crois pas que ça serait marrant. Tu es horrible.

– Je ne suis pas horrible. Kaz est horrible. Tu ne veux pas que je te rafraîchisse la mémoire, non ? demanda-t-elle en jetant à Karou un regard aigu. Ne me dis pas que tu as l'intention de lui pardonner, hein ?

– Non. Mais c'est lui qu'il faudrait réussir à convaincre.

Kaz était incapable d'imaginer qu'une fille puisse délibérément se priver de ses charmes. Et qu'avait-elle fait d'autre si ce n'était le conforter dans sa vanité pendant tous ces mois où ils étaient ensemble, en le couvant d'un regard ébloui, lui donnant… tout ? Le fait qu'il continue à lui courir après, se dit-elle, était à mettre sur le compte d'une blessure d'amour-propre. Il voulait aussi se prouver qu'il pouvait encore obtenir qui il désirait. Que tout dépendait de lui.

Peut-être que Zuzana avait raison. Peut-être après tout devrait-elle le taser.

– Carnet de croquis, ordonna Zuzana en

tendant la main comme un chirurgien attendant un scalpel.

L'autoritarisme de la meilleure amie de Karou était inversement proportionnel à sa taille. Elle dépassait à peine le mètre cinquante avec ses bottes à semelles compensées, tandis que Karou faisait près d'un mètre soixante-dix, mais elle semblait plus grande, comme les danseuses, avec leur long cou et leurs bras fins. Elle n'était pas une ballerine, mais elle en avait l'allure, du moins la silhouette si ce n'est le style. Fort peu de ballerines avaient les cheveux bleu vif ou une constellation de tatouages sur le corps, et Karou avait les deux.

Les seuls tatouages visibles, lorsqu'elle sortit son carnet de croquis pour le tendre à Zuzana, étaient ceux de ses poignets, qui lui faisaient comme des bracelets – un seul mot sur chaque : *histoire* et *vraie*.

Alors que Zuzana ouvrait le carnet, deux autres élèves, Pavel et Dina, s'approchèrent pour regarder par-dessus son épaule. Les carnets de croquis de Karou étaient célèbres dans toute l'école, on les admirait et se les passait tous les jours. Celui-là, le numéro 92 d'une longue série, retenu par des élastiques, s'ouvrit brutalement dès que Zuzana les eut ôtés, chacune des pages étant badigeonnée de gesso et de peinture, au point qu'on avait le plus grand mal à le fermer. Au fil des pages, les personnages distinctifs du style de Karou apparaissaient, magnifiques et mystérieux.

Il y avait Issa, serpent à partir de la taille, avec un buste de femme, dotée des seins ronds et nus des gravures du *Kama-Sutra*, du capuchon et des crochets du cobra, et d'un visage d'ange.

Twig, au cou de girafe, voûté avec sa loupe de joaillier rivée à l'œil.

Yasri, bec de perroquet et œil humain, bouclettes orange s'échappant de son foulard. Elle portait un plateau de fruits et un pichet de vin.

Et, évidemment, Sulfure, la vedette de ses carnets. On le voyait avec Kishmish perché sur l'une des volutes de ses grandes cornes de bélier. D'après les histoires fantastiques que Karou racontait dans ses carnets, Sulfure vendait des vœux. Parfois, elle l'appelait le Marchand de vœux, parfois simplement le Grincheux.

Elle dessinait ces créatures depuis son plus jeune âge, et ses amis, à force, en parlaient comme si elles existaient véritablement.

– Qu'a fait Sulfure ce week-end ? lui demanda Zuzana.

– Comme d'habitude. Il a acheté des dents à des assassins. Un répugnant braconnier somalien lui a vendu des dents de crocodile du Nil hier, mais cet imbécile a essayé de le voler et a failli se faire étrangler par le serpent qu'il avait autour du cou. Il a de la chance d'être encore en vie, celui-là.

Zuzana découvrit ce récit illustré dans les dernières pages du carnet de Karou : le Somalien, les yeux révulsés tandis que le serpent s'enroulait autour de son cou et le serrait tel un garrot. Les humains, avait expliqué Karou, devaient se soumettre à l'obligation de porter l'un des serpents d'Issa autour du cou avant d'entrer dans l'officine de Sulfure. Ainsi, si jamais ils tentaient quelque chose de louche, ils n'étaient pas difficiles à maîtriser – par strangulation, ce qui n'était pas toujours fatal, ou, si nécessaire, par morsure à la gorge, ce qui l'était.

– Comment peux-tu inventer des trucs pareils, espèce de dingue ? lui demanda Zuzana, à la fois émerveillée et un peu jalouse.

– Qui te dit que je les ai inventés ? Je n'arrête pas de te le répéter : tout est vrai.

– Mouais… Et tes cheveux, ils poussent de cette couleur, peut-être ?

– Mes cheveux ? Oui, exactement, répondit Karou en enroulant autour de son doigt une longue mèche bleue.

– Bien sûr…

Karou haussa les épaules et rassembla ses cheveux en une vague queue-de-cheval qu'elle enroula et assujettit à la base du cou en y glissant un pinceau. En réalité, ses cheveux poussaient effectivement de cette couleur, d'un bleu outremer aussi pur que sorti du tube, mais c'était le genre de vérité qu'elle énonçait avec un sourire sarcastique, comme s'il s'agissait d'une blague. Au fil des années, elle se rendit compte que ce simple sourire lui permettait de dire la vérité sans risquer d'être crue. C'était beaucoup plus simple que de se rappeler tous ses mensonges, et cela devint ainsi une part d'elle-même : Karou, son sourire sarcastique et son imagination délirante.

En fait, ce n'était pas son imagination qui était délirante. C'était sa vie : ses cheveux bleus, Sulfure et tout le reste.

Zuzana tendit le carnet à Pavel et commença

à feuilleter son propre carnet surdimensionné, à la recherche d'une page blanche.

– Je me demande qui pose aujourd'hui.

– Wiktor, probablement, suggéra Karou. Ça fait un moment qu'il n'est pas venu.

– Je sais. J'espère qu'il est mort !

– Zuzana !

– Qu'est-ce qu'il y a ? Il a au moins huit millions d'années. Autant dessiner le squelette anatomique plutôt que ce sinistre sac d'os.

Il y avait une douzaine de modèles, hommes et femmes, de toute apparence physique et de tout âge, qui venaient poser à tour de rôle ; de l'énorme Mme Svobodnik, dont les chairs évoquaient plus un paysage lunaire qu'une silhouette féminine, à Eliska, petit lutin à la taille de guêpe et chouchoute des garçons. Le vieux Wiktor était celui pour lequel Zuzana avait le plus d'aversion, prétendant faire des cauchemars chaque fois qu'elle devait le dessiner.

– On dirait une momie sans ses bandelettes…, dit-elle en frissonnant. Tu crois vraiment qu'avoir sous le nez un vieux bonhomme à poil est une bonne façon de commencer la journée ?

– C'est mieux que de se faire attaquer par un vampire, répondit Karou.

À vrai dire, cela ne la dérangeait pas d'avoir à dessiner Wiktor. Déjà, il était tellement myope qu'on ne risquait pas de croiser ses yeux, ce qui était un bon point. Elle faisait des études de nu depuis des années, mais elle était toujours un peu gênée, face à un jeune modèle masculin, lorsqu'après avoir dessiné son pénis – étape obligatoire : il était délicat de laisser la zone en blanc – elle rencontrait son regard. Elle s'était retrouvée en maintes occasions les joues en feu et contrainte de se cacher derrière son chevalet.

Ces occasions toutefois, comme elle allait le voir, se révéleraient dérisoires à côté de l'humiliation qu'elle allait vivre ce jour-là.

Elle était en train de tailler un crayon avec une lame de rasoir quand Zuzana s'exclama d'une voix étrange et étranglée :

– Oh, mon Dieu, Karou !

Et, sans avoir besoin de lever la tête, Karou comprit.

Il avait parlé de dévoilements… C'était malin. Quittant des yeux la pointe de son crayon, elle découvrit dans son champ de vision Kaz auprès de la Profesorka Fiala. Il était pieds nus, en peignoir, et ses longs cheveux blonds, quelques instants plus tôt ébouriffés par le vent et constellés de flocons de neige, étaient coiffés en queue-de-cheval. Son visage était une parfaite combinaison d'angles saillants typiquement slaves et de douce sensualité : des pommettes qui semblaient avoir été taillées sur un tour à diamant, des lèvres qu'on brûlait de caresser du bout des doigts pour s'assurer de leur velouté. Velouté dont Karou pouvait témoigner. Lèvres à la con…

Des murmures s'élevèrent de la salle. « Un nouveau modèle, oh, mon Dieu, magnifique… »

Mais un murmure s'éleva parmi tous les autres :

– N'est-ce pas le petit ami de Karou ?

« Ex », voulut-elle corriger. Extrêmement « ex ».

– Oui, je crois. Non mais regarde-le…

Karou ne faisait que ça, le regarder, le visage

figé en un masque qu'elle espérait être celui du calme le plus imperturbable. « Surtout, ne rougis pas, s'adjura-t-elle. Ne rougis pas ! » Kaz la fixait, un léger sourire creusant une fossette dans une joue, l'air détendu et amusé. Et, lorsqu'il fut certain d'avoir accroché son regard, il eut le culot de lui faire un clin d'œil.

Les ricanements fusèrent aussitôt autour de Karou.

– Oh, le salaud…, souffla Zuzana.

Kaz monta sur l'estrade réservée aux modèles. Il regarda fixement Karou tout en dénouant sa ceinture et ne la quitta pas des yeux en ôtant le peignoir. Et voilà l'ex-petit ami de Karou face à toute la classe, beau à couper le souffle, nu comme le *David* de Michel-Ange. Il avait sur la poitrine, juste au-dessus du cœur, un nouveau tatouage.

C'était la lettre K calligraphiée en cursive de façon très sophistiquée.

D'autres rires fusèrent. Les élèves ne savaient plus qui regarder, de Karou ou de Kazimir, et tournaient la tête de l'un à l'autre, attendant qu'il se passe quelque chose.

– Silence ! ordonna la Profesorka Fiala, outrée, en frappant dans ses mains pour faire cesser les rires.

C'est alors que Karou se mit à rougir. C'était plus fort qu'elle. Tout d'abord la poitrine et le cou, puis ce fut le visage qui devint écarlate et brûlant. Kaz ne l'avait pas quittée des yeux un seul instant, et sa fossette se creusait de satisfaction à mesure que croissait l'émotion de la jeune fille.

– Des poses d'une minute, s'il te plaît, Kazimir, dit Fiala.

Kaz prit sa première pose, dynamique, comme toutes ces courtes poses : le torse de profil en torsion, les muscles bandés, les membres tendus pour mimer une action. Ces esquisses préparatoires portaient toutes sur le mouvement et le trait spontané, et Kaz en profita pour faire étalage de son anatomie. Karou eut l'impression d'entendre fort peu de crayons s'activer. Les autres filles de la classe étaient-elles aussi bêtement subjuguées qu'elle ?

Elle baissa la tête, prit son crayon fraîchement taillé – songeant à quel autre usage elle aurait eu plaisir à l'employer – et commença à dessiner. Des traits vifs, fluides, et toutes les esquisses sur la même page se chevauchant afin de donner l'impression d'une danse.

Kaz était élégant. Il passait suffisamment de temps devant la glace pour savoir comment faire valoir au mieux les charmes de son corps. C'était son instrument de travail, aurait-il dit. Avec la voix, le corps était en effet l'outil de travail de l'acteur. Bon, Kaz était un mauvais acteur, ce qui expliquait pourquoi il se retrouvait dans les circuits fantômes pour touristes et une production à petit budget de *Faust*, mais il était parfait comme modèle, ainsi que Karou le savait, ayant eu plusieurs fois l'occasion de le dessiner.

Son corps lui avait évoqué, la première fois qu'elle l'avait vu… *dévoilé*…, un Michel-Ange. Contrairement à certains artistes de la Renaissance, qui appréciaient les modèles sveltes et indolents, Michel-Ange préférait la puissance, dessinant des marbriers aux larges épaules et parvenant en quelque sorte à les rendre à la fois sensuels et élégants. Comme Kaz : sensuel et élégant.

Et faux. Et narcissique. Et, franchement, plutôt crétin.

– Karou ! chuchota peu discrètement Helen, l'Anglaise, cherchant à attirer son attention. C'est lui ?

Karou ne répondit pas, continuant à dessiner comme si de rien n'était. Un jour de classe comme les autres. Même si le modèle arborait une fossette insolente et ne la quittait pas des yeux… Elle l'ignora de son mieux.

Quand le minuteur sonna, Kaz reprit son peignoir et l'enfila. Karou espéra qu'il n'aurait pas l'idée de faire le tour de la salle. « Surtout, reste où tu es », lui ordonna-t-elle en silence. Mais au lieu de cela, il se dirigea tranquillement vers elle.

– Salut, l'Abruti, dit Zuzana. Toujours aussi modeste ?

L'ignorant, il s'adressa directement à Karou :

– Tu l'aimes, mon nouveau tatouage ?

Les élèves s'étaient levés pour se dégourdir les jambes, mais au lieu d'aller fumer une cigarette ou de se rendre aux toilettes, ils traînèrent, sans en avoir l'air, à portée de voix.

– Oui, répondit tout bas Karou. K pour Kazimir, c'est ça ?

– Très drôle. Tu sais parfaitement ce que ça signifie.

– Eh bien, répliqua-t-elle en prenant la pose du *Penseur*, je sais qu'il n'y a qu'un seul être que tu aimes véritablement dont le prénom commence par un K. Mais moi je ne l'aurais pas mis à la place du cœur.

Elle prit son crayon et, sur sa dernière esquisse de Kaz, traça un K sur une de ses fesses à la beauté sculpturale classique.

Zuzana éclata de rire, tandis que Kaz serrait les dents. Comme la plupart des vaniteux, il ne supportait pas qu'on se moque de lui.

– Je ne suis pas le seul à avoir un tatouage, n'est-ce pas, Karou ? lança-t-il avant de se tourner vers Zuzana : Elle t'a montré le sien ?

Zuzana adressa à Karou son fameux mouvement de sourcil suspicieux.

– Je ne vois pas duquel tu parles, mentit effrontément Karou. J'en ai des tas.

Pour le prouver, elle n'arbora pas ceux de *histoire* et *vraie*, ni celui du serpent enroulé autour de sa cheville, ni aucune des œuvres d'art cachées sous ses vêtements. À la place, elle leva les mains, paumes en avant, à la hauteur de son visage. Au centre de chacune était tracé, à l'encre indigo foncé, un œil, faisant de ses mains des khamsas, ces anciens symboles censés protéger contre le mauvais œil. Les tatouages des paumes étaient supposés s'estomper rapidement, mais pas ceux de Karou. Elle les avait depuis toujours et d'ailleurs, pour autant qu'elle sache, elle avait dû naître avec.

– Non, pas ceux-là, dit Kaz. Le *Kazimir*, juste sur le cœur.

– Je n'ai pas de tatouage de ce genre, répliqua Karou, s'efforçant de paraître déconcertée et déboutonnant son gilet.

Dessous, elle portait un chemisier qu'elle entrouvrit pour bien montrer qu'elle n'avait pas de tatouage sur la poitrine. Sa peau était d'un beau blanc laiteux.

Kaz cilla.

– Mais ! Comment as-tu… ?

– Allez, viens, intervint Zuzana en prenant son amie par la main.

Lorsqu'elles traversèrent la forêt des chevalets, tous les regards convergèrent sur Karou, brillants de curiosité.

– Alors, tu as rompu ? lui chuchota Helen en anglais.

Mais Zuzana la fit taire d'un geste autoritaire et entraîna Karou vers les toilettes des filles. Là, le sourcil toujours levé, elle demanda :

– C'était quoi, cette histoire ?

– Quelle histoire ?

– Quelle histoire ? Mais tu t'es pratiquement désapée devant lui.

– Je t'en prie. Je ne me suis pas déshabillée…

– Comme tu voudras. Et qu'est-ce que c'est que cette histoire de tatouage sur le cœur ?

– Je viens de te montrer. Il n'y a rien du tout.

Elle n'avait aucune raison d'ajouter qu'il y avait bien eu quelque chose, préférant lui faire croire qu'elle n'avait pas été bête à ce point. En outre, elle n'avait pas vraiment intérêt à expliquer comment elle avait fait disparaître ce tatouage.

– Bon, d'accord. La dernière chose dont tu as besoin, c'est bien le nom de ce crétin tatoué sur le corps. Non, mais tu le crois ? Il s'imagine qu'il n'a qu'à agiter devant toi ses attributs masculins pour que tu le suives comme un petit chien ?

– Bien sûr que c'est ce qu'il pense. C'est son idée à lui du romantisme.

– Tu n'as qu'à dire à Fiala qu'il te harcèle et elle le fichera dehors.

Karou y avait bien pensé, mais elle secoua la tête. Elle pouvait certainement trouver mieux pour chasser Kaz hors de sa classe et de sa vie. Elle avait à sa disposition des moyens que ne possédaient pas la plupart des gens. Elle allait réfléchir à quelque chose.

– En tout cas, il n'est pas trop désagréable à dessiner, reconnut Zuzana en repoussant quelques mèches brunes de son front. Il a au moins ça pour lui.

– Ouais. Dommage qu'il soit un aussi gros trou du cul.

– Oui, un trou du cul gargantuesque et débile ! renchérit Zuzana.

– Qui marche et qui parle !

– Oui, c'est ça, approuva Zuzana en riant. Ça me plaît bien.

Karou eut soudain une illumination et un petit sourire diabolique traversa son visage.

– Qu'est-ce qu'il y a ? demanda Zuzana, observatrice.

– Rien. On ferait mieux d'y retourner.

– Tu es sûre ? Tu n'es pas obligée.

– C'est rien, répliqua Karou en hochant la tête.

Kaz avait tiré toute la satisfaction qu'il pouvait de son astucieux petit subterfuge. C'était à Karou de jouer à présent. En retournant dans la salle de dessin, elle porta la main au collier qu'elle avait autour du cou, plusieurs rangs de perles africaines en verre multicolore. Mais elles étaient plus précieuses qu'il n'y paraissait. Pas beaucoup plus, mais bien assez pour ce à quoi Karou les destinait.

3

Démangeaison…

La Profesorka Fiala demanda à Kaz de poser allongé pour le reste de la séance. Il s'étendit de tout son long sur le canapé en choisissant une pose extrêmement suggestive, sinon délibérément obscène, les genoux un tout petit peu trop écartés, un sourire aguicheur sur les lèvres. Il n'y eut aucun ricanement cette fois, mais Karou crut sentir une bouffée de chaleur envahir l'atmosphère et un urgent besoin chez les filles de la classe – et un garçon au moins – de s'éventer. Pour sa part, elle ne fut pas troublée par la scène, et lorsque Kaz l'observa sous ses paupières mi-closes, elle n'hésita pas à soutenir son regard.

Elle commença à dessiner et s'appliqua, songeant que, dans la mesure où leur relation avait débuté par un dessin, elle pourrait bien s'achever de même.

La première fois qu'elle l'avait vu, il était attablé à quelques mètres d'elle au *Moustache Bar*. Il portait une moustache retroussée de mauvais garçon, qui aujourd'hui lui semblait prémonitoire, mais après tout, il était au *Moustache*. Tout le monde était censé en avoir une – Karou en avait choisi une à la Fu Manchu au distributeur automatique. Elle les avait d'ailleurs collées dans son carnet de croquis plus tard ce soir-là – carnet n° 90 – et le renflement qu'elles formaient rendait facilement accessible la page précise où son aventure avec Kaz avait commencé.

Il buvait des bières avec des amis, et Karou, incapable de détacher les yeux de lui, l'avait dessiné. Elle dessinait tout le temps, pas seulement Sulfure et les autres créatures de sa vie secrète, mais des scènes et des gens du monde ordinaire. Des fauconniers et des musiciens des rues, des prêtres orthodoxes avec une barbe jusqu'au ventre, un garçon particulièrement beau.

En règle générale, elle s'en sortait facilement, ses modèles ne s'en apercevant pas, mais cette fois, le beau garçon surprit son regard, et l'instant d'après, il souriait sous sa fausse moustache et venait vers elle. Comme il avait été flatté par son esquisse ! Il l'avait montrée à ses amis, la prenant par la main pour qu'elle se joigne à eux, et la gardant dans la sienne, leurs doigts entrelacés, sans la lâcher une fois assis à leur table. C'était ainsi que tout avait commencé : elle, subjuguée par sa beauté, et lui s'en délectant. Et c'était plus ou moins ainsi que les choses avaient continué.

Évidemment, il lui avait dit et répété qu'elle était belle aussi. Si ça n'avait pas été le cas, il ne serait jamais venu lui parler. Kaz n'était pas du genre à rechercher la beauté *intérieure*. Karou était simplement ravissante. Avec ses jambes interminables, sa peau laiteuse, ses longs cheveux azur et ses yeux de vedette du cinéma muet, elle avait une allure poétique et un sourire de sphinx. En plus de sa grâce, son visage était étonnamment vivant, vibrant, son regard pétillant et lumineux, et la façon dont elle penchait la tête sur le côté, à la manière des oiseaux, les lèvres serrées tandis que ses yeux noirs dansaient, laissait présager toutes sortes de secrets et de mystères.

Car Karou était en effet mystérieuse. Elle n'avait apparemment pas de famille, ne parlait jamais d'elle et était très forte pour éluder les questions – ses amis en savaient si peu sur ses origines qu'elle aurait fort bien pu sortir directement de la cuisse de Jupiter. Et elle était perpétuellement surprenante. Elle avait toujours les poches pleines d'objets curieux : des pièces de bronze anciennes, des dents, de minuscules tigres de jade, pas plus gros que l'ongle de son pouce. Le jour où, dans la rue, elle marchanda une paire de lunettes de soleil avec un vendeur africain, on s'aperçut qu'elle parlait couramment le yoruba. Une fois, Kaz avait découvert en la déshabillant un couteau caché dans sa botte. Il y avait aussi le fait qu'elle n'avait peur de rien et, naturellement, les cicatrices qu'elle avait sur le ventre : trois petits renflements brillants, plus pâles et circulaires, qui ne pouvaient avoir été faits que par des balles.

« Mais qui es-tu ? » lui demandait parfois Kaz, fasciné. Ce à quoi Karou répondait d'un air rêveur : « Je n'en sais vraiment rien. »

Parce qu'elle l'ignorait réellement.

Elle dessinait plus rapidement à présent, et n'évitait plus le regard de Kaz dès qu'elle levait les yeux sur son modèle avant de les baisser sur sa feuille. Elle voulait voir son visage.

Elle ne voulait pas manquer l'instant où son expression changerait.

Ce n'est qu'au moment où elle fut certaine d'avoir fidèlement reproduit son attitude qu'elle porta la main gauche à son collier, sans cesser de dessiner de la droite. Elle saisit une perle entre le pouce et l'index, et attendit.

Puis elle fit un vœu.

C'était un tout petit vœu. Ces perles n'étaient que des scoubis, après tout. Comme l'argent, les vœux étaient classés selon leur valeur, et les scoubis correspondaient aux centimes. Ils valaient peut-être encore moins que les centimes car, contrairement aux pièces de monnaie, ils ne pouvaient se combiner. On pouvait toujours additionner les centimes pour en faire des dollars, mais les scoubis restaient des scoubis, et avec un rang entier, comme ce collier, on ne réaliserait pas de vœux plus importants, mais simplement toute une série de petits vœux dérisoires, à la limite de l'inutile.

Comme un vœu pour déclencher des démangeaisons.

Karou souhaita donc à Kaz une démangeaison, et la perle disparut entre ses doigts : sitôt utilisée et sitôt volatilisée. Elle n'en avait jamais souhaité auparavant, de sorte que pour s'assurer de sa réussite, elle choisit un endroit qu'il n'hésiterait pas à gratter : le coude. Et, en effet, il se frotta discrètement sur le coussin, sans trop modifier sa pose. Karou sourit intérieurement et continua à dessiner.

Un instant plus tard, elle prit une autre perle et fit un vœu identique, mais cette fois concernant le nez de Kaz. Cette autre perle disparut, le collier raccourcit imperceptiblement, et le visage de Kaz se crispa. Il se retint de bouger pendant quelques secondes, puis céda et se gratta furtivement le nez avec le dos de la main avant de reprendre la pose. Il avait perdu son air langoureux, c'était indéniable, et Karou dut pincer ses lèvres pour s'empêcher de sourire.

« Oh, Kazimir, songea-t-elle, tu n'aurais pas dû venir ce matin. Tu aurais mieux fait de rester au lit... »

La troisième démangeaison de son plan diabolique, elle la souhaita en un point discret de son anatomie, et croisa son regard au moment précis où elle se déclencha. Il fronça soudain les sourcils. Karou pencha légèrement la tête de côté, comme pour s'enquérir de ce qui se passait.

Mais c'était un endroit impossible à gratter en public. Kaz pâlit. Il remua les lèvres ; il avait le plus grand mal à rester immobile. Karou lui offrit un bref répit et reprit son dessin. Mais à peine eut-il recommencé à se détendre... se décrisper quelque peu... qu'elle frappa de nouveau et dut se retenir de rire lorsque le visage du jeune homme se contracta brutalement.

Une autre perle disparut entre ses doigts.

Puis une autre.

« Celle-ci, ce n'est pas que pour aujourd'hui. C'est pour tout ce que tu m'as fait ! » Pour le chagrin qui lui faisait l'effet d'un coup de poing à l'estomac, aussi douloureux qu'au premier jour, chaque fois qu'il lui fondait dessus au moment le plus imprévisible ; pour les mensonges débités avec un sourire angélique et les images qu'elle n'arrivait pas à effacer ; pour la honte qu'elle éprouvait à s'être montrée aussi naïve.

Pour la solitude, plus pénible à vivre lorsqu'on la retrouve après un répit – concrètement, ce serait comme enfiler un maillot de bain mouillé, et la désagréable impression qui va avec.

« Et celle-là, songea Karou qui avait cessé de sourire, c'est pour l'irrécupérable. »

Pour sa virginité.

Cette première fois, avec sa cape en soie noire et rien dessous, elle s'était sentie si grande, si adulte – comme ces Tchèques avec lesquelles sortaient Kaz et Josef, de belles et froides Slaves qui s'appelaient Svetla et Frantiska, et que rien ne semblait choquer ni amuser. Avait-elle vraiment voulu leur ressembler ? Elle avait joué la fille – la femme – à qui cela était complètement égal. Elle avait traité sa virginité comme un lien qui la rattachait encore à son enfance et s'en était débarrassée.

Elle ne s'était pas attendue à le regretter et, au début, ce ne fut pas le cas. L'acte en lui-même n'était ni décevant ni mirobolant ; c'était ce que c'était : une intimité nouvelle. Un secret partagé.

Du moins le croyait-elle.

– Tu as changé, Karou, lui avait dit Josef, l'ami de Kaz, lorsqu'il la rencontra peu après. Tu as l'air… rayonnante.

Kaz lui avait alors donné une bourrade sur l'épaule pour le faire taire, à la fois gêné et fier de lui, et Karou avait compris qu'il lui avait tout raconté. Même les filles étaient au courant. La moue de leur bouche vermeille était éloquente. Svetla – la fille avec laquelle elle devait le surprendre plus tard – alla jusqu'à faire un commentaire ironique sur les capes qui redevenaient à la mode, et Kaz avait légèrement rougi et détourné la tête, seul indice prouvant qu'il se sentait un peu coupable.

Karou n'en avait jamais parlé à Zuzana, au début parce que cela ne concernait qu'elle et Kaz, et par la suite parce qu'elle avait honte. Elle ne l'avait dit à personne, mais Sulfure, qui semblait mystérieusement toujours tout savoir, avait deviné et saisi l'occasion de lui faire une leçon exceptionnelle.

C'était cela qui avait été le plus intéressant.

La voix du Marchand de vœux était si grave qu'on aurait dit l'ombre d'un son : d'une tonalité sombre et menaçante tapie au plus bas du registre de l'audition.

– Je ne connais pas beaucoup de règles de vie, avait-il dit. Mais en voilà une, très simple : n'encombre pas ton corps de ce qui ne lui est pas indispensable. Pas de poisons, pas de produits chimiques, pas de tabac ou autres substances qui se fument, pas d'alcool, pas d'objets pointus, pas d'aiguilles superflues – drogues *ou* tatouages – ni non plus de... pénis superflus.

– Pénis superflus ? avait répété Karou, ravie de la formule malgré son chagrin. Y en aurait-il un seul qui ne le serait pas ?

– Tu le sauras quand il se présentera, avait-il rétorqué. Ne te disperse pas, ma fille. Attends l'amour.

– L'amour...

Son enchantement fut de courte durée. Elle avait cru que c'était ça, l'amour.

– Un jour, il viendra et tu sauras le reconnaître, lui avait promis Sulfure.

Elle avait tellement envie de le croire. Sulfure était en vie depuis des centaines d'années, mais jamais auparavant Karou ne s'était demandé ce qu'il pouvait connaître de l'amour – en le voyant, on avait du mal à l'imaginer –, mais elle espérait que sa longue vie lui avait conféré une grande sagesse, et qu'il ne se trompait pas à son sujet.

Car, plus que tout au monde, ce dont elle manquait en tant qu'orpheline, c'était d'amour. Et ce n'était certainement pas Kaz qui avait pu lui en apporter.

Elle écrasa si fort son crayon sur sa feuille que la mine cassa net et, prise d'une colère soudaine, elle transforma aussitôt cette mauvaise humeur en une violente crise de démangeaison, qui réduisit son long collier en un ras-de-cou et chassa précipitamment Kaz de l'estrade. Karou lâcha les perles et le suivit des yeux. Le peignoir à la main, il se rua vers la porte, l'ouvrit et disparut, nu comme un ver dans sa hâte de trouver une cachette où satisfaire son besoin humiliant et irrépressible.

La porte claqua derrière lui, tandis que toute la salle avait les yeux rivés sur le divan déserté et que la Profesorka Fiala regardait fixement la sortie par-dessus ses lunettes. Karou eut honte.

Peut-être était-elle allée trop loin…

– Qu'est-ce qu'il lui prend ? demanda Zuzana.

– Aucune idée, répondit Karou, penchée sur son dessin.

Sur sa feuille, elle avait représenté Kaz dans toute sa sensualité et sa grâce, l'air d'attendre la venue d'une amante. Ç'aurait pu être un dessin très réussi, mais elle l'avait gâché. En l'assombrissant beaucoup trop, elle lui avait fait perdre de la finesse et l'avait achevé avec des hachures anarchiques qui recouvraient son… *pénis superflu*. Elle se demanda ce que Sulfure aurait pensé d'elle en cet instant, lui qui lui reprochait toujours l'usage si peu judicieux qu'elle faisait des vœux – dernièrement, elle avait fait en sorte que les sourcils de Svetla épaississent en une nuit, au point de ressembler à deux grosses chenilles, et qu'ils repoussent à peine épilés.

– Des femmes ont été brûlées vives pour moins que ça, l'avait mise en garde Sulfure.

« Heureusement pour moi que nous ne sommes plus au Moyen Âge », s'était-elle dit.

4

Le bistro Poison

Le reste de la journée se passa paisiblement. Deux heures de chimie et de labo couleur, suivies par un cours de dessin académique et un déjeuner, après quoi Zuzana se rendit à l'atelier marionnettes et Karou à celui de peinture, trois heures pour toutes les deux au bout desquelles elles se retrouvèrent dans la rue, plongée dans la même obscurité hivernale que le matin.

– *Poison ?* s'enquit Zuzana, aussitôt franchi le seuil de l'école.

– Quelle question ! répondit Karou. Je meurs de faim.

La tête baissée pour se protéger de la bise glaciale, elles se dirigèrent droit vers le fleuve.

Les rues de Prague étaient d'une originalité labyrinthique à peine altérée par le XXIe siècle – ni par le XXe ou le XIXe, d'ailleurs. C'était la ville des alchimistes et des idéalistes, dont les pavés avaient été foulés autrefois par des golems, des mystiques, des envahisseurs. C'était la ville des grands immeubles aux façades jaune d'or, carmin et bleu pâle, rehaussés de décors en stuc et de toits uniformément rouges. La ville des dômes baroques, aux tons vert amande du bronze ancien, et celle des flèches des clochers gothiques dressées vers le ciel et prêtes à empaler les anges déchus. Le vent charriait la mémoire de la magie, de la révolution, des violons, et les ruelles pavées serpentaient tels des ruisselets. Des voyous en perruque de Mozart s'évertuaient à jouer de la musique de chambre au coin des rues, tandis que des marionnettes pendaient aux fenêtres, faisant ressembler toute la ville à un grand théâtre dont les manipulateurs seraient cachés derrière des rideaux de velours.

Dressé sur la colline, le Château projetait sur la cité son ombre aussi dentelée qu'un buisson d'épines. La nuit, il était éclairé, baignant dans une lueur surnaturelle, et ce soir, le ciel bas, chargé de neige, faisait apparaître des halos diaphanes autour des réverbères.

À côté de la Certovka, la rivière du Diable, le bistro *Poison* était un lieu que l'on ne risquait pas de découvrir par hasard : il fallait savoir où il se trouvait et pénétrer d'abord, après s'être courbé pour passer sous une voûte sans indication aucune, dans un petit cimetière clos de murs au-delà duquel brillaient les fenêtres éclairées de ce repaire.

Malheureusement, les touristes n'eurent bientôt plus besoin de miser sur le hasard pour découvrir l'endroit : il figurait dans la dernière édition du guide *Lonely Planet*, révélant au monde entier son existence…

L'église autrefois rattachée à ce prieuré médiéval brûla il y a trois siècles, mais les logements des moines furent épargnés et récemment reconvertis en un café-restaurant des plus fantastiques, rempli de statues classiques qui toutes portent des masques à gaz de la Première Guerre mondiale, tirés de la collection particulière du propriétaire. Selon la légende, au Moyen Âge, le cuisinier aurait, sur un coup de folie, assassiné tous les prieurs en leur servant un plat de goulasch empoisonné, d'où le nom macabre du bistro et sa spécialité : le goulasch, évidemment. Venez vous asseoir sur une banquette en velours et poser les pieds sur un cercueil. Les crânes derrière le bar ne sont peut-être pas ceux des moines... quoique...

... Et depuis six mois, les routards avaient commencé à pointer leur nez sous la voûte, en quête de frissons pragois pour avoir de quoi remplir leurs cartes postales.

Ce soir-là, toutefois, le bistro était plutôt tranquille. Dans un coin, un couple de touristes étrangers prenait des photos de ses enfants avec les masques à gaz, et quelques hommes étaient accoudés au bar, mais la plupart des tables – des cercueils, flanqués de banquettes basses en velours – étaient inoccupées. Il y avait des statues romaines partout, des dieux grandeur nature et des nymphes auxquelles il manquait des bras ou des ailes. Au milieu de la salle trônait une copie de la statue équestre de Marc Aurèle, dont l'original se trouvait à Rome sur le Capitole.

– Oh, génial, Pestilence est libre, déclara Karou en se dirigeant vers la sculpture.

L'empereur imposant et son cheval portaient tous deux des masques à gaz, comme toutes les autres statues du lieu, et celle-ci évoquait toujours à Karou le quatrième cavalier de l'Apocalypse, Pestilence, semant les maladies et la mort à tour de bras. Leur table préférée se trouvait dans son ombre, et avait le privilège d'être à l'écart et d'avoir une vue sur le bar – à travers les jambes du cheval – de façon à voir si quelqu'un d'intéressant arrivait.

Elles posèrent leur carton à dessins et accrochèrent leur manteau aux doigts de Marc Aurèle. Le patron borgne leur fit un signe derrière le bar, auquel elles répondirent d'un geste de la main.

Cela faisait deux ans et demi qu'elles fréquentaient cet endroit, depuis leurs quinze ans et leur première année à l'école d'art. Karou venait d'arriver à Prague et n'y connaissait personne. Son tchèque était fraîchement acquis (grâce à un vœu, et non par des études ; Karou collectionnait les langues, et c'était toujours ce que lui offrait Sulfure en cadeau d'anniversaire) et lui faisait encore un drôle d'effet en bouche, comme une nouvelle épice sur les papilles.

Avant cela, elle était dans un pensionnat en Angleterre et, bien que capable de s'exprimer dans un anglais parfait, elle avait gardé l'accent américain de son enfance, de sorte que ses camarades de classe pensaient qu'elle était américaine. À la vérité, elle n'avait jamais fait aucune demande de nationalité. Ses papiers d'identité étaient tous faux et ses accents – à l'exception d'un seul, celui de sa langue d'origine, qui n'avait rien à voir avec celle des êtres humains – étaient aussi tous contrefaits.

Zuzana était tchèque, issue d'une longue lignée d'artisans marionnettistes, originaires de Cesky Krumlov, ravissante petite ville médiévale de Bohême du Sud. Son frère aîné avait choisi une carrière militaire à la grande surprise de ses parents, tandis que Zuzana, qui avait la fibre marionnettiste, avait décidé de perpétuer la tradition familiale. À l'instar de Karou, elle ne connaissait personne en arrivant à l'école et, par un heureux hasard, elles avaient été mises ensemble pour exécuter une peinture murale dans une école primaire voisine. Cela avait entraîné une succession de soirées, perchées en haut des échelles, qu'elles avaient pris l'habitude de terminer au bistro *Poison*. C'est ainsi qu'avait commencé leur amitié. Une fois la fresque achevée, le propriétaire du restaurant leur avait commandé pour les toilettes de son établissement un décor peint représentant des squelettes. En contrepartie de leur travail, il leur avait offert un mois de dîners, s'assurant ainsi de leur fidélité : voilà pourquoi deux ans plus tard elles y venaient toujours.

Elles commandèrent deux assiettes de goulasch, qu'elles mangèrent en discutant du dernier coup de Kaz pour attirer l'attention sur lui, des poils de nez de leur prof de chimie – dont, d'après Zuzana, on aurait pu faire une tresse – et de leurs idées de projets pour le semestre. Puis la conversation s'orienta vers le séduisant violoniste, nouveau venu dans l'orchestre du Théâtre des marionnettes de Prague.

– Il a une copine, se lamenta Zuzana.

– Ah bon ? Comment tu le sais ?

– Il n'arrête pas d'envoyer des textos dès qu'il a une pause.

– C'est ça, ta preuve ? Léger. Peut-être que c'est un agent secret et qu'il envoie à ses ennemis des énigmes impossibles à résoudre, suggéra Karou.

– Oui, c'est certainement ça… Je te remercie.

– Je veux simplement te dire qu'il pourrait y avoir d'autres explications qu'une copine. Et d'ailleurs depuis quand es-tu timide ? Commence donc par lui parler !

– Pour lui dire quoi ? « Joli pizzicato, mon beau monsieur » ?

– Exactement.

Zuzana pouffa de rire. Les week-ends, elle travaillait comme assistante au Théâtre des marionnettes et s'était entichée du violoniste quelques semaines avant Noël. Bien que peu timide en règle générale, elle ne lui avait toujours pas adressé la parole.

– Il me prend peut-être pour une gamine. Tu ne sais pas ce que c'est, toi, que d'avoir la taille d'un enfant.

– La taille d'une marionnette, corrigea Karou qui n'avait pas l'intention de plaindre son amie.

La petite taille de Zuzana lui semblait absolument parfaite, elle était comme une petite fée trouvée dans les bois et que l'on aurait aimé mettre dans sa poche. Quoique, en ce qui concernait Zuzana, la fée fût plutôt enragée et prête à mordre.

– C'est ça ! Zuzana la merveilleuse marionnette humaine. Regardez-la danser !

Et elle exécuta avec les bras un semblant de danse saccadée.

– Hé ! s'écria Karou prise d'une subite inspiration. C'est ça que tu devrais faire pour ton projet. Fabriquer un marionnettiste géant dont tu serais la marionnette. Tu vois ? Il faudrait que tu t'arranges pour que quand tu bouges le manipulateur bouge aussi : les rôles seraient inversés. Est-ce que ça a déjà été fait ? Toi, tu es la marionnette qui danse au bout de ses ficelles, mais en réalité ce sont tes propres mouvements qui actionnent les mains du marionnettiste.

Zuzana, qui portait un morceau de pain à sa bouche, s'arrêta net en chemin. Karou voyait au regard songeur de son amie qu'elle essayait de visualiser la scène.

– Ce serait une très grande marionnette, alors.

– Je pourrais te maquiller en petite marionnette ballerine, proposa Karou.

– Tu es sûre que tu veux me donner l'idée ? C'est la tienne.

– Tu crois vraiment que je vais faire une marionnette géante ? Oui, je te l'offre !

– Eh bien, merci. Et toi, tu as une idée pour ton projet ?

Karou n'y avait pas encore réfléchi. Au premier semestre, elle avait choisi l'option costumes et fabriqué des ailes d'ange, fixées à un harnais et reliées à un système de poulies de façon à pouvoir les lever et les abaisser. Pleinement déployées, elles avaient une belle envergure de trois mètres cinquante. Elle les avait mises pour les montrer à Sulfure, mais elle n'avait même pas réussi à s'approcher de lui avec. Issa l'avait arrêtée dans le vestibule et – douce Issa ! – avait émis son sifflement de serpent, son capuchon de cobra déployé d'une façon que Karou ne lui avait vue que deux fois dans sa vie. « Un ange ! Quelle horreur ! Enlève-moi ça tout de suite ! Oh, ma chérie, je ne supporte pas de te voir avec ça. »

Tout cela était très étrange. Les ailes étaient à présent suspendues au-dessus du lit de Karou, dans son minuscule appartement, occupant le mur entier.

Ce semestre, elle devait trouver un thème pour une série de peintures, mais rien jusqu'ici ne l'avait inspirée. Alors qu'elle cherchait une idée, la clochette de la porte tinta. Des hommes apparurent, et l'ombre furtive qui les suivit attira le regard de Karou. Malgré sa taille et son apparence de corbeau, ce n'était en rien une créature aussi ordinaire.

C'était Kishmish.

Karou se redressa et jeta un rapide coup d'œil vers son amie. Zuzana était en train d'esquisser des prototypes de marionnettes dans son carnet et lui répondit à peine lorsque son amie s'excusa. Elle se rendit aux toilettes, suivie par l'ombre que personne ne vit.

Le messager de Sulfure avait bien un corps et un bec de corbeau, mais des ailes membraneuses de chauve-souris, et sa langue, qui pointait par intermittence, était fourchue : on l'aurait dit tout droit sorti d'un tableau de Jérôme Bosch. Il tenait un petit papier entre ses pattes. Lorsque Karou le prit, elle s'aperçut qu'il avait été transpercé par ses serres aiguisées.

Elle le déplia et lut le message, ce qui ne lui prit que deux secondes car il disait simplement : « Course exigeant mobilisation immédiate. Viens. »

– Il ne dit jamais s'il te plaît ! fit-elle remarquer à Kishmish.

La créature pencha la tête sur le côté, à la

façon des corbeaux, comme pour demander : « Est-ce que tu viens ? »

– Je viens, je viens. Je viens toujours, non ?

Quelques instants plus tard, elle prévenait Zuzana :

– Il faut que j'y aille.

– Ah bon ? s'étonna son amie en levant le nez de son carnet. Mais, le dessert…

Il les attendait, posé sur le cercueil : deux assiettes de strudel aux pommes et deux tasses de thé.

– Oh, zut. Je ne peux pas. J'ai une course à faire.

– Toi et tes courses ! Qu'est-ce qui peut bien être si urgent d'une seconde à l'autre ?

Elle jeta un regard vers le téléphone de Karou, sur le cercueil, et sut qu'elle n'avait pas reçu d'appel.

– Des choses…, répliqua Karou.

Zuzana n'insista pas, sachant d'expérience qu'elle n'en apprendrait pas davantage.

Karou avait des choses à faire. Parfois, ça lui prenait quelques heures ; parfois, elle s'absentait plusieurs jours d'affilée, et revenait éreintée et dépenaillée, soit pâle, soit rougie par le soleil, soit boitant, soit avec une morsure, et une fois même avec une fièvre de cheval qui s'était révélée être la malaria.

– Mais où est-ce que tu as réussi à choper cette maladie tropicale ? lui avait demandé Zuzana.

– Oh, aucune idée. Dans le tram, peut-être ? L'autre jour, il y a une vieille qui m'a éternué à la figure.

– Ce n'est pas comme ça qu'on attrape la malaria.

– Je sais. C'était dégoûtant quand même. J'envisage de me procurer une mob pour ne plus avoir à prendre le tram.

Et la discussion s'arrêta là. Être amie avec Karou supposait également une part de résignation à ne pas tout connaître d'elle.

– Très bien, soupira Zuzana ce soir-là. Deux strudels pour moi. Si je grossis, ce sera ta faute.

Et Karou quitta le bistro *Poison*, tandis que filait à tire-d'aile l'ombre d'un similicorbeau qui avait franchi la porte peu avant elle.

5

Ailleurs

Kishmish s'éleva dans les airs et disparut en un clin d'œil. Karou regretta de ne pouvoir en faire autant. Quel vœu serait assez puissant pour lui permettre de voler ? se demanda-t-elle.

Il en faudrait un beaucoup plus puissant que tous ceux auxquels elle avait accès.

Sulfure n'était pas avare en scoubis. Il la laissait renouveler son collier aussi souvent qu'elle le désirait, plongeant la main dans ses tasses ébréchées remplies de perles, et lui payait les courses qu'elle faisait pour lui en chings de bronze. Le ching était un vœu un petit peu plus important que le scoubi – les sourcils en forme de chenille de Svetla étaient une bonne illustration de ses pouvoirs, de même que la suppression du tatouage de Karou et ses cheveux bleus –, mais elle n'avait jamais eu entre les mains de vœu qui opère une véritable magie. Et cela ne risquait pas de lui arriver, à moins de le gagner, et elle savait trop bien par quels moyens les êtres humains s'en procuraient : en chassant, pillant les tombes et assassinant.

Oh, et il y avait encore un autre moyen : une forme particulière d'automutilation nécessitant l'usage de tenailles et une profonde conviction.

Ça ne se passait pas comme dans les livres. Là, pas de sorcières tapies à la croisée des chemins, déguisées en vieilles chouettes, attendant de récompenser les voyageurs qui partageraient leur pain. Les génies ne s'échappaient pas des lampes, et les crapauds ne se changeaient pas en princes. Il n'y avait dans le monde qu'un seul endroit où les êtres humains pouvaient se procurer des vœux: l'officine de Sulfure. Et il n'y avait qu'une seule monnaie d'échange qu'il acceptât. Ce n'étaient ni l'or, ni les énigmes, ni la gentillesse, ni quelque autre niaiserie de contes de fées, non, et ce n'étaient pas non plus les âmes. C'était encore plus étrange que tout cela: c'étaient les dents.

Karou traversa le pont Charles et prit le tram vers le nord, en direction du quartier juif, ancien ghetto du Moyen Âge où aujourd'hui se concentraient un grand nombre d'immeubles Art nouveau, aussi beaux que des pâtisseries. Sa destination était l'entrée de service de l'un d'eux. La porte en fer en elle-même n'avait rien de particulier et, si on l'ouvrait de l'extérieur, elle donnait sur une simple buanderie à l'odeur de moisi. Mais Karou ne l'ouvrit pas. Elle frappa et attendit, car lorsque la porte était ouverte de l'intérieur le décor pouvait être très différent.

Elle s'ouvrit brusquement et Issa apparut, telle que sur les dessins de Karou, déesse serpent des temples antiques, dont les anneaux de reptile disparaissaient dans la pénombre du petit vestibule.

– Bénie sois-tu, ma chérie.

– Bénie sois-tu, lui répondit gentiment Karou en l'embrassant sur la joue. Kishmish est déjà rentré ?

– Oui. On aurait dit un glaçon sur mon épaule. Entre vite, il fait un froid terrible dans cette ville.

Grande gardienne de la porte, et des allées et venues, Issa s'empressa de faire entrer Karou, refermant le battant métallique derrière elle de sorte qu'elles se retrouvèrent dans un espace à peine plus grand qu'un placard. La porte donnant sur l'extérieur devait être hermétiquement refermée avant que puisse s'ouvrir celle du petit réduit, un peu comme dans les volières dont le système de sécurité empêchait les oiseaux de s'envoler. Sauf qu'ici, il ne s'agissait pas d'oiseaux.

– Comment s'est passée ta journée, ma douce ?

Issa avait sur elle une demi-douzaine de serpents – autour des bras, dans sa chevelure, et même un autour de sa taille fine, telle la chaînette d'une danseuse du ventre. Toute personne cherchant à pénétrer en ces lieux devait au préalable enrouler un de ces serpents autour de son cou avant que la porte intérieure ne s'ouvre. Sauf Karou, évidemment. Elle était le seul être humain autorisé à entrer dans l'officine sans serpent. On lui faisait confiance. Après tout, n'avait-elle pas grandi là ?

– Tu parles d'une journée ! Tu ne peux pas imaginer ce que Kaz a fait : il s'est pointé à mon cours de dessin pour poser.

Naturellement, Issa n'avait jamais vu Kaz, mais elle le connaissait comme Kaz la connaissait : grâce aux dessins de Karou. À cette différence près que, tandis que Kaz était certain qu'Issa et ses seins parfaits étaient un pur produit de l'imagination quelque peu érotique de Karou, Issa savait que Kaz existait bel et bien.

Issa, Twig et Yasri se régalaient avec les esquisses de Karou autant que ses amis humains, mais pour la raison inverse. Ils adoraient les scènes de la vie courante, ordinaire : les touristes sous leur parapluie, les poules sur les balcons, les enfants jouant dans les jardins. Et Issa était fascinée par les nus. Pour elle, le corps humain, si rudimentaire et non combiné à une autre espèce, était une sorte de gâchis. Elle ne pouvait s'empêcher d'examiner Karou et de lui faire des réflexions du genre : « Je trouve que des bois de cerf t'iraient bien, ma chérie », ou « Tu ferais un très joli serpent », sur le même ton qu'un être humain pourrait suggérer à une amie de changer de coiffure ou de rouge à lèvres.

– Tu veux dire qu'il est venu à ton école ? s'exclama Issa, les yeux luisant de fureur. Quel culot, ce pâté de rat ! Et tu l'as dessiné ? Montre-moi ça.

Furieuse ou pas, elle n'aurait jamais raté l'occasion de voir Kaz nu.

Karou sortit son carnet et le feuilleta.

– Tu as gribouillé la partie la plus intéressante, lui reprocha Issa.

– Fais-moi confiance, il n'y avait pas grand-chose à voir.

Issa rit sous cape alors que s'ouvrait la porte de l'officine et qu'elles en franchissaient toutes deux le seuil. Comme chaque fois, Karou ressentit une légère nausée au passage entre ces univers.

Elle n'était plus à Prague.

Bien qu'elle ait vécu de tout temps dans l'officine de Sulfure, elle ne savait toujours pas où elle se trouvait véritablement, sauf qu'on pouvait y pénétrer par toutes sortes de portes dans le monde entier pour se retrouver systématiquement au même endroit, ici même. Quand elle était petite, elle avait l'habitude de demander à Sulfure où on était exactement «ici», ce à quoi il répondait avec humeur: «Ailleurs.»

Sulfure n'aimait pas trop les questions.

Où qu'elle se trouvât en réalité, l'officine était un capharnaüm sans fenêtre et pourvu de kilomètres de rayonnages, sorte de décharge à ordures pour petite souris collectionneuse de dents – et de dents de toutes les espèces possibles et imaginables. Des crochets de vipère, des canines, des molaires d'éléphant rainurées, des incisives orange démesurément longues de quelque rongeur exotique – toutes ces dents étaient rangées dans des casiers et des coffrets d'apothicaire, enfilées en guirlandes suspendues à des clous ou conservées dans des centaines de bocaux que l'on pouvait agiter comme des maracas.

Le plafond était voûté tel celui d'une crypte, et de petites bestioles détalaient dans les recoins sombres, faisant crisser leurs minuscules griffes sur les dalles de pierre. À l'instar de Kishmish, c'étaient des animaux hybrides: souris-scorpions, geckos-crabes, rats-scarabées. À proximité des canalisations humides rôdaient des escargots à tête de grenouille-taureau, tandis que partout au-dessus d'eux des oiseaux-mouches à ailes de papillon venaient se cogner dans les lanternes, les faisant osciller et grincer au bout de leur chaîne de cuivre.

Dans un coin de la pièce, Twig était penché sur

son travail, son long cou encombrant courbé en fer à cheval, occupé à nettoyer des dents et à les sertir d'or avant de les enfiler sur une cordelette en boyau. On entendait un bruit de casseroles en provenance de la minuscule cuisine, domaine réservé de Yasri.

Et sur la gauche, derrière un gigantesque bureau en chêne, trônait Sulfure lui-même. Kishmish était perché à son habitude sur la corne droite de son maître. Le bureau était recouvert de plateaux de dents et de petites boîtes de pierres précieuses. Sulfure les enfilait sur un collier et il ne leva pas les yeux.

– Karou, je croyais avoir écrit : « Course exigeant mobilisation immédiate », dit-il en insistant sur le mot « immédiate ».

– C'est pourquoi je suis venue immédiatement.

– C'était..., reprit-il en consultant sa montre de gousset, il y a quarante minutes.

– J'étais à l'autre bout de la ville. Si tu veux que je me déplace plus vite, donne-moi des ailes et je rattraperai Kishmish sans problème. Ou mieux, donne-moi un gavriel et je ferai moi-même le vœu de pouvoir voler.

Le gavriel était le deuxième vœu le plus puissant, amplement suffisant pour parvenir à voler. Sans quitter des yeux son ouvrage, Sulfure répliqua :

– Je crains qu'une fille volant au-dessus de cette ville ne passe pas inaperçue.

– Facile d'y remédier, rétorqua Karou. Donne-moi deux gavriels et je demanderai l'invisibilité en plus.

Sulfure leva la tête. Ses yeux de crocodile,

vert mordoré aux pupilles fendues verticalement, ne manifestèrent pas le moindre amusement à cette proposition. Il n'accepterait jamais, Karou le savait, de lui donner des gavriels. Elle ne lui avait pas fait cette demande dans l'espoir qu'il y accéderait, mais simplement parce qu'elle trouvait son reproche très injuste. N'était-elle pas accourue aussitôt que possible ?

– Et tu crois que je pourrais te faire confiance pour les gavriels ?

– Bien sûr ! Pourquoi me poses-tu cette question ?

Elle le sentit réfléchir, passer en revue tous les vœux qu'elle avait faits.

« Avoir des cheveux bleus : frivole.

Faire disparaître des boutons : futile.

Éteindre la lumière sans avoir à sortir de son lit : paresseuse. »

– Ton collier m'a l'air d'avoir beaucoup rétréci. Tu as eu une dure journée ?

Elle s'empressa de porter la main à son cou pour le dissimuler, mais trop tard.

– Pourquoi faut-il que rien ne t'échappe ?

Il ne faisait aucun doute que le vieux sorcier savait exactement à quelles fins elle avait utilisé ses scoubis et était certainement en train d'ajouter à sa liste : « Pousser son ex-petit ami à se gratter les parties intimes : rancunière. »

– Une telle mesquinerie est indigne de toi, Karou.

– Il l'a bien cherché, répliqua-t-elle, oubliant qu'elle avait eu un peu honte de son geste.

Ainsi que l'avait dit Zuzana, les mauvaises manières devaient être punies.

– En plus, ajouta-t-elle, tu ne leur demandes pas, à tes trafiquants, à quelles fins ils utilisent leurs vœux, et je suis sûre qu'ils font bien pire que de forcer les gens à se gratter !

– J'espère que tu vaux mieux qu'eux, répondit laconiquement Sulfure.

– Insinues-tu que ce n'est pas le cas ?

Les trafiquants de dents qui se rendaient à l'officine étaient, à de rares exceptions près, des spécimens de ce que l'humanité pouvait offrir de pire. Bien que Sulfure eût depuis de longues années un petit cercle d'associés qui ne dégoûtaient pas Karou – telle cette diamantaire à la retraite qui se fit passer à plusieurs reprises pour sa grand-mère afin de l'inscrire dans diverses écoles –, la plupart étaient de répugnants personnages, sans âme, qui avaient le sang de leurs victimes sous les ongles. Ils tuaient et mutilaient. Ils circulaient avec des tenailles dans les poches pour extraire les dents des morts – et parfois des vivants. Karou les abhorrait, et elle valait certainement mieux qu'eux.

– Prouve-le en employant les vœux pour faire le bien.

– C'est toi qui parles du *bien* ? rétorqua-t-elle, piquée au vif, en désignant le collier serré dans sa grosse main griffue.

Des dents de crocodile... probablement rapportées par le Somalien. Ainsi que des crocs de loup, des molaires de cheval et des perles d'hématite.

– Je me demande combien d'animaux sont morts aujourd'hui dans le monde à cause de toi. Sans parler des gens.

Elle entendit Issa retenir une exclamation de surprise. Karou savait qu'elle aurait dû se taire mais sa bouche continuait de parler :

– Non, franchement… tu commerces avec des assassins, sans même voir les cadavres qu'ils sèment sur leur route. Tu attends tranquillement ici comme un troll…

– Karou, intervint Sulfure.

– Mais moi je les ai vus, ces monceaux d'animaux morts aux mâchoires ensanglantées ; ces filles aux bouches sanguinolentes. Et je ne les oublierai jamais de la vie. À quoi ça sert ? Que fais-tu de ces dents ? Si seulement tu m'expliquais, peut-être que je comprendrais. Il doit y avoir une raison à…

– *Karou*, répéta Sulfure.

Il ne lui ordonna pas de se taire, ce n'était pas nécessaire. Son ton était assez éloquent, et il se leva brusquement de son siège.

Karou se tut.

Parfois, en fait la plupart du temps, elle oubliait de voir Sulfure tel qu'il était. Il lui était tellement familier qu'en le regardant elle ne voyait pas la bête mais la créature qui, pour des raisons inconnues d'elle, l'avait élevée tout bébé, et non sans tendresse. Mais il pouvait aussi la réduire au silence, notamment lorsqu'il prenait ce ton. Sa voix s'insinuait jusqu'aux tréfonds de son subconscient et lui ouvrait les yeux sur la réalité pleinement effrayante de son être.

Sulfure était un monstre.

Si d'aventure lui-même, Issa, Twig et Yasri devaient se retrouver en dehors de l'officine, c'est ainsi que les appelleraient les êtres humains : des monstres. Des démons, peut-être, ou des diables. Pour leur part, ils se désignaient sous le nom de chimères.

Sulfure n'avait d'humain que les bras et son torse massif, quoique leur derme épais évoquât plus le cuir que la peau. Ses pectoraux carrés étaient zébrés d'anciennes cicatrices, dont l'une masquait complètement un mamelon, et ses épaules et son dos en présentaient encore davantage : c'était un inextricable réseau en relief de stries blanchâtres. À partir de la taille, il devenait *autre chose*. Ses cuisses, recouvertes d'une fourrure jaune pâle, ondulaient sous ses muscles léonins saillants mais, au lieu de pattes de lion, elles se terminaient par des pieds aux redoutables griffes qui auraient pu appartenir à un rapace ou à un lézard, ou peut-être, imaginait Karou, à un dragon.

Et puis il y avait sa tête : à peu près celle d'un bélier, dépourvue de poils, mais couverte du même cuir épais et brun que le reste du corps. Des écailles flanquaient les abords de son nez aplati d'ovin et de ses yeux de reptile, tandis que d'énormes cornes de bélier jaunes encadraient son visage de leurs spires.

Il portait accrochées à une chaîne plusieurs loupes de joaillier, dont les montures dorées étaient sa seule parure, sans compter l'autre objet qu'il avait autour du cou, qui n'attirait en rien l'attention. Ce n'était qu'un vieil os à vœux, niché à la base de son cou. Karou ignorait la raison pour laquelle il le portait en permanence, mais il lui était interdit d'y toucher, ce qui, évidemment, lui avait toujours donné envie de le faire. Quand elle était bébé et qu'il la berçait sur ses genoux, elle avait cherché plusieurs fois à l'attraper, mais Sulfure était toujours plus rapide. Karou n'avait même pas réussi à l'effleurer du bout des doigts.

Avec l'âge, elle respectait davantage les convenances, mais il lui arrivait encore de brûler d'envie de toucher cette chose. Pas en ce moment cependant. Apeurée par le ton cassant de Sulfure, elle sentit retomber sa tentative de rébellion.

– Bon, alors…, dit-elle d'une petite voix en reculant d'un pas, qu'est-ce que c'était que cette course urgente ? Où as-tu besoin que j'aille ?

Il lui lança une mallette remplie de billets de banque de toutes les couleurs : des euros. Beaucoup d'euros.

– Paris, répondit Sulfure. Amuse-toi bien.

6

L'ange exterminateur

S'amuser ?

– C'est ça…, marmonna Karou, un peu plus tard ce même soir, dans l'escalier du métro parisien, en remorquant ses cent cinquante kilos de défenses d'éléphant de contrebande. C'est fou ce que je m'amuse…

Lorsqu'elle avait quitté l'officine de Sulfure, Issa l'avait fait sortir par la même porte que celle par laquelle elle était entrée ; en revanche, une fois dans la rue, elle n'était plus à Prague, mais à Paris. En un clin d'œil.

Cela faisait un nombre incalculable de fois qu'elle franchissait ce seuil, et pourtant c'était chaque fois la même excitation. Il donnait sur des dizaines de villes différentes, et Karou s'était rendue dans toutes, pour des courses, comme aujourd'hui, ou pour son simple plaisir. Sulfure la laissait aller n'importe où dans le monde entier, à condition que le pays ne soit pas en guerre ; ainsi, pour peu qu'elle ait une soudaine envie de mangues, il lui ouvrait la porte de l'Inde, avec pour seule exigence qu'elle en rapporte pour lui aussi. Elle avait même obtenu d'aller faire des emplettes dans des bazars exotiques, et ici même, au marché aux puces de Paris afin de meubler un peu son appartement.

Où qu'elle allât, dès l'instant où la porte de l'officine s'était refermée sur elle, elle n'avait plus le moindre lien avec cet univers. Quelles que soient les forces magiques à l'œuvre, elles n'existaient que dans ce lieu unique – *Ailleurs* – et n'opéraient pas de l'autre côté. Personne ne pouvait y pénétrer. Parviendrait-on par hasard à forcer le passage, ce serait pour se retrouver dans un tout autre endroit que celui escompté.

Karou elle-même était à la merci du bon vouloir de Sulfure qui, de temps en temps, ne la laissait pas entrer, en dépit de son insistance à tambouriner sur la porte. Il ne l'avait toutefois jamais abandonnée à l'autre bout du monde, et elle espérait qu'il en serait toujours ainsi.

Cette fameuse mission se révéla être une vente aux enchères clandestine dans un entrepôt de la banlieue parisienne. Karou était habituée à ce genre de séances et celle-ci n'était pas différente des autres. On n'y payait évidemment qu'en liquide et les participants étaient issus de la pègre internationale, des dictateurs en exil aux barons du crime avec quelque prétention culturelle. Les objets exposés à la vente étaient un bric-à-brac de pièces de musée volées, allant d'un dessin de Chagall à la luette desséchée d'un quelconque saint mort décapité, en passant par une paire de défenses d'éléphant mâle africain.

Oui, une paire de défenses d'éléphant mâle africain…

Karou poussa un soupir en les voyant. Sulfure ne lui avait pas dit ce qu'elle était chargée de rapporter, mais seulement qu'elle le saurait en le voyant. Il ne s'était pas trompé : elle le savait. Oh, et ce serait follement amusant à trimbaler dans les transports en commun, n'est-ce pas ?

Contrairement aux autres enchérisseurs, elle n'avait pas de grosse voiture qui l'attendait à la sortie, ni de gardes du corps patibulaires pour porter ses lourds paquets. Elle ne disposait que d'un collier de scoubis et de son charme, qui ne se révélèrent ni l'un ni l'autre suffisants à convaincre un chauffeur de taxi de prendre à l'arrière de son véhicule deux défenses d'éléphant de plus de deux mètres de long. C'est donc en maugréant que Karou dut les traîner jusqu'à la station de métro la plus proche, qui était loin en fait, descendre les escaliers et passer le tourniquet avec. Elles étaient enveloppées dans une grosse toile hermétiquement fermée avec du ruban adhésif renforcé, et un violoniste intrigué s'arrêta de jouer en la voyant.

– Qu'est-ce que tu transportes là-dedans, ma belle ?

– Un musicien trop curieux.

Ç'aurait pu être pire, et ça l'était souvent. Sulfure l'avait envoyée chercher des dents dans des endroits épouvantables. Après l'incident de Saint-Pétersbourg où on lui avait tiré dessus, elle avait demandé à Sulfure si sa vie avait aussi peu d'importance que cela.

À peine avait-elle formulé cette question qu'elle l'avait regretté aussitôt. Si en effet sa vie comptait aussi peu à ses yeux, elle ne tenait pas à ce qu'il le reconnaisse devant elle. Certes, Sulfure avait des défauts, mais avec Issa, Twig et Yasri, c'était sa seule famille. Si elle n'était qu'une espèce d'esclave prête à être sacrifiée, elle préférait ne pas le savoir.

Sa réponse n'avait confirmé ni infirmé ses craintes.

– Ta vie ? Tu veux dire, ton *corps* ? Ton corps n'est rien d'autre qu'une enveloppe, Karou. Quant à ton âme, c'est tout autre chose et, pour autant que je sache, elle n'est pas en danger pour l'instant.

– Une enveloppe ?

L'idée que son corps ne soit qu'une enveloppe ne plaisait pas à Karou – quelque chose que n'importe qui pourrait ouvrir pour fouiller dedans, se servir, ôter des éléments.

– J'ai cru que tu étais de cet avis, vu la façon dont tu gribouilles dessus.

Sulfure n'approuvait pas ses tatouages, ce qui était curieux dans la mesure où il était responsable du premier : les yeux tracés sur les paumes de ses mains. Tout du moins, Karou le soupçonnait-elle, sans en avoir vraiment la certitude puisqu'il était incapable de répondre à ses questions les plus simples.

– Pas grave, avait-elle répondu alors avec un soupir peiné.

Car c'était bien de la peine qu'elle ressentait. Recevoir une balle fut douloureux, pas surprenant. Certes, elle ne pouvait nier que Sulfure l'avait préparée au danger. Il l'avait fait entraîner aux arts martiaux dès son plus jeune âge. Elle n'y faisait jamais allusion devant ses amis – son *sensei* lui avait enseigné très tôt qu'il ne fallait jamais s'en vanter – qui auraient été étonnés d'apprendre que sa grâce aérienne et son aisance physique allaient de pair avec une technique redoutable et souvent fatale. Quoi qu'il en soit, elle avait eu la malchance de s'apercevoir que le karaté ne faisait pas le poids face aux armes à feu.

Elle s'était rapidement rétablie grâce à un onguent puissant et, pensait-elle, un peu de magie, mais l'intrépidité de sa jeunesse en avait été ébranlée et, depuis, elle partait en courses avec plus d'appréhension.

Son métro arriva, et elle fit entrer tant bien que mal son barda dans le wagon, s'efforçant de ne pas trop penser à ce qu'elle transportait, ni à la vie somptueuse qui s'était achevée brutalement quelque part en Afrique, il y avait probablement des années de cela. En effet, ces défenses étaient énormes, et Karou savait qu'il était rare de nos jours que des éléphants en possèdent de telles, à cause de l'intervention des braconniers. En tuant tous les plus gros mâles, ils avaient modifié leur patrimoine génétique. C'était révoltant, et elle participait qu'elle le veuille ou non à ce trafic sanguinaire et transportait dans ce fichu métro parisien de l'ivoire de contrebande, au détriment d'espèces en danger.

Elle relégua cette idée dans les oubliettes de son cerveau et regarda défiler les tunnels obscurs tandis que le métro filait vers sa destination. Elle ne pouvait se laisser aller à de telles pensées. Chaque fois qu'elle le faisait, elle avait l'impression d'avoir du sang sur les mains.

Le semestre dernier, lorsqu'elle s'était fabriqué des ailes, elle s'était donné pour surnom l'Ange exterminateur et cela était tout indiqué. Elle les avait confectionnées à partir de plumes « empruntées » à Sulfure – des centaines de plumes que les trafiquants lui avaient fournies au fil des ans. Elle jouait avec quand elle était petite, avant de comprendre qu'on avait tué des oiseaux pour les leur enlever, conduisant à l'extinction d'espèces entières.

Elle n'était qu'une petite fille innocente à l'époque, qui jouait avec des plumes, assise par terre dans l'antre d'un démon. Elle ne l'était plus aujourd'hui, mais cela ne l'avançait pas à grand-chose. Telle était sa vie : magie, honte, secrets, dents et, au fond d'elle-même, un vide lancinant où assurément il manquait quelque chose d'essentiel.

Karou était torturée par l'idée qu'elle n'était pas « entière ». Elle ne savait pas très bien ce que cela signifiait, mais elle en avait depuis toujours l'intime conviction, comme la sensation d'avoir oublié quelque chose. Quand elle était plus jeune, elle avait essayé un jour de la décrire à Issa.

– C'est comme si tu te retrouvais dans la cuisine et que tu ne savais plus du tout ce que tu étais venue y chercher, lui avait-elle expliqué.

– Et c'est ce que tu ressens ? s'était étonnée Issa.

– Oui, en permanence.

Issa s'était contentée de la serrer contre elle et de lui caresser les cheveux – alors brun foncé, presque noirs, leur couleur naturelle – et lui avait répondu, peu convaincante :

– Je suis sûre que ce n'est rien, ma chérie. Essaye de ne plus y penser.

Bon.

Très bien. Remonter les défenses dans l'escalier du métro était autrement plus pénible que de les descendre et, arrivée en haut, Karou était exténuée, en sueur sous son manteau d'hiver et de fort méchante humeur. La porte était à deux pâtés de maisons, cachée dans le renfoncement d'un petit bâtiment annexe d'une synagogue. Lorsqu'elle y parvint enfin, elle croisa deux rabbins orthodoxes en grande conversation juste devant.

– Parfait..., murmura-t-elle.

Elle continua son chemin avant de s'adosser contre une porte en fer, hors de vue, en attendant que les deux hommes aient terminé de se lamenter au sujet d'un certain acte de vandalisme. Ils finirent par partir, et Karou hala les défenses d'éléphant jusqu'à la petite porte et frappa. Comme toujours, lorsqu'elle attendait devant une porte dans quelque ruelle du monde, elle s'imaginait abandonnée. Parfois, Issa ne l'ouvrait qu'au bout de longues minutes et, chaque fois, Karou envisageait la possibilité qu'elle ne s'ouvre pas. Son cœur se serrait alors à l'idée qu'elle pourrait être enfermée à l'extérieur, non pour la nuit, mais pour toujours. Cette perspective la rendit extrêmement consciente de sa vulnérabilité. Si un jour, en effet, la porte ne s'ouvrait pas, elle serait absolument seule au monde.

Les secondes s'égrenaient, et Karou, adossée avec lassitude au chambranle, remarqua quelque chose et se redressa. La large empreinte noire d'une main était incrustée à la surface du battant. En soi, cela n'aurait pas été particulièrement étrange, mais, selon toute apparence, on aurait dit qu'elle avait brûlé, calciné le bois. Brûlé, mais à l'intérieur de contours parfaitement nets. Ce devait être ce dont parlaient les rabbins quelques instants plus tôt. Elle l'effleura du bout des doigts, constatant qu'elle était bien creusée dans le bois et que sa propre main s'y inscrivait amplement, paraissant nettement plus petite qu'en réalité. Elle la retira, troublée, et essuya la fine poussière de cendre de ses doigts.

Comment cette empreinte avait-elle été faite ? Avec un fer habilement forgé ? Il arrivait que les trafiquants de Sulfure laissent un signe, un indice grâce auquel ils pourraient retrouver l'entrée lors d'une prochaine visite, mais il s'agissait en général d'un simple coup de peinture ou d'une croix faite au couteau. Ce signe était beaucoup trop sophistiqué pour eux.

La porte s'ouvrit en grinçant sur ses gonds, au grand soulagement de Karou.

– Tout s'est bien passé ? demanda Issa.

Karou traîna son chargement dans le vestibule, contrainte de le soulever et de l'incliner pour le faire entrer.

– Bien sûr, répliqua-t-elle en s'affalant contre le mur. Si je pouvais, je traverserais Paris toutes les nuits avec des défenses de ce poids-là, tellement c'était formidable !

7

Les empreintes noires

Dans le monde entier, en l'espace de quelques jours, des empreintes de mains noires apparurent sur un grand nombre de portes, calcinant profondément le bois ou le métal. À Nairobi, Delhi, Saint-Pétersbourg, et dans plusieurs autres villes. C'était phénoménal. Au Caire, le propriétaire d'une fumerie de narguilé avait à peine repeint sa porte de service que, quelques heures plus tard, la main avait réapparu, entamant la peinture et aussi noire que lorsqu'il l'avait découverte la première fois.

Un certain nombre de témoins avaient assisté à ces actes de vandalisme, mais personne ne voulait croire à ce qu'ils affirmaient pourtant avoir vu.

– À main nue, rapporta un petit New-Yorkais à sa mère, en montrant la porte par la fenêtre. Il a posé sa main là, et c'est devenu tout rouge avec de la fumée.

Sa mère soupira et retourna se coucher. Pas de chance, le gamin était un menteur patenté, mais pour une fois il disait la vérité : il avait bien vu un homme de haute taille poser la main sur la porte et y brûler son empreinte.

– Son ombre était bizarre, dit-il encore à sa mère. Elle ne lui correspondait pas.

Un touriste ivre assista à Bangkok à une scène semblable, sauf que cette fois l'empreinte avait été faite par une femme d'une beauté tellement fabuleuse qu'il ne put s'empêcher de la suivre, subjugué, avant de la voir – à ce qu'il affirma – s'envoler.

« Elle n'avait pas d'ailes, raconta-t-il à ses amis, mais son ombre oui… »

« Ses yeux étaient des braises, rapporta un vieillard qui avait aperçu l'un des étrangers du pigeonnier de sa terrasse. Il s'est envolé dans une gerbe d'étincelles. »

C'est également ce qui se passa dans des ruelles des bas quartiers ou de sombres arrière-cours de Kuala Lumpur, Istanbul, San Francisco, Paris. Des hommes et des femmes très beaux, aux ombres infidèles, imprimaient l'empreinte incandescente de leur main sur des portes avant de disparaître dans les airs, s'élevant dans des tourbillons de chaleur et le bruit sourd et lourd de battements d'ailes invisibles. Çà et là des plumes voletaient, telles des flammèches blanches, réduites en cendres dès qu'elles touchaient le sol. À Delhi, une sœur de la Miséricorde réussit, en tendant la main, à en attraper une, comme une goutte de pluie, mais contrairement aux gouttes de pluie, elle était brûlante et laissa au creux de sa paume roussie une marque de la forme exacte d'une plume.

– Un ange, murmura-t-elle, savourant sa douleur.

Elle n'avait pas tout à fait tort.

8

Les gavriels

Lorsque Karou entra dans l'officine, elle constata que Sulfure n'était pas seul. Un trafiquant était assis en face de lui, un détestable chasseur américain dont la sale tronche rougeaude était ornée de la barbe la plus volumineuse et la plus répugnante qu'elle ait jamais vue.

Elle se tourna vers Issa en faisant la grimace.

– Je sais, acquiesça Issa en franchissant le seuil d'une souple ondulation de serpent. Je lui ai donné Avigeth. Elle ne va pas tarder à muer.

Karou éclata de rire.

Avigeth était le serpent corail enroulé autour du cou épais du chasseur, collier mille fois trop beau pour les individus de son engeance. Ses rayures noires, jaunes et pourpres, bien qu'atténuées, évoquaient un ravissant bijou chinois en cloisonné. Mais, quelle que soit sa beauté, la morsure d'Avigeth était mortelle, et particulièrement quand l'inconfort de sa mue imminente la mettait de mauvaise humeur. Elle sinuait à présent dans la broussaille de l'énorme barbe, rappelant à chaque instant au chasseur qu'il devait se comporter convenablement s'il tenait à la vie.

– Au nom de tous les animaux d'Amérique

du Nord, chuchota Karou, tu ne pourrais pas lui ordonner de le mordre ?

– Si, mais Sulfure ne serait pas content. Comme tu le sais, Baine est l'un de ses rabatteurs les plus efficaces.

– Je sais, soupira Karou.

Bien avant la naissance de Karou, Baine approvisionnait déjà Sulfure en dents d'ours – grizzly, noir et polaire –, de lynx, de renard, de puma, de loup et même parfois de chien. Il s'était spécialisé dans les prédateurs, toujours très prisés à l'officine. Et également précieux pour la planète, ainsi que Karou le fit remarquer plusieurs fois à Sulfure. Combien de belles carcasses fallait-il pour obtenir ce tas de dents ?

Consternée, elle regarda Sulfure choisir deux grands médaillons en or dans son coffre-fort, chacun de la taille d'une soucoupe et gravé à son image : des gavriels. Il y en avait assez pour qu'elle s'offre la capacité de voler et d'être invisible. Elle se rembrunit en le voyant les faire glisser sur la table vers le chasseur qui les mit dans sa poche avant de se lever précautionneusement, se déplaçant lentement pour ne pas irriter Avigeth. De ses yeux sans âme, il jeta à Karou un regard oblique de triomphe, elle l'aurait juré, puis il eut le culot de lui faire un clin d'œil.

La jeune fille serra les dents sans rien dire tandis qu'Issa raccompagnait Baine jusqu'à la porte. Était-ce ce matin seulement que Kaz lui avait également fait un clin d'œil de son estrade ? Quelle journée !

Une fois la porte refermée, Sulfure fit signe à Karou d'approcher. Elle souleva le lourd paquet contenant les défenses d'éléphant et le laissa tomber à ses pieds.

– Fais attention ! aboya-t-il. Tu n'en connais donc pas la valeur ?

– Si, puisque c'est moi qui les ai payées.

– Ça, c'est leur valeur « humaine ». Ces imbéciles les auraient taillées en petits morceaux pour en faire des babioles et des colifichets.

– Et que vas-tu en faire maintenant ? demanda Karou du ton le plus naturel qui soit, s'imaginant que Sulfure allait se laisser prendre et lui révéler enfin le cœur du mystère : à quoi, bon sang, lui servaient toutes ces dents ?

Il se contenta de lui jeter un regard las, comme pour dire : « Bien joué, mais raté. »

– Qu'est-ce qu'il y a ? C'est toi qui en as parlé ! Et oui, j'ignore tout de la valeur « inhumaine » de ces défenses. Je n'en ai aucune idée.

– Elles n'ont pas de prix, répliqua-t-il en s'attaquant avec un couteau incurvé au gros ruban adhésif.

– Alors heureusement que j'avais sur moi quelques scoubis, fit remarquer Karou en s'affalant sur le siège que Baine venait de libérer. Autrement, c'est un autre enchérisseur qui serait parti avec tes précieuses défenses.

– Comment ça ?

– Tu ne m'avais pas donné assez d'argent. Ce petit salopard de criminel de guerre n'arrêtait pas de faire monter les enchères et – enfin, bon, je ne suis pas sûre à cent pour cent que c'était vraiment un criminel de guerre mais il en avait toutes les caractéristiques – je voyais bien qu'il était prêt à tout pour les obtenir, alors…

peut-être que je n'aurais pas dû, puisque tu me trouves… comment dis-tu ? Mesquine…

Tout en souriant gentiment, elle fit tourner autour de son doigt ce qui restait de son collier, désormais à peine plus grand qu'un bracelet.

Elle avait utilisé son fameux coup des démangeaisons sur l'homme, lui en souhaitant une particulièrement virulente et mal placée, de sorte qu'il avait dû quitter précipitamment la salle. Sulfure le savait certainement : il savait toujours tout. Ce serait sympathique, se dit-elle, qu'il la remercie pour une fois. Au lieu de cela, il fit claquer une pièce sur la table.

Un misérable petit ching.

– C'est tout ? J'ai traversé tout Paris avec ces trucs qui pesaient une tonne pour un misérable ching, alors que le barbu vient de repartir avec deux gavriels ?

Sulfure l'ignora et extirpa les défenses de leur suaire. Twig vint s'entretenir avec lui, et ils marmottèrent dans leur langue commune, que Karou avait apprise naturellement, dès le berceau, et non par magie. C'était une langue rude, rêche et sifflante en même temps que gutturale. Comparativement, l'allemand et l'hébreu paraissaient doux et mélodieux.

Pendant qu'ils discutaient de la qualité des défenses, Karou en profita pour plonger la main dans les tasses de scoubis et entreprit de reconstituer son collier de vœux sans grande valeur, qu'elle décida pour le moment de porter en bracelet à plusieurs rangs. Twig emporta les défenses pour les nettoyer dans son coin, tandis que Karou songeait à rentrer chez elle.

« Chez elle ». Elle avait toujours envie de mettre des guillemets lorsqu'elle y songeait. Elle avait fait de son mieux pour rendre son petit appartement confortable, le remplissant d'œuvres d'art, de livres, de lanternes décorées, d'un tapis persan aussi doux qu'une peau de lynx, sans oublier ses ailes d'ange qui occupaient tout un mur. Mais, en dépit de ses efforts, elle ne pouvait pas remédier à un vide évident : l'air n'était troublé que par son unique respiration. Lorsqu'elle était seule, son propre vide intérieur, son *manque*, comme elle l'appelait, semblait s'accroître. Si la présence de Kaz avait réussi à l'éloigner, cela ne suffisait pas. Ce n'était jamais suffisant.

Elle repensa au petit lit d'enfant qui était le sien, casé derrière les hauts rayonnages, au fond de l'officine, et l'idée saugrenue d'y passer la nuit lui traversa l'esprit. Elle pourrait s'endormir, comme avant, bercée par les murmures, le glissement furtif d'Issa, les crissements des petites bestioles qui se carapataient dans le noir.

– Ma pauvre chérie, dit Yasri en sortant de la cuisine avec un plateau à thé.

Outre la théière, il y avait une assiette de petites pâtisseries à la crème en forme de cornes de gazelle, sa spécialité.

– Tu dois être morte de faim, ajouta-t-elle de sa voix de perroquet, tout en lançant un regard oblique à Sulfure. Ce n'est pas bon pour la santé qu'une fille en pleine croissance coure de-ci, de-là à tout bout de champ.

– Oui, de-ci, de-là, comme tu dis, c'est bien moi, ça ! répondit Karou en attrapant un gâteau et en s'affalant de nouveau sur la chaise pour le manger.

Sulfure évita de la regarder, mais il n'épargna pas Yasri.

– Et je suppose que c'est bon pour sa santé qu'une fille en pleine croissance se nourrisse de pâtisseries ?

– Tss, tss... Je serais ravie de lui préparer un vrai repas si tu me le demandais, espèce de grosse brute, répliqua Yasri avant de se tourner vers Karou. Tu es trop maigre, ma chérie. Ce n'est pas joli.

– Mmm, acquiesça Issa en caressant les cheveux de Karou. Elle devrait être léopard, tu ne trouves pas ? Gracieuse et langoureuse, se prélassant au soleil, mais pas trop maigre. Une fille-léopard bien nourrie qui laperait une jatte de crème...

Karou sourit et mangea. Yasri leur servit du thé à tous, ainsi que chacun l'aimait, c'est-à-dire avec quatre sucres pour Sulfure. Après toutes ces années, Karou s'étonnait toujours de son faible pour les sucreries et elle le regarda, de nouveau penché sur son ouvrage interminable, enfilant inlassablement les dents pour en faire des colliers.

– *Oryx leucoryx*, commenta-t-elle alors qu'il choisissait une certaine dent sur son plateau.

– Enfantin, l'antilope, rétorqua-t-il peu impressionné.

– Alors donne-m'en une plus difficile.

Il lui tendit une dent de requin, et Karou se rappela les heures qu'elle passait en sa compagnie à apprendre à identifier les dents.

– Requin mako, répondit-elle.

– Nageoires courtes ou longues ?
– Euh…
Karou se figea et réfléchit, tournant la dent entre le pouce et l'index. Sulfure l'avait initiée à cet art depuis sa plus tendre enfance, et elle était capable de reconnaître l'origine et la qualité d'une dent grâce aux vibrations subtiles qu'elle émettait.
– Courtes, affirma-t-elle.
Il émit une sorte de grognement qui était son maximum en matière de compliment.
– Savais-tu, lui demanda Karou, que les fœtus du requin mako s'entre-dévorent dans le ventre de leur mère ?
Issa, qui caressait Avigeth, exprima son dégoût par un petit bruit de bouche.
– C'est vrai. Seuls les fœtus cannibales sont destinés à naître. Tu imagines si ça se passait de la même manière pour les humains ?
Elle posa les pieds sur la longue table de travail et, deux secondes plus tard, devant le regard réprobateur de Sulfure, les retira.
La chaleur de l'officine lui donnait envie de dormir. Son petit lit, dans l'encoignure, lui tendait les bras, de même que la couverture que Yasri lui avait tissée, si douce après toutes ces années à se blottir dedans.
– Sulfure, risqua-t-elle. Tu crois que je pourrais…
Au même moment, des coups violents furent frappés à la porte.
– Oh, là, là ! s'exclama Yasri qui s'empressa de faire disparaître le plateau et les tasses, tout en claquant du bec.

C'était l'autre porte de l'officine.

Au fond, derrière l'espace de travail de Twig, dans les recoins les plus sombres de l'officine qu'aucune lanterne n'éclairait, il y avait une deuxième porte. Jamais Karou ne l'avait vue s'ouvrir. Elle ignorait totalement ce qui se trouvait au-delà.

Les coups retentirent de nouveau, si violents qu'ils ébranlèrent les dents dans leurs bocaux. Sulfure se leva, et Karou sut ce qu'on attendait d'elle – qu'elle se lève également et parte aussitôt – mais elle se tassa un peu plus sur sa chaise.

– Permets-moi de rester. Je me tiendrai tranquille. Je vais me mettre dans mon petit lit. Je ne regarderai pas…

– Karou, intervint Sulfure. Tu connais les règles.

– Je déteste les règles.

Il fit un pas dans sa direction, prêt à la tirer de son siège si jamais elle n'obéissait pas, mais elle sauta sur ses pieds, les mains en l'air en signe de reddition.

– D'accord, d'accord.

Elle enfila son manteau tandis que les coups redoublaient, et attrapa au passage un autre gâteau sur le plateau de Yasri avant qu'Issa ne la pousse dans le vestibule. La porte se referma sur elles, les isolant de tout bruit.

Elle ne prit même pas la peine de demander à Issa qui frappait à l'autre porte – Issa ne divulguait jamais les secrets de Sulfure –, mais elle avoua d'une petite voix triste :

– J'allais justement demander à Sulfure si je pouvais dormir dans mon ancien petit lit.

Issa se pencha pour l'embrasser sur la joue.

– Oh, ma douce, on peut attendre ici, comme nous le faisions quand tu étais petite, ce serait bien, non ?

Ah, oui. Quand Karou était trop petite pour être envoyée dehors toute seule dans les rues, Issa devait la garder auprès d'elle. Elles étaient contraintes de rester, parfois pendant des heures entières, tapies dans cet espace exigu. Issa tentait de la distraire en lui chantant des chansons, en dessinant – en réalité, c'était Issa qui l'avait initiée au dessin – ou en lui tressant des couronnes de serpents venimeux, tandis qu'à l'intérieur Sulfure se confrontait à ce qui menaçait derrière l'autre porte.

– Tu pourras revenir, lui dit Issa. Plus tard.

– C'est bon…, soupira Karou. J'y vais.

– Fais de beaux rêves, ma belle, lui souhaita-t-elle en lui serrant tendrement le bras.

Karou rentra les épaules et sortit dans le froid. Sur son chemin, les clochers de Prague se répondirent pour sonner minuit, mettant enfin un terme à ce long et périlleux lundi.

9

Les portes du démon

Perché au bord d'un toit en terrasse, à Riyad, Akiva scrutait une porte dans la ruelle en contrebas. Elle ne présentait aucun caractère particulier, mais il savait ce qu'elle représentait. Son aura de magie, néfaste, était palpable et il la sentait palpiter douloureusement au fond de ses orbites.

C'était l'une des portes du démon donnant dans le monde des humains.

Déployant ses larges ailes dont seule l'ombre était visible, il plana et se posa dans une gerbe d'étincelles. En le voyant, un balayeur tomba à genoux, mais Akiva ne lui prêta aucune attention et se plaça face à la porte, les poings serrés. Il n'aspirait qu'à dégainer ses épées et à s'engouffrer dans l'officine de Sulfure pour en finir une fois pour toutes et dans le sang. Mais ces portes magiques recelaient plus d'un piège et il se garda bien de tenter quoi que ce soit. Il fit donc ce pour quoi il était là.

Il tendit la main et l'appliqua à plat sur la porte. Il y eut une lueur rouge, suivie d'une odeur de roussi et, lorsqu'il la retira, son empreinte s'était imprimée profondément dans le bois.

C'était tout pour le moment.

Il fit volte-face et s'éloigna, tandis que les gens s'écartaient craintivement pour le laisser passer.

Certes, ils ne le voyaient pas tel qu'il était en réalité. Ses ailes de feu étaient invisibles au commun des mortels grâce à leur aura magique, et il aurait presque pu passer pour un humain. Les gens ne voyaient qu'un grand et beau jeune homme – d'une beauté à couper le souffle, presque irréelle – qui se déplaçait parmi eux avec une grâce de prédateur et semblait faire aussi peu attention à eux que s'ils étaient des statues de pierre dans un jardin. Sur son dos se croisaient deux épées dans leur fourreau et ses manches étaient retroussées sur ses avant-bras bronzés et musclés. Ses mains présentaient une curieuse particularité : les deux étaient striées de petites cicatrices blanches rehaussées de traits tatoués à l'encre noire – ces marques noires se répétant sur tous les doigts.

Ses cheveux bruns étaient coupés très court, au ras du crâne, et dessinaient une pointe naturelle sur son front. Sa peau mordorée avait des reflets plus sombres sur les méplats de son visage – sur ses hautes pommettes saillantes, le front, l'arête du nez –, donnant l'impression qu'il baignait en permanence dans une chaude lumière de miel.

Une telle beauté était extrêmement intimidante. Il était difficile de l'imaginer sourire – en effet, cela faisait des années qu'Akiva n'avait plus souri et il s'en croyait à tout jamais incapable.

Mais cela n'était qu'une impression fugitive. Ce que les gens regardaient, médusés, s'arrêtant sur son passage, c'étaient ses yeux.

Ils étaient couleur d'ambre, comme les tigres, et comme les tigres, ourlés de noir – du noir de ses longs cils fournis et du khôl –, qui concentrait l'or de ses iris en deux faisceaux de lumière. Ils étaient à la fois limpides et lumineux, hypnotiques et sublimes, mais il y manquait quelque chose. L'humanité, peut-être, cette qualité de bienveillance à laquelle les humains ont, sans ironie, donné leur nom. Lorsque, au détour d'une rue, une vieille femme croisa son chemin, la toute-puissance de son regard lui coupa le souffle.

Car les yeux d'Akiva lançaient véritablement des flammes et elle crut qu'ils allaient l'embraser.

Elle porta la main à sa poitrine et vacilla, tandis qu'il tendait le bras pour l'empêcher de tomber. Elle sentit alors une chaleur soudaine, avant qu'il ne s'éloigne, la frôlant de ses ailes invisibles. Quelques étincelles s'en échappèrent à son contact, laissant la femme bouche bée, atterrée et paralysée par ce qu'elle voyait. Elle distingua clairement l'ombre de ses ailes se déployer et il disparut dans un souffle d'air brûlant qui lui arracha son foulard.

Quelques secondes plus tard, Akiva était haut dans le ciel, sentant à peine la morsure des cristaux de glace dans l'air raréfié. Rompant le charme qui les nimbait, ses ailes étaient des voiles de feu cinglant les cieux enténébrés. Il se déplaçait à vive allure en direction d'une autre ville habitée par les humains, vers une autre porte imprégnée par la magie du démon, puis vers une autre encore, jusqu'à ce que toutes arborent l'empreinte noire de sa main.

Dans les lieux les plus reculés du monde, Hazaël et Liraz agissaient de même. Dès qu'elles auraient été toutes marquées de ce signe, ce serait le commencement de la fin.

Et elle commencerait par le feu.

10

La fille de-ci, de-là

En général, Karou arrivait à trouver l'équilibre entre ses deux vies. D'un côté, elle était une étudiante de dix-sept ans qui suivait des cours dans une école d'art de Prague ; de l'autre, la commissionnaire d'une créature qui n'avait rien d'humain mais qui représentait pour elle ce qui ressemblait le plus à une famille. La plupart du temps, elle réussissait assez bien à partager sa semaine entre ces deux existences. Si ce n'était toutes les semaines, du moins la plupart.

Ce ne fut pas le cas cette semaine-ci.

Mardi, elle était encore en cours lorsque Kishmish vint se poser sur l'appui de la fenêtre et tapota contre la vitre avec son bec. Le message était encore plus lapidaire que celui de la veille : « Viens. » Karou obéit, mais elle s'en serait abstenue si elle avait su où Sulfure l'envoyait.

Le marché aux animaux de Saigon était un des endroits qu'elle détestait le plus au monde. Les chats, les bergers allemands, les chauves-souris, les ours malais et les entelles sacrés enfermés dans des cages n'étaient pas vendus comme animaux de compagnie, mais comme nourriture. Une espèce de vieille bique, la mère d'un boucher, en récupérait les dents dans une urne funéraire, et c'était Karou qui était chargée d'aller les chercher tous les deux ou trois mois et devait conclure l'affaire par une gorgée de vin de riz aigre qui lui soulevait le cœur.

Mercredi : Nord canadien. Deux chasseurs athapascans, infâme butin de dents de loup.

Jeudi : San Francisco. Jeune herpétologue blonde avec un tas de crochets de crotale, reliques cachées de ses infortunés objets de recherche.

– Vous savez que vous pourriez venir directement à l'officine, lui dit Karou, énervée, car elle avait un autoportrait à rendre pour le lendemain, et elle aurait pu y consacrer encore quelques heures.

Les vendeurs avaient plusieurs raisons de ne pas vouloir se rendre à l'officine. Certains avaient perdu ce privilège pour mauvaise conduite ; d'autres n'avaient pas encore passé « l'examen » ; et nombre d'entre eux avaient tout simplement peur de se soumettre à l'épreuve des colliers de serpent, ce qui dans ce cas précis n'aurait pas été un problème puisque l'herpétologue avait choisi de passer sa vie auprès des reptiles.

La femme frissonna.

– J'y suis venue une fois. J'ai bien cru que la femme-serpent allait me tuer.

Karou réprima un sourire.

– Ah…

Elle comprenait pourquoi : Issa, qui n'aimait pas les tueurs de reptiles, avait la réputation d'inciter ses serpents à étrangler à demi quand l'ambiance s'échauffait.

– Bon, très bien…, dit Karou, comptant une liasse de billets. Mais vous savez, si vous veniez quand même à l'officine, Sulfure vous paierait en vœux beaucoup plus intéressants que tout ça.

Au grand dépit de Karou, il ne lui faisait pas assez confiance pour l'autoriser à les distribuer à sa place.

– Peut-être une prochaine fois.

– Comme vous voudrez.

Karou haussa les épaules et, la quittant sur un petit signe de la main, fit demi-tour pour rejoindre la porte qui menait à l'officine, remarquant qu'une empreinte noire y avait été apposée, calcinant le bois en surface. Elle était sur le point de le signaler à Sulfure, mais ce dernier était occupé avec un vendeur. Elle décida donc de rentrer chez elle car elle avait du travail.

Épuisée le vendredi matin après avoir passé la moitié de la nuit sur son autoportrait, elle espérait que Sulfure n'aurait aucune mission à lui confier. En général, il n'avait pas besoin d'elle plus de deux fois par semaine, et il l'avait déjà convoquée à quatre reprises. Ce matin-là, tout en dessinant le vieux Wiktor nu à l'exception d'un boa en plumes – vision qui avait pratiquement achevé Zuzana –, elle surveilla la fenêtre du coin de l'œil. L'après-midi, pendant l'atelier de peinture, elle redouta de voir apparaître Kishmish à tout moment, ce qui ne se produisit pas, et, après les cours, elle attendit Zuzana à l'abri de la bruine, sous une corniche du bâtiment.

– Tiens, mais c'est une Karou ! s'exclama son amie. Regardez-la bien, mesdames et messieurs, cette créature insaisissable se fait de plus en plus rare, profitez-en !

La froideur de son ton n'échappa pas à Karou.

– *Poison?* proposa-t-elle pleine d'espoir.

Après la semaine qu'elle venait de passer, elle n'avait qu'une envie: se rendre dans leur bistro préféré, s'affaler sur une banquette, papoter, rire, dessiner, boire du thé et retrouver une vie à peu près normale.

Zuzana lui fit son fameux mouvement de sourcils.

– Quoi? Pas de courses aujourd'hui?

– Non, heureusement. Allez, viens, je suis gelée.

– Je ne sais pas... Peut-être que *moi* j'ai une mission secrète...

Karou se mordit l'intérieur de la joue et ne sut que répondre. Elle détestait la façon dont Sulfure lui cachait des choses et elle détestait encore plus d'avoir à se comporter de même vis-à-vis de Zuzana. Quelle amitié pouvait-on fonder sur des dérobades et des mensonges? Avec l'âge, elle s'était rendu compte qu'il lui était presque impossible d'avoir des amis; l'obligation de mentir s'y opposait toujours. C'était encore pire lorsqu'elle habitait à l'officine : pas question d'inviter des camarades! À l'époque, quand elle en ouvrait la porte tous les matins, elle se retrouvait à Manhattan pour aller à l'école, puis elle allait prendre ses cours de karaté et d'aïkido, et rentrait tous les soirs.

C'était une porte condamnée par des planches clouées en travers, au pied d'un immeuble de l'East Village à l'abandon; un jour qu'elle était en CM2, une de ses copines de classe l'y avait vue entrer et en avait conclu qu'elle n'avait pas de maison. Cela s'était su, les parents et les professeurs s'en étaient mêlés, et Karou, incapable de faire venir dans d'aussi brefs délais Esther, sa fausse grand-mère, avait été arrêtée. On l'avait mise dans un foyer, dont elle s'était enfuie dès la première nuit, pour ne plus jamais réapparaître. Après cet épisode, elle s'était retrouvée dans une nouvelle école à Hong Kong, entourée d'un surplus de précautions pour que personne ne la voie ni entrer ni sortir par la porte de l'officine. Ce qui avait entraîné toujours plus de mensonges et de cachotteries, et aucune possibilité de se faire de vrais amis.

À présent qu'elle était plus grande, elle ne risquait plus de voir les services sociaux mettre leur nez dans ses affaires, mais en ce qui concernait l'amitié, elle était encore sur la corde raide. Zuzana était la seule amie intime qu'elle ait jamais eue, et elle n'avait aucune envie de la perdre.

– Je suis désolée pour cette semaine, soupira-t-elle. Ç'a été complètement dingue. Mon boulot…

– Ton boulot ? Mais depuis quand tu travailles, toi ?

– Je travaille ! Comment crois-tu que je vis ? De l'air du temps ? D'amour et d'eau fraîche ?

Elle avait espéré que cela ferait au moins sourire Zuzana, mais son amie se contenta de la regarder en plissant les yeux.

– Comment veux-tu que je sache de quoi tu vis, Karou ? Depuis que nous sommes amies, jamais tu ne m'as parlé d'un quelconque boulot, de ta famille, ou de quoi que ce soit… Rien !

Ignorant délibérément le sujet « famille ou quoi que ce soit », Karou répondit :

– Eh bien, ce n'est pas exactement un boulot. Je me contente de faire des courses pour ce type. Réceptionner des livraisons, rencontrer des gens.

– Ah bon ? Un peu comme un dealer de drogue, non ?

– Allez, Zuze, tu crois vraiment ça ? Non, c'est un… collectionneur, je crois.

– Ah bon ? Et qu'est-ce qu'il collectionne ?

– Des trucs. On s'en fiche…

– Pas moi. Ça m'intéresse. C'est juste que ça a l'air louche, Karou. Tu n'es pas mêlée à une histoire louche, dis-moi ?

« Oh, non, songea Karou. Pas du tout ! »

– Je ne peux vraiment pas t'en parler, finit-elle par dire après avoir pris une profonde inspiration. Ce ne sont pas mes affaires, mais les siennes.

– D'accord. Comme tu voudras, conlut Zuzana, faisant demi-tour sur le talon d'une de ses chaussures compensées et s'éloignant sous la pluie.

– Attends ! la rappela Karou.

Elle *voulait* discuter de ça avec elle. Elle voulait tout lui raconter, se plaindre de sa semaine archinulle – les défenses d'éléphant, le cauchemardesque marché aux animaux, la façon dérisoire dont Sulfure la rétribuait et les coups terrifiants frappés à l'autre porte. Elle pouvait toujours dessiner tout ça dans son carnet de croquis, c'était déjà quelque chose, mais ça ne lui suffisait pas. Elle voulait *parler*.

C'était hors de question, évidemment.

– On ne peut pas aller au *Poison* ? S'il te plaît…, implora-t-elle d'une petite voix lasse.

Zuzana se retourna et surprit chez Karou cette

expression qu'elle avait parfois lorsqu'elle pensait que personne ne la regardait. Un air triste, perdu, et le pire c'est qu'on aurait dit que cette expression était véritablement la sienne et que toutes les autres n'étaient qu'une panoplie de masques destinés à cacher cette fêlure.

Zuzana céda.

– D'accord. C'est bon. Ah… je donnerais ma vie pour un goulasch. Tu saisis ? «Je donnerais ma vie!» Ha, ha, ha!

Le goulasch empoisonné… c'était une vieille blague entre elles, et Karou sut que tout était pardonné. Pour le moment. Mais que se passerait-il la prochaine fois?

Elles se mirent en route, sans parapluie, bras dessus, bras dessous, pressant le pas sous le crachin pénétrant.

– Il faut que tu saches, lui dit Zuzana, que l'Abruti rôde autour du *Poison*. Je crois qu'il traîne dans le coin dans l'espoir de te voir.

– Génial…, grogna Karou.

Kaz avait passé son temps à l'appeler et à lui envoyer des textos, mais elle ne s'était pas manifestée.

– Nous pourrions aller ailleurs…

– Non. Je ne veux pas que ce pâté de rat squatte le *Poison*. Cet endroit est le nôtre.

– *Pâté de rat*? répéta Zuzana.

C'était l'insulte préférée d'Issa, ce qui était logique, vu le régime alimentaire de la femme-serpent, consistant pour l'essentiel en petits rongeurs.

– Oui, expliqua Karou. Pâté de rat: viande hachée de rongeur panée, avec du ketchup…

– Beurk. Arrête.

– On peut aussi mettre des hamsters à la place, renchérit Karou. Ou des cochons d'Inde. Tu savais qu'ils les faisaient rôtir au Pérou, embrochés sur de petites baguettes, comme des marshmallows ?

– Arrête, répéta Zuzana.

– Mmmm… des sandwichs de cochon d'Inde…

– Arrête immédiatement ou je vais vomir. S'il te plaît…

Et Karou s'arrêta en effet, non parce que Zuzana le lui avait demandé, mais parce qu'elle venait d'apercevoir, du coin de l'œil, un battement familier. « Non, non, non, se dit-elle, se refusant à tourner la tête. Pas Kishmish, non, pas ce soir. »

– Ça va ? s'inquiéta Zuzana, devant son brusque silence.

Encore ce battement d'ailes, sous le halo du réverbère, dans l'axe de vision de Karou. Assez loin pour ne pas attirer l'attention, mais c'était bien Kishmish, sans l'ombre d'un doute.

« Mince. »

– Oui, ça va, mentit Karou en se dirigeant d'un pas décidé vers le bistro *Poison*.

Qu'était-elle censée faire ? Se frapper le front et prétendre avoir oublié qu'elle avait une course à faire, après tout ce qu'elle venait de dire ? Elle se demanda quelle serait la réaction de Zuzana si elle voyait le petit messager ailé de Sulfure, avec ses ailes de chauve-souris si étranges sur son corps couvert de plumes. Elle aurait sans doute envie de s'en inspirer pour faire une marionnette.

– Où en es-tu avec ton projet de marionnette ?

lui demanda Karou, en s'efforçant d'avoir l'air naturel.

Zuzana, ravie, commença à le lui exposer. Karou écoutait à moitié, distraite par l'inquiétude et l'envie de tenir tête à Sulfure. Que ferait-il si elle ne venait pas ? Que *pourrait*-il faire ? Quitter son officine pour venir la chercher ?

Elle sentait que Kishmish la suivait. Au moment où elle se baissait pour passer sous la voûte donnant dans la cour du *Poison*, elle lui jeta un regard sans ambiguïté, lui signifiant : « Je t'ai vu. Je ne viens pas. » Il inclina la tête à son intention, perplexe, tandis qu'elle disparaissait à l'intérieur de l'établissement, le laissant dehors.

L'endroit était bondé, mais Kaz, heureusement, ne semblait pas être là. Un curieux cocktail d'ouvriers du quartier, de baroudeurs, d'artistes expatriés et d'étudiants traînait autour des cercueils, dans la fumée des cigarettes, si dense que les statues romaines avaient l'air d'errer dans le brouillard, inquiétantes et macabres sous leur masque à gaz.

– Zut, dit Karou en constatant qu'un trio de routards débraillés occupait leur table favorite. Pestilence est pris.

– C'est plein, répliqua Zuzana. Tout ça à cause de ce *Lonely Planet*. Je voudrais pouvoir revenir en arrière et casser la figure à ce satané chroniqueur au bout de la ruelle pour l'empêcher de trouver cet endroit.

– Ce que tu peux être violente ! Tu veux taser ou cogner tout le monde ces derniers temps.

– C'est vrai. Je te jure que je déteste de plus en plus de gens chaque jour. *Tout le monde* m'énerve. Si je suis comme ça aujourd'hui, qu'est-ce que ce sera quand je serai vieille ?

– Tu seras la vieille bique aigrie qui tire à la carabine sur les jeunes du haut de son balcon.

– Nan... Les plombs, ça va les énerver, c'est tout. Plutôt l'arbalète ou le bazooka.

– Tu n'es qu'une brute.

Zuzana lui fit une petite courbette, avant de jeter un nouveau regard de frustration sur la foule.

– Ça craint. Tu veux qu'on aille ailleurs ?

Karou secoua la tête. Elle avait les cheveux mouillés et aucune envie de ressortir. Elle voulait simplement s'asseoir à sa table favorite dans son bistro favori. Dans la poche de sa veste, ses doigts rencontrèrent la provision de chings qu'elle avait reçus pour ses courses de la semaine.

– Je crois que ces mecs ne vont pas tarder à partir, affirma-t-elle en indiquant les routards installés à Pestilence.

– Ça m'étonnerait, ils viennent de commander des bières.

– Non, non, regarde.

Un des chings se désintégra entre les doigts de Karou. Un instant plus tard, les routards se levaient.

– Je te l'avais dit.

Au même moment, il lui sembla entendre le commentaire de Sulfure : « Chasser des étrangers d'une table de café : égoïste. »

– Bizarre..., commenta sobrement Zuzana en se glissant avec son amie derrière la gigantesque statue équestre pour récupérer leur table, alors que s'éloignaient, abasourdis, les routards. Ils étaient plutôt mignons, regretta-t-elle.

– Ah ? Tu veux que je les rappelle ?
– C'est ça !
Elles avaient un préjugé sur les routards qui ne faisaient que passer et finissaient par avoir tous le même genre d'allure au bout d'un moment, avec leur menton pas rasé et leur chemise froissée.
– Je faisais juste un diagnostic de sex-appeal. En plus, ils avaient l'air mignons, un peu perdus. Comme de petits chiots.
Karou éprouva une pointe de culpabilité. Que cherchait-elle en provoquant Sulfure, en utilisant ses vœux pour des futilités, comme obliger de malheureux routards à se retrouver dehors sous la pluie ? Elle s'affala sur la banquette. Non seulement elle avait mal à la tête, les cheveux mouillés plaqués sur le crâne, elle était fatiguée mais elle ne pouvait s'empêcher de se tracasser au sujet du Marchand de vœux. Qu'allait-il dire ?
Pendant toute la durée de leur repas, elle ne cessa de surveiller la porte d'entrée.
– Tu attends quelqu'un ? lui demanda Zuzana.
– Oh… j'ai juste un peu peur que Kaz se pointe…
– Ouais, eh bien, dans ce cas, on le fourrera dans ce cercueil et on le clouera !
– Pas mal.
Elles commandèrent du thé, qu'on leur servit dans un service en argent, une véritable antiquité, où les mots « arsenic » et « strychnine » étaient gravés sur le sucrier et le pot à lait.
– Bon, alors, dis-moi, demain tu vas voir le violoniste au théâtre. Quelle est ta stratégie ?
– Je n'en ai aucune. J'aimerais autant sauter

tout le début et passer directement au moment où on est ensemble. Et je ne parle même pas du moment où il s'aperçoit de mon existence.

– Allez, tu ne voudrais tout de même pas sauter ce moment-là !

– Si, je t'assure.

– Sauter la rencontre ? Les papillons au creux de l'estomac, le trac, le cœur qui bat, le rouge aux joues ? Ce moment où les champs magnétiques entrent en contact pour la première fois, et où des ondes d'énergie invisibles nous attirent l'un vers l'autre ?

– « Des ondes d'énergie invisibles » ? répéta Zuzana. Tu ne serais pas en train de virer New Age, par hasard, du genre à porter du cristal de roche et à lire les auras ?

– Tu sais très bien ce que je veux dire. Le premier rendez-vous, on se prend la main, on s'embrasse, on se consume de désir, tout ça.

– Oh, Karou, pauvre petite romantique !

– Si peu. Bref, le meilleur, c'est le début, quand tout est tout nouveau tout beau, avant qu'on s'aperçoive que ce sont des enfoirés.

– Ils ne peuvent pas tous être des enfoirés, non ? grimaça Zuzana.

– Je n'en sais rien. Peut-être pas… Peut-être seulement les plus mignons.

– Mais justement, il est mignon ! Mon Dieu, j'espère que ce n'est pas un enfoiré. Crois-tu qu'il y ait la moindre chance qu'il soit à la fois non enfoiré et célibataire ? Je suis sérieuse : quelle est la probabilité ?

– Faible.

– Je sais, répondit Zuzana en s'écroulant

sur la banquette de façon mélodramatique, et restant les bras ballants, telle une marionnette désarticulée.

– Pavel t'aime bien, dit Karou. Lui, c'est un non-enfoiré certifié.

– Oui, c'est vrai et il est sympa, mais il ne donne pas de papillons…

– Ah ! soupira Karou. Ces fameux papillons au creux de l'estomac. Je connais. Tu veux que je te dise ? Je crois que les papillons sont toujours là, chez tout le monde, en permanence…

– Comme les bactéries ?

– Non, pas comme les bactéries, comme les papillons, et les papillons de certaines personnes réagissent à d'autres, au niveau chimique, comme les phéromones, de sorte que lorsqu'ils se trouvent à proximité, tes papillons à toi se mettent à danser. Ils ne peuvent pas s'en empêcher, c'est chimique !

– Chimique ! Alors, ça, pour le coup, c'est romantique !

– Je sais… Tu vois ? Papillons à la con.

Comme l'idée lui plaisait, Karou ouvrit son carnet de croquis et commença à caricaturer des intestins et un estomac remplis de papillons. *Papilio stomachus*, tel serait leur nom en latin.

– Donc, s'enquit Zuzana, si tout cela est chimique et que tu n'aies pas ton mot à dire dans l'histoire, cela signifie-t-il que l'Abruti fait toujours danser tes papillons ?

– Oh non ! répondit Karou en relevant la tête. Il les fait plutôt vomir, mes papillons.

Zuzana, qui venait de boire une gorgée de thé, porta vivement la main à ses lèvres pour s'empêcher de tout recracher. Elle éclata de rire, pliée en deux, jusqu'à ce qu'elle réussisse à avaler.

– Dégoûtant. Ton estomac est rempli de vomi de papillon !

Karou rit elle aussi, sans cesser de dessiner.

– En fait, mon estomac serait plutôt rempli de papillons morts. C'est Kaz qui les a tués.

Elle écrivit : « *Papilio stomachus* : créatures fragiles, sensibles au froid et à la trahison. »

– Alors, ils devaient être bien cons, ces papillons, pour tomber quand même amoureux de lui. Tu vas t'en fabriquer d'autres, beaucoup plus intelligents. De nouveaux papillons pleins de sagesse.

Karou aimait Zuzana pour sa capacité à jouer à fond le jeu à partir d'une bêtise.

– D'accord, acquiesça-t-elle en portant un toast avec sa tasse. À une nouvelle génération de papillons que j'espère moins cons que les précédents.

Peut-être étaient-ils déjà en train de se développer dans de douillets cocons. Ou peut-être pas. Il lui était difficile d'imaginer qu'elle pourrait bientôt ressentir cette sensation magique, cet étrange frisson au creux du ventre. « Autant ne pas y penser », se dit-elle. Elle n'en avait pas besoin. Enfin, elle ne voulait pas en avoir besoin. Se languir d'amour était à ses yeux se retrouver dans la position du chat qui passe son temps à se frotter contre les chevilles de son maître en miaulant : « Caresse-moi, caresse-moi, regarde-moi, aime-moi. »

Mieux valait être le chat perché en haut d'un

mur et observant ce qui se passe en dessous d'un regard froid et énigmatique. Le chat qui fuyait les caresses, qui n'avait besoin de personne. Que ne pouvait-elle être ce chat-là ?

« Sois ce chat !!! » écrivit-elle avant de le dessiner dans un coin de la page, l'air indifférent et distant.

Karou aurait aimé être du genre à se satisfaire d'elle-même, à être bien dans la solitude, sereine. Mais ce n'était pas le cas. Elle se sentait seule, et craignait que ce sentiment de manque qui l'habitait ne l'envahisse complètement et finisse par… la faire disparaître. Elle avait très envie d'une présence à ses côtés, solide. De douces caresses du bout des doigts sur la nuque et une voix répondant à la sienne dans le noir. Quelqu'un qui l'attendrait avec un parapluie pour la raccompagner chez elle sous la pluie et lui ferait un grand sourire en la voyant arriver. Qui danserait avec elle sur son balcon, tiendrait ses promesses et connaîtrait ses secrets, et réussirait à créer tout un monde par sa simple présence, un monde où il n'y aurait qu'elle, ses bras et ses mots doux à lui, et la confiance qu'elle aurait en lui.

La porte s'ouvrit. Elle jeta un regard dans le miroir et réprima un juron. Entrée furtivement dans le sillage de touristes, l'ombre ailée était là. Karou se leva et se dirigea vers les toilettes où elle se saisit du message que venait de déposer Kishmish.

Une fois de plus, une seule ligne. Mais cette fois, c'était : « S'il te plaît. »

11

S'il te plaît

« S'il te plaît » ? Sulfure ne disait jamais « s'il te plaît ». En s'empressant de traverser la ville, Karou se sentit beaucoup plus troublée que si le message avait été plus menaçant, du style : « Tout de suite, sinon... »

Contrairement à son habitude, Issa lui ouvrit la porte sans mot dire.

– Qu'est-ce qu'il y a, Issa ? J'ai des ennuis ?

– Tais-toi. Vas-y et essaie de ne pas lui faire de reproches aujourd'hui.

– Moi, lui faire des reproches ? s'étonna Karou. Si quelqu'un devait craindre de se voir adresser des reproches, c'était plutôt elle.

– Tu es très dure avec lui quelquefois, comme si ce n'était pas assez dur.

– Comme si quoi n'était pas assez dur ?

– Sa vie. Son travail. Sa vie n'est que labeur, sans joie, sans répit, et il y a des jours où tu la lui rends encore plus pénible.

– Moi ? s'étonna davantage Karou. J'ai dû rater le début de la discussion, Issa, car je ne comprends absolument pas de quoi tu parles...

– Tais-toi, je t'ai dit. Je te demande juste d'essayer d'être gentille, comme quand tu étais petite. Tu étais une telle joie pour nous tous, Karou. Je sais que ce n'est pas une vie facile pour toi, mais essaie seulement de te rappeler, toujours, que tu n'es pas la seule à avoir des problèmes.

Sur ces mots, la porte intérieure s'ouvrit et Karou en franchit le seuil. Elle était décontenancée, sur la défensive, mais à peine eut-elle vu Sulfure qu'elle n'y songea plus.

Il était penché lourdement sur sa table de travail, sa tête volumineuse reposant dans une main, tandis que de l'autre il tenait l'os à vœux qu'il avait toujours autour du cou. Kishmish, très agité, sautait d'une corne de son maître à l'autre, poussant des pépiements inquiets, et Karou s'arrêta net.

– Ça… ça va ?

La question lui sembla incongrue, car elle réalisa alors que de toutes celles, nombreuses, dont elle l'avait harcelé au long de sa vie, elle ne lui avait jamais posé celle-là. L'occasion ne s'était jamais présentée : il avait rarement laissé paraître une émotion, encore moins un soupçon de faiblesse ou de lassitude.

Il leva la tête, lâcha l'os à vœux et répondit simplement :

– Tu es venue.

Il avait l'air étonné et, constata Karou un peu honteuse, soulagé.

– Tu sais bien que « s'il te plaît » est le mot magique, répondit-elle en cherchant désespérément à être légère.

– J'ai craint que nous ne t'ayons perdue.

– Perdue ? Tu veux dire que tu croyais que j'étais morte ?

– Non, Karou. J'ai cru que tu avais repris ta liberté.

– Ma… Qu'est-ce que ça veut dire, « reprendre ma liberté » ?

– J'ai toujours imaginé qu'un jour le chemin de ta vie se déroulerait sous tes pieds et t'éloignerait de nous. Car c'est inéluctable. Mais je suis heureux que ce jour ne soit pas arrivé.

Karou le regarda, médusée.

– Tu parles sérieusement ? J'ai refusé une course et tu vas croire que j'ai disparu pour toujours ? C'est pas vrai… Quelle idée as-tu de moi pour t'imaginer que je peux disparaître comme ça ?

– Te laisser partir, Karou, ce sera comme ouvrir la fenêtre à un papillon. On ne s'attend pas à ce qu'il revienne.

– Je ne suis pas un fichu papillon.

– Non. Tu es un être humain. Et ta place est dans le monde des humains. Tu as pratiquement quitté l'enfance…

– Et alors quoi ? Tu n'as plus besoin de moi ?

– Au contraire. J'ai besoin de toi plus que jamais. Comme je viens de te le dire, je suis content que tu n'aies pas choisi de nous quitter aujourd'hui.

Karou venait de découvrir qu'un jour elle quitterait sa famille de chimères, qu'elle en avait même eu la possibilité si elle l'avait souhaité. Mais elle ne le souhaitait pas. Enfin, elle ne tenait peut-être pas particulièrement à se voir confier des missions glauques, mais cela ne signifiait pas pour autant qu'elle était un papillon se cognant contre la vitre et cherchant à tout prix à s'envoler par la fenêtre. Elle n'avait absolument rien à répondre.

Sulfure fit glisser vers elle un portefeuille.

La course. Elle avait déjà oublié la raison de

sa présence. Elle prit le portefeuille avec humeur et l'ouvrit : des dirhams. Donc, le Maroc.

– Izîl ? risqua-t-elle en fronçant les sourcils.

Sulfure acquiesça.

– Mais ce n'est pas le moment.

Karou avait un rendez-vous fixe avec le pilleur de tombes de Marrakech, le dernier dimanche de chaque mois, or on était vendredi, avec une semaine d'avance.

– C'est le moment, insista Sulfure en indiquant un grand bocal d'apothicaire posé sur l'étagère derrière lui.

Karou le connaissait bien : en général il était rempli de dents humaines. Cette fois, il était pratiquement vide.

– Oh...

Elle parcourut des yeux l'étagère et, à sa grande surprise, s'aperçut que la plupart des bocaux étaient également dégarnis. Jamais elle n'avait vu les réserves de dents aussi basses.

– Wouhaou ! Tu consommes les dents à une vitesse folle. Qu'est-ce qui se passe ?

C'était une question idiote. Comme si elle pouvait comprendre la raison pour laquelle il avait eu besoin de davantage de dents, alors qu'elle ne savait même pas à quoi elles servaient.

– Vois ce qu'Izîl a à te proposer. J'aimerais autant ne pas t'envoyer chercher des dents humaines ailleurs, si je peux l'éviter.

– Oui, moi aussi, répliqua Karou en caressant la cicatrice faite par la balle qu'elle avait reçue dans le ventre à Saint-Pétersbourg, le jour où les choses avaient horriblement mal tourné.

Les dents humaines, bien qu'en surabondance

dans le monde, pouvaient être… intéressantes… à obtenir.

Elle ne pouvait effacer la vision de ces filles, encore vivantes au fond de la cale du bateau, la bouche ensanglantée, attendant le sort qui leur était réservé.

Certaines avaient peut-être pu s'échapper. Chaque fois qu'elle repensait à elles, Karou inventait une fin à sa façon, ainsi qu'Issa le lui avait appris lorsqu'elle avait des cauchemars pour qu'elle puisse se rendormir. Ce souvenir n'était tolérable que si elle était convaincue d'avoir permis à ces filles d'échapper à leurs trafiquants et tortionnaires, ce qui était peut-être le cas. Du moins avait-elle essayé.

Quelle étrange impression que de s'être fait tirer dessus. Étrange aussi à quel point elle n'avait pas perdu son sang-froid et avait été prompte à dégainer son couteau et à en faire usage.

Et à en faire usage. Et à en faire usage.

Elle avait appris à se battre pendant des années, sans avoir jamais eu à défendre sa vie. En une fraction de seconde, elle avait découvert qu'elle savait parfaitement s'y prendre.

– Va voir place Djemaa el-Fna, lui suggéra Sulfure. Kishmish y a aperçu Izîl, mais c'était il y a quelques heures, quand je t'ai demandé de venir. Avec un peu de chance, il y sera encore.

Après quoi, il se pencha de nouveau sur son plateau de dents de singe, sa façon à lui de congédier Karou. Elle retrouvait son vieux Sulfure et en était heureuse. Ce nouveau personnage qui disait « s'il te plaît » et la comparait à un papillon était fort déstabilisant.

– Je le trouverai, affirma Karou. Et je reviendrai vite, les poches pleines de dents humaines. Ha ! Je te parie que personne au monde n'a prononcé cette phrase aujourd'hui !

Le Marchand de vœux ne répondit rien, et Karou hésita un instant dans le vestibule.

– Sulfure, ajouta-t-elle en se retournant. Je veux que tu saches que je ne... t'abandonnerais jamais.

Il leva vers elle ses yeux de reptile emplis d'une immense lassitude.

– Tu ne peux pas savoir ce que tu feras, dit-il avant de porter de nouveau la main sur l'os à vœux. Et tu n'as rien à me promettre.

Issa referma la porte sur elle, et bien après que Karou se fut retrouvée au Maroc, elle ne put chasser cette image qu'elle avait eue de lui et le sentiment désagréable qu'il se passait quelque chose de très grave.

12

Tout autre chose

Akiva la vit sortir. Il s'approchait de la porte d'entrée lorsqu'elle s'ouvrit à toute volée, laissant s'échapper un effluve âcre de magie qui le fit grincer des dents. Une fille à la chevelure improbable couleur lapis-lazuli en franchit prestement le seuil. Elle ne le vit pas, apparemment perdue dans ses pensées.

Il la suivit des yeux en silence, jusqu'au moment où, ses cheveux bleus dansant à chaque pas, elle se déroba à ses regards et tourna au bout de la ruelle. Il se reprit, retourna à la porte et appliqua sa main dessus. Il y eut un grésillement, sa main se nimba de fumée, et le tour fut joué : le dernier des passages portait son empreinte. Dans d'autres parties du monde, Hazaël et Liraz achèveraient également leur œuvre avant de s'envoler vers Samarkand.

Akiva s'apprêtait à s'élever dans les airs et à entreprendre la dernière étape de son périple, afin de les retrouver avant de rentrer, mais une seconde passa, puis une autre, et il n'avait toujours pas bougé, les deux pieds rivés au sol, tourné dans la direction qu'avait prise la jeune fille.

Sans l'avoir véritablement décidé, il se mit à la suivre.

Comment, se demanda-t-il en apercevant de nouveau la chevelure bleue chatoyante, une fille pareille avait-elle pu se retrouver engagée de quelque manière avec des chimères ? À ce qu'il avait constaté, les trafiquants de Sulfure étaient tous des brutes épaisses au regard mort, puant l'abattoir. Mais elle ? Elle était d'une beauté lumineuse, légère et intense, mais ce n'était sûrement pas cela qui l'intriguait. Tous les membres de son espèce à lui étaient également beaux, si beaux que pour eux la beauté ne représentait presque rien. Qu'avait-elle donc qui le poussait ainsi à la suivre alors qu'il aurait dû s'envoler aussitôt dans les airs, au moment où sa mission était si près d'être accomplie ? Il n'aurait su le dire. C'était un peu comme si une voix l'y avait poussé.

La médina de Marrakech était un véritable labyrinthe, avec ses trois mille ruelles entremêlées tel un nœud de serpents, mais la jeune fille semblait savoir parfaitement où elle allait. Elle s'arrêta un instant pour effleurer de la main la surface d'un tissage, et Akiva ralentit le pas, se déportant brusquement sur le côté afin de l'observer à loisir.

Il perçut sur son visage pâle et ravissant une certaine mélancolie, un air un peu perdu, mais lorsque le vendeur s'adressa à elle, elle se mua en un sourire éclatant. Elle répondit avec aisance, faisant rire l'homme, et ils badinèrent ainsi, tandis qu'elle s'exprimait dans un arabe riche et guttural, avec des accents parfois proches du ronronnement.

Akiva l'observait avec la fixité d'un faucon. Quelques jours plus tôt seulement, les humains ne représentaient pour lui rien d'autre qu'une légende, et voilà qu'à présent il était parmi eux. C'était comme pénétrer dans les pages d'un livre – un livre vivant plein de couleurs et d'odeurs, de crasse et de chaos –, dans lequel cette fille aux cheveux bleus évoluait comme une fée dans un conte, où la lumière l'éclairait différemment des autres, où l'air semblait se concentrer autour d'elle comme un souffle suspendu. Comme si tout ce lieu racontait son histoire à elle.

Qui était-elle ?

Il l'ignorait, mais il sentit qu'elle n'était pas simplement une de ces sinistres Faucheuses de bas étage travaillant pour le compte de Sulfure. C'était assurément tout autre chose.

Sans la quitter un seul instant des yeux, il se glissa de nouveau dans son sillage, la suivant à distance dans le dédale de la médina.

13

Le pilleur de tombes

Karou marchait les mains dans les poches, tout en s'efforçant de chasser le malaise qu'elle éprouvait en songeant à Sulfure. Que signifiaient ces allusions à cette liberté qu'elle était censée reprendre ? Cela lui procura une impression d'abandon imminent, un peu comme un petit animal orphelin recueilli par une âme charitable puis relâché dans la nature.

Elle ne voulait pas être relâchée dans la nature. Elle voulait qu'on la garde précieusement. Elle voulait avoir un endroit et une famille bien à elle, irrévocablement.

– Des potions magiques pour les maux de ventre, mademoiselle, lui proposa quelqu'un.

Et elle ne put s'empêcher de sourire en repoussant l'offre d'un signe de la tête. Et les maux de cœur alors ? Existait-il quelque chose pour eux ? Probablement. Parmi tout ce bric-à-brac de charlatans, il y avait aussi de la vraie magie. Elle avait entendu parler d'un scribe habillé tout en blanc qui écrivait des lettres aux défunts (et les distribuait même !) et d'un vieux conteur qui vendait des idées aux écrivains en échange d'un an de leur vie. Karou avait vu des touristes rire en signant leur contrat, n'y croyant pas une seconde, contrairement à elle. N'avait-elle pas assisté à des choses plus étranges ?

La ville finit par la distraire de ses préoccupations. Il était difficile de rester morose dans un tel lieu. Dans certains *derb*, ainsi que s'appelaient ces ruelles, le monde semblait drapé dans les tapis. Dans d'autres, des soies fraîchement teintes en rouge écarlate ou en bleu cobalt séchaient au-dessus des têtes des passants. Les langues se croisaient dans l'air tels des oiseaux exotiques : l'arabe, le français, les dialectes tribaux. Des femmes s'évertuaient à envoyer les enfants au lit tandis que des vieillards en tarbouch fumaient assis contre les maisons.

Un éclat de rire, l'odeur de la cannelle et des ânes ; et de la couleur, de la couleur partout.

Karou se dirigea vers la place Djemaa el-Fna, le centre nerveux de la ville, un carnaval perpétuel et insensé : des charmeurs de serpent et des danseurs, des gamins aux pieds nus et poussiéreux, des pickpockets, d'infortunés touristes, et des éventaires où se vendaient toutes sortes de choses à boire et à manger, du jus d'orange aux têtes de mouton grillées. Après certaines courses, Karou ne retrouvait jamais la porte assez vite à son goût, mais à Marrakech, elle aimait musarder et flâner, siroter un thé à la menthe, dessiner, arpenter les souks à la recherche de babouches pointues et de bracelets d'argent.

Mais elle ne s'attarderait pas ce soir. Sulfure était manifestement impatient de récupérer ses dents. Elle revit les bocaux vides, et une folle curiosité s'empara d'elle. À quoi cela pouvait-il bien servir ? À quoi donc ? Elle essaya de s'empêcher d'y songer. En attendant, elle devait aller retrouver le pilleur de tombes, et l'exemple d'Izîl était à prendre au sérieux.

« Ne soyez pas curieux », telle était une des premières règles de Sulfure, et Izîl ne l'avait pas respectée. Karou avait pitié de lui car elle le comprenait. Chez elle aussi, la curiosité était un feu pervers, attisé par le moindre effort destiné à l'éteindre. Plus Sulfure ignorait ses questions, plus elle brûlait de savoir. Et ce n'était pas les questions qui manquaient !

Les dents, bien sûr : à quoi servaient-elles ?

L'autre porte ? Où menait-elle ?

Qui étaient exactement les chimères, et d'où venaient-elles ? En existait-il d'autres ?

Et elle-même ? Qui étaient ses parents, comment s'était-elle retrouvée confiée à la garde de Sulfure ? Était-elle tout droit sortie d'un conte de fées, comme la fille aînée du nain Tracassin, offerte en paiement d'une dette ? À moins que sa mère n'ait été une trafiquante étranglée par le serpent, laissant un enfant en bas âge, braillant, posé par terre, dans l'officine… Karou avait imaginé des centaines de scénarios, mais la vérité restait un mystère.

Existait-il une autre vie qu'elle aurait dû vivre ? À certains moments, elle en était intimement persuadée – une vie fantôme, insaisissable bien qu'à portée de la main. Ce genre d'impression l'étreignait lorsqu'elle était en train de dessiner ou de se promener, et même une fois où elle dansait langoureusement avec Kaz, elle avait eu le net sentiment qu'elle devait faire autre chose de ses mains, de ses jambes, de son corps. Autre chose. Autre chose. *Autre* chose.

Mais quoi ?

Elle arriva sur la place et se fraya un chemin dans la foule chaotique, ses pas s'accordant d'eux-mêmes au rythme de la musique gnawa tout en évitant les Mobylette et les acrobates. Des volutes de fumée de viande grillée s'élevaient, aussi épaisses que celles de maisons en feu, de jeunes garçons chuchotaient : « Haschich » sur son passage, tandis que des vendeurs d'eau dans leur costume traditionnel clamaient : « Photo ! Photo ! » Elle repéra au loin la silhouette bossue d'Izîl parmi les tatoueurs au henné et les dentistes ambulants.

Le voir régulièrement à un mois d'intervalle revenait à assister à un déclin en accéléré. Quand Karou était petite, Izîl était médecin et lettré – un homme honnête et distingué, aux doux yeux marron et à la moustache soyeuse qu'il lissait tel un plumage. Il s'était rendu de lui-même à l'officine de Sulfure et, à l'inverse des autres, il avait le chic pour que chacun de ses passages ait l'air d'un rendez-vous mondain. Il badinait avec Issa, lui offrait de petits cadeaux – des serpents sculptés dans des cosses, des boucles d'oreilles en jade, des amandes. Il apportait des poupées à Karou, ainsi qu'un petit service à thé pour jouer à la dînette, et il n'oubliait jamais Sulfure, déposant négligemment des chocolats ou des pots de miel sur le bureau avant de s'en aller.

Mais tout ça, c'était avant qu'il ne ploie sous le poids du terrible choix qu'il avait fait, et qui l'avait rendu bossu, difforme et fou. Il n'était plus le bienvenu à l'officine, de sorte que Karou était obligée de le rencontrer à Marrakech.

En le voyant aujourd'hui, elle fut submergée par une tendre compassion. Il était encore plus voûté, presque plié en deux, et seul son bâton d'olivier noueux l'empêchait de tomber la tête la première. Ses yeux étaient noyés sous les ecchymoses, et ses dents, qui n'étaient pas les siennes, semblaient disproportionnées dans ce visage rabougri. La moustache dont il avait été si fier pendait tristement, emmêlée. Le premier passant venu aurait éprouvé de la pitié en le croisant, mais aux yeux de Karou, qui savait à quoi il ressemblait quelques années auparavant, c'était une vision tragique.

Son visage s'éclaira en la voyant.

– Regardez-moi qui est là ! La jolie fille du Marchand de vœux, la gentille négociante en dents. Es-tu venue offrir un thé à un pauvre vieil homme ?

– Bonjour, Izîl. Oui, un thé, c'est une bonne idée, dit-elle en l'entraînant vers le café où ils avaient l'habitude de se retrouver.

– Ce mois s'est-il donc écoulé à mon insu, ma belle ? Je crains d'avoir complètement oublié notre rendez-vous.

– Non, pas du tout. C'est moi qui suis venue plus tôt.

– Ah, bien. C'est toujours un plaisir de te voir, mais j'ai peur de ne pas avoir grand-chose pour notre vieux démon.

– Mais tu en as quelques-unes ?

– Oui, quelques-unes.

Contrairement aux autres trafiquants, Izîl ne

chassait ni n'assassinait jamais. Il ne tuait pas. Auparavant, lorsqu'il travaillait comme médecin dans des zones de conflit, il avait accès aux cadavres dont les dents étaient désormais inutiles. À présent que la folie l'avait privé de ses moyens de subsistance, il était obligé de profaner les tombes.

– Silence, toi ! lança-t-il abruptement. Tiens-toi tranquille et nous verrons après.

Karou savait qu'il ne s'adressait pas à elle et fit poliment mine de ne pas avoir entendu.

Ils arrivèrent au café. Lorsque Izîl s'assit sur sa chaise, elle craqua et grinça, ployant comme sous un poids beaucoup plus lourd que celui de cet homme décharné.

– Alors, commença-t-il en se calant sur son siège, comment vont mes vieux amis ? Issa ?

– Elle va bien.

– Son beau visage me manque. Tu as apporté de nouveaux dessins d'elle ?

Karou en avait pris en effet et elle les lui montra.

– C'est beau, commenta-t-il en effleurant du doigt la joue d'Issa. Très beau. Le sujet *et* l'œuvre. Tu es très douée, ma chérie... Les imbéciles, grommela-t-il devant la scène du braconnier somalien. Ce que Sulfure doit endurer à traiter avec les humains...

Karou leva les sourcils.

– Penses-tu ! Le problème ce n'est pas que ce sont des humains : c'est que ce sont des sous-hommes, des barbares.

– Tu as raison. Chaque espèce a ses mauvaises graines, j'imagine. N'est-ce pas, ma bête ?

Il prononça ces derniers mots par-dessus son épaule, et cette fois on aurait dit qu'une réponse lui était chuchotée, venue de nulle part.

Karou ne put s'en empêcher: elle jeta un regard sur le sol, là où l'ombre d'Izîl se reflétait nettement sur les dalles. Ce geste lui sembla grossier, comme si… la condition… d'Izîl devait être ignorée, telle une tache de naissance ou autre anomalie. Son ombre révélait ce qui ne se voyait pas quand on le regardait.

Les ombres disaient la vérité, et celle d'Izîl indiquait qu'une créature était perchée sur son dos, invisible aux yeux de tous. C'était une espèce de chose au large torse puissant, qui lui enserrait le cou de ses bras. Voilà quel avait été le prix de sa curiosité: la chose le chevauchait comme une mule. Karou ne savait pas exactement ce qui s'était passé; elle savait simplement qu'Izîl avait émis le désir de savoir certaines choses, et c'était ainsi que son souhait s'était réalisé. Sulfure l'avait maintes fois mise en garde contre l'usage de vœux particulièrement puissants: certains pouvaient mal tourner, et Izîl en était la preuve vivante.

Elle supposa que cette chose invisible, qui s'appelait Razgut, détenait les secrets qu'Izîl désirait connaître. Quels qu'ils soient, leur prix en était assurément trop élevé.

Razgut était en train de parler. Karou ne percevait qu'un chuchotis ténu et un son qui ressemblait à un léger claquement de lèvres charnues.

– Non, répliqua Izîl, je ne le lui demanderai pas. Elle refusera.

Karou observa avec quelque répugnance Izîl se disputer avec la chose dont elle ne voyait que l'ombre.

– D'accord, d'accord, chut, je lui demande! finit par concéder le pilleur de tombes, avant de se tourner vers Karou d'un air contrit. Il veut juste goûter. Un tout petit peu.

– Goûter? dit-elle, incrédule, sachant que son thé n'était pas encore arrivé.

– À toi, la fille du sorcier. Rien qu'un petit coup de langue. Il a promis de ne pas mordre.

– Euh… non, répondit Karou avec un haut-le-cœur.

– Je te l'avais dit, marmonna Izîl. À présent, tu vas te tenir tranquille, s'il te plaît?

Un sifflement sourd lui répondit.

Un serveur en djellaba blanche s'approcha et leur servit un thé à la menthe, levant la théière à la hauteur de sa tête et dirigeant avec adresse le long filet de liquide brûlant dans les verres multicolores gravés. Observant les joues hâves du pilleur de tombes, Karou commanda également des pâtisseries, et laissa un bon moment l'homme boire et manger avant de l'interroger.

– Alors, qu'as-tu pour moi?

Il fouilla dans ses poches et en ressortit une poignée de dents qu'il posa sur la table.

Observant la scène, tapi dans l'ombre d'un porche voisin, Akiva se redressa. Le temps s'arrêta et tout se figea autour de lui: il n'avait d'yeux que pour ces dents et cette fille qui les triait exactement comme il savait que le faisait ce vieil animal de sorcier.

Des dents. Comme elles avaient l'air inoffensives sur cette table, de vulgaires petites choses crasseuses, arrachées aux cadavres. Et si on les laissait là où elles étaient, elles ne seraient rien de plus : de petites choses inoffensives. Mais, entre les mains de Sulfure, elles devenaient bien plus que cela.

Akiva avait pour mission de mettre fin à cet immonde commerce, et ainsi à la magie noire du démon.

Il ne quitta pas des yeux la jeune fille qui examinait les dents d'un œil expert, comme si elle avait fait cela toute sa vie. À son dégoût se mêlait une certaine déception. Elle lui avait paru trop pure pour ces activités, mais apparemment ce n'était pas le cas. En attendant, il avait vu juste en pensant qu'elle n'était pas une simple négociante. Elle était plus que cela, occupée en ces lieux à œuvrer pour le compte de Sulfure. Mais qu'était-elle en réalité ?

– Bon sang, Izîl ! s'exclama Karou. Elles sont atroces. Tu les as rapportées directement du cimetière ?

– D'un charnier. Il était bien caché, mais Razgut l'a flairé. Il n'a pas son pareil pour repérer les cadavres.

– Tu parles d'un talent !

Karou frissonna, imaginant Razgut en train de la lorgner dans l'espoir de goûter sa peau. Elle reporta son attention sur les dents. De petits bouts de chair pendaient encore aux racines, mélangés à la terre dont elles avaient été exhumées. Malgré la saleté, il était facile de voir qu'elles n'étaient pas de bonne qualité, mais qu'elles avaient appartenu à des gens qui avaient mâché des aliments coriaces, fumé la pipe et ignoré l'usage du dentifrice.

Elle les ramassa d'un revers de la main et les plongea dans le thé qui restait au fond de son verre, les faisant tourner quelques instants avant de les renverser sur la table, à peine plus propres, parmi un petit tas de feuilles de menthe. Elle les prit, les unes après les autres. Les incisives, les molaires, les canines, dents d'enfants et d'adultes mélangées indistinctement.

– Izîl, tu sais bien que Sulfure ne veut pas de dents de lait.

– Tu ne sais pas tout, jeune fille, répliqua-t-il.

– Pardon ?

– Ça lui arrive d'en prendre. Une fois, oui… Une fois il en a eu besoin.

Karou n'en crut rien. Sulfure n'achetait jamais de dents non parvenues à maturité, qu'elles soient d'humains ou d'animaux, mais elle ne discuta pas.

– Bon…, répondit-elle, mettant de côté les quenottes et s'efforçant de ne pas songer aux petits cadavres des charniers. Eh bien, cette fois il n'en a pas demandé, donc je te les laisse.

Elle saisit une par une les dents d'adultes, écoutant attentivement leurs vibrations, et les répartit en deux tas.

Izîl la regarda faire avec inquiétude, suivant des yeux ses mains qui passaient d'un tas à l'autre.

– Ils chiquaient beaucoup trop, n'est-ce pas ? Ah, sacrés gitans ! Ils chiquaient même après leur mort. Aucune éducation ! Des mal élevés !

La plupart des dents étaient complètement usées, rongées par les caries, et inutilisables pour Sulfure. Lorsque Karou eut terminé son tri, l'un des deux tas était nettement plus gros que l'autre, sans qu'Izîl sache lequel était le bon. Il désigna avec espoir le plus important.

Elle secoua la tête et sortit quelques billets du portefeuille que Sulfure lui avait remis. C'était déjà fort bien payé pour ces misérables dents, mais beaucoup moins que ce qu'avait espéré Izîl.

– Tous ces efforts pour ça ! se lamenta-t-il. Pour quelques bouts de papier portant la photo d'un roi mort ? Toujours ces morts qui me regardent… Karou, ajouta-t-il d'une voix soudain brisée, je ne peux plus continuer comme ça. Je suis brisé. Je n'arrive même plus à tenir une pelle. Je gratte cette terre dure, je creuse comme une bête… Je suis à bout.

– Il y a certainement d'autres façons de vivre…, suggéra Karou, prise de pitié.

– Non. Il ne me reste que la mort. On devrait pouvoir mourir dignement lorsqu'on ne peut plus vivre dignement. C'est Nietzsche qui a dit ça. Un sage… avec une grosse moustache.

Izîl tira sur sa pauvre moustache dépenaillée et risqua un pâle sourire.

– Izîl, ne me dis pas que tu as l'intention de mourir…

– Si seulement il existait un moyen d'être libre…

– Il n'en existe pas ? demanda-t-elle, sincère. Il y a forcément quelque chose que tu peux faire.

Il tiraillait nerveusement sur sa moustache.

– L'idée me déplaît fort, ma petite, mais... oui, il existe bien un moyen, si tu acceptais de m'aider. Tu es la seule qui sois assez bonne et courageuse... Oh !

Il porta brusquement la main à son oreille, et Karou vit du sang couler entre ses doigts. Elle eut un mouvement de recul. Razgut avait dû le mordre.

– Je le lui demanderai si j'en ai envie, monstre ! s'écria le pilleur de tombes. Oui, tu es un monstre ! Peu m'importe ce que tu étais avant. Aujourd'hui, tu es un monstre !

Il s'ensuivit une curieuse empoignade : on aurait dit que le vieil homme se battait contre lui-même. Le serveur s'affola, tandis que Karou reculait sur sa chaise, se protégeant des coups visibles et invisibles.

– Arrête ! Arrête ! hurlait Izîl, le regard fou.

Il s'arc-bouta, leva son bâton et l'abattit brutalement sur sa propre épaule et la chose qui y était perchée. Il frappa à tour de bras, donnant l'impression de s'infliger une sévère correction, puis il poussa un cri perçant et tomba à genoux. Sa canne roula au loin, tandis qu'il portait les deux mains à son cou. Du sang teintait l'encolure de sa djellaba : la chose avait dû le mordre de nouveau. Sa détresse était plus que Karou ne pouvait supporter ; sans prendre le temps de réfléchir, elle se pencha sur lui et lui prit le bras pour l'aider à se relever.

Grave erreur.

Elle le sentit aussitôt sur son cou : un effleurement imperceptible qui la révulsa. C'était une langue. Razgut avait réussi à la goûter. Elle entendit un bruit de déglutition alors qu'elle se jetait en arrière, laissant le pilleur de tombes à genoux.

Elle avait eu sa dose. Elle ramassa les dents et son carnet de croquis.

– Attends, s'il te plaît ! la supplia Izîl. Karou. S'il te plaît...

Son appel était si désespéré qu'elle hésita. Il fourragea dans sa poche et en sortit un objet qu'il brandit : une paire de tenailles. Elles avaient l'air rouillées, mais Karou savait que ce n'était pas de la rouille. C'était l'outil de sa profession, et elles étaient couvertes du sang de la bouche des cadavres.

– S'il te plaît, ma chérie. Je n'ai personne d'autre...

Elle comprit aussitôt ce qu'il attendait d'elle et fit un bond en arrière, sous le choc.

– Non, Izîl ! Ma réponse est non !

– Un bruxis pourrait me sauver ! Je ne peux plus me sauver moi-même. J'ai déjà utilisé le mien. Il suffit d'un autre bruxis pour annuler l'effet du précédent et de mon vœu insensé. Tu pourrais faire disparaître ce monstre. S'il te plaît. S'il te plaît !

Un bruxis. C'était un vœu beaucoup plus puissant qu'un gavriel, et dont la valeur d'achat était particulière : on ne pouvait s'en procurer qu'en échange de ses propres dents. Toutes et arrachées par ses propres soins.

La seule idée de s'arracher les dents une à une donna la nausée à Karou.

– Ne sois pas ridicule, murmura-t-elle, stupéfiée qu'il lui ait seulement posé la question.

Cet homme était fou, et à cet instant, il en avait bien l'air.

Elle recula.

– Je ne voulais pas te le demander, tu sais, je ne le voulais pas. Mais c'est le seul moyen !

Karou battit précipitamment en retraite, tête baissée, et sortit du café. Elle marcha et aurait certainement continué à marcher droit devant elle sans se retourner si un cri ne l'avait pas arrêtée. Il s'était élevé du brouhaha de la place Djemaa el-Fna et avait instantanément couvert tous les autres bruits. C'était un cri aigu et avide, tel qu'elle n'en avait jamais entendu de sa vie.

Ce n'était pas Izîl.

Surnaturelle, la plainte s'amplifia, à la fois violente et fluctuante, pour déferler telle une vague et devenir langage – susurrée, dépourvue de consonnes dures. Les modulations suggéraient des mots, mais la langue était étrangère, même à Karou qui en maîtrisait pourtant une bonne vingtaine. Elle se retourna, constatant que les gens autour d'elle en faisaient autant, tendant le cou pour voir, et que l'inquiétude de leurs expressions avait fait place à l'horreur lorsqu'ils eurent identifié l'origine de ce son.

Alors elle vit à son tour.

La chose perchée sur le dos d'Izîl n'était plus invisible.

14

Fatal oiseau de l'âme

Si cette langue était inconnue de Karou, elle ne l'était pas d'Akiva.

– Séraphin, je te vois ! interpellait la voix. Je te connais ! Frère, frère, j'ai purgé ma peine. Je suis prêt à tout ! Je me suis repenti, j'ai été suffisamment puni…

Akiva regarda médusé, sans comprendre, la chose qui s'était matérialisée sur le dos du vieil homme.

Elle était complètement nue, le torse ballonné pourvu de bras grêles serrés autour du cou de l'homme. Des jambes inutiles pendaient derrière, et sa tête était violacée et enflée, comme gorgée de sang et prête à exploser violemment d'un instant à l'autre. Elle était hideuse. Et qu'elle s'exprime dans la langue des séraphins était une abomination supplémentaire.

Face à cette incongruité absolue, Akiva resta pétrifié, le regard fixe, avant que la stupeur, en entendant sa propre langue, ne se mue en effarement face aux propos clamés.

– Ils m'ont arraché les ailes, mon frère !

La chose dévorait Akiva des yeux. Elle ôta un de ses bras du cou du vieil homme et tendit la main, implorante.

– Ils m'ont brisé les jambes pour que je ne puisse plus que ramper, comme les insectes sur la terre ! Cela fait mille ans que j'ai été banni, mille années de tourment, mais tu es enfin là, tu es venu me chercher pour me ramener chez nous !

Chez nous ?

Non. C'était impossible.

Les gens commençaient à refluer, s'écartant de la créature dont la vue leur était insupportable. Certains s'étaient retournés pour reporter leurs regards sur Akiva, auquel s'adressait manifestement l'imploration. Ce dernier balaya l'assemblée de ses yeux de braise. Certaines personnes reculaient et se mettaient à prier. Puis son regard s'arrêta sur la fille aux cheveux bleus, à une vingtaine de mètres, calme et lumineuse parmi la foule en émoi.

Elle lui rendait son regard.

Plongeant dans ses yeux bordés de khôl qui éclairaient son teint mat. Des yeux de feu dont les étincelles semblaient elles aussi tracer un chemin dans l'atmosphère, incendiant tout sur son passage et faisant tressaillir Karou. Ce n'était pas un simple tressaillement, mais plutôt une réaction en chaîne, accompagnée d'une décharge d'adrénaline, qui parcourut violemment son corps. Ses membres lui semblèrent soudain dotés de la légèreté et de la force des réveils brutaux, prêts à combattre ou à s'enfuir, réaction chimique et primitive.

« Qui ? » se demanda-t-elle tandis que son esprit s'efforçait de se mettre au diapason de son corps sur le qui-vive.

Et : « Quoi ? »

Car, à l'évidence, ce n'était pas un être humain, ce personnage qui se tenait au milieu de la foule dans la plus parfaite immobilité. Elle sentit son pouls battre au creux de ses mains et s'empressa de serrer les poings, percevant toujours la pulsation sauvage de son sang.

Ennemi. Ennemi. Ennemi. Cette conviction la taraudait au rythme des battements de son cœur : l'étranger aux yeux de braise était l'ennemi. Son visage – si beau, si parfait qu'il en était mythique – était d'une froideur absolue. Karou était partagée entre le désir de fuir et la peur de lui tourner le dos.

Ce fut Izîl qui décida à sa place.

– *Malak !* s'écria-t-il en désignant l'homme. *Malak !*

Ange.

Ange ?

– Je te connais, fatal oiseau de l'âme ! Je sais qui tu es ! ajouta-t-il avant de se tourner vers Karou : Karou, tu dois aller voir Sulfure et lui dire que les séraphins sont là. Ils sont revenus. Va vite le prévenir ! Cours, mon enfant. Cours !

Et elle courut.

Sur la place Djemaa el-Fna, les gens qui tentaient de fuir en étaient empêchés par ceux qui étaient attirés par le spectacle. À coups d'épaule, elle se fraya un chemin à travers les badauds, repoussa violemment quelqu'un, contourna les flancs d'un chameau et enjamba un cobra lové dans son panier, qui se redressa aussitôt, dépourvu de crochets, inoffensif. Risquant un coup d'œil par-dessus son épaule, elle ne vit personne la poursuivre : elle ne vit personne, mais elle le sentit, lui.

Un frisson le long de toutes ses terminaisons nerveuses. Tout son corps aux aguets. Elle était chassée, elle était proie, et elle n'avait même pas songé à glisser son couteau dans sa botte, s'attendant si peu à en avoir besoin pour ses affaires avec le pilleur de tombes.

Elle courut, quittant la place par l'une des nombreuses ruelles qui s'y jetaient comme autant d'affluents. Les visiteurs des souks s'étaient faits plus rares et de nombreuses lumières avaient été éteintes ; elle courait, passant alternativement de l'obscurité à la lumière, d'une foulée longue, calculée et légère, et presque silencieuse. Elle prenait de larges virages pour éviter les collisions, regarda plusieurs fois derrière elle mais ne vit personne.

Ange. Le mot résonnait encore à ses oreilles.

Elle n'était plus très loin de la porte – plus qu'un dernier tournant, une autre ruelle et elle y serait, si elle parvenait jusque-là.

Au-dessus d'elle. Chaleur et bruit sourd de battements d'ailes.

Une masse noire masqua la lueur de la lune. Quelque chose fondait sur Karou de toute la puissance de ses ailes gigantesques. Chaleur, battements d'ailes, et soudain lame qui déchire l'air. Une lame… Elle fit un bond de côté, sentit l'acier lui entailler l'épaule tandis qu'elle se jetait violemment contre une porte ouvragée, la faisant en partie voler en éclats. Se saisissant d'un des morceaux de bois effilé, elle fit volte-face pour affronter son agresseur.

Il se tenait à deux mètres d'elle, la pointe de son épée sur le sol.

« Oh… », songea Karou en le dévisageant. « Oh. »

C'était bien un ange.

Il apparaissait dans toute sa vérité. La lame de sa longue épée reflétait la blancheur immaculée de ses ailes chatoyantes, des ailes immenses dont les extrémités frôlaient les côtés de la ruelle et dont chaque plume évoquait la flamme dansante d'une bougie.

Ces yeux.

Son regard, comme une mèche allumée, consumait l'air entre eux. Karou n'avait jamais rien vu d'aussi beau. La première idée qui lui vint à l'esprit, incongrue mais irrépressible, fut de chercher à le mémoriser de façon à pouvoir le dessiner plus tard.

Puis elle se dit qu'il n'y aurait pas de plus tard, puisqu'il allait la tuer.

Il se rua sur elle avec une telle fougue que ses ailes laissèrent des traces lumineuses dans l'air, et son empreinte embrasée s'imprima sur les pupilles de Karou qui l'évita encore. Son épée la toucha à nouveau, mais elle réussit à esquiver le coup fatal. Elle était vive. Elle parvenait à le tenir à distance, alors qu'il ne cherchait qu'à se rapprocher. Elle se dérobait avec grâce, souplesse et légèreté. Leurs regards se croisèrent une fois de plus, et Karou découvrit, au-delà de sa beauté bouleversante, son absence totale d'humanité et de clémence.

Il l'attaqua de nouveau. En dépit de son agilité, Karou ne put éviter son épée. Mais le coup porté à sa gorge atteignit son omoplate. Elle ne ressentit aucune douleur sur le moment, cela viendrait plus tard à moins qu'elle ne meure, rien qu'une sensation de chaleur qu'elle savait être son sang qui s'écoulait. Un autre coup, qu'elle para de son morceau de bois ; il se fendit en deux comme une brindille, de sorte qu'elle se retrouva avec un ridicule éclat, à peine plus long qu'une dague, pour toute arme. Mais lorsque l'ange fondit de nouveau sur elle, elle esquiva le coup en se jetant sur lui et le frappa, sentant le bois pénétrer dans sa chair.

Karou avait déjà poignardé des hommes, et elle n'aimait pas particulièrement cela, cette sensation terrible de pénétrer dans la chair vivante. Elle se recula, abandonnant son arme de fortune dans le flanc de sa victime dont le visage n'exprima ni douleur ni surprise. C'était, songea Karou, un visage mort ; ou plutôt le visage vivant d'une âme morte.

Et c'était vraiment terrifiant.

Il l'avait acculée dans un coin, et ils savaient tous deux qu'elle ne pourrait s'échapper. Elle eut vaguement conscience de cris de peur et de stupeur qui fusèrent de la ruelle et des fenêtres ouvertes, mais toute son attention se concentrait sur l'ange. Qu'est-ce que cela pouvait seulement signifier ? Ange ? Qu'avait donc dit Izîl ? « Les séraphins sont là. »

Oui, elle avait déjà entendu ce mot ; les séraphins étaient des anges d'une catégorie supérieure, du moins selon la mythologie chrétienne, pour lesquels Sulfure avait le plus profond mépris, ainsi d'ailleurs que pour toute religion. « Les hommes ont vaguement compris une ou deux choses avec le temps, disait-il. Assez pour inventer le reste. Tout cela n'est qu'un tissu de fables parsemé par endroits de quelques fils de vérité.

– Alors, qu'est-ce qui est réel ? avait-elle voulu savoir.

– Si tu peux le tuer ou s'il peut te tuer, alors il est réel. »

Si l'on s'en tenait à cette définition, cet ange était tout à fait réel.

Il leva son épée. Elle se contenta de le regarder faire, son attention ayant été attirée par les traits tatoués à l'encre noire sur ses phalanges – ils lui parurent familiers l'espace d'un instant, une impression fugitive – et elle continua à regarder fixement son agresseur, hébétée, cherchant à comprendre. Il lui semblait impossible que sa dernière heure soit arrivée. Elle inclina la tête sur le côté, guettant désespérément sur son visage quelque signe lui prouvant qu'il possédait… une *âme*… et elle le découvrit.

Il hésita. Son masque tomba une fraction de seconde, mais Karou eut le temps de voir percer une immense souffrance, une vague d'émotion qui adoucit la raideur de ses traits, dont la perfection frisait le ridicule. Ses mâchoires se desserrèrent, ses lèvres s'entrouvrirent, son front se plissa, perplexe.

Simultanément, elle prit conscience de la pulsation qu'elle avait perçue au creux de ses paumes et qui lui avait fait serrer les poings dès l'instant où elle l'avait vu. Elle y battait toujours, énergie contenue, et Karou fut électrisée par la certitude qu'elle émanait de ses tatouages. Elle ressentit un besoin irrépressible de tendre ses mains en avant, et c'est ce qu'elle fit, non en signe de reddition, mais pour lui présenter ses paumes ornées des yeux qui y étaient tatoués depuis toujours sans qu'elle en connût la raison.

Et quelque chose se produisit.

On aurait dit une détonation – comme une soudaine inspiration d'air retenu avant d'être brusquement exhalé. Mais cela se passa sans bruit, sans éclair aveuglant – les témoins de la scène ébahis ne virent qu'une jeune fille qui levait les mains –, cependant Karou le sentit, et l'ange également. Il écarquilla les yeux au moment précis où il comprit, une seconde avant d'être précipité avec une force foudroyante contre un mur, six mètres plus loin. Il s'effondra à terre, les ailes de guingois, tandis que son épée glissait sur le sol. Karou se redressa vivement.

L'ange ne bougeait plus.

Elle fit demi-tour et repartit en courant. Quel que soit le phénomène, il avait déclenché un profond silence et ce silence la poursuivait. Elle n'entendait plus que sa propre respiration saccadée, étrangement amplifiée comme dans un tunnel. Elle tourna le coin de la ruelle à toute allure, dérapant sur les talons pour éviter un âne qui bouchait obstinément le passage. La porte était en vue, une porte toute simple parmi tant d'autres, mais à présent, un détail la différenciait : une large empreinte de main avait calciné le bois.

Karou se jeta dessus, tambourinant des deux poings avec une rage qu'elle n'avait jamais mobilisée contre une porte.

– Issa ! hurla-t-elle. Ouvre-moi !

Avant que la porte ne s'ouvre, il s'écoula un

long moment éprouvant pendant lequel Karou ne cessa de jeter des regards angoissés derrière elle.

Elle était sur le point de se précipiter à l'intérieur lorsqu'elle étouffa un cri. Ce n'était ni Issa, ni le vestibule familier, mais une Marocaine, un balai à la main. Oh, non... La femme plissa les yeux et ouvrit la bouche pour protester, mais Karou n'attendit pas. La poussant à l'intérieur, elle claqua la porte sur elle et resta dehors. De nouveau, elle tambourina contre la porte.

– Issa !

Elle entendit la femme crier de l'autre côté, cherchant à ouvrir. Karou jura et la tint fermée de toutes ses forces. Tant qu'elle serait même entrouverte, la magie n'opérerait pas.

– Éloignez-vous de la porte ! lui cria-t-elle en arabe.

Elle regarda par-dessus son épaule. Toute la rue était en grand émoi : des bras se levaient, des cris fusaient. Seul l'âne restait imperturbable. Aucun ange à l'horizon. L'avait-elle tué ? Non. Elle ignorait ce qui s'était passé, mais elle savait qu'il n'était pas mort. Il allait revenir.

– Issa ! Sulfure ! Je vous en supplie ! s'écria-t-elle en frappant de nouveau contre le panneau de bois.

Toujours la Marocaine excédée. Karou maintint la porte fermée du bout du pied et recommença à taper.

– Issa ! Il va me tuer ! Ouvre-moi !

Pourquoi était-ce si long ? Les secondes s'égrenaient comme les scoubis sur leur fil, se volatilisant les uns après les autres. La porte tressautait sous son pied, car quelqu'un cherchait à l'ouvrir de l'autre côté – était-ce Issa ? Puis elle sentit un souffle chaud dans son dos. Sans hésiter cette fois, elle se retourna, se plaquant contre la porte pour la tenir fermée, et leva les mains comme si elle voulait que ses yeux tatoués « voient ». Il ne se produisit aucune détonation, seul un crépitement électrique qui lui dressa les cheveux sur la tête, tels les serpents de Méduse.

L'ange marchait vers elle, la tête baissée, de sorte qu'il la regardait de la partie supérieure de ses prunelles incandescentes. Il avançait avec difficulté, comme luttant contre le vent. La force contenue dans les tatouages de Karou, qui l'avait projeté contre le mur, freinait sa progression mais ne l'arrêtait pas. Les bras le long du corps, il serrait les poings, l'air féroce, prêt à endurer toutes les souffrances.

Il s'arrêta à quelques pas d'elle et la regarda, la regarda véritablement, non plus d'un regard mort, mais d'un œil vif qui parcourut son visage et son cou, descendit jusqu'aux khamsas de ses mains avant de remonter sur son visage. Il effectua ainsi plusieurs allers-retours, comme si quelque chose ne collait pas.

– Qui es-tu ? lui demanda-t-il.

Elle faillit ne pas reconnaître la langue des chimères dans laquelle il s'exprimait, si douce dans sa bouche.

Oui, qui était-elle ?

– Tu ne te poses jamais la question avant d'essayer de tuer quelqu'un ?

Elle sentit de nouveau dans son dos la pression qui s'exerçait contre la porte. Si ce n'était pas Issa, elle était perdue.

L'ange fit un pas en avant, et Karou se déplaça sur le côté pour laisser la porte s'ouvrir.

– Karou ! dit sèchement Issa.

Et elle se précipita à l'intérieur, refermant violemment le battant derrière elle.

Akiva s'élança à sa suite et ouvrit la porte à son tour pour se retrouver face à une femme qui blêmit et lâcha son balai.

La jeune fille avait disparu.

Il attendit un moment, indifférent à l'agitation autour de lui. Il réfléchissait très vite : la fille allait prévenir Sulfure. Il aurait dû l'en empêcher, aurait pu facilement la tuer. Au lieu de cela, il l'avait frappée sans conviction, lui laissant le temps de s'échapper. Pour quelle raison ?

C'était tout simple : il voulait la regarder.

L'imbécile !

Et qu'avait-il vu ? Ou que croyait-il avoir vu ? Des images fugitives d'un passé à jamais disparu – le fantôme d'une jeune fille qui lui avait appris la mansuétude, il y avait fort longtemps, jusqu'au jour où son propre sort avait réduit en cendres tous ses beaux enseignements ? Il avait cru la moindre parcelle d'humanité morte en lui, et pourtant il n'avait pu se résoudre à tuer la jeune fille. Et il y avait aussi ces khamsas, tellement inattendus.

Un être humain portant les marques du démon ! Comment était-ce possible ?

Il n'y avait à cette question qu'une seule réponse, aussi simple que dérangeante :

C'était possible parce qu'elle n'était pas humaine.

15

L'autre porte

Karou tomba sur les genoux au milieu du vestibule. À bout de souffle, elle se retint au corps annelé d'Issa.

– Karou ! susurra Issa, la soulevant dans ses bras et la serrant contre elle pour se retrouver couverte de sang. Que t'est-il arrivé ? Qui est-ce qui t'a fait ça ?

– Tu ne l'as pas vu ? s'étonna Karou.

– Vu qui ?

– L'ange…

La réaction d'Issa fut intense. Elle recula d'un bond, comme un serpent prêt à mordre.

– Un ange ?

Aussitôt, tous ses serpents – dans ses cheveux, autour de sa taille et de ses épaules – s'éveillèrent et sifflèrent simultanément. Karou poussa un cri de douleur, déclenché par le mouvement brusque d'Issa.

– Oh, ma chérie, ma jolie. Pardonne-moi, reprit Issa, radoucie et berçant Karou comme un bébé. Qu'entends-tu par « ange » ? Ce n'est sûrement pas…

Karou la regarda, les paupières lourdes, la vue trouble.

– Pourquoi a-t-il voulu me tuer ?

– Ma chérie, ma chérie…

Issa lui retira son manteau lacéré et son écharpe afin d'examiner ses blessures, mais le sang coulait toujours et le vestibule était mal éclairé.

– Tout ce sang!

Karou eut l'impression que les murs oscillaient lentement autour d'elle. Elle attendait que la porte intérieure s'ouvre, mais elle restait close.

– On ne peut pas entrer? murmura-t-elle d'une voix faible. Je veux Sulfure.

Elle se rappelait la façon dont il l'avait récupérée et réconfortée quand elle était rentrée en sang de Saint-Pétersbourg. Comment elle s'était sentie merveilleusement bien et en totale confiance, sachant qu'il la guérirait. Et il l'avait guérie et il la guérirait de nouveau…

Issa roula en boule l'écharpe ensanglantée de Karou et l'appliqua sur sa blessure pour tenter de contenir l'hémorragie.

– Il n'est pas là pour l'instant, ma douce.

– Où est-il?

– Il… On ne peut pas le déranger.

Karou poussa un gémissement. Elle voulait Sulfure. Elle avait besoin de lui.

– Va le déranger, dit-elle avant de se laisser aller, de lâcher prise.

De tomber.

La voix d'Issa était loin, très loin.

Et puis plus rien.

Ensuite, par intermittence, des images tremblotantes, saccadées, comme montées bout à bout, sans lien apparent entre elles: les yeux d'Issa et de Yasri, tout près des siens, inquiets.

Des mains douces, de l'eau fraîche. Des rêves : Izîl et la chose au visage pourpre et boursouflé, tel un fruit blet, perchée sur son dos, l'ange dévorant Karou du regard comme s'il cherchait à l'embraser de ses yeux.

La voix d'Issa lui parvint faiblement, dans une brume de mystère :

– Cela voudrait-il dire qu'ils sont dans le monde des humains ?

– Ils ont dû découvrir un moyen d'y revenir, lui répondit Yasri. Ça leur a pris un bon bout de temps, malgré l'excellente opinion qu'ils ont d'eux-mêmes !

Non, elle ne rêvait pas. Elle avait repris connaissance, comme revenant à la nage après une longue traversée, épuisée, et elle écoutait en silence. Elle était couchée dans son petit lit d'enfant à l'arrière de l'officine ; elle n'avait pas besoin d'ouvrir les yeux pour le vérifier. Ses blessures la faisaient souffrir, et l'odeur âcre des remèdes flottait dans l'air. Les deux chimères chuchotaient entre elles à l'extrémité des rayonnages.

– Mais pourquoi s'en prendre à Karou ? siffla Issa.

– Tu ne crois pas que… ? Ils ne peuvent pas savoir, pour elle.

– Non, c'est impossible. Ne dis pas n'importe quoi.

– Non, non, c'est impossible, soupira Yasri. Oh, je voudrais que Sulfure revienne vite. Tu crois qu'on devrait aller le chercher ?

– Tu sais bien qu'on ne peut pas le déranger. Il ne va plus tarder à présent.

– Non.

– Il va être furieux, risqua Issa après un silence inquiet.

– Oui, acquiesça Yasri, la gorge nouée par l'appréhension. Oh, oui !

Sentant que les deux chimères l'observaient, Karou s'efforça de paraître toujours inconsciente. Elle n'eut aucun mal à cela. Elle se sentait apathique, sans énergie, et la douleur irradiait dans sa poitrine, son bras et sa clavicule. Quelques balafres qui viendraient s'ajouter à ses cicatrices de blessure par balle. Elle avait soif et savait qu'elle n'avait qu'à émettre le moindre murmure pour que Yasri accoure avec un verre d'eau et une main apaisante, mais elle garda le silence. Elle avait trop de choses auxquelles réfléchir.

Yasri avait bien dit : « Ils ne peuvent pas savoir, pour elle. »

Savoir quoi ?

Ces secrets la rendaient folle. Elle voulait se lever et hurler : « Qui suis-je ? », mais elle n'en fit rien. Elle feignit de dormir car quelque chose d'autre la tourmentait.

Sulfure n'était pas là.

Or il était *toujours* là. Jamais auparavant elle n'avait été autorisée à entrer dans l'officine en son absence, et seul son état alarmant, circonstance exceptionnelle, avait justifié cette entorse à la règle.

Cette opportunité.

Karou attendit qu'Issa et Yasri se soient éloignées, les observant entre ses cils, les paupières à demi fermées. Sachant qu'à peine elle aurait porté le poids de son corps d'un côté pour se lever, les ressorts du petit lit auraient grincé et l'auraient trahie, elle saisit le bracelet de scoubis autour de son poignet.

Encore un usage pour des vœux presque inutiles : empêcher les ressorts du lit de grincer.

Elle se leva et chercha son équilibre, tout étourdie et endolorie, mais sans un bruit. Yasri et Issa lui avaient pris ses bottes, ainsi que son manteau et son gilet, ne lui laissant que ses bandages, un chemisier taché de sang et son jean. Elle contourna pieds nus deux vitrines, passa sous des chapelets de dents de chameau et de girafe, puis s'immobilisa, tendit l'oreille et risqua un œil dans l'officine.

La table de travail de Sulfure n'était pas éclairée, celle de Twig non plus ; les oiseaux-papillons n'avaient aucune lanterne allumée autour de laquelle voleter. Issa et Yasri se trouvaient dans la cuisine, hors de vue, et toute l'officine était plongée dans la pénombre, ce qui faisait d'autant plus ressortir l'autre porte dont trois côtés étaient soulignés d'un rai de lumière.

Pour la première fois, elle était entrebâillée.

Le cœur battant, Karou s'en approcha. Elle s'arrêta un instant, la main sur la poignée, puis la poussa tout doucement et regarda.

16

Déchu

Akiva découvrit Izîl recroquevillé derrière un tas d'ordures, dans un coin de la place Djemaa el-Fna, la créature toujours perchée sur son dos. Des humains effrayés s'avançaient en demi-cercle, menaçants, mais lorsque Akiva tomba du ciel dans une gerbe d'étincelles, ils s'égaillèrent en tous sens, couinant comme des cochons qu'on égorge.

La créature s'adressa aussitôt à Akiva :

– Mon frère..., roucoula-t-elle. Je savais que tu reviendrais me chercher.

Akiva serra les mâchoires, se forçant à regarder la chose en face. En dépit de leur boursouflure, ses traits conservaient quelque chose de leur beauté d'antan : des yeux en amande, un beau nez busqué, et des lèvres dont la sensualité devenait perversité dans un visage aussi repoussant. Mais le secret de sa véritable nature se cachait dans son dos : les vestiges de ses ailes arrachées pointaient sur ses omoplates.

Si incroyable que cela puisse paraître, cette chose était un séraphin. Et ce ne pouvait être qu'un Déchu.

Akiva connaissait cette histoire, qu'on lui avait toujours racontée comme une légende, et ne s'était jamais demandé si elle était vraie, jusqu'à ce moment où il se voyait confronté à sa réalité. Il existait donc des séraphins exilés en d'autres temps pour trahison et collaboration avec l'ennemi, précipités à tout jamais dans le monde des hommes. Eh bien, il en avait un devant lui, et il était tombé bien bas. L'âge avait voûté son échine, et sa peau, tendue, semblait s'accrocher à ses vertèbres saillantes. Ses jambes pendaient, inutiles, sous lui – non pas à cause des ravages du temps, mais de ceux de la violence. Elles avaient été brisées de façon cruelle et délibérée, afin qu'il ne puisse plus jamais marcher. Comme si lui arracher les ailes n'avait pas suffi à son châtiment – les lui arracher et non les rogner – pour qu'il faille en outre lui casser les jambes, faisant de lui une misérable chose condamnée à ramper à la surface d'un monde étranger.

Il avait vécu ainsi un millier d'années, et il ne put contenir sa joie en voyant Akiva.

Izîl n'était pas aussi ravi. Il se tapit contre le tas d'immondices nauséabondes, redoutant plus Akiva que la foule en colère. Tandis que Razgut ne cessait de psalmodier « Mon frère, mon frère », de façon extatique, le vieil homme tremblait de tous ses membres et cherchait à battre en retraite, sans savoir où aller.

Akiva le dominait de toute sa hauteur, éclairant comme en plein jour la scène de ses ailes au flamboiement aveuglant, débarrassées de leur charme d'invisibilité.

– Ma peine est suspendue et tu es venu me chercher pour me ramener parmi les miens. N'est-ce pas, mon frère ? Tu vas me ramener et faire en sorte que je puisse marcher de nouveau. Que je puisse voler…

– Je ne suis pas ici pour toi, répliqua Akiva.

– Que… que veux-tu ? balbutia Izîl dans la langue des séraphins qu'il avait apprise avec Razgut.

– La fille. Je veux que tu me parles de la fille.

17

Un autre monde

De l'autre côté de la porte, Karou découvrit en face d'elle un passage dallé de pierres d'un noir mat. Il semblait se prolonger sur trois mètres environ avant de disparaître après un tournant. Juste avant, dans une niche, il y avait une fenêtre étroite munie de barreaux et orientée de manière telle qu'elle ne pouvait voir sur quoi elle donnait. La lumière crue qui pénétrait par cette ouverture traçait sur le sol des rectangles blafards. Le clair de lune, se dit Karou, se demandant quel genre de paysage elle découvrirait si elle s'aventurait assez près. Où se trouvait ce lieu ? À l'instar de l'entrée principale de l'officine, cette porte-ci donnait-elle sur de multiples villes, ou sur un endroit parfaitement inconnu, ignoré, inconcevable, dans les confins de cet Ailleurs dont parlait Sulfure ? Encore quelques pas et elle aurait au moins la réponse. Mais s'y risquerait-elle ?

Elle tendit l'oreille. Il y avait bien des bruits, mais ils semblaient très lointains, des éclats de voix résonnant dans la nuit. Le couloir lui-même était parfaitement silencieux.

Alors elle se lança. Elle s'avança, osa quelques pas précipités sur la pointe de ses pieds nus, et se trouva devant la fenêtre, regarda à travers les gros barreaux de fer… et vit ce qu'il y avait à voir.

Les muscles de son visage, tendus par l'appréhension, se relâchèrent brusquement sous le coup de la stupeur, et sa bouche s'ouvrit simultanément. Elle la referma aussitôt, et le claquement de ses dents rompant le silence la fit frémir. Elle se pencha en avant afin de mieux saisir toute la scène face à elle.

Quel que soit ce lieu, Karou était sûre d'une seule chose : il n'appartenait pas à son monde.

Il y avait deux lunes dans le ciel. Pour commencer. *Deux lunes.* Aucune n'était pleine. L'une était un demi-disque brillant, haut dans le ciel, et l'autre un pâle croissant à peine assez haut pour éclairer la crête d'une montagne. Quant au site qu'elles illuminaient, il s'agissait d'une gigantesque forteresse. D'immenses murailles défensives, surmontées d'un chemin de ronde, reliaient entre eux des bastions hexagonaux ; une ville spacieuse s'étendait au centre, tandis que des tours crénelées au sommet desquelles patrouillaient des gardes – à en juger par son point de vue dominant, Karou déduisit qu'elle devait se trouver dans l'une d'elles – surplombaient l'ensemble. Si ce n'était la présence des deux lunes, on aurait pu se croire dans une ville fortifiée de la vieille Europe.

C'étaient les barreaux qui faisaient la différence.

Toute la ville en effet était entièrement enveloppée d'un réseau de barreaux métalliques. Karou n'avait jamais rien vu de tel. Non seulement ils l'enfermaient, mais faisaient comme une voûte au-dessus d'elle, allant d'une muraille en pisé à l'autre, noirs comme la nuit et hideux, et englobant même les tours. Il suffisait d'un rapide coup d'œil pour s'apercevoir qu'il n'y avait aucune issue possible : les barreaux étaient si rapprochés que personne n'aurait pu passer à travers. Ils recouvraient les rues et les places, comme une cage, et les lunes projetaient des ombres quadrillées sur toute chose.

Quelle était la fonction de ce dispositif ? Les barreaux étaient-ils destinés à empêcher une intrusion ou une évasion ?

Soudain Karou vit une silhouette ailée évoluer dans le ciel, et elle crut tenir l'explication. « Un ange, un séraphin », songea-t-elle aussitôt, tandis que son cœur commençait à battre la chamade et ses blessures à l'élancer. Mais ce n'en était pas un. La créature passa au-dessus d'elle avant de disparaître, et Karou reconnut distinctement les contours d'un animal, quelque cerf ailé. Une chimère ? Elle avait toujours pensé qu'il en existait certainement d'autres, bien qu'elle n'en ait connu que quatre, qui ne lui avaient jamais dit si elles étaient plus nombreuses.

Elle eut soudain la conviction que cette cité devait être habitée par des chimères, et qu'au-delà de ses murs il existait tout un monde, un monde où brillaient *deux lunes*, également habité par des chimères, et elle dut se retenir à deux mains aux barreaux pour ne pas tomber à la renverse tant l'univers semblait frémir et se dilater autour d'elle.

Il existait un autre monde.

Un autre monde.

Parmi toutes les théories qu'elle avait échafaudées concernant ce qu'il devait y avoir de l'autre côté de la porte, elle n'avait jamais imaginé celle-ci : un autre monde, avec ses montagnes, ses continents, ses lunes. Elle avait déjà la tête qui tournait à cause de tout le sang qu'elle avait perdu, et cette révélation accentua encore cette sensation de vertige au point qu'elle dut serrer un peu plus les barreaux entre ses mains.

C'est alors qu'elle entendit des bruits de voix. Tout près. Et familières. Elle les avait entendues murmurer toute sa vie auprès d'elle, ces voix qui appartenaient à ces étranges têtes s'entretenant mystérieusement à voix basse au sujet de dents. C'étaient Sulfure et Twig, et ils approchaient.

– Ondine a amené Thiago, disait Twig.

– Quel idiot ! maugréa Sulfure. Croit-il que les armées pourront se passer de lui en un moment pareil ? Combien de fois devrai-je lui répéter qu'un général n'a pas besoin de combattre en première ligne ?

– C'est ta faute s'il ne connaît pas la peur, rétorqua Twig.

Sulfure lui répondit par un grognement qui parut dangereusement proche à Karou.

Manquant de céder à la panique, elle tourna la tête vers la porte par laquelle elle était entrée, sachant qu'elle avait peu de chance de l'atteindre. Au lieu de cela, elle se tapit dans la niche de la fenêtre et retint son souffle.

Ils passèrent devant elle, à deux doigts de la frôler. Elle eut peur qu'ils ne retournent à l'officine et ne referment la porte derrière eux, l'emprisonnant dans cet étrange endroit. Elle faillit les appeler pour s'épargner ce sort, mais ils dépassèrent la porte. Elle recouvra peu à peu son calme, mais avec la panique qui l'avait saisie, un autre sentiment avait surgi : la colère.

Une colère due à toutes ces années de secrets, comme si elle n'était pas digne de confiance ni capable de connaître les détails de sa propre existence. La colère la rendit audacieuse et bien décidée à en apprendre davantage – autant que possible, pendant qu'elle y était. Cette occasion, se dit-elle, ne se reproduirait probablement jamais. Donc, lorsque Sulfure et Twig s'engagèrent dans un escalier, elle les suivit.

C'était l'escalier en colimaçon d'une tour, dont la descente raide et interminable lui donna de nouveau le vertige : plus bas, toujours plus bas, marche après marche, elle eut l'impression d'être condamnée à descendre toute sa vie, comme en état d'hypnose. Au début, de petites meurtrières éclairaient le lieu, puis elles disparurent. L'air devenait frais et immobile, et il sembla à Karou qu'elle était sous la terre. Elle percevait par instants des bribes de conversation entre Sulfure et Twig, sans en comprendre le sens.

– Il nous faudra bientôt davantage d'encens, dit Twig.

– Nous allons avoir besoin de beaucoup plus de tout. Cela fait des années que nous n'avons pas subi une attaque pareille, répondit Sulfure.

– Crois-tu qu'ils ont des visées sur la ville ?

– Ce n'est pas nouveau.

– Combien de temps ? demanda Twig, la voix tremblante. Combien de temps pouvons-nous les tenir à distance ?

– Je n'en sais rien.

Et, au moment où elle se crut incapable de descendre une autre volée de marches, elle atteignit le pied de l'escalier. C'est là que les choses devinrent intéressantes.

Très intéressantes.

L'escalier donnait dans une vaste salle où le moindre pas résonnait. Karou dut s'assurer que Sulfure et Twig avaient continué d'avancer, et quand elle entendit leurs voix qui s'éloignaient, rendues ténues par l'immensité du lieu qui les avait engloutis, elle se lança à leur suite sur la pointe des pieds.

On aurait dit une cathédrale – si la terre elle-même avait été capable de créer en des milliers d'années une cathédrale grâce aux gouttes d'eau qui suintaient de la pierre. Il s'agissait d'une gigantesque grotte naturelle qui s'élevait en une arche gothique presque parfaite. Des stalagmites aussi vieilles que le monde formaient des colonnes sculptées en forme d'animaux, et des candélabres étaient suspendus à une telle hauteur qu'on aurait dit des grappes d'étoiles. Un parfum entêtant planait, mélange d'herbes et de soufre, tandis que des volutes de fumée tourbillonnaient entre les colonnes, s'élevant parfois brusquement sous un souffle d'air entré par des ouvertures invisibles ménagées dans la muraille.

Et sous cette voûte, sous laquelle Sulfure et Twig traversaient la longue nef de la cathédrale, il n'y avait pas de bancs d'église, mais des tables : des tables de pierre aussi colossales que des dolmens, si monumentales que seuls des éléphants avaient pu les transporter jusque-là.

Elles étaient en effet assez grandes pour qu'un éléphant puisse s'y allonger, et c'était justement ce que l'un d'eux avait fait.

Un éléphant était couché sur une table.

Ou plutôt... non, ce n'était pas un éléphant. Avec ses pattes griffues, son énorme tête de grizzly cauchemardesque et ses crocs pointus, c'était autre chose : une chimère.

Et cette chimère était morte.

Sur chacune des tables gisait une chimère morte, et il y en avait des dizaines. Des dizaines. Pétrifiée, Karou laissa errer son regard d'une table à l'autre. Toutes les chimères étaient différentes. Certaines présentaient des caractéristiques humaines, la tête ou le torse, mais pas toutes. Là, un grand singe à la crinière de lion ; une sorte d'iguane si gigantesque qu'il avait tout l'air d'un dragon ; une tête de jaguar sur un corps de femme nu.

Sulfure et Twig évoluaient parmi elles, les touchaient, les examinaient. Ils s'arrêtèrent un long moment devant un homme, nu également.

Karou et Zuzana l'auraient qualifié, avec un sourire entendu de connaisseuses, de « très beau spécimen ». De larges épaules, des hanches bien dessinées, des abdominaux saillants, tous les muscles, qu'une longue pratique du dessin permettait à Karou d'identifier, parfaitement découpés. Un duvet blanc recouvrait sa puissante poitrine, aussi blanc que ses cheveux longs et soyeux déployés sur la table de pierre.

Une forte odeur d'encens l'enveloppait. Elle provenait d'une espèce de lanterne en argent ciselé, suspendue à un crochet au-dessus de sa tête et qui distillait sans discontinuer une épaisse fumée. Un encensoir, se dit Karou, comme ceux que l'on agite à la messe, dans les églises. Sulfure posa la main sur la poitrine du mort, l'y laissa un instant, geste que Karou ne sut interpréter. Tendresse ? Tristesse ? Lorsqu'ils se remirent en route et eurent disparu dans les ténèbres des confins de la nef, elle sortit de sa cachette et se dirigea vers la table.

Une fois devant l'homme, elle s'aperçut que ses cheveux blancs avaient quelque chose d'incongru : c'était en effet un jeune homme, sans la moindre ride. Il était très beau, malgré l'inexpressivité de ce visage de cire que lui conférait la mort, et il ne semblait pas tout à fait *réel*.

Il n'avait pas non plus l'air tout à fait humain, bien que se rapprochant beaucoup plus d'un être humain que la plupart des chimères autour de lui. Ses jambes d'homme se transformaient à mi-cuisse en pattes de loup, couvertes d'une toison blanche, et se terminaient par les longs pieds griffus et fléchis vers l'arrière, propres aux canidés. Ses mains étaient hybrides : larges et velues sur le dos mais munies de doigts humains. Elles reposaient, les paumes vers le haut, comme disposées de la sorte à dessein, et c'est ainsi que Karou découvrit les motifs qui les ornaient.

Au creux de chaque paume était tatoué un œil identique à ceux qui figuraient sur les siennes.

Elle recula de stupeur.

C'était déjà une découverte. Une découverte décisive, lourde de sens, oui, mais que signifiait-elle au juste ? Elle se tourna vers une autre table, celle de la créature à la crinière léonine. Elle avait des mains de singe, la peau sombre, mais on y distinguait néanmoins les khamsas.

Elle se dirigea vers la table suivante, puis la suivante encore. Il en était de même pour la créature éléphant : la plante de ses pattes avant de mammouth était elle aussi marquée. Toutes ces créatures mortes portaient l'empreinte des khamsas, tout comme elle. Les idées tournaient dans sa tête aussi vite que le cœur qui battait dans sa poitrine. Que se passait-il ? Elle se trouvait en présence de dizaines de chimères, toutes mortes et nues – sans trace de blessure apparente, remarqua-t-elle –, gisant sur les dalles glacées d'une sorte de cathédrale souterraine. Ses propres khamsas la reliaient à elles d'une façon ou d'une autre, sans qu'elle sache comment.

Elle retourna à la première table, celle de l'homme aux cheveux blancs, et s'appuya au bord. Sous les effluves parfumés qui émanaient de l'encensoir, elle eut un instant d'angoisse à l'idée que ses cheveux en seraient imprégnés et risquaient de la trahir auprès de Yasri et d'Issa lorsqu'elle rentrerait à l'officine. L'officine. L'idée même de gravir de nouveau cet escalier infernal lui donna envie de se rouler en boule par terre et de ne plus bouger. Ses blessures la lançaient. Elles suintaient sous les pansements, et l'effet du baume de Yasri se dissipait. Elle avait mal.

Mais… cet endroit. Ces morts. En proie à une grande confusion, Karou ne se sentait pas de taille à résoudre ce mystère. La main droite du jeune homme aux cheveux blancs se trouvait juste sous ses yeux, et son khamsa la défiait. Elle posa la sienne à côté afin de comparer leurs deux signes, mais comme celle de l'homme était dans l'ombre de son corps, elle dut la lui lever à la lumière.

Les signes étaient identiques. Elle le constata tandis que son cerveau aux sens engourdis prenait lentement conscience d'autre chose.

Sa main, la main du mort… Cette main était chaude.

La créature n'était pas morte.

L'homme n'était pas mort.

En une fraction de seconde, il se redressa et pivota sur ses genoux. Sa main, auparavant inerte dans la sienne, la saisit à la gorge et la souleva de terre avant de la plaquer violemment contre la table de pierre. Sa tête s'abattit sur la dalle. Sa vue se brouilla. Lorsqu'elle reprit ses esprits, il était au-dessus d'elle, la fixant de ses yeux bleu glacier, les babines retroussées sur des crocs acérés. Elle ne pouvait plus respirer. Sa main velue enserrait toujours sa gorge. Elle s'y agrippa, tenta de se libérer de son emprise, réussit à replier ses genoux sur sa poitrine et se dégagea d'une brusque détente.

Il desserra son étreinte tandis qu'elle prenait une respiration, essayait de crier, mais il était de nouveau sur elle, pesant de tout son poids, nu et bestial, et elle lutta de toutes ses forces, se débattit avec une sauvagerie qui les précipita tous deux à terre. Ce n'était que chaos et coups, bras et jambes nus si puissants que Karou ne pouvait s'en libérer. Il était assis à califourchon sur ses jambes et la regardait avec une lueur de folie dans ses yeux hagards. Puis sa bouche perdit peu à peu son rictus animal, conférant à tout son être un aspect humain, quasi humain, et beau, mais toujours terrifiant et… troublé.

Il la saisit par les poignets, la força à ouvrir les mains pour voir ses khamsas, puis la dévisagea attentivement. Il l'examina de manière telle qu'elle eut l'impression d'être elle-même nue sous son regard scrutateur, puis il poussa un grognement sourd qui la fit tressaillir.

– Qui es-tu?

Elle était incapable de lui répondre, le cœur battant la chamade, ses blessures à vif. Et, comme d'habitude, elle n'avait aucune réponse à cette question.

– Qui es-tu?

Il la releva en la tirant par les poignets avant de la lâcher brusquement, la laissant heurter violemment la table de pierre. Il était de nouveau au-dessus d'elle. Ses mouvements d'animal étaient fluides, ses crocs assez pointus pour lui déchirer la gorge en un clin d'œil, et Karou comprit comment allait se terminer son incursion dans la zone interdite: dans une mare de sang. Elle retrouva son souffle.

Et hurla.

18

Ne lutte pas contre les monstres

– La fille ? répéta Izîl en louchant vers Akiva. Tu… tu veux parler de Karou ?

Karou ? Akiva connaissait ce mot. Il signifiait « espoir » dans la langue de l'ennemi. Non seulement elle portait des khamsas, mais un nom de chimère.

– Qui est-elle ? s'enquit-il.

Manifestement terrorisé, le vieil homme tenta de se redresser quelque peu.

– Pourquoi veux-tu savoir, ange ?

– C'est moi qui pose les questions. Et je te conseille d'y répondre.

Il était impatient d'aller retrouver les autres, mais répugnait à partir en laissant ce mystère non résolu. S'il ne découvrait pas tout de suite qui elle était, il n'aurait aucune chance de le savoir.

Razgut, pour sa part, ne demandait qu'à se rendre utile.

– Elle a un goût de nectar et de sel. Nectar, sel et pomme. Pollen, étoiles et métal. Elle a un goût de contes de fées : celui de la femme-cygne à minuit ; celui de la crème sur la langue du renard. Elle a le goût de l'*espoir*.

Akiva était médusé, troublé outre mesure à l'idée que ce monstre avait pu « goûter » la jeune fille. Il attendit que Razgut ait cessé de jacasser avant de répondre, d'une voix grave et gutturale :

– Je ne t'ai pas demandé quel goût elle avait. Je t'ai demandé qui elle était.

Izîl haussa les épaules tout en agitant les mains, cherchant à paraître désinvolte.

– Une fille, c'est tout. Elle dessine. Elle est gentille avec moi. Que puis-je te dire d'autre ?

Son ton était enjoué, et Akiva sentit qu'il s'imaginait pouvoir la protéger. C'était chevaleresque… et risible. N'ayant pas de temps à perdre, il opta pour une méthode plus radicale. Attrapant Izîl par le devant de sa djellaba et Razgut par l'un de ses moignons d'aile, il s'éleva dans les airs avec eux, avec autant de légèreté que s'ils ne pesaient rien.

En quelques coups d'ailes, Marrakech brillait au-dessous d'eux. Izîl glapissait, les yeux résolument fermés, mais Razgut était silencieux, et la nostalgie irrépressible qui se peignait sur ses traits déclencha chez Akiva une pitié qui lui fendit le cœur, une pitié plus douloureuse encore que l'éclat de bois avec lequel Karou l'avait frappé. Il en fut tout surpris. Au fil des ans, il avait appris à réprimer le moindre sentiment en lui, et il vivait depuis si longtemps avec cette sécheresse qu'il était convaincu que toute forme de pitié ou de compassion était éteinte en lui, mais ce soir, il en avait ressenti les attaques sourdes.

Descendant lentement en vrille, tel un oiseau de proie, il déposa ses deux fardeaux sur le dôme du plus haut minaret de la ville. Ils bataillèrent pour s'accrocher à quelque aspérité, s'efforçant en vain de ne pas glisser le long de la surface lisse, cherchant frénétiquement une prise où poser la main ou le pied avant de finir leur course contre un petit parapet, simplement décoratif, unique garde-fou leur évitant une chute fatale dans le vide, sur les toits de la mosquée, des dizaines de mètres plus bas.

Izîl avait le visage gris, le souffle court. Lorsque Razgut se retourna, sur le dos du vieil homme, ils chancelèrent dangereusement vers le bord. Pris de panique, Izîl lui intima l'ordre de ne plus bouger et de se retenir à quelque chose.

Akiva était au-dessus d'eux. Derrière lui, la silhouette dentelée des montagnes de l'Atlas se découpait sous la lune. Des risées de vent agitaient les plumes-flammes de ses ailes, les faisant danser, tandis que ses yeux n'étaient plus que deux braises se consumant sourdement.

– À présent, si tu tiens à la vie, dis-moi ce que je désire savoir : qui est cette fille ?

Jetant un regard horrifié par-dessus le parapet, Izîl s'empressa de répondre :

– Elle ne représente rien pour toi, elle est innocente…

– Innocente ? Elle porte les khamsas, se livre au trafic des dents pour le compte du sorcier démoniaque. Elle ne m'a pas l'air tout à fait innocente.

– Tu ne peux pas savoir. Elle l'est vraiment. Elle se contente de lui faire ses courses. C'est tout.

Était-ce véritablement tout ce qu'elle était ? Une simple commissionnaire ? Cela n'expliquait pas la présence des khamsas.

– Mais pourquoi elle ?

– C'est la fille adoptive du Marchand de vœux. Il l'a élevée depuis son plus jeune âge.

Akiva considéra un instant l'information.

– D'où vient-elle ? demanda-t-il en s'agenouillant afin de rapprocher son visage de celui d'Izîl, avide d'entendre sa réponse.

– Je ne sais pas. Je n'en sais rien du tout ! Un beau jour, elle était là, dans ses bras, et depuis elle est restée avec lui, sans explications. Crois-tu que Sulfure me racontait des choses ? S'il l'avait fait, je serais peut-être encore un homme aujourd'hui, au lieu d'une mule ! dit-il en désignant Razgut, avant de partir d'un rire dément. « Fais attention au vœu que tu profères », m'avait mis en garde Sulfure, mais je ne l'ai pas écouté, et regarde où j'en suis maintenant !

Des larmes jaillirent aux coins ridés de ses yeux tandis que son rire fusait de plus belle.

Akiva était tendu. L'ennui était qu'il croyait à ce que le bossu venait de lui dire. Pour quelle raison Sulfure aurait-il confié quoi que ce soit à ses sous-fifres humains, surtout à un malade mental tel que celui-ci ? Mais si Izîl ne savait rien, quelle chance avait Akiva d'apprendre quelque chose ? Le vieillard était sa seule piste, et il avait déjà perdu trop de temps.

– Bon, alors dis-moi où je pourrais la retrouver. Elle semblait bien te connaître. Je suis certain que tu sais où elle habite.

Le vieil homme eut un regard douloureux.

– Je ne peux te le dire. Mais… mais… mais je peux te révéler d'autres choses. Des secrets ! Sur les tiens, par exemple. Grâce à Razgut, j'en sais plus sur les séraphins que sur les chimères.

Izîl marchandait, toujours dans l'espoir de protéger Karou.

– Tu crois vraiment que tu as quelque chose à m'apprendre sur les miens ?

– Razgut m'en a raconté beaucoup…

– La parole d'un ange déchu ! T'a-t-il seulement dit pourquoi il avait été exilé ?

– Oh, je sais très bien pourquoi, répondit Izîl. Mais cela m'étonnerait que tu le saches.

– Je connais l'histoire des miens.

Izîl éclata de rire. Une de ses joues étant plaquée contre le galbe du dôme, son rire ressemblait à un sifflement.

– Telle la moisissure sur les livres, les mythes fleurissent sur l'histoire. Peut-être devrais-tu poser la question à quelqu'un qui était présent, il y a plusieurs siècles de cela. Peut-être devrais-tu poser directement la question à Razgut.

Akiva jeta un coup d'œil glacial à l'abject Razgut, tout tremblant, qui n'avait cessé de psalmodier sa litanie : « Ramène-moi chez nous, s'il te plaît, mon frère, ramène-moi. Je me suis repenti, j'ai été suffisamment puni, ramène-moi… »

– Je n'ai rien à lui demander, répliqua Akiva.

– Ah, non ? Je vois. Un jour, un homme a dit : « Tout ce dont nous avons besoin pour réussir dans la vie, c'est l'ignorance et la confiance ; alors le succès est assuré. » C'était Mark Twain. Il avait une moustache ; comme la plupart des sages.

Quelque chose était en train de changer dans le comportement du vieil homme. Akiva le vit relever la tête pour regarder par-dessus le rebord de pierre qui l'empêchait de plonger vers sa fin. Sa folie semblait s'atténuer, si à tout hasard elle n'avait pas été qu'une pure comédie. Il rassemblait les vestiges de son courage qui, étant donné les circonstances, était assez remarquable. Et il temporisait également.

– Coopère, vieillard, le mit en garde Akiva. Je ne suis pas venu pour tuer des humains.

– Alors pourquoi es-tu là ? Même les chimères ne viennent pas ici. Il n'y a pas de place pour les monstres dans ce monde…

– Les monstres ? Ça tombe bien, je ne suis pas un monstre.

– Ah bon ? Razgut non plus ne se considère pas comme un monstre. N'est-ce pas, mon monstre ?

Son ton était presque amical, et Razgut roucoula :

– Pas un monstre. Un séraphin, un être de feu sans fumée, oui, forgé dans un autre âge, dans un autre monde. Je suis comme toi, mon frère, ajouta-t-il en dévorant Akiva des yeux. Je suis exactement comme toi.

Akiva n'apprécia pas la comparaison.

– Je ne te ressemble en rien, espèce d'infirme, lui lança-t-il avec une aigreur qui fit frémir Razgut.

Izîl leva la main pour tapoter le bras qui lui enserrait le cou.

– Allons, allons, dit-il d'un ton sans compassion. Il ne se voit pas ainsi. C'est le propre des monstres que de ne pas se considérer comme tels. Tu sais bien, le dragon qui dévore les jeunes vierges regarde toujours derrière lui en entendant les villageois crier : « Au monstre ! »

– Je sais qui sont les monstres, répliqua Akiva dont les yeux de tigre s'assombrirent.

Il ne le savait que trop bien. À cause des chimères, la vie était synonyme de guerre. Elles surgissaient sous des milliers de formes animales, et plus on en tuait, plus il en apparaissait.

– Quelqu'un a dit : « Celui qui lutte contre les monstres doit prendre garde à ne pas devenir monstre lui-même ; quant à celui qui scrute le fond de l'abysse, l'abysse le scrute à son tour. » Nietzsche. Une moustache exceptionnelle !

– Dis-moi seulement si…, commença Akiva avant qu'Izîl ne l'interrompe.

– Ne t'es-tu jamais demandé si c'étaient les monstres qui faisaient la guerre ou si c'était la guerre qui faisait les monstres ? J'ai vu beaucoup de choses, ange. Il existe des armées de guérilla qui poussent de petits garçons à tuer leur propre famille. De tels actes arrachent l'âme et permettent à la bête de croître à la place. Les armées ont besoin de bêtes, n'est-ce pas ? De bêtes apprivoisées pour faire leur sale besogne ! Et le pire dans tout cela, c'est qu'il est presque impossible de récupérer une âme qui a été arrachée. Presque impossible, répéta-t-il en jetant à Akiva un regard pénétrant. Mais cela arrive parfois, quand… quand on décide de partir à sa recherche.

La fureur envahit Akiva. Des étincelles se mirent à pleuvoir de ses ailes, aussitôt balayées par la brise au-dessus des toits de Marrakech.

– Pourquoi le ferais-je ? Là d'où je viens, vieillard, une âme est aussi inutile que des dents pour un mort.

– L'affirmation de quelqu'un qui se souvient d'en avoir eu une.

Akiva se le rappelait effectivement. Ses souvenirs étaient des poignards, et il n'était pas ravi de les voir se retourner contre lui.

– Tu devrais t'occuper de ton âme, pas de la mienne.

– Mon âme est pure. Je n'ai jamais tué personne. Mais toi, oh, toi ! Regarde tes mains.

Akiva ne mordit pas à l'hameçon, mais il ferma instinctivement les poings. Des traits étaient tatoués sur tous ses doigts, et chacun représentait un ennemi tué. Le compte était impressionnant.

– Combien ? demanda Izîl. Le sais-tu seulement, ou en as-tu perdu le compte ?

Izîl n'était plus le pauvre dément tremblant de tous ses membres qu'Akiva avait enlevé de la célèbre place. Il s'était à présent redressé dans la mesure de ses moyens, encombré de Razgut qui jetait des regards désespérés entre sa mule humaine et l'ange qu'il croyait venu pour le sauver.

En réalité, Akiva connaissait précisément le nombre de victimes consignées sur ses phalanges.

– Et toi ? lança-t-il à Izîl. Combien de dents depuis toutes ces années ? Cela m'étonnerait de ta part que tu en aies tenu le compte.

– Les dents ? Ah, mais je ne les prends qu'aux cadavres !

– Et tu les vends à Sulfure. Et cela fait de toi son complice.

– Son complice ? Mais ce ne sont que des dents. Il en fait des colliers, je l'ai vu. Des colliers de dents, rien de plus !

– Tu t'imagines donc qu'il en fait des colliers ? Imbécile ! Contrairement à ce que tu crois, tu avais tout à voir avec notre guerre, mais tu étais trop bête pour t'en apercevoir. Tu m'as dit que lutter contre les monstres avait fait de moi un monstre ? J'aimerais savoir ce que tu es devenu en trafiquant avec les démons !

Izîl le regarda fixement, bouche bée, avant de lui répondre précipitamment, comme frappé d'un brusque éclair de lucidité :

– Tu sais ! Tu sais ce qu'il fait de ces dents !

– Oui, je sais…, avoua amèrement Akiva dans un souffle.

– Alors, dis-le-moi…

– Tais-toi ! ordonna Akiva dont la patience avait atteint ses limites extrêmes. Dis-moi, toi, où elle se trouve. Ta vie n'a aucune valeur à mes yeux. Tu comprends ?

Il percevait la virulence de son propre ton et se voyait, comme dédoublé, menaçant ces deux pauvres créatures brisées. Qu'en penserait Madrigal si elle le voyait aujourd'hui ? Mais c'était impossible, n'est-ce pas ? Et c'était bien le problème.

Madrigal était morte.

Le vieillard avait raison. Il était bel et bien un monstre, mais la faute en incombait à l'ennemi. Toute une vie consacrée à la guerre n'avait pas suffi à faire d'Akiva ce qu'il était. Seul un geste en était responsable, un geste indicible qu'il ne pourrait jamais ni oublier ni pardonner, et pour lequel, en représailles, il avait juré de détruire un royaume.

– Me crois-tu incapable de te faire parler ? susurra-t-il.

– Mais oui, ange, absolument, répliqua Izîl en souriant.

Après quoi il s'élança du minaret, entraînant Razgut dans sa chute, et s'écrasa sur les toits de tuiles, une soixantaine de mètres plus bas.

19

Pas qui, mais quoi

La cathédrale répercuta le hurlement de Karou et le démultiplia en une symphonie de cris qui résonnèrent et se télescopèrent de sorte que le vaste espace voûté vibra tout entier des éclats de sa voix. Puis plus rien. La chimère la réduisit au silence d'un revers de la main, la renversant de la table de pierre et heurtant au passage l'encensoir qui cliqueta sur sa chaîne. Il se précipita sur elle, et elle crut qu'il allait lui ouvrir la gorge d'un coup de dents, son visage à quelques millimètres du sien, quand soudain… il fut violemment tiré en arrière, comme soulevé du sol.

Sulfure apparut.

Jamais Karou n'avait été aussi heureuse de le voir.

– Sulfure…, haleta-t-elle avant de s'interrompre.

Son soulagement vascilla. Les pupilles de crocodile du Marchand de vœux n'étaient plus que deux fentes noires, comme chaque fois qu'il était furieux, mais si Karou pensait l'avoir déjà vu en colère, ce n'était rien face à la rage qui l'habitait.

Le temps sembla suspendu tandis qu'il se remettait de son choc de la découvrir en ce lieu, alors que, pour Karou, une éternité séparait deux battements de son cœur.

– Karou ? rugit-il, incrédule, les lèvres retroussées en une horrible grimace.

Son souffle, rapide, sifflait entre ses dents alors qu'il s'apprêtait à se saisir d'elle, les griffes sorties.

Derrière lui, la chimère loup aux cheveux blancs demanda :

– Qui est-ce ?

– Personne, rétorqua Sulfure.

Karou songea à s'enfuir en courant.

Trop tard.

D'un bond, Sulfure lui attrapa le bras juste au-dessus du pansement sanguinolent, souvenir de la blessure de l'ange, et le serra à le broyer. La lumière vacilla sous les paupières de Karou et elle hoqueta. Lui saisissant l'autre bras, il la souleva de manière que leurs visages se trouvent à la même hauteur. Ses pieds nus, pédalant dans le vide, cherchèrent désespérément un point d'appui. Il lui avait immobilisé les bras de ses griffes qui commençaient à lui transpercer la peau. Elle ne pouvait plus bouger, mais seulement le regarder dans les yeux, ces yeux qui ne lui avaient jamais paru aussi fous, aussi bestiaux qu'en ce moment.

– Laisse-la-moi, dit l'homme.

– Tu as besoin de repos, Thiago, répondit Sulfure. Tu devrais être encore en train de dormir. Je vais m'occuper d'elle.

– T'occuper d'elle ? Comment ça ?

– Elle ne nous dérangera plus.

Karou aperçut du coin de l'œil la silhouette familière de Twig, avec son long cou rentré dans ses épaules tombantes, et elle se tourna vers lui, mais l'expression qu'il arborait était bien plus terrible que celle de Sulfure, car elle était à la fois atterrée et affolée, comme s'il était sur le point d'assister à quelque chose qu'il aurait préféré ne pas voir. Une peur panique s'empara de Karou.

– Attends, dit-elle d'une voix étranglée en cherchant à se dégager de l'emprise de Sulfure. Attends, attends…

Mais il l'emportait déjà vers l'escalier, montait les marches par bonds et sauts. Il ne prenait aucune précaution avec elle, et elle eut l'impression de n'être qu'une poupée entre les mains d'un enfant, traînée sans ménagement, raclant au passage les murs, lâchée ou secouée comme un objet inanimé. Plus tôt qu'elle ne l'aurait cru – à moins qu'elle n'ait perdu connaissance dans l'intervalle – ils étaient devant la porte de l'officine, où il la fit entrer brutalement. Elle ne retomba pas sur ses pieds, mais s'étala de tout son long, heurtant une chaise de la joue, ce qui déclencha un véritable feu d'artifice derrière ses orbites.

Sulfure claqua la porte derrière lui et se précipita vers elle.

– À quoi pensais-tu ? tonna-t-il. Tu n'aurais pas pu trouver pire sottise ! Stupide enfant ! Et vous, alors ?

Il se tourna vers Yasri et Issa qui venaient de sortir de la cuisine, éberluées, et qui reculaient, horrifiées.

– Nous avions décidé que si nous la gardions ici il y aurait des règles. Des règles inviolables. N'étions-nous pas tous d'accord ?

– Oui, mais…, essaya de répondre Issa.

Mais Sulfure s'en prenait de nouveau à Karou et la soulevait du sol.

– Est-ce qu'il a vu tes mains ?

Jamais elle ne lui avait entendu cette voix. On aurait dit deux pierres frottées l'une contre l'autre. Elle résonnait jusque dans son crâne. Et il lui faisait si mal aux bras… Un voile blanc passa soudain devant ses yeux et elle craignit de s'évanouir.

– Est-ce qu'il a vu tes mains ? répéta-t-il plus fort.

Elle savait qu'elle aurait dû répondre non, mais elle était incapable de mentir.

– Oui. Oui ! suffoqua-t-elle.

Il poussa un hurlement qui la terrifia plus que tout ce qu'elle avait vécu lors de cette terrible nuit.

– Sais-tu ce que tu as fait ?

Non, Karou ne le savait pas.

– Sulfure ! s'écria Yasri d'une voix suraiguë. Sulfure, elle est blessée !

La femme-perroquet battait des bras, telles des ailes, s'efforçant d'éloigner les mains du Marchand de vœux de la blessure de Karou, mais il l'écarta brusquement.

Il tira Karou vers la porte de devant, l'ouvrit brutalement, et la poussa devant lui dans le vestibule.

– Attends ! cria Issa. Tu ne peux pas la jeter dehors comme ça…

Mais il ne voulait rien entendre.

– Dehors ! rugit-il à l'adresse de Karou. Va-t'en !

Il ouvrit tout aussi brutalement la porte donnant sur l'extérieur, si grande était sa fureur ; en effet, selon leurs mesures de sécurité, les portes ne devaient absolument jamais être ouvertes en même temps – et la dernière chose qu'elle vit de lui fut son visage déformé par la rage, un instant avant qu'il ne la pousse violemment dehors et ne claque la porte dans son dos.

Lâchée et livrée soudain à elle-même, elle fit deux ou trois pas chancelants avant de trébucher contre le trottoir et de s'effondrer par terre, sonnée, pieds nus, en sang, étourdie et pantelante, dans un caniveau où coulait de la neige fondue. Elle était partagée entre le soulagement qu'il l'ait laissée partir – pendant un moment elle avait craint qu'il ne lui réserve un sort bien pire – et l'incrédulité d'avoir été jetée dehors dans le froid, blessée et à peine vêtue.

Hagarde et étourdie, elle ne savait que faire. Elle se mit à grelotter violemment. La température était glaciale et ses vêtements étaient imprégnés de neige fondue, en plus du sang. Elle se releva tant bien que mal et attendit, indécise. Son appartement était à quelques minutes de marche. Elle avait déjà les pieds brûlants à cause du froid. Elle contempla la porte – aucunement surprise d'y voir à présent l'empreinte noire d'une main – et se dit qu'elle allait très certainement s'ouvrir. La moindre des choses serait qu'Issa lui donne son manteau et ses chaussures.

Très certainement.

Mais la porte ne s'ouvrait pas. Elle ne s'ouvrait toujours pas et refusait obstinément de s'ouvrir.

Une voiture passa en trombe au coin de la rue, tandis que des rires et des éclats de voix fusaient des fenêtres alentour, mais il n'y avait pas âme qui vive dans les environs. Karou se mit à claquer des dents. Elle serra ses bras autour d'elle, piètre réconfort, et resta pétrifiée devant la porte, incapable de croire que Sulfure l'avait carrément flanquée dehors. Au bout d'un long moment épouvantable et glacial, Karou, le regard embué de larmes de révolte, finit par quitter les lieux et, les bras toujours serrés autour d'elle, se dirigea en boitillant vers son appartement, sans plus sentir ses pieds gelés. En chemin, des passants la croisèrent avec étonnement, certains lui proposèrent même de l'aide, qu'elle ignora, et ce ne fut qu'une fois devant sa porte, tremblant de tous ses membres, qu'elle s'aperçut qu'elle n'avait pas ses clés. Pas de manteau, pas de clés, pas de chings non plus, grâce auxquels elle aurait pu émettre le vœu d'ouvrir sa porte.

– Merde, merde, merde, jura Karou, les larmes gelées sur les joues.

Elle n'avait que son bracelet de scoubis au poignet. Elle en saisit un entre deux doigts et fit un vœu, mais rien ne se produisit. L'ouverture des portes dépassait nettement le faible pouvoir d'un scoubi.

Elle était sur le point de sonner pour réveiller un voisin, lorsqu'elle sentit un mouvement imperceptible derrière elle.

Elle n'était pas en état de réfléchir. Une main s'abattit sur son épaule ; instinctivement, elle la saisit et pesa de tout son poids en avant. Soulevant le propriétaire de la main, Karou reconnut un instant trop tard la voix lui demandant avec angoisse : « Bon sang ! Ça va, Petit Gourou ? » et le catapulta par-dessus son épaule à travers la porte vitrée.

La vitre explosa en mille morceaux tandis que Kaz la traversait et heurtait le sol en poussant un grognement sonore. Karou attendit sans bouger, réalisant soudain que cette fois il n'avait même pas cherché à lui faire peur, et qu'il gisait sur le seuil parmi les éclats de verre brisé. Elle se dit que cela aurait dû lui faire quelque chose – éprouver des remords, par exemple – mais non, cela ne lui fit rien du tout.

En attendant, le problème de la porte était résolu.

– Tu es blessé ? lui demanda-t-elle d'une voix neutre.

Il se contenta de battre une seule fois des paupières, un peu sonné, tandis qu'elle examinait rapidement la scène. Pas de sang. La vitre s'était brisée en éclats rectangulaires. Il n'avait rien de cassé. Elle l'enjamba et se dirigea vers l'ascenseur. Se débarrasser de Kaz lui avait ôté le peu de force qu'il lui restait, et elle n'était pas certaine d'arriver à monter les six étages à pied. Les portes de l'ascenseur s'ouvrirent et elle entra, se retournant vers Kaz qui n'avait toujours pas bougé. Il la regardait fixement.

– Tu es quoi, au juste ? demanda-t-il.

Pas *qui*, mais *quoi*, c'était bien ce qu'il avait dit.

Elle ne répondit pas. Les portes de l'ascenseur se refermèrent, et elle se retrouva seule avec son reflet dans la glace, où elle vit ce que Kaz avait vu. Elle portait pour tout vêtement un jean trempé et un petit chemisier blanc transparent qui lui collait à la peau. Ses cheveux étaient emmêlés, en mèches bleues agglutinées autour du cou, un peu comme les serpents d'Issa, et des bandelettes tachées de sang séché pendaient sur ses épaules. Sa peau semblait translucide, bleutée ; elle s'était recroquevillée, les bras serrés autour d'elle, et tremblait de tout son corps comme une sorte de junkie. Ce n'était déjà pas très joli à voir, mais c'était surtout l'aspect de son visage qui la frappa. Sa joue était tout enflée du coup qu'elle avait reçu lorsque Sulfure l'avait projetée contre la chaise, elle avait la mâchoire serrée et la tête baissée, de sorte que ses yeux étaient plongés dans l'ombre. Elle avait vraiment l'air de quelqu'un que l'on aurait tout fait pour éviter, songea-t-elle. Elle avait l'air... pas totalement humaine.

Les portes de l'ascenseur s'ouvrirent d'un coup sec en tintant et elle se traîna dans le couloir. Elle dut passer par une fenêtre pour accéder à son balcon, puis briser la vitre de la porte donnant sur le balcon pour entrer dans son appartement, ce qu'elle réussit à faire avant que ses forces ne l'abandonnent ou que ses tremblements ne l'en empêchent. À peine entrée, elle se débarrassa de ses vêtements, se traîna jusqu'à son lit, tira une couverture sur elle, se roula en boule et fondit en larmes.

« Qui es-tu ? » se demanda-t-elle, se rappelant la question de l'ange ainsi que celle du loup.

Mais c'était celle de Kaz qui résonnait avec insistance.

« Tu es quoi ? »

Quoi et non pas *qui*.

20

Histoire vraie

Karou passa tout le week-end seule enfermée dans son appartement, fiévreuse, meurtrie, entaillée, balafrée et malheureuse. Se lever le samedi matin fut une véritable torture. Ses muscles semblaient avoir été enroulés avec un treuil, tendus au risque de claquer à tout instant. Tout la faisait souffrir. Tout. Elle avait du mal à distinguer une douleur d'une autre tant elles s'équivalaient en intensité, et elle était à elle seule un répertoire de toutes les violences domestiques, la joue aussi enflée qu'une noix de coco et dont la nuance de bleu rivalisait avec celle de ses cheveux.

Elle envisagea d'appeler Zuzana à son secours, mais abandonna l'idée en réalisant qu'elle n'avait plus son téléphone. Il était resté dans l'officine avec son manteau, ses chaussures, son sac, son portefeuille, ses clés et son carnet de croquis. Elle aurait pu lui envoyer un e-mail, mais pendant que son ordinateur portable se mettait en route, elle imagina la tête que ferait Zuzana en la voyant, et elle savait que cette fois elle ne pourrait pas s'en sortir avec une pirouette. Karou serait obligée de lui dire quelque chose. Comme elle était trop fatiguée pour échafauder un mensonge, elle finit par se gaver de paracétamol et de thé, et passa le week-end dans un brouillard de frissons et de suées, de douleurs et de cauchemars.

Elle se réveillait souvent, croyant entendre des bruits, et surveillait sa fenêtre en espérant, comme jamais de sa vie, voir Kishmish apparaître avec un message, mais il ne se montra pas, et le week-end passa sans que personne se soucie d'elle – pas plus Kaz, qu'elle avait poussé à travers la porte vitrée, que Zuzana, qu'elle avait habituée à accepter ses absences en silence, malgré ses doutes. Elle ne s'était jamais sentie si seule.

Le lundi arriva, et elle ne pouvait toujours pas sortir de chez elle. Elle poursuivit par intermittence sa cure de thé et de paracétamol. Son sommeil était entrecoupé de cauchemars, peuplé de la même galerie de personnages qui surgissaient sans relâche – l'ange, la chose sur le dos d'Izîl, la chimère loup, Sulfure en fureur –, et chaque fois qu'elle rouvrait les yeux, la lumière avait changé, mais rien d'autre que la lumière, hormis peut-être son désespoir qui s'intensifiait.

Il faisait nuit lorsque la sonnerie de l'interphone retentit. On sonnait, encore et encore. Elle prit appui péniblement sur la console à côté de la porte et dit d'une voix rauque :

– Oui ?

– Karou ? Karou, qu'est-ce que tu fous ? Ouvre-moi, espèce de lâcheuse !

C'était Zuzana.

Karou était si heureuse d'entendre la voix de son amie, si heureuse que quelqu'un s'inquiète pour elle, qu'elle fondit en larmes. Lorsque Zuzana entra dans la pièce, elle trouva Karou assise au bord du lit, le visage tuméfié et baigné de larmes. Elle se figea sur place, du haut de son mètre cinquante, bottes de dessin animé à semelles compensées comprises.

– Oh... Oh... Mon Dieu. Karou !

Elle traversa le minuscule studio en une enjambée. Ses mains étaient froides à cause du vent glacial et sa voix douce. Karou posa sa tête sur l'épaule de son amie et pleura sans interruption pendant de longues minutes.

Ensuite, tout alla mieux.

Zuzana l'installa tant bien que mal sans lui poser de questions, puis elle partit faire des courses : de la soupe, des bandes, une boîte de petits pansements pour maintenir fermée la plaie de la clavicule, du bras et de l'épaule, là où l'épée de l'ange avait frappé.

– Tu vas t'en tirer avec de belles cicatrices, commenta Zuzana penchée sur Karou et la soignant avec la même application que celle qu'elle mettait à fabriquer ses marionnettes. Quand est-ce arrivé ? Tu aurais dû aller directement à l'hôpital.

– C'est ce que j'ai fait, répondit Karou en songeant à l'onguent de Yasri. Enfin tout comme...

– Et qu'est-ce que... ? Ce sont des griffures ?

La partie supérieure des deux bras de Karou était violacée, d'un violet plus sombre là où les griffes de Sulfure s'étaient enfoncées, et criblée de petits points rouges sur lesquels une croûte s'était formée.

– Hum..., fit Karou.

Zuzana la contempla en silence, puis se leva et fit chauffer la soupe qu'elle avait achetée. Elle s'assit sur une chaise à côté du lit, et lorsque Karou eut fini de manger, elle posa ses pieds – débarrassés à présent de leurs bottes – sur le matelas et croisa les mains sur ses cuisses.

– C'est bon, je suis prête, déclara-t-elle.

– À quoi ?

– À ce que tu me serves une bonne histoire, et vraie si possible.

Vraie... Karou fit une tentative pour changer de sujet.

– D'abord, tu vas me raconter comment ça s'est passé samedi avec le violoniste, dit-elle en songeant à ce que pouvait représenter la vérité de son récit.

– Non, sûrement pas, grogna Zuzana. Bon : il s'appelle Mik, mais c'est tout ce que tu sauras tant que tu ne m'auras pas raconté quelque chose.

– Son nom ! Tu as réussi à connaître son nom !

Ce fragment de vie normale mit Karou dans un état de joie assez ridicule.

– Karou, je suis sérieuse.

Elle l'était en effet. Ses yeux noirs de Slave reflétaient une sévérité et une intensité qui, lui avait dit un jour Karou, lui auraient été très utiles en tant qu'interrogatrice de la police secrète.

– Raconte-moi ce qui t'est arrivé.

Le problème, c'était que Karou disait toujours la vérité, mais elle la disait avec un sourire ironique, provocateur. Lui était-il seulement arrivé de dire la vérité en adoptant l'expression du visage qui allait avec ? Avec un peu de sérieux ?

Et que pourrait-elle dire ? Ce n'était pas une histoire dans laquelle on pouvait entrer tout doucement, en commençant par exemple à ne mettre qu'un pied dans l'eau froide. Non, elle devait carrément se jeter à l'eau.

– Un ange a essayé de me tuer.

– Oui, c'est ça…, acquiesça Zuzana après une seconde.

– Si, je t'assure.

Karou avait conscience, trop conscience, de la tête qu'elle faisait. Elle se sentait dans la position de la fille qui voulait à tout prix décrocher le rôle de celle qui dit toujours la vérité, mais qui en faisait des tonnes.

– C'est l'Abruti qui t'a fait ça ?

Karou éclata de rire, trop fort et trop vite, puis grimaça et posa la main sur sa joue enflée. L'idée que l'Abruti aurait pu lui faire mal était grotesque. Enfin, lui faire mal *physiquement*, bien que l'idée qu'il ait pu la faire souffrir sentimentalement lui paraisse aussi ridicule aujourd'hui, avec tous les soucis qu'elle avait.

– Non, ce n'est pas Kaz. Les blessures m'ont été faites par une épée, lorsqu'un ange a tenté de me tuer vendredi soir. Au Maroc. On en a sûrement parlé aux informations ! Ensuite, il y a eu cette espèce de loup-garou que je croyais mort, mais qui ne l'était vraiment pas du tout. Le reste, c'est Sulfure. Et, oh… Euh… tout ce qui figure dans mon carnet de dessin est authentique.

Elle lui tendit ses poignets et les retourna, côte à côte, afin que ses tatouages corroborent ses dires : *histoire vraie*.

– Tu vois ? C'est un indice.

– Voyons, Karou..., répondit Zuzana, qui ne trouvait pas cela drôle.

Karou se lança. La vérité, somme toute, était plutôt douce, tel un galet que l'on fait tourner au creux de la main.

– Et mes cheveux ? Je ne les ai jamais teints. J'ai fait le vœu qu'ils soient de cette couleur. Et je parle vingt-six langues, et la plupart sont aussi le résultat de vœux. Cela ne t'a jamais paru bizarre que je parle le tchèque ? Enfin, dis-moi qui parle tchèque à part les Tchèques ? Sulfure m'a fait ce cadeau pour mes quinze ans, juste avant que je n'arrive ici. Oh, et tu te souviens de la malaria ? Je l'ai attrapée en Papouasie-Nouvelle-Guinée, et ça craignait. Et on m'a tiré dessus aussi, mais je crois que j'ai tué ce salopard, et je ne le regrette pas, et un ange a essayé de me tuer, je ne sais pas pourquoi, et c'était la chose la plus belle et la plus effrayante que j'aie jamais vue, même si l'espèce d'homme-loup n'était pas mal non plus dans le genre effrayant, et hier soir j'ai vraiment mis Sulfure en rogne, alors il m'a fichue dehors, et quand je suis arrivée ici, Kaz m'attendait et je l'ai balancé à travers la porte vitrée, ce qui a été très pratique car je n'avais pas mes clés.

Karou s'interrompit une seconde.

– Donc, je ne pense pas qu'il réessaiera de me faire peur, ce qui est probablement la seule chose positive de cette histoire.

Zuzana ne répondit rien. Elle recula sa chaise, remit ses bottes, enfonça chaque pied dedans avec un claquement sec, et elle serait certainement partie dans la foulée, sans doute pour toujours, si un bruit mat ne s'était fait entendre contre la porte-fenêtre du balcon.

Karou poussa un cri étranglé et sauta de son lit, insensible à ses multiples blessures. Elle se précipita vers la fenêtre. C'était Kishmish.

C'était Kishmish et il était en feu.

Il mourut dans ses mains. Elle éteignit les flammes et le berça doucement ; sa chair était à vif et calcinée, et son petit cœur d'oiseau qui battait si vite s'interrompait soudain plusieurs secondes d'affilée.

– Non, non, non, non, non…, psalmodiait-elle, penchée sur lui.

Sa fine langue fourchue entrait et sortait de son bec, puis ses pépiements précipités se ralentirent, suivant le rythme des battements de son cœur.

– Non, non, non. Kishmish. Non…

Et il mourut.

Karou resta longtemps recroquevillée sur le balcon, l'oiseau mort entre les mains. Sa cascade de « non » s'égrena en chuchotements, mais elle ne se tut que lorsque Zuzana lui adressa la parole.

– Karou ? dit-elle faiblement.

Karou leva la tête.

– Est-ce… ? risqua Zuzana, l'air perplexe, en désignant d'un geste nerveux le corps sans vie de Kishmish. C'est… euh… On dirait…

Karou ne fit rien pour l'aider. Contemplant de nouveau Kishmish, elle s'efforça de trouver une explication à cette irruption soudaine de la mort. « Il a volé jusqu'ici alors qu'il était en flammes, pensait-elle. Il est venu me voir. »

Il avait quelque chose attaché à la patte : un petit morceau de l'épais papier sur lequel Sulfure écrivait ses messages, calciné, et qui tomba en cendres dès qu'elle le toucha, et… il y avait autre chose. Elle détacha l'objet les doigts tremblants, puis le tint au creux de la main. Son cœur bondit dans sa poitrine avec une peur enracinée depuis l'enfance : il lui avait été formellement interdit d'y toucher.

C'était l'os à vœux de Sulfure.

Kishmish le lui avait apporté. Alors qu'il était la proie des flammes, il le lui avait apporté.

Au loin dans la ville, une sirène hurla, et son esprit embrumé fit le rapprochement. Un incendie. L'empreinte de main noire. La porte. Elle se releva comme elle put, se rua dans la pièce et enfila une veste et des bottes.

– Qu'est-ce qui se passe, Karou ? Qu'est-ce que c'est que ça ? Dis-moi…, lui demanda Zuzana.

Mais Karou lui prêta à peine attention.

Elle ouvrit la porte et descendit l'escalier, tenant toujours Kishmish dans ses bras et l'os à vœux serré dans sa main. Zuzana la suivit dans la rue et jusqu'à Josefov, jusqu'à la porte de service, l'entrée par laquelle à Prague on accédait à l'officine de Sulfure.

Ce n'était plus qu'un enfer bleu et blanc, imperméable aux jets des lances à incendie.

Au même moment dans le monde entier, sans que Karou en eût connaissance, à chaque porte sur laquelle la main de feu avait été apposée, des incendies se déchaînèrent. Ils étaient impossibles à maîtriser et pourtant ils ne s'étendaient pas aux alentours. Les flammes consumaient les portes ainsi que la magie qui s'y rattachait, puis s'éteignaient d'elles-mêmes, laissant des trous béants et calcinés dans des dizaines de bâtiments. Les portes métalliques fondaient sous la chaleur de ce feu, et des témoins dirent avoir vu de leurs yeux incrédules des silhouettes d'ailes se découper dans les flammes.

Karou les vit et comprit. La voie vers Ailleurs avait été coupée, et elle était seule, à la dérive.

Il était une fois
une petite fille élevée par des monstres.

Mais les anges incendièrent
toutes les portes vers leur monde,
et elle se retrouva seule.

21

L'espoir est un puissant sortilège

Un jour, quand Karou était petite, elle utilisa une poignée de scoubis dans l'intention de défroisser un dessin sur lequel Yasri s'était assise. Un pli après l'autre, un vœu après l'autre, long processus accompli avec une extrême concentration, la langue pointant au coin des lèvres.

– Voilà ! s'exclama-t-elle toute fière en brandissant son œuvre.

Sulfure émit alors une espèce de grognement qui lui fit penser à un gros ours contrarié.

– Qu'est-ce qu'il y a ? s'étonna du haut de ses huit ans la petite fille aux cheveux et aux yeux noirs, aussi fluette qu'un jeune roseau. C'est un bon dessin. Il méritait d'être sauvé.

C'était en effet un bon dessin qui la représentait en chimère, avec des ailes de chauve-souris et une queue de renard.

Issa applaudit de ravissement.

– Oh, tu serais mignonne comme tout avec une queue de renard. Sulfure, ne pourrait-elle en avoir une rien que pour aujourd'hui ?

Karou aurait préféré avoir les ailes de chauve-souris, mais en définitive elle n'obtint rien du tout. Estimant qu'elles exagéraient, le Marchand de vœux s'y opposa d'un ton las.

Issa n'insista pas. Elle se contenta de hausser les épaules, embrassa Karou sur le front et afficha le dessin en bonne place. Mais Karou ne voulait pas démordre de son idée.

– Pourquoi pas ? Ça ne nous coûterait qu'un baraka.

– Qu'un baraka ? répéta-t-il. Et que connais-tu de la valeur des vœux ?

Elle récita d'une seule traite leur classement :

– Scoubi ching baraka gavriel bruxis !

Mais manifestement ce n'était pas ce dont parlait Sulfure. Après d'autres grognements nasaux de gros ours contrarié, il s'expliqua :

– Les vœux ne sont pas là pour des futilités, ma petite.

– Alors, à quoi te servent-ils, à toi ?

– À rien. Je n'en fais jamais.

– Comment ? s'exclama-t-elle. Jamais ? Mais tu pourrais avoir tout ce que tu veux…

Karou était stupéfiée qu'il n'utilise pas ces fabuleux moyens à sa portée.

– Non, pas tout. Il y a des choses bien supérieures à n'importe quel vœu.

– Comme quoi ?

– La plupart des choses importantes.

– Mais le bruxis…

– Le bruxis a ses limites, comme tout vœu.

Un oiseau-mouche à ailes de papillon de nuit voleta dans la lumière et Kishmish s'élança de la corne de Sulfure, l'attrapa en plein vol et l'avala tout rond – en une fraction de seconde, la créature avait cessé d'exister. Elle était là, puis elle n'était plus là. Le cœur de Karou se souleva à l'idée qu'on pouvait ne plus exister aussi soudainement.

– *J'espère*, petite, ajouta Sulfure en la regardant dans les yeux. Mais je ne fais pas de vœu, je ne souhaite pas. Ce n'est pas pareil.

Elle réfléchit un instant, se disant que, si elle parvenait à saisir cette différence, il en serait impressionné. Puis elle s'efforça de mettre des mots sur une sorte d'intuition.

– Parce que l'espoir vient de l'intérieur de toi, et les vœux ne sont que de la magie, risqua-t-elle.

– Les vœux sont artificiels. L'espoir est authentique. L'espoir est un puissant sortilège.

Elle hocha la tête comme si elle comprenait, mais sur le moment, il n'en était rien, et elle ne comprenait pas plus aujourd'hui, trois mois après que les portes eurent été incendiées et sa vie amputée de moitié. Elle était retournée au moins une dizaine de fois à Josefov, devant l'entrée de l'officine. La porte avait été remplacée, de même que le mur autour, et ils avaient l'air trop neufs par rapport au reste. Elle avait frappé, pleine d'espoir ; elle s'était épuisée à espérer, pour rien. C'était chaque fois la même chose : rien, toujours rien.

Quel que soit le pouvoir de l'espoir, ce n'était rien comparé à celui d'un bon vœu bien concret, en avait-elle conclu.

Elle se trouvait à présent devant une autre porte qui, elle, était celle d'une cabane de chasseur perdue dans l'Idaho, au milieu de nulle part, et elle n'avait pas besoin de frapper pour entrer. Un coup de pied suffit à l'ouvrir.

– Salut ! s'exclama-t-elle d'une voix sonore, aussi radieuse que son sourire. Ça fait un bail…

À l'intérieur, Baine le chasseur leva la tête

sous le choc. Il nettoyait un fusil sur une table basse, et se leva d'un bond.

– Toi ici ? Qu'est-ce que tu veux ?

Il était torse nu, débraillé, son gros ventre blanc et mou débordait de son pantalon et son impressionnante barbe broussailleuse tombait en touffes serrées au creux de ses épaules. Du pas de la porte, Karou en perçut l'odeur, aussi aigre qu'un nid de souris.

Elle entra sans attendre d'y avoir été invitée. Elle était toute vêtue de noir : un pantalon étroit en laine avec des bottes, et un trench en cuir vintage serré par une ceinture à la taille. Elle avait un sac en bandoulière, les cheveux noués en une unique tresse, et elle n'était pas maquillée. Elle avait l'air fatiguée. Elle l'était.

– Tu as tué des trucs sympas dernièrement ?

– Tu as appris quelque chose ? demanda Baine. Les portes sont de nouveau accessibles ?

– Oh, non. Rien de tel.

Karou gardait un ton enjoué, un peu comme si c'était une visite mondaine. Elle jouait évidemment la comédie. Même à l'occasion de ses missions pour Sulfure, elle n'avait jamais mis les pieds dans cette cabane. Baine s'était toujours rendu en personne à l'officine.

– Ça n'a pas été simple de te trouver, annonça-t-elle.

Il vivait en dehors de tout réseau, et était introuvable sur Internet ; il n'existait pas. Karou avait utilisé plusieurs vœux pour le retrouver – des vœux de valeur mineure qu'elle avait récupérés auprès d'autres trafiquants.

Elle parcourut la pièce du regard : un canapé

avec une couverture, des têtes d'élan aux yeux de verre accrochées au mur et un vieux fauteuil relax qui tenait avec un adhésif épais. Un générateur bourdonnait à l'extérieur, sous la fenêtre, et une ampoule nue pendait au plafond.

– Tu as des gavriels et tu habites dans un taudis ? remarqua-t-elle en secouant la tête. Ah, les hommes…

– Qu'est-ce que tu veux ? demanda Baine, méfiant. Tu veux des dents ?

– Moi ? Non, répliqua-t-elle en se perchant au bord du fauteuil relax. Ce ne sont pas les dents que je veux, ajouta-t-elle avec le même sourire radieux.

– Alors, quoi ?

Son sourire s'effaça d'un coup.

– Tu es capable de le deviner tout seul, non ?

Un temps.

– Je n'en ai plus. Je les ai tous utilisés, rétorqua Baine.

– Eh bien, je ne suis pas sûre de te croire sur parole.

– Tu n'as qu'à vérifier toi-même, dit-il en balayant la pièce d'un large geste. Amuse-toi bien…

– Le problème, tu vois, c'est que je sais où ils sont cachés.

Le chasseur se raidit, et Karou avisa le fusil posé sur la table basse. Il était démonté, inoffensif. Toute la question était de savoir s'il n'avait pas une autre arme à portée de la main. C'était probable. Il n'était pas du genre à n'en avoir qu'une seule.

Il crispa imperceptiblement les doigts.

Karou sentit son pouls battre au creux de ses mains.

Baine se précipita sur le canapé. Karou était déjà debout. D'un mouvement souple de danseuse, elle sauta par-dessus la table basse et, du plat de la main, lui écrasa la tête contre le mur. Il s'effondra sur le canapé en gémissant et fourragea désespérément entre les coussins, avant de trouver ce qu'il cherchait.

Il se retourna, le pistolet braqué sur Karou. Elle lui attrapa le poignet d'une main et s'accrocha à sa barbe de l'autre. Un coup de feu partit ; une balle frôla les cheveux de Karou. Calant son pied sur le divan, elle attrapa l'homme par la barbe et le mit à terre. La table bascula, dispersant les pièces du fusil. Sans lui lâcher le poignet, le pistolet pointé dans la direction opposée, elle pesa de tout son poids sur son avant-bras avec son genou jusqu'à ce que les os craquent. Il glapit de douleur et lâcha son arme. Karou s'en empara et pressa le canon contre son orbite.

– Ça, je vais te le pardonner, déclara-t-elle. Je comprends très bien, de ton point de vue, que ça craigne. Mais moi, ça me dérange pas tant que ça…

Baine respirait bruyamment, fou de rage. De près, il sentait le rance. Sans réduire la pression sur son œil, elle s'arma de courage et plongea la main dans sa barbe broussailleuse et graisseuse : elle tomba aussitôt sur un morceau de métal. C'était donc vrai : il les cachait dans sa barbe.

Elle tira le couteau de sa botte.

– Tu veux savoir comment je l'ai su ?

Il avait percé des trous dans ses pièces et les

avait nouées toutes ensemble dans les poils de sa répugnante barbe. Elle les récupéra les unes après les autres en tranchant simplement les poils.

– C'est Avigeth. Le serpent, tu te souviens ? Elle a été obligée de s'enrouler autour de ton cou puant, n'est-ce pas ? Je ne l'envie pas ! Tu t'imaginais vraiment qu'elle ne dirait pas à Issa ce que tu avais caché dans ton immonde broussaille ?

Cela lui fit un pincement au cœur de se rappeler ces soirées tranquilles à l'officine, assise par terre en tailleur, à dessiner Issa et à papoter tandis que les outils de Twig bourdonnaient dans un coin et que Sulfure faisait d'innombrables colliers avec les dents. Que se passait-il là-bas en ce moment ?

Que se passait-il ?

Les vœux de Baine étaient pour l'essentiel des chings. Heureusement, il y avait quelques barakas, et surtout, aussi lourds que des marteaux, deux gavriels. C'était bien. C'était même très bien. Jusqu'à présent, elle n'avait récupéré lors de ses visites auprès des autres trafiquants que des barakas et des chings.

– J'espérais vraiment que tu ne les aurais pas utilisés, lui dit Karou. Je te remercie. Sincèrement. Merci. Tu ne peux pas savoir ce que ça représente pour moi.

– Salope, grommela-t-il.

– Ça, c'est très courageux de ta part, répondit-elle d'un ton badin. Je veux dire, c'est courageux de dire une chose pareille à une fille qui t'enfonce le canon d'un pistolet dans l'œil.

Elle continua à couper des écheveaux entiers

de barbe tandis que Baine restait figé. Il devait faire à peu près deux fois son poids, mais il ne chercha pas à se débattre. La lueur sauvage qui flottait dans les yeux de Karou l'impressionnait. Par ailleurs, il avait eu vent de ce qui s'était passé à Saint-Pétersbourg et savait qu'elle était très habile à manier le couteau.

Après avoir vidé sa cachette à vœux, s'asseyant sur ses talons, elle lui rabattit la lèvre inférieure du bout du pistolet et fit une grimace de dégoût en voyant l'état de ses dents. Elles étaient toutes de guingois et brunies par le tabac. Mais c'étaient les *siennes*. Donc pas le moindre espoir de trouver un bruxis.

– Tu sais, tu es le cinquième trafiquant de Sulfure que j'ai retrouvé, et le seul qui ait encore ses vraies dents !

– Ben, oui, j'aime la viande.

– Tu aimes la viande. Évidemment.

Tous les autres trafiquants auxquels elle avait « rendu visite » s'étaient livrés à ce commerce de dents dans l'intention de gagner un bruxis, et tous les avaient déjà utilisés, la plupart du temps pour obtenir une longue vie. L'un d'eux, qui d'ailleurs était une femme, une espèce de sorcière matriarche d'une tribu de braconniers du Pakistan, avait gâché son vœu, oubliant de souhaiter aussi la jeunesse et la santé. Elle n'était plus aujourd'hui qu'une ruine ambulante de chairs flasques, preuve vivante de la mise en garde de Sulfure, selon lequel même un bruxis avait des limites.

Eh bien, un bruxis aurait représenté une formidable récolte, mais Karou avait surtout besoin de deux gavriels, et elle les avait. Elle ramassa tous les vœux, mêlés aux poils de barbe sales qui y étaient encore accrochés, et fourra le tout dans sa sacoche. Elle garda un ching au creux de la main ; il le lui fallait pour réussir sa sortie.

– Tu t'imagines que tu vas t'en tirer comme ça ? questionna Baine d'une voix sourde. Tu viens emmerder un chasseur, eh bien, tu vas vivre comme une proie, ma petite, toujours à te demander qui est sur tes traces.

Karou fit mine de réfléchir au problème.

– Hmmm. C'est vrai, ça serait pas une vie, hein ?

Elle leva le pistolet et pointa le canon sur lui. Il écarquilla les yeux puis les ferma brutalement à l'instant où elle lança un « Pan, pan ! » enthousiaste, comme un petit garçon en train de jouer, avant d'abaisser de nouveau l'arme.

– Andouille ! Tu as de la chance, ce n'est pas mon truc.

Elle posa le pistolet sur le canapé et, alors qu'il était sur le point de se lever, émit le vœu qu'il dorme. Sa tête heurta le plancher avec un bruit mat tandis que le ching disparaissait entre les doigts de Karou. Elle descendit d'un pas lourd les marches de la véranda sans se retourner, puis s'engagea dans l'allée de gravillon au bout de laquelle elle avait prié un taxi de l'attendre, à côté d'une batterie de boîtes aux lettres.

Arrivée aux boîtes aux lettres, elle ne vit plus son taxi.

Karou soupira. Le chauffeur avait dû entendre le coup de feu et déguerpir. Elle pouvait difficilement lui en vouloir. On se serait cru dans un film policier : une jeune fille le paie une somme dérisoire pour la conduire de la ville de Boise jusqu'à ce trou perdu où elle disparaît dans une cabane de chasseur et un coup de feu est tiré. Quel individu sain d'esprit attendrait dans le secteur pour connaître la fin de l'histoire ?

Elle poussa un autre soupir, ferma les yeux et était sur le point de les frotter lorsqu'elle se rappela qu'elle avait touché la barbe immonde de Baine. Elle s'essuya alors les mains sur son pantalon. Elle était tellement fatiguée. Elle fouilla dans son sac. Estimant qu'il lui coûterait un baraka pour faire revenir le taxi, elle en prit un et s'apprêtait à faire un vœu quand elle se ravisa.

« Mais à quoi est-ce que je pense ? » s'étonna-t-elle tandis qu'une fossette creusait une de ses joues et qu'elle esquissait un sourire.

À la place du baraka, elle choisit un gavriel.

– Bonjour, toi, lui murmura-t-elle.

Le soupesant dans sa main, elle leva la tête en arrière et contempla le ciel.

22

Un bonbon creux

Trois mois.

Cela faisait trois mois que les portes avaient brûlé, et Karou n'avait plus jamais eu la moindre nouvelle depuis tout ce temps. Combien de fois ses pensées, bien qu'occupées à autre chose, étaient-elles revenues vers le petit morceau de papier calciné que Kishmish tenait entre ses griffes ? Telle une rayure sur un disque, ce message avait tracé son sillon dans son esprit. Quel était-il ? Qu'avait donc voulu lui dire Sulfure alors que les portes brûlaient ?

Qu'était-il écrit sur ce petit bout de papier ?

Et il y avait aussi l'os à vœux, qu'elle portait à présent autour du cou, ainsi que Sulfure l'avait toujours fait. Elle avait songé qu'il pouvait contenir un vœu, beaucoup plus puissant qu'un bruxis, elle l'avait tenu dans sa main et avait émis un souhait – qu'une porte s'ouvre vers Ailleurs – mais rien ne s'était jamais produit. Il y avait toutefois quelque chose de rassurant à le tenir au creux de la main. Ses deux branches frêles s'inséraient entre ses doigts comme si elles avaient été prévues à cet effet. Mais si cet objet devait être plus qu'un simple os, elle ignorait ce qu'il représentait ; quant à savoir pourquoi

Sulfure le lui avait fait parvenir, elle craignait de ne jamais avoir la réponse. La peur s'insinua en elle avec toutes ces questions sans réponses, et avec cette peur, de nouvelles peurs, étranges et indéfinissables.

Il lui arriva des choses curieuses.

Parfois, lorsqu'elle se regardait dans la glace, elle avait l'impression de ne plus se reconnaître, d'avoir une inconnue en face d'elle. Son nom, quand on l'appelait, ne la faisait pas toujours réagir, et même son ombre lui semblait appartenir à quelqu'un d'autre. Récemment, elle s'était surprise à faire quelques gestes brusques afin de vérifier s'il s'agissait bien de la sienne. Elle était à peu près certaine que tout cela ne relevait pas d'un comportement normal.

Zuzana n'était pas d'accord avec elle.

– Il s'agit probablement d'un trouble dû à un stress post-traumatique. Ce qui serait vraiment étrange, ce serait que tu te sentes bien. Enfin, tu as quand même perdu toute ta famille.

Karou n'en finissait pas de s'étonner de la façon dont Zuzana avait accepté son histoire, si déconcertante fût-elle. Son amie n'était pas, dans la vie courante, du genre à croire en toutes sortes de phénomènes, mais après avoir vu Kishmish et assisté à une petite démonstration de scoubi, elle avait été convaincue, et c'était une bonne chose. Karou avait besoin d'elle. Zuzana était son point d'ancrage dans la vraie vie. En tout cas, de ce qu'il en restait.

Elle était toujours à l'école d'art. Du moins théoriquement. Après les incendies de l'ange, il lui avait fallu une semaine pour guérir de ses blessures, ou plutôt pour que ses bleus, au stade vert-jaune, puissent être dissimulés sous le maquillage. Elle était retournée deux jours en classe, mais c'était peine perdue. Elle ne parvenait pas à se concentrer et sa main, lorsqu'elle tenait un crayon ou un pinceau, semblait incapable de la moindre délicatesse. Une énergie bouillonnante croissait en elle, et plus que jamais elle était obsédée par le sentiment qu'elle était destinée à autre chose.

Autre chose. Autre chose. *Autre* chose.

Elle prit contact avec Esther et quelques associés de Sulfure parmi les moins ignobles afin d'avoir la confirmation que le phénomène était bien mondial : toutes les portes avaient disparu, toutes sans exception.

Elle découvrit également dans la foulée quelque chose d'assez inattendu : elle était riche. Sulfure lui avait apparemment ouvert plusieurs comptes en banque à son nom au fil du temps. Des comptes en banque dont la provision se terminait par de multiples zéros. Elle possédait même des biens immobiliers, comme les immeubles où se trouvaient les portes jusqu'à une date récente. Et des biens fonciers. Un marais, par exemple. Un village médiéval en ruine, sur les pentes de lave de l'Etna. Un flanc de montagne dans les Andes, où un paléontologue amateur prétendait – au grand amusement de la communauté scientifique – avoir mis au jour une cache renfermant des « squelettes de monstres ».

Sulfure avait pris des dispositions pour que Karou ne manque jamais d'argent, ce qui était une excellente chose, puisqu'elle devait faire ses « petites visites » à la façon de tous les êtres humains. Cela impliquait voyages en avion, passeport, hommes d'affaires un peu trop entreprenants, etc.

Après quoi, elle ne fréquenta plus son école qu'épisodiquement, prétextant des problèmes familiaux. Si elle n'avait pas autant dessiné pour son plaisir dans son nouveau carnet de croquis – n° 93, qui enchaînait avec le 92, abandonné dans l'officine de Sulfure et brutalement interrompu –, elle se serait probablement déjà fait renvoyer. Mais ça ne tenait qu'à un fil.

La dernière fois qu'elle était passée à l'école, la Profesorka Fiala s'était montrée extrêmement critique. Feuilletant un des carnets de Karou, elle s'était arrêtée plus particulièrement sur un dessin, celui de l'ange à Marrakech, fait de mémoire. Karou avait cherché à restituer sa première impression lorsqu'elle l'avait vu en face d'elle dans la ruelle.

– C'est un cours de dessin d'après *modèle*, Karou, lui avait-elle reproché. Pas *d'imagination*...

Interloquée, Karou avait jeté un rapide coup d'œil à son dessin, pratiquement sûre de ne pas avoir représenté les ailes, ce qui était effectivement le cas.

– Imagination ? s'était-elle étonnée.

– Personne n'est parfait à ce point, avait répliqué le professeur, en balayant la page d'un geste méprisant.

Karou ne discuta pas, mais elle s'en ouvrit plus tard à Zuzana :

– Le plus drôle, c'est que je ne lui ai même pas rendu justice. Ces yeux ! Peut-être qu'une peinture aurait réussi à restituer ces yeux, mais jamais un dessin.

– Oui, enfin, c'est un très beau salaud au regard terrifiant, voilà ce que c'est.

– Je sais. Mais tu aurais dû le voir.

– J'espère bien ne jamais le croiser !

– Eh bien, moi si, en fait ça me ferait plutôt plaisir, répondit Karou qui ne commettait plus l'erreur de sortir sans arme.

Elle ne s'était pas montrée très brillante lors de ce combat, et avait encore honte de la façon dont elle avait battu en retraite. Si elle devait un jour se retrouver face à l'ange, elle tiendrait bon.

En revanche, en ce qui concernait l'école, elle ne faisait manifestement pas le poids. Elle n'avait préparé aucun projet à défendre et ne pouvait plus compter sur son carnet de croquis pour rattraper son retard sur les chapeaux de roues, et la contrariété d'avoir à abandonner ses études n'était rien comparée aux problèmes beaucoup plus graves qui l'occupaient.

Après les incendies, son premier déplacement fut pour Marrakech. Ce que lui avait crié Izîl n'avait cessé de la tourmenter : « Tu dois aller voir Sulfure et lui dire que les séraphins sont là. Ils sont revenus. Va vite le prévenir ! »

Izîl savait quelque chose. C'était ce à quoi il avait employé son bruxis : savoir. Et tandis que Karou s'était toujours demandé ce qu'il avait appris, elle avait plus que jamais besoin de la réponse. Elle était donc partie à sa recherche et avait découvert, à sa grande tristesse, qu'il s'était précipité du haut d'un minaret de la Koutoubia peu après l'avoir quittée. S'était-il jeté tout seul dans le vide ? Peu vraisemblable, songea-t-elle, en se rappelant avec acuité l'absence d'expression de l'ange, son âme morte, la morsure de sa lame et les cicatrices qu'il lui avait laissées en souvenir.

Zuzana lui avait d'ailleurs imprimé un T-shirt sur la presse de l'école, avec cette phrase : « J'ai rencontré un ange au Maroc et tout ce que j'ai rapporté ce sont ces cicatrices minables. » Elle en avait fait un autre : « J'ai vu un ange et pas vous. Bien fait pour vous, les bigots ! »

C'était une sorte de réponse à l'engouement du monde entier pour les anges. Si les récits de gens prétendant en avoir vu étaient, au début, mis sur le compte d'élucubrations d'ivrognes ou de gamins, il devenait de plus en plus difficile de les ignorer. Des vidéos floues et quelques photos circulèrent sur Internet, et furent même relayées par les principaux médias, avec de gros titres tels que « Anges de la mort : présage ou canular ? », claironnés aux heures de grande écoute d'un ton mielleux. Le document le plus intéressant, filmé par un marchand de tapis avec son téléphone portable, montrait l'agression de Karou, mais fort heureusement elle n'était pratiquement pas reconnaissable, simple silhouette à l'arrière-plan, estompée par l'onde de chaleur dégagée par les ailes de l'ange.

Pour autant qu'elle sache, c'était l'unique fois où un ange – et ils étaient très nombreux – avait révélé ses ailes, mais plusieurs témoins déclarèrent en avoir vu voler, ou du moins avoir vu l'ombre de leurs ailes. En Inde, une religieuse, qui avait une brûlure en forme de plume au creux de la main, attirait des foules de pèlerins du monde entier, venus recevoir sa bénédiction. Des cultes adorateurs avaient plié bagage et s'étaient retrouvés pour de gigantesques veillées en attendant l'Apocalypse. Sur Internet, des forums étaient envahis tous les jours par de nouvelles annonces attestant que des anges avaient été aperçus, mais aucune ne parut authentique à Karou.

– C'est complètement bidon, affirma-t-elle à Zuzana. Rien que des cinglés qui attendent l'Apocalypse.

– Ah oui, parce que c'est follement drôle, hein ! avait-elle raillé en se frottant les mains de contentement. Ah, chouette, l'Apocalypse !

– Oui, chouette, alors… À partir de quel moment ta vie de merde va te faire désirer l'Apocalypse ?

Là-dessus, elles passèrent toute une soirée au *Poison* – avec Mik, d'ailleurs, ancien « violoniste » de Zuzana et à présent son petit ami officiel – à boire du thé à la pomme et à jouer à « À partir de quel moment ta vie de merde va te faire désirer l'Apocalypse ? ».

– Au moment où tu n'auras plus pour amis que tes pantoufles à tête de lapin.

– Au moment où ton chien remuera la queue quand tu sortiras.

– Au moment où tu connaîtras les paroles de toutes les chansons de Céline Dion.

– Où tu voudras que le monde entier disparaisse pour ne plus avoir à te réveiller dans ta maison minable, sans la moindre œuvre d'art, soit dit en passant, à faire à manger à tes sales gosses et à aller bosser comme une abrutie dans un bureau où il y aura toujours quelqu'un pour acheter des beignets à la confiture qui te feront encore prendre quelques kilos ; c'est ça le moment où ta vie de merde te fera désirer l'Apocalypse !

La proposition venait de Zuzana, et c'est elle qui gagna.

Ah, Zuzana…

Dans le territoire reculé de l'Idaho, alors que Karou avait consacré le premier gavriel qu'elle ait jamais possédé à la réalisation de son vœu le plus cher – l'objet se volatilisa et elle s'éleva tout doucement dans les airs –, la première idée qui lui vint à l'esprit fut : « Il faut absolument que Zuzana voie ça. »

Elle flottait. Elle poussa un petit cri de ravissement et ouvrit les bras pour trouver l'équilibre, godillant dans l'air comme si elle se trouvait dans la mer, sauf que… ce n'était pas la mer. C'était l'air. Elle volait. Enfin, elle ne volait pas vraiment, pas encore, mais elle flottait au seuil de tout ce foutu ciel ! Qui entourait tout ce foutu monde. Au-dessus d'elle, la nuit était immense, à perte de vue, pleine d'étoiles et de choses étranges – sphère infiniment profonde et infiniment accessible –, et elle continua à s'élever, plus haut, toujours plus haut.

Elle reconnut le toit de la cabane de Baine entre les arbres. La brise sifflait à ses oreilles, fraîche mais folâtre, semblant lui souhaiter la bienvenue en ces lieux élevés. Elle ne pouvait se retenir de rire. Une fois qu'elle eut commencé, elle ne put s'arrêter. C'était une cascade de gloussements irrépressibles et incrédules qui semblaient assez fous, mais qui n'aurait pas eu l'air un peu fou dans un moment pareil ?

Elle volait.

Elle aurait tellement aimé partager cette expérience avec quelqu'un.

Elle n'allait pas tarder à le faire, mais, le moins que l'on puisse dire, c'est que ce n'était pas avec le… euh… *l'être* qu'elle aurait élu pour partager quoi que ce soit, si elle avait eu le choix. Seulement elle ne l'avait pas : il n'y avait qu'un seul être au monde susceptible de l'aider à accomplir ce qu'elle devait accomplir, et cet être, malheureusement, n'était autre que Razgut.

Karou frissonna rien qu'en pensant à la créature d'Izîl, mais leurs destins étaient désormais liés.

À Marrakech, après avoir appris la mort d'Izîl, elle avait erré dans les ruelles autour de la mosquée, affligée et déçue. Elle était tellement persuadée qu'Izîl aurait été à même de lui fournir des explications. Elle comptait tellement fort sur lui. Elle s'accroupit au pied d'un mur et donna libre cours à ses larmes, mélange de chagrin pour la disparition de ce pauvre homme torturé et de frustration.

Quand soudain lui parvint aux oreilles une espèce de gloussement démoniaque qui résonna sur le sol jusqu'à elle. Quelque chose remua derrière une charrette cassée, et Razgut sortit lentement de l'ombre.

– Bonjour, ma jolie, roucoula-t-il.

Karou était dans un tel état mental qu'elle fut contente de le voir.

– Tu as survécu à la chute…

Mais il n'en était pas sorti indemne. Privé de sa monture humaine, il gisait sur le sol, impuissant. Il avait un bras cassé qu'il maintenait contre son torse et, à l'aide de l'autre, il rampa par terre, traînant derrière lui ses jambes impotentes. Sa tête, son épouvantable tête violacée, était aplatie vers la tempe, recouverte d'une croûte de sang séché encore incrustée de gravillons et d'éclats de verre.

– Je suis déjà tombé de plus haut, répliqua-t-il avec un geste agacé de la main.

Karou était sceptique. Le minaret était le point culminant de la ville qu'il dominait d'une hauteur vertigineuse.

Surprenant son regard, Razgut gloussa de nouveau, émettant un son atroce où se mêlaient détresse et dépit.

– Ce n'est rien, ma belle bleue. Il y a mille ans, je suis tombé du *paradis*.

– Du paradis ? Ça n'existe pas, le paradis.

– On ne va pas chipoter. Le ciel, si tu préfères. Et je ne suis pas exactement tombé. Ça va me faire passer pour un maladroit, non, tout ça ? Un peu comme si j'avais trébuché et atterri dans votre monde. Non, non. J'ai été poussé dehors. Chassé. Exilé. Banni.

Et c'est ainsi que Karou apprit l'origine de Razgut. Il était difficile de croire, en le voyant et en se rappelant l'ange – cet être parfait, mythique –, qu'ils étaient parents, mais en s'obligeant à le regarder plus attentivement, elle commença à voir le lien. Et les anciennes attaches de ses ailes brisées étaient bien là. Cette créature n'appartenait pas au monde d'ici-bas.

Elle avait aussi compris, finalement, en quoi le bruxis d'Izîl avait réalisé son vœu de façon ironique. En souhaitant la connaissance de l'autre monde, il s'était retrouvé attelé malgré lui à Razgut qui était à même de lui apprendre tout ce que lui refusait Sulfure.

– Qu'est-il arrivé à Izîl ? demanda Karou. Il ne s'est pas jeté tout seul dans le vide, n'est-ce pas ? L'ange...

– Ah, ça oui, tu peux lui en vouloir, c'est lui qui nous a trimbalés tout en haut du minaret, mais ce pauvre imbécile de bossu s'est jeté dans le vide rien que pour te protéger.

– Moi ?

– C'est toi, ma jolie, que cherchait mon frère le séraphin. Quel sale gosse, pénible avec toutes ces questions. Que te voulait-il ? Je me le demande.

– Je ne sais pas, répondit Karou en frissonnant. Izîl ne lui a pas dit où j'habitais ?

– Oh, non, le noble fou. Au lieu de cela, il a préféré danser avec le ciel, et le ciel l'a laissé tomber comme une vieille prune pourrie.

– Oh, mon Dieu..., soupira Karou, s'affalant au pied du mur et serrant ses bras autour d'elle. Pauvre Izîl.

– Pauvre Izîl ? Ce n'est pas lui qui est à plaindre, c'est plutôt moi. Il s'est libéré, mais regarde-moi ! Tu crois que ça va m'être facile de retrouver une mule ? Je n'ai même jamais été capable de rouler un mendiant...

Razgut se redressa et utilisa son bras valide pour ramener ses jambes devant lui. Son visage se tordit de douleur, mais à peine Karou eut-elle commencé à éprouver une once de compassion pour lui que son expression se mua en un regard sournois et concupiscent.

– Tu vas m'aider, hein, ma douce ? lui demanda-t-il avec un sourire qui révéla une denture étrangement parfaite. Je peux te grimper dessus ?

Il faisait probablement allusion à la façon dont Izîl l'avait transporté jusqu'alors, mais son ton était lourd de sous-entendus obscènes.

– Après tout, c'est ta faute !

– Ma faute ? N'importe quoi !

– Je te dirai des secrets, ronronna-t-il, cherchant à l'amadouer. Comme j'en ai dit à Izîl.

– Demande-moi autre chose, répliqua Karou. Je ne te porterai pas. Jamais de la vie !

– Oh, mais je te tiendrai chaud. Je te ferai des tresses dans les cheveux. Tu ne seras plus jamais seule.

Seule ? Karou se sentit brusquement mise à nu en cet instant, devant cette créature qui l'avait percée à jour et continuait sa litanie à voix basse :

– Toute cette beauté, perdue dans une mer de solitude. Tu crois peut-être que je ne l'ai pas goûtée ? Tu es pratiquement creuse. Un petit bonbon creux à lécher, mais… oh, tu es si exquise !

Il rejeta la tête en arrière avec un gémissement de plaisir, les yeux mi-clos pour savourer ce souvenir. Karou se sentit assez mal.

– Je pourrais te lécher le cou jusqu'à la fin des temps, ma jolie, geignit-il. Jusqu'à la fin des temps.

Karou était très, très loin d'être assez désespérée pour accepter ce marché. Elle se décolla du mur et commença à s'éloigner.

– Merci pour la causette. Salut !
– Attends ! Attends !
Alors que jamais elle n'aurait cru que quoi que ce soit puisse l'arrêter, il l'interpella :
– Tu as envie de revoir ton Marchand de vœux ? Je peux te conduire auprès de lui. Je connais un passage !
Elle se retourna, soupçonneuse.
Il avait perdu son air libidineux, qui avait fait place à une émotion unique, authentique. C'était une expression qu'elle connaissait bien et, l'espace d'un instant, elle se sentit un point commun avec la pauvre chose brisée qu'il était. C'était la nostalgie qui se lisait sur ses traits. Si sa nature profonde à elle était la solitude, celle de Razgut était la nostalgie.
– Je connais l'emplacement de la porte par laquelle ils m'ont chassé il y a mille ans. Je sais où elle se trouve. Je te la montrerai, mais tu dois m'y emmener. Je veux juste rentrer chez moi, chuchota-t-il après un court silence.
Le cœur de Karou se mit à battre plus vite. Une autre porte…
– Alors partons. Tout de suite.
– Si c'était aussi simple, crois-tu que je serais encore ici ? haleta Razgut.
– Que veux-tu dire ?
– Elle se trouve dans le ciel, ma petite. Il n'y a qu'en volant que nous pouvons y aller.
Et, à présent, grâce aux deux gavriels graisseux récupérés dans la barbe d'un chasseur – un pour elle, un pour Razgut –, ils étaient en mesure de le faire.

23

Une infinie patience

Une ville de contes de fées. Vus du ciel, les toits rouges se serraient les uns contre les autres le long d'un méandre du fleuve obscur et, de nuit, les collines boisées découpaient comme des espaces vides, noirs, contrastant avec le château illuminé, les tours gothiques pointues, les dômes de toutes tailles. Le fleuve absorbait toutes les lumières et les démêlait le long de son cours ondulant, tandis que la pluie qui tombait à l'oblique estompait tout comme dans un rêve.

Telle fut la première vision qu'Akiva eut de Prague ; ce n'était pas lui qui avait marqué la porte de son empreinte incandescente. C'était Hazaël qui, une fois de retour dans leur propre monde, lui avait dit combien cette ville était belle. Et elle l'était, en effet. Akiva songea qu'Astraë avait pu lui ressembler dans son âge d'or, avant d'être rasée par les bêtes. La ville aux cent clochers, ainsi qu'on appelait la capitale séraphine – un clocher par divinité étoile –, que les chimères avaient tous démolis.

De nombreuses villes habitées par les hommes avaient été également détruites pendant la guerre, mais Prague avait eu de la chance. Elle se dressait toujours aussi belle et fantomatique, avec ses pierres granuleuses lissées par des siècles d'orages, des milliers de ruisselets de pluie.

Il faisait froid et humide, c'était inhospitalier au possible, mais cela ne dérangeait pas Akiva, capable de produire sa propre chaleur. L'humidité chuintait sur ses ailes en s'évaporant, soulignant dans la nuit leur contour d'un halo diffus. Le charme d'invisibilité ne pouvait rien contre ce phénomène, de même qu'il ne pouvait masquer l'ombre de ses ailes, mais il n'y avait personne pour le voir.

Akiva s'était perché sur un des toits rouges de la Vieille Ville. Les deux clochers de Notre-Dame-du-Tyn se dressaient telles des cornes de diable derrière la rangée d'immeubles, en face, dans l'un desquels se trouvait le studio de Karou. Sa fenêtre était éteinte. Elle était restée éteinte et son appartement vide pendant les deux jours qu'il avait passés à la guetter.

Pliée dans sa poche, usée à force d'être manipulée, se trouvait la page arrachée d'un carnet de croquis – le carnet n° 92, ainsi que l'indiquait le nombre inscrit sur le dos. Sur cette page, la première du carnet, figurait un dessin représentant Karou les mains jointes en prière, accompagné de ces mots : « Si vous le trouvez, veuillez le rapporter Kralodvorska 59, n° 12, Prague. Vous recevrez en récompense toute la gratitude de l'univers ainsi qu'une grosse somme d'argent. Merci. »

Akiva n'avait pas emporté tout le carnet, mais rien que cette page déchirée. Il n'était intéressé ni par la grosse somme d'argent, ni par quelque gratitude universelle.

Uniquement par Karou.

Avec l'infinie patience de celui qui a appris à vivre avec son chagrin, il attendit son retour.

24

C'est si facile de voler

Karou s'aperçut à sa plus grande joie qu'il était très facile de voler. L'euphorie dissipa son abattement, et avec lui l'apathie qui avait suivi ses trop nombreux démêlés avec les trafiquants de Sulfure. Elle volait haut dans le ciel, s'émerveillant des étoiles et se sentant proche d'elles. Elles étaient d'une beauté fabuleuse. Baine avait au moins ça pour lui. Il n'avait peut-être aucun sens esthétique, mais il avait choisi de vivre en la compagnie des étoiles. La voûte céleste avait l'air saupoudrée de sucre.

Laissant la cabane du chasseur loin derrière elle, elle suivit en sens inverse la route en direction de Boise, plongeant et remontant selon les courants. Elle joua avec la vitesse, sans la moindre peine, malgré les cristaux de larmes qui se formaient au coin de ses yeux. Elle ne fut pas longue à retrouver le taxi qui l'avait abandonnée en pleine nature. Toutes sortes de scénarios plus ou moins tordus lui traversèrent l'esprit. Elle pourrait voler à la hauteur du véhicule, frapper à la vitre et agiter son poing sous le nez du chauffeur avant de remonter dans les airs.

« Vilaine fille », se dit-elle, avant d'entendre la voix de Sulfure lui reprocher ce genre de plaisanterie comme étant *risquée*. Oui, peut-être un peu.

Que penserait-il du vœu en lui-même – voler – et du plan dont il faisait partie ? Et que penserait-il en voyant Karou frapper à sa porte, les cheveux en bataille, emmêlés par les vents de deux univers ? Serait-il content de la voir, ou toujours en colère contre elle, la traitant d'écervelée et la jetant de nouveau dehors ? Était-elle censée le retrouver, ou bien préférait-il qu'elle poursuive sa route comme un papillon échappé par la fenêtre, sans un regard en arrière, comme si elle n'avait jamais eu des monstres pour toute famille ?

Si c'était ce qu'il attendait d'elle, alors c'était mal la connaître.

Elle allait se rendre au Maroc pour retrouver Razgut, quels que soient le tas d'ordures ou la carriole sous lesquels il se cachait, et tous les deux – tous les deux ! Elle avait des frissons rien qu'à formuler dans son esprit ces trois mots qui les liaient autant – donc, tous les deux, ils s'envoleraient et, après s'être introduits par une déchirure du ciel, arriveraient « Ailleurs ».

Elle comprit soudain ce que Sulfure avait voulu dire par « l'espoir est un puissant sortilège ». Elle n'avait pas été capable, par son seul désir, d'ouvrir une porte, mais par la force de la volonté, de son *espoir*, alors qu'elle aurait pu abandonner l'idée de retrouver les chimères, perdues pour toujours, elle avait au contraire trouvé un moyen. Elle volait et un guide l'attendait pour la conduire là où elle voulait aller. Elle était fière, et elle était sûre que Sulfure le serait également, qu'il le manifeste ou pas.

Elle frissonna. Il faisait froid dans le ciel, et sa jubilation ne tarda pas à faire place aux claquements de dents et à la fatigue qui l'assaillait de nouveau. Elle se posa donc au milieu de la route, effectuant son premier atterrissage aussi aisément que si c'était le millième, et attendit que le taxi arrive à sa hauteur.

Inutile de dire que le chauffeur fut ébahi en la voyant. Il eut l'impression de croiser un fantôme et passa plus de temps à lui jeter des coups d'œil inquiets dans le rétroviseur qu'à regarder la route. Karou était même trop fatiguée pour trouver cela drôle. Elle ferma les yeux et, glissant sa main sous le col de son manteau, chercha l'os à vœux et le serra entre ses doigts.

Elle était presque endormie lorsque son téléphone sonna. Le nom de Zuzana s'afficha sur l'écran.

– Allô, petite fée enragée ?

– Oh, ça va, répondit Zuzana après avoir émis une sorte de grognement. S'il y a une fée ici, c'est bien toi.

– Je ne suis pas une fée, je suis un monstre. Et tu sais quoi ? À propos de fées, j'ai une surprise pour toi.

Karou essaya d'imaginer la tête de Zuzana en la voyant s'élever dans les airs. Devait-elle le lui dire ou lui faire la surprise ? Peut-être pourrait-elle faire semblant de tomber du haut d'un clocher – ou bien était-ce méchant ?

– Ah bon ? Tu as un cadeau pour moi ?

Ce fut au tour de Karou d'émettre une espèce de grognement.

– Tu me fais penser aux enfants qui fouillent

dans les poches de leurs parents quand ils rentrent de soirée pour voir s'ils ne leur ont pas rapporté un bout de gâteau !

– Oh ! du gâteau ! D'accord pour le gâteau. Mais pas un qui a traîné dans tes poches. Beurk…

– Je n'ai pas de gâteau.

– Dommage. Quel genre d'amie es-tu alors ? À part le genre « particulièrement absente ».

– À la minute où je te parle, c'est plutôt le genre « particulièrement fatiguée ». Si tu m'entends ronfler, ne m'en veux pas.

– Où es-tu ?

– Dans l'Idaho, en route vers l'aéroport.

– Ah, bien l'aéroport ! Alors, tu rentres, non ? Tu n'as pas oublié. Je savais que tu n'oublierais pas de rentrer.

– Je t'en prie, ça fait des semaines que j'attends ce moment. Tu n'imagines même pas. C'est : un sale chasseur puis un autre sale chasseur puis encore un sale chasseur puis un spectacle de marionnettes !

– À propos, comment vont les sales chasseurs ?

– Salement. Mais oublie-les. Tu es tout à fait prête ?

– Oui. Prête. Morte de trouille. La marionnette est terminée et magnifique, si je puis me permettre. Maintenant, j'ai juste besoin de ta magie, dit Zuzana avant de s'interrompre une demi-seconde. Enfin, je veux dire de ta magie pas magique. De ton génie ordinaire, quoi. Quand reviens-tu ?

– Vendredi, je crois. Il faut juste que je fasse un petit détour très rapide par Paris…

– Un petit détour très rapide par Paris, répéta Zuzana. Tu sais qu'une âme moins généreuse aurait pu mettre un terme à notre amitié rien que pour une phrase aussi odieuse que celle-ci : « Un petit détour très rapide par Paris. »

– Ah bon ? Parce qu'il existe des âmes encore moins généreuses ? rétorqua Karou.

– Hé ! je suis peut-être petite, mais j'ai une grande âme. C'est pour ça que je porte des semelles compensées : pour être à la hauteur de mon âme.

Karou éclata d'un beau rire sonore et chantant qui poussa le chauffeur à jeter un coup d'œil dans le rétroviseur.

– Et aussi pour embrasser, ajouta Zuzana. Parce que sinon je ne sortirais qu'avec des nains.

– Au fait, comment va Mik ? Outre le fait qu'il n'a rien d'un nain ?

Zuzana prit aussitôt une voix doucereuse.

– Trèèèèèèèès bieeeeeen, répondit-elle en étirant les mots comme si c'était du caramel.

– Allô, allô ? Qui est à l'appareil ? Repassez-moi Zuzana ! Zuzana ? Il y a une cruche sur la ligne qui se fait passer pour toi…

– Tais-toi. Contente-toi d'arriver, d'accord ? J'ai besoin de toi.

– J'arrive.

– Et apporte-moi un cadeau.

– Tsss. Comme si tu le méritais !

Karou coupa la communication en souriant. Zuzana méritait bel et bien un cadeau, et c'était la raison pour laquelle elle voulait s'arrêter à Paris avant de rentrer chez elle, à Prague.

Chez elle. L'expression méritait toujours des

guillemets, mais Karou était privée d'une moitié de sa vie, et l'autre moitié, la plus normale, était à Prague. Son minuscule appartement avec ses kilomètres de carnets de dessin ; Zuzana et ses marionnettes ; son école, les chevalets, les vieux messieurs posant nus avec des boas en plumes autour du cou ; le *Poison*, ses statues et ses masques à gaz, les bols de goulasch fumant sur les couvercles des cercueils ; et même son abruti d'ex-petit copain planqué à tous les coins de rue déguisé en vampire.

Bon, d'accord, à peu près normale.

Et si une part d'elle-même était impatiente de se rendre directement au Maroc, d'y prendre au passage son épouvantable compagnon de voyage et de partir avec lui pour un hypothétique « Ailleurs », elle ne supportait pas l'idée de disparaître purement et simplement, pas après tout ce qu'elle avait déjà perdu. Elle avait l'intention de rentrer à Prague pour dire au revoir, et vivre un peu normalement, une dernière fois avant longtemps.

En outre, elle ne voulait surtout pas manquer le spectacle de marionnettes de Zuzana.

25

Ni paix ni répit

Karou fut de retour à Prague le vendredi soir, tard. Elle donna son adresse au chauffeur de taxi, mais, alors qu'il approchait de son quartier, elle changea d'avis et le pria de la laisser à Josefov, aux abords de l'ancien cimetière juif. C'était l'endroit le plus mystérieux qui soit, avec ses innombrables tertres recouvrant des siècles de défunts, ses tombes disposées au hasard, telles des dents mal rangées. De sinistres corbeaux y nichaient, et les branches des arbres étaient aussi noueuses que les doigts des vieilles femmes. Karou adorait y aller dessiner, mais il était fermé, évidemment, et ce n'était pas son but. Elle longea le mur extérieur, renflé par endroits, dans un silence pesant, et se dirigea vers la porte de l'officine, toute proche. Ou du moins vers ce qui en avait été la porte.

Elle se posta en face, sur l'autre trottoir, se mettant au défi de traverser et de frapper. « Imagine qu'elle s'ouvre, songea-t-elle. Imagine qu'elle s'ouvre en grinçant et qu'Issa apparaisse avec un sourire excédé et te dise : "Sulfure est de mauvaise humeur. Tu es certaine d'avoir envie d'entrer ?" »

Comme si tout cela n'avait été qu'une méprise

stupide, une erreur. Et n'était-ce pas encore une éventualité ?

Elle traversa la rue. Le cœur plein d'espoir, elle leva la main et frappa trois coups secs. À peine l'eut-elle fait que son espoir enfla d'une manière douloureuse. Elle prit une grande inspiration et se surprit à retenir son souffle, tandis que son cœur battait au rythme de sa prière – « s'il te plaît, s'il te plaît, s'il te plaît » – et que les larmes salées commençaient à lui picoter les yeux. Que la porte s'ouvre ou non, elle pleurerait. De déception ou de joie, ses larmes ne demandaient qu'à couler.

Silence.

« S'il te plaît, s'il te plaît, s'il te plaît. »

Et… rien.

Elle respira de nouveau, et cette brusque expiration lui fit verser un unique filet de larmes sous chaque œil. Elle attendit encore de longues minutes, recroquevillée sur elle-même pour se protéger du froid, avant de se décider à rentrer chez elle.

א

Cette nuit-là, Akiva la regarda dormir. Les lèvres légèrement entrouvertes, les deux mains glissées sous la joue, comme une enfant, la respiration lente et profonde. « Elle est innocente », lui avait affirmé Izîl. Endormie, elle en avait tout l'air. Mais l'était-elle véritablement ?

Son visage avait hanté Akiva au cours de ces derniers mois – son joli visage tendu vers lui, cherchant à le regarder, alors qu'elle tremblait de peur dans son ombre, certaine qu'elle allait mourir. Ce souvenir était cuisant et le tourmentait sans répit : il avait été sur le point de la tuer. Et qu'est-ce qui l'en avait empêché ?

Quelque chose en elle lui avait évoqué une autre jeune fille, perdue depuis la nuit des temps, mais qu'était-ce ? Ce n'étaient pas ses yeux. Ils n'étaient pas bruns et chauds comme la terre ; ils étaient noirs – noirs comme ceux d'un cygne, contrastant avec la blancheur laiteuse de sa peau. Et rien dans ses traits ne lui permettait de trouver un quelconque point commun avec l'autre visage, adoré, aperçu pour la première fois à travers un voile de brume, il y avait si longtemps. Les deux étaient également beaux, c'était tout, mais c'était une étrange ressemblance qui avait arrêté sa main.

Elle avait fini par lui apparaître. C'était un geste : sa façon de pencher la tête sur le côté à la manière des oiseaux pour le regarder. Voilà ce qui lui avait sauvé la vie. Un détail aussi dérisoire.

Juché sur son balcon et l'épiant par la fenêtre, Akiva se demandait ce qu'il convenait de faire à présent.

Des souvenirs surgirent à son insu de la dernière fois qu'il avait regardé quelqu'un dormir. Il n'y avait alors entre eux aucune vitre opacifiée par son souffle tiède ; il ne se trouvait pas à l'extérieur en position de voyeur, mais au chaud auprès de Madrigal, calé sur un coude et calculant combien de temps il pouvait rester ainsi sans tendre la main vers elle.

Moins d'une minute. Il ne pouvait soulager la douleur qui lui brûlait le bout des doigts qu'en la touchant.

Ses mains à l'époque portaient moins de marques, bien qu'elles ne fussent pas exemptes de ces funestes décomptes. Il était déjà un tueur. Mais Madrigal avait embrassé ses mains tatouées, phalange après phalange, et l'avait absous.

– On ne nous a appris que la guerre, lui avait-elle murmuré tout bas. Mais il y a d'autres façons de vivre. Nous les découvrirons, Akiva. Nous les inventerons. C'est ici que tout va commencer.

Et elle avait posé sa main à plat contre la poitrine nue d'Akiva – dont le cœur avait tressailli à son simple contact – puis lui avait pris la sienne pour l'appliquer sur son propre cœur, la pressant sur sa peau satinée.

– C'est nous, le commencement.

Cette première nuit volée auprès d'elle fut en effet une sorte de commencement, l'invention d'une nouvelle manière de vivre.

Akiva ne s'était jamais servi de ses mains de façon aussi douce que lorsqu'il lui effleurait ses paupières closes du bout des doigts, imaginant quels rêves pouvaient bien se dérouler derrière elles et les faisaient tressaillir.

Elle lui avait fait suffisamment confiance pour l'autoriser à la toucher durant son sommeil. En y repensant, il était encore frappé de la façon dont dès le début elle l'avait laissé s'allonger à son côté et caresser son visage endormi, la courbe gracieuse de son cou, ses bras longs et minces, et les attaches de ses ailes puissantes. De temps en temps, il sentait son pouls s'accélérer à cause de rêves agités ; parfois, elle murmurait quelque chose et tendait la main vers lui, le réveillant en l'attirant à elle, puis, tout doucement, en elle.

Akiva se détourna de la fenêtre. Pour quelles raisons ces souvenirs de Madrigal affluaient-ils ainsi en lui, en masse et de façon si précipitée ?

Les vrilles d'une réponse se frayaient un chemin dans les tréfonds de son esprit, fouillant à la recherche de rapprochements, d'indices – manière de rendre possible l'impossible –, mais il refusait de l'admettre. Jamais il n'aurait cru que, quelque part en lui, persisterait encore la capacité à espérer.

Qu'est-ce qui l'avait poussé à quitter son régiment en pleine nuit, sans même en avertir Hazaël et Liraz, pour retourner dans ce monde-ci ? se demandait-il.

Il n'aurait aucun mal à briser la vitre ou à la faire fondre. En quelques secondes, il pourrait être auprès de Karou et la réveiller en lui plaquant une main sur la bouche. Il pourrait exiger de savoir… quoi au juste ? La croyait-il capable de lui dire pourquoi il était venu ? Par ailleurs, l'idée de lui faire peur lui était insupportable. Tournant le dos à la chambre, il s'approcha de la balustrade et contempla la ville.

À cette heure-ci, Hazaël et Liraz avaient dû constater son absence. « Encore ! » devaient-ils grommeler tout bas entre eux, avant de se dépêcher d'inventer une histoire pour le couvrir.

Hazaël était son demi-frère, et Liraz leur demi-sœur. Ils étaient des enfants nés dans le harem, rejetons de l'empereur séraphin, dont le passe-temps favori consistait à produire des bâtards pour les envoyer à la guerre. Leur « père » – et ils prononçaient ce mot en serrant les dents – rendait visite chaque nuit à une concubine différente, des femmes offertes en tribut ou enlevées parce qu'elles lui plaisaient. Ses secrétaires tenaient la liste de sa progéniture sur deux colonnes, garçons et filles. Des bébés venaient sans cesse s'y ajouter, et lorsque, une fois grands, ils mouraient sur le champ de bataille, ils étaient purement et simplement rayés de la liste.

Akiva, Hazaël et Liraz avaient été ajoutés au nombre le même mois. Ils avaient grandi ensemble, petits enfants dans le quartier des femmes, pour leur être retirés à l'âge de cinq ans afin de suivre l'entraînement militaire. Ils avaient toujours réussi à rester ensemble depuis lors, combattant tous les trois dans le même régiment, se portant volontaires pour les mêmes missions, y compris la dernière : marquer les portes de Sulfure de leurs empreintes incandescentes, les incendiant en même temps afin de condamner toutes les issues du Marchand de vœux.

C'était la deuxième fois qu'Akiva disparaissait sans explication. La première s'était produite il y avait de nombreuses années, et il s'était absenté si longtemps que son frère et sa sœur l'avaient cru mort.

Une part de lui l'était en effet.

Il ne leur avait jamais raconté, ni à quiconque, où il avait passé tous ces mois ni ce qui lui était arrivé pour qu'il soit devenu celui qu'il était à présent.

Izîl l'avait traité de monstre, et n'en était-il pas un ? Il se demanda ce que Madrigal aurait pensé de lui si elle avait pu le voir aujourd'hui, et surtout voir ce qu'il avait fait de cette « nouvelle manière de vivre » dont ils avaient tant parlé entre eux, il y avait si longtemps, au creux de la douceur protectrice de leurs ailes.

Pour la première fois depuis qu'il l'avait perdue, il ne réussit pas à faire resurgir le souvenir du visage de Madrigal. Un autre visage s'interposait : celui de Karou. Ses yeux noirs et terrorisés, dans lesquels se reflétaient les flammes de ses ailes tandis qu'il la menaçait.

Il était bien un monstre. Ce qu'il avait fait était impardonnable.

Il déploya ses ailes et s'envola dans la nuit. Il avait eu tort d'observer Karou par la fenêtre, menaçant, alors qu'elle dormait si paisiblement. Il se réfugia de l'autre côté de la rue afin de prendre lui aussi un peu de repos, et lorsqu'il s'endormit enfin, il rêva qu'il était de l'autre côté de la vitre. Karou – pas Madrigal, mais bien Karou – lui souriait et appliquait ses lèvres sur ses phalanges, l'une après l'autre, chaque baiser effaçant les traits noirs jusqu'à les faire tous disparaître. Il avait les mains propres.

Innocent.

– Il y a d'autres manières de vivre, murmura-t-elle.

Et il se réveilla avec un goût amer dans la gorge, car il savait que ce n'était pas vrai. Il n'y avait pas d'espoir, seules la hache du bourreau et la vengeance. Et il n'y avait pas de répit non plus. Ni paix ni répit. Il appuya fort la base de ses poignets au fond de ses orbites afin de s'empêcher de crier de frustration.

Pourquoi était-il venu ici ? Et pourquoi ne parvenait-il pas à repartir ?

26

Une légère sensation d'étrangeté

Le samedi matin, Karou se réveilla dans son lit pour la première fois depuis des semaines. Elle prit une douche, se fit du café, chercha quelque chose à grignoter dans son placard, revint les mains vides, et quitta son appartement avec le cadeau de Zuzana dans une sorte de cabas. En chemin, elle envoya un texto à son amie : « Coucou ! Grand jour ! J'apporte le petit déjeuner », avant d'acheter des croissants à la boulangerie du coin.

« Sans chocolat, ce n'est pas un petit déjeuner », lui répondit Zuzana quelques instants plus tard, ce qui fit sourire Karou. Elle rebroussa chemin et retourna à la boulangerie acheter des *kolache* au chocolat.

Ce fut à ce moment, en tournant au coin de la rue, qu'elle commença à ressentir quelque chose. C'était une légère sensation d'étrangeté, mais suffisante pour qu'elle ralentisse le pas et s'arrête pour regarder autour d'elle. Elle se souvint de ce que Baine lui avait dit sur ce que c'était que de vivre traquée, se demandant constamment qui était sur ses traces, et elle en eut la chair de poule. Son couteau était toujours dans sa botte, butant contre la malléole de sa cheville, et cette gêne représentait pour elle un réconfort.

Elle acheta les *kolache* pour Zuzana et continua sa route, sur ses gardes. Les épaules raides, elle se retourna plusieurs fois, sans rien remarquer de particulier. Elle ne tarda pas à arriver au pont Charles.

Emblème de Prague, ce pont moyenâgeux traversait la Vltava, reliant la Vieille Ville et le petit quartier de Malá Strana. Des tours gothiques s'élevaient à chaque extrémité, et toute sa longueur était ponctuée par des statues monumentales de saints. À cette heure matinale, il était pratiquement désert, et avec l'inclinaison des rayons du soleil, les ombres des statues étaient longues et filiformes. Marchands ambulants et bateleurs en tout genre commençaient à arriver avec leurs charrettes à bras afin d'occuper l'espace le plus convoité de tout Prague, tandis qu'au beau milieu, avec le Château sur la colline en arrière-plan idéal pour les photos, se dressait la marionnette géante.

– Oh, mon Dieu, c'est extraordinaire ! s'exclama Karou, à l'adresse de personne puisque la marionnette était toute seule, inquiétante du haut de ses trois mètres, avec sa tête sculptée au rictus cruel et ses mains grandes comme des pelles à neige.

Karou jeta un coup d'œil derrière le pantin, vêtu d'un gigantesque imperméable, mais il n'y avait personne non plus.

– Il y a quelqu'un ? risqua-t-elle, surprise que Zuzana ait laissé son œuvre sans surveillance.

Soudain un « Karou ! » sortit des entrailles de la chose et le dos de l'imperméable s'ouvrit comme les pans d'un tipi.

Zuzana apparut et arracha le sac de pâtisseries des mains de Karou.

– C'est pas trop tôt…, soupira-t-elle avant de se jeter sur les gâteaux.

– Eh bien, ça fait plaisir de te voir.

– Mmmff…

Mik émergea à sa suite et serra Karou dans ses bras.

– Je te traduis : dans la langue de Zuzana, ça veut dire « merci ».

– Tu es sûr ? demanda Karou, sceptique. On aurait plutôt dit un glouton essayant de dire « miam miam »…

– Exactement.

– Mmmff, acquiesça Zuzana.

– Les nerfs, expliqua Mik à Karou.

– À vif ?

– Atroce, répondit-il, s'approchant de Zuzana par-derrière et l'enlaçant. Affreusement, terriblement épouvantable. Elle est insupportable. Tiens, je te la laisse. J'en ai marre.

Zuzana le frappa de ses deux poings, puis poussa de petits cris lorsqu'il enfouit son visage au creux de sa gorge et l'embrassa avec des bruits exagérés.

Mik était un blond au teint clair, avec des rouflaquettes, un petit bouc et des yeux en amande qu'il devait certainement à des ancêtres envahisseurs venus d'Asie centrale. Il était beau et talentueux, rougissait facilement, chantonnait lorsqu'il se concentrait et s'exprimait d'une voix douce pour dire des choses intéressantes : un mélange très réussi. Il écoutait véritablement, au lieu de faire semblant comme Kaz, qui se contentait d'attendre son tour pour parler. Mais surtout, il était complètement fou de Zuzana, qui le lui rendait bien. Ils ressemblaient à des personnages de dessin animé, à leur façon de rougir et de sourire – il ne leur manquait plus que des cœurs à la place des yeux – et les regarder rendait Karou à la fois profondément heureuse et délicieusement malheureuse. Elle s'imaginait voir leurs papillons – *Papilio stomachus* – danser le tango langoureux de l'amour naissant.

Pour sa part, il lui était de plus en plus difficile d'imaginer quoi que ce soit en train de voleter à l'intérieur d'elle-même. Elle se sentait plus que jamais creuse, le vide semblant une présence pernicieuse qui la narguait avec toutes ces choses qu'elle ne connaîtrait jamais.

Non. Elle chassa cette idée. Elle les connaîtrait. Elle était en bonne voie de les connaître.

Son sourire était sincère et spontané lorsque Mik commença à embrasser Zuzana dans le cou, mais au bout d'un moment il lui fit un peu l'impression d'être celui de Monsieur Patate : un sourire en plastique accroché sur son visage.

Je vous ai dit que j'avais apporté des cadeaux ? demanda-t-elle en se raclant la gorge.

Cela marcha.

– Des cadeaux ! piailla Zuzana, se dégageant de son ami, puis sautillant sur place et tapant dans ses mains. Des cadeaux, des cadeaux !

Karou lui tendit le cabas. À l'intérieur se trouvaient trois paquets enveloppés dans un épais papier kraft et attachés avec un bout de ficelle. Sur le plus grand étaient imprimés les mots suivants sur une petite carte en vélin :

« Mme V. Vezerizac, curiosités ». Les paquets étaient élégants, et plutôt volumineux. Le sourcil de Zuzana se mit en mouvement à son habitude lorsqu'elle sortit les cadeaux du sac.

– Qu'est-ce que c'est que ça ? Des « curiosités » ? Karou, par cadeau, je voulais parler de poupées russes achetées vite fait à l'aéroport, ou quelque chose dans le genre.

– Ouvre, dit Karou. Commence par le plus gros.

Zuzana l'ouvrit et fondit aussitôt en larmes.

– Oh, mon Dieu ! Oh, ce n'est pas possible ! murmura-t-elle, serrant contre son cœur une mousse de tulle.

C'était un costume de ballet, mais pas n'importe lequel.

– Il a été porté par Anna Pavlova à Paris en 1905, lui expliqua Karou, tout excitée.

C'était tellement amusant de faire des cadeaux. Elle n'avait jamais eu de fête de Noël ou d'anniversaire quand elle était petite, mais dès qu'elle avait été en âge de sortir toute seule de l'officine, elle avait adoré rapporter de petites babioles à Issa et à Yasri – des fleurs, des fruits exotiques, des lézards bleus, des éventails espagnols.

– D'accord, mais je ne sais absolument pas qui c'est...

– Comment ? Mais c'est la plus grande ballerine de tous les temps !

Froncement de sourcils.

– Pas grave, reprit Karou. Elle était aussi célèbre pour sa toute petite taille, ça devrait donc t'aller à merveille.

Zuzana tint le costume à bout de bras.

– On dirait… on dirait… on dirait… on dirait un Degas…, balbutia-t-elle.

Karou sourit.

– Je sais. C'est génial, non ? Il y a une femme au marché aux puces qui vend des costumes de ballet vintage…

– Mais combien ça a coûté ? Certainement une fortune…

– Tsss. On a dépensé des fortunes pour des choses beaucoup moins intéressantes. Et par ailleurs, je suis riche, tu te souviens ? Atrocement riche ! *Magiquement* riche.

L'une des conséquences des dispositions que Sulfure avait prises en sa faveur était qu'elle pouvait se permettre de faire des cadeaux. Elle s'en était fait un à Paris, également une rareté, mais qui n'avait rien à voir avec la danse. Ces couteaux qui luisaient dans leur vitrine, elle sut immédiatement qu'elle devait se les approprier. C'était une arme chinoise aux lames en forme de croissant de lune, une de ses préférées. Les siennes, celles avec lesquelles elle s'était entraînée, étaient restées avec son maître à Hong Kong, où elle n'était pas retournée depuis l'incendie des portes. De toute façon, celles-ci éclipsaient totalement les précédentes.

– Quatorzième siècle, avait commencé à lui dire Mme Vezerizac.

Mais Karou n'avait pas besoin d'en savoir davantage. Il lui semblait grossier par rapport à ces armes de marchander, de sorte qu'elle paya le prix affiché sans sourciller.

Ces couteaux étaient constitués de lames semblables à deux croissants de lune imbriqués l'un dans l'autre à qui ils devaient leur nom. On les tenait par le milieu ; l'intérêt était qu'ils présentaient plusieurs côtés tranchants et quatre pointes, et le plus important probablement était leur capacité à maintenir un adversaire à distance. Ces armes étaient extrêmement efficaces face à plusieurs ennemis, en particulier lorsqu'ils se défendaient avec des armes longues, tels les sabres ou les épées. Si elle les avait eues au Maroc, l'ange ne l'aurait pas fait plier si facilement.

Elle avait également rapporté à Zuzana une paire de chaussons de danse ainsi qu'une ravissante petite coiffe composée de minuscules roses de soie à la couleur passée, datant du début du siècle dernier.

– Tu veux te préparer ? lui demanda Karou.

Zuzana, encore toute baba, acquiesça en silence. Elles se glissèrent à l'intérieur du marionnettiste et se débarrassèrent de l'ancien costume, trop ordinaire.

Une heure plus tard, les touristes affluaient sur le pont, se dirigeant en masse vers le Château, leur guide sous le bras, tandis qu'un nombre assez important d'entre eux commençait à se masser en demi-cercle autour du marionnettiste géant, attendant qu'il se passe quelque chose.

– Arrête de gigoter, ordonna Karou, s'efforçant de maquiller Zuzana qui fourrageait de façon fort peu élégante sous son tutu.

– Mes collants sont en vrille, se lamenta-t-elle.

– Tu veux que tes joues le soient aussi ? Alors ne bouge plus !

– D'accord.

Zuzana se tint tranquille pendant que Karou

lui traçait deux parfaits ronds roses sur les joues. Son visage était couvert de poudre blanche et ses lèvres avaient été transformées en un tout petit arc de Cupidon, de part et d'autre duquel avaient été tracés deux traits fins au crayon noir, figurant l'articulation d'une mâchoire de marionnette. Des faux cils ourlaient ses yeux noirs, et elle avait mis le tutu, qui lui allait à ravir, ainsi que les chaussons, qui avaient connu des jours meilleurs. Ses collants blancs étaient tout filés et rapiécés aux genoux ; l'une des bretelles de son corsage pendait, décousue ; et ses cheveux étaient « coiffés » en une sorte de chignon artistiquement défait, couronné de boutons de rose fanés. On aurait dit une poupée oubliée dans un coffre à jouets pendant de longues années.

D'ailleurs, un coffre à jouets était ouvert pour la recevoir dès qu'elle serait fin prête.

– C'est tout bon, dit Karou en contemplant son œuvre.

Elle frappa une fois dans ses mains de satisfaction et se sentit comme Issa lorsqu'elle lui faisait de petites cornes sur la tête avec des panais ou encore une queue avec un plumeau.

– Parfait. Tu es merveilleusement pathétique. Il y aura forcément un touriste qui voudra t'emporter en souvenir.

– Et il s'en mordra les doigts, répliqua Zuzana en relevant de nouveau son tutu pour batailler avec ses collants.

– Tu ne veux pas laisser ces pauvres collants un peu tranquilles, non ? Ils sont très bien comme ça.

– Je déteste les collants.

– Eh bien, je vais les ajouter à la liste. Donc depuis ce matin, tu détestes, voyons voir, les hommes à chapeau, les teckels…

– Non, les propriétaires de teckels, corrigea-t-elle. Il faudrait avoir une lentille à la place du cœur pour détester les teckels.

– Donc, les propriétaires de teckels, la laque, les faux cils, et maintenant les collants. Tu as fini ?

– Quoi ? De détester des choses ? demanda Zuzana avant de réfléchir. Oui, je crois que c'est tout… pour l'instant.

Mik jeta un coup d'œil discret par l'ouverture.

– Il y a un monde fou.

C'était lui qui avait eu l'idée de représenter dans la rue le projet d'étude de Zuzana. Il lui arrivait de temps en temps de faire la manche en jouant du violon, avec un bandeau sur l'œil gauche, qui au demeurant était parfaitement sain, mais pour faire plus « romantique », et il avait garanti à Zuzana qu'elle pourrait se faire quelques milliers de couronnes en une matinée. Aujourd'hui, il avait son bandeau, et l'air canaille et assez charmant en même temps.

– Tu es adorable, déclara-t-il en fixant Zuzana de son œil unique.

En règle générale, adorable n'était pas exactement le genre de qualificatif qu'elle appréciait : « Les bébés sont adorables », répliquait-elle. Mais venant de Mik, tout était permis. Elle rougit.

– Tu me donnes des idées, dit-il en se faufilant dans l'espace exigu, de sorte que Karou se retrouva coincée contre l'armature de la marionnette. C'est bizarre, non, d'être excité par une marionnette ?

– Oui, répondit Zuzana. Très bizarre. Ça explique pourquoi tu travailles dans un théâtre de marionnettes.

– Mais pas par toutes les marionnettes : rien que par toi.

Il la prit par la taille, lui faisant pousser un petit cri.

– Attention ! intervint Karou. Son maquillage !

Mik ne l'écouta pas. Il embrassa longuement Zuzana sur sa bouche de poupée, étalant le rouge à lèvres et le fond de teint blanc, pour se retrouver à son tour les lèvres rose vif. Zuzana les lui essuya en riant. Karou hésita un instant à faire des retouches, mais estima que les bavures allaient parfaitement avec le côté débraillé de l'ensemble et ne toucha à rien.

Ce baiser fit également des merveilles sur les nerfs de Zuzana.

– Ça y est, on y va ! annonça-t-elle, rayonnante.

– Eh bien, allons-y, répondit Karou. Allez, hop ! Dans le coffre à jouets !

Et le spectacle commença.

L'histoire que Zuzana raconta avec tout son corps – celui d'une pauvre marionnette au rebut, sortie de sa caisse pour une dernière danse – était terriblement émouvante. Elle commençait, maladroite et disloquée, comme une vieille chose qui venait de se réveiller, tombant plusieurs fois dans un nuage de tulle. Karou, qui observait les visages attentifs des spectateurs, remarqua qu'ils avaient envie de se porter spontanément au secours de la pauvre petite danseuse et de la relever.

Au-dessus d'elle, le marionnettiste avait l'air redoutable et, tandis que Zuzana virevoltait, ses bras et ses doigts s'agitaient et tressautaient comme si c'étaient eux qui la manipulaient et non le contraire. Le mécanisme étant très ingénieux et n'attirant nullement l'attention, l'illusion était parfaite. Puis arriva le moment, quand la poupée commença à retrouver son aisance, où Zuzana se mit lentement sur les pointes et, comme actionnée par les ficelles, se déplia avec un sourire radieux. Une sonate de Smetana s'éleva du violon de Mik, pathétique et mélodieuse, et ce moment sublime dépassa nettement les limites du théâtre de rue.

Karou sentit les larmes lui monter aux yeux. Son vide intérieur l'élançait.

À la fin, quand Zuzana fut obligée de retourner dans sa caisse, elle jeta au public un long regard implorant et désespéré, tendant vers lui une dernière fois un bras suppliant avant d'obéir à la volonté de son maître. Le couvercle se referma dans un claquement sec, et la musique se tut sur un pincement de corde aigu.

La foule adora. L'étui à violon de Mik ne tarda pas à se remplir de billets et de pièces de monnaie, tandis que Zuzana exécutait une demi-douzaine de révérences et gardait la pose pour les photographes avant de disparaître avec Mik sous l'imperméable du marionnettiste. Karou pressentait déjà les graves dommages qu'allait subir son œuvre de maquillage, et elle attendit tranquillement, assise sur le coffre.

Ce fut là, au beau milieu de la foule des touristes en banc de poissons sur le pont Charles, que cette sensation d'étrangeté l'assaillit de nouveau, lentement et insidieusement, telle l'ombre d'un nuage masquant peu à peu le soleil.

27

Une proie ou une force

« Tu vas vivre comme une proie, ma petite. »

La menace de Baine résonna à ses oreilles tandis que Karou regardait autour d'elle, scrutant les visages dans la foule. Se sentant vulnérable au milieu du pont, elle fouilla des yeux les toits des maisons sur les deux rives du fleuve, imaginant déjà le chasseur la repérant dans le viseur de son fusil.

Elle chassa l'image. C'était impossible, non ? L'impression s'estompa, et elle se dit que ce n'était qu'un petit épisode de paranoïa de sa part, mais tout au long de la journée elle réapparut par intermittence, lui donnant des frissons, tandis que Zuzana dansait encore une douzaine de fois, un peu plus sûre d'elle à chaque représentation, et que l'étui à violon de Mik se remplissait, dépassant de loin la recette qu'il avait pu envisager.

Mik et Zuzana essayèrent de convaincre Karou de venir dîner avec eux, mais elle déclina l'invitation, prétextant le décalage horaire, ce qui n'était pas faux mais n'était pas son premier souci.

Elle était certaine que quelqu'un l'observait.

Elle sentit des fourmis au bout de ses doigts ; un frisson remonta le long de ses bras et, lorsqu'elle quitta le pont pour s'enfoncer dans le labyrinthe des ruelles pavées de la Vieille Ville, elle eut la certitude d'être suivie. Elle s'arrêta et se baissa, faisant semblant de remettre sa botte, mais elle en profita pour sortir son couteau – son couteau habituel ; ses nouveaux croissants de lune étaient restés dans leur étui, chez elle – et le glissa dans sa manche tout en regardant devant et derrière elle.

Elle ne vit personne et continua sa route.

La première fois qu'elle était venue à Prague, elle s'était complètement perdue en explorant toutes ces petites rues. Elle était passée devant une galerie d'art et lorsque, un peu plus loin, elle avait fait demi-tour pour la retrouver, elle n'y était pas parvenue. L'entrelacs trompeur des ruelles donnait l'impression d'une carte qui se modifiait derrière le visiteur, de gargouilles qui disparaissaient discrètement, de pierres qui se disposaient différemment, telles les pièces d'un puzzle, dès qu'on avait le dos tourné. Prague vous ensorcelait, vous envoûtait comme les êtres surnaturels de la mythologie qui attiraient les voyageurs au fin fond des forêts où ils se perdaient sans espoir de retour. Mais se perdre à Prague était une merveilleuse aventure, faite de magasins de marionnettes et d'absinthe, et les seuls êtres capables de vous guetter aux coins des rues étaient Kaz et sa cohorte de vampires d'opérette, prêts à vous faire bêtement sursauter.

En général.

Ce soir-là, Karou sentait une menace bien réelle et, à chaque pas, posé et précis, elle espérait la voir se concrétiser. Elle désirait se battre.

Son corps n'était plus qu'un ressort tendu : à la façon dont il lui faisait sentir si souvent qu'il pourrait réagir différemment, elle était sûre à cet instant que, dans une autre vie, sa vie fantôme, elle se serait battue.

– Allez, viens, murmura-t-elle à l'adresse de son poursuivant invisible, baissant la tête et accélérant le pas. J'ai une surprise pour toi.

Elle se trouvait rue Karlova, la principale rue piétonne entre le pont Charles et la place de la Vieille-Ville, et la masse des touristes était toujours aussi dense que des bancs de sardines. Elle se déplaçait parmi eux, rapidement et en zigzag, jetant des coups d'œil par-dessus son épaule, plus pour mimer la peur que dans l'espoir d'apercevoir son poursuivant. À l'angle d'une paisible venelle, elle obliqua sur la gauche et se plaqua contre le mur. Elle connaissait parfaitement les lieux. Ils regorgeaient de cachettes idéales pour les circuits de Kaz. Un peu plus loin, la courbe d'une maison des corporations formait une niche dans laquelle elle s'était souvent cachée, déguisée en fantôme. Elle s'avança dans l'ombre du bâtiment afin de s'y dissimuler.

Et se retrouva face à un vampire.

– Hé! fit une voix aiguë tandis que Karou opérait une rapide retraite et sortait de l'ombre en perdant l'équilibre. Oh, non! Toi?

Le vampire s'adossa de nouveau contre le mur et croisa les bras dans un geste de supériorité agacée.

Svetla. Karou serra les dents en découvrant la fille. Elle était grande et mince, du genre mannequin, et dotée de ce type de beauté dure qui ferait de plus en plus peur avec l'âge. Elle avait un fond de teint blanc et un maquillage gothique sur les yeux, de fausses canines et une goutte de sang dessinée au coin de ses lèvres rouge vif. Manque de chance, la parfaite femme vampire sexy de Kaz, cape noire et tout le tremblement, occupait tout bonnement la cachette que convoitait Karou.

« Idiote », se reprocha celle-ci, se rappelant que c'était l'heure du circuit. Toutes les cachettes de Kaz seraient occupées par les faux vampires. Elle trouvait cela parfois amusant, en traversant le soir la Vieille Ville, de tomber sur des fantômes qui s'ennuyaient ferme, appuyés contre les murs, envoyant des textos ou twittant en attendant la prochaine fournée de touristes à guider.

– Qu'est-ce que tu fiches là ? demanda Svetla en grimaçant d'un air plutôt dégoûté.

Elle faisait partie de ces très jolies filles qui avaient le chic pour s'enlaidir.

Karou jeta un regard en direction de Karlova, puis en face, vers l'angle suivant de la ruelle qui lui permettrait de se cacher. C'était trop loin ; elle ne pouvait tenter sa chance. Elle sentait presque son poursuivant se rapprocher.

– Si tu cherches Kaz, reprit Svetla d'une voix traînante, tu perds ton temps. Il m'a raconté ce que tu as fait.

« C'est pas vrai... », songea Karou. Comme si ç'avait encore la moindre importance.

– Ferme-la, Svetla.

Et elle se jeta dans la cachette juste à côté d'elle, la poussant brutalement contre les pierres.

Svetla s'étrangla et se défendit.

– Qu'est-ce que tu fous, espèce de dingue ?
– Je t'ai dit de la fermer, susurra Karou.

Et comme Svetla ne s'exécutait toujours pas, elle sortit son couteau de sa manche et le brandit. Il était incurvé au bout comme une griffe de chat, et un rai de lumière se refléta sur sa lame. Après un petit hoquet de surprise, Svetla se tut, mais pas longtemps.

– Mais oui, c'est ça. Je suis tellement certaine que tu vas me tuer…

– Écoute-moi bien, chuchota Karou. Tais-toi rien qu'une minute et je t'arrange tes sourcils ridicules.

– *Quoi* ? répliqua-t-elle après une seconde de stupeur.

Svetla avait une longue frange raide, si longue qu'elle lui tombait dans les yeux ; elle la laquait tellement qu'elle bougeait à peine, tout ça afin de cacher ses sourcils pour lesquels Karou avait gaspillé un ching sur un coup de colère aux environs de Noël. Noirs et broussailleux sous sa frange, ils ne risquaient pas de lui ouvrir une carrière de mannequin.

L'expression de Svetla hésitait entre la perplexité et l'indignation. Il n'y avait aucune raison pour que Karou soit au courant de ce qui était arrivé à ses sourcils, toujours soigneusement dissimulés ; elle devait se dire qu'elle l'avait espionnée. Mais peu importait ce qu'elle pouvait bien penser pourvu qu'elle se taise.

– Je suis sérieuse, souffla-t-elle. Mais pour ça, il faut que je sois vivante, alors tais-toi.

Des éclats de voix lui parvinrent depuis Karlova, se mêlant aux airs de musique en provenance des cafés voisins et aux ronflements des moteurs. Elle n'entendait pas de bruits de pas, mais cela ne voulait rien dire. Les chasseurs savaient se déplacer sans bruit.

Svetla arborait toujours la même expression un peu hagarde, mais en attendant, elle était silencieuse. Karou était sur ses gardes, tendue, l'œil et l'oreille aux aguets.

Quelqu'un venait. Ses pas semblaient des fantômes de pas. Dans la ruelle, une ombre apparut progressivement. Karou la regarda s'allonger sur le sol devant elle à mesure qu'elle se rapprochait. Ses paumes l'élancèrent. Elle serra le couteau dans sa main et regarda fixement l'ombre, s'efforçant de l'identifier.

Elle cilla, tandis qu'une phrase venait télescoper ses spéculations ; non pas de Baine, mais de Razgut : « C'est toi, ma jolie, que cherchait mon frère le séraphin. »

L'ombre. L'ombre avait des ailes.

Oh, non, l'ange… Le pouls de Karou s'affola. La diversion de la menace de Baine partit en fumée pour révéler ce qui avait toujours été là : l'énergie qui battait au creux de ses paumes. Ses khamsas étaient en feu. Comment ne s'en était-elle pas aperçue plus tôt ? Elle jeta à Svetla un regard féroce et articula « chut ». Svetla perdit son air hargneux : elle avait peur.

L'ombre avançait, et à sa suite, l'ange. Il regardait droit devant lui, extrêmement concentré. Ses ailes étaient dissimulées, ses yeux luisaient dans la pénombre, et Karou eut une vision très nette de son profil. Sa beauté était aussi frappante que la première fois qu'elle l'avait vu. « Fiala, songea-t-elle en invoquant son professeur de dessin, si tu pouvais le voir ! » Bien que portant deux épées croisées dans le dos, il avançait les bras ballants, légèrement écartés, les mains levées et les doigts ouverts comme pour indiquer qu'il n'était pas armé.

« Tant pis pour toi, pensa Karou. Moi je le suis. »

Il arriva à la hauteur de la niche.

Karou se concentra.

Et bondit.

Elle dut sauter pour l'attraper par le cou – il était grand, un mètre quatre-vingt-dix au moins – et elle le heurta violemment, lui faisant perdre l'équilibre. Elle s'accrocha à lui, sentant immédiatement ce qu'elle ne voyait pas : la chaleur et la masse des ailes, invisibles mais bien réelles. Elle sentit également la tiédeur et la largeur de ses épaules et de ses bras, parfaitement consciente de leur puissante vitalité lorsqu'elle lui mit le couteau sous la gorge.

– Tu me cherchais ?

– Attends..., dit-il, sans ébaucher le moindre geste pour se défendre ou la repousser.

– Attends ! railla Karou.

Et, instinctivement, elle plaqua son autre main et l'œil tatoué sur la peau nue du cou de l'ange.

Tout comme au Maroc, lorsqu'elle avait, pour la première fois, dirigé vers lui ses khamsas dont elle ignorait le pouvoir, quelque chose se produisit. La fois précédente, il avait été propulsé dans les airs. Cette fois-ci, leur force terrifiante ne le terrassa pas... mais pénétra en lui. Là où le tatouage de Karou l'avait touché, elle sentit comme un cri déchirant pénétrer sa peau, qui le secoua jusque dans ses chairs puis se propagea dans son propre bras à elle, au plus profond de son corps, et jusqu'aux racines de ses dents. C'était épouvantable. Et ce n'était que ce qu'elle-même avait ressenti.

Pour lui, ce fut bien pire. Des spasmes ébranlèrent son corps puissant, obligeant presque la jeune fille à lâcher prise. Elle tint bon. Il étouffait. La magie le brisait. Karou en avait la nausée ; quelque chose n'allait pas, qu'était-elle en train de lui faire ? Il vacilla, tremblant violemment, et essaya en vain de repousser les doigts qui lui serraient le cou. Sous la main de Karou, sa peau était douce et chaude, chaude, si chaude, et cette chaleur ne cessait de croître. Celle de ses ailes également, tel un feu de joie déchaîné.

Un feu, un feu invisible, insoutenable.

Karou dut ôter sa main brûlante du cou de l'ange qui se ressaisit. Il lui attrapa le poignet et pivota d'un coup, la rejetant en arrière.

Elle retomba avec légèreté sur ses pieds et lui refit aussitôt face.

Le dos à demi voûté, le souffle court, il se tenait le cou d'une main et la regardait intensément de ses yeux de tigre. Elle se sentit clouée sur place et, pendant une longue seconde, elle ne put détacher son regard du sien. Il avait l'air affligé. Un sillon perplexe se creusa entre ses deux sourcils, comme s'il cherchait à percer un mystère.

Comme si *elle* était ce mystère.

Puis il bougea, et la scène s'anima. Il leva les mains, en signe de paix. Karou réagit de tout son corps à cette proximité. Ses khamsas palpitèrent violemment au creux de ses paumes. Son cœur, ses doigts, ses souvenirs : le coup d'épée, Kishmish en feu, les portes incendiées, Izîl s'écriant « *Malak !* » la dernière fois qu'elle l'avait vu.

Et, lorsqu'elle leva les mains, ce n'était pas en signe de paix. De l'une, elle s'empara de son couteau tandis que, de l'autre, grande ouverte, elle dirigeait l'œil de son khamsa sur lui.

Le séraphin tressaillit puis recula de plusieurs pas sous l'action du khamsa.

– Attends, dit-il en cherchant à résister. Je ne veux pas te faire de mal.

Karou faillit éclater de rire. Qui au juste était en danger en ce moment ? Elle se sentait invulnérable. Au lieu de continuer à la hanter, sa vie fantôme s'était instillée dans ses veines et avait pris possession d'elle. Désormais, voici ce qu'elle était : non pas une proie mais une *force*.

Elle se jeta sur lui, et il recula. Elle revint à la charge, et il battit en retraite. Lors de tous les entraînements qu'elle avait suivis au fil des ans, elle s'était toujours un peu retenue. Mais plus maintenant. Se sentant forte, se sentant *libérée*, elle exécuta un kata tournant, lui portant des coups à la poitrine, aux jambes, même aux mains qu'il tenait toujours levées en signe de paix, et chaque impact lui confirmait la résistance de son adversaire, sa matérialité physique tangible. Ange ou non – quelle que soit la signification de ce mot –, il n'avait rien d'éthéré. C'était un être de chair et d'os.

– Pourquoi me suis-tu ? gronda-t-elle dans la langue des chimères.

– Je n'en sais rien.

Karou rit. Dans un sens, c'était assez amusant. Elle se sentait aussi légère que l'air et aussi vive que le danger. Alors qu'elle l'attaquait avec une violence froide, il se défendait à peine, se contentant de parer ses coups de couteau et se hérissant sous la puissance de son khamsa brandi face à lui.

– Bats-toi, siffla-t-elle en lui portant un autre coup qu'il encaissa sans réagir.

Il ne se battait pas. Au lieu de cela, dès qu'elle l'assaillit de nouveau, il s'éleva dans les airs en deux coups d'ailes, s'arrachant des pavés et se mettant hors d'atteinte.

– Je veux juste te parler, lui dit-il d'en haut.

Elle renversa la tête en arrière et le contempla, flottant au-dessus d'elle. L'air brassé par ses battements d'ailes lui souleva les cheveux, emmêlant les mèches bleues qui lui balayaient le visage.

Elle sourit, sauvage, et se ramassa en position accroupie.

– Alors parle, dit-elle avant de s'élever brusquement dans les airs à son tour pour le rejoindre.

28

Comme en prière

Tapie dans sa cachette, Svetla la vampire en oublia de respirer pendant plusieurs secondes.

Au bout de la ruelle, au croisement avec Karlova, un petit groupe de touristes tourna le coin et s'immobilisa sous le choc. Des chewing-gums tombèrent des bouches grandes ouvertes. Kaz, arborant un haut-de-forme et portant négligemment un pieu en bois sous le bras, découvrit son ex-petite amie en l'air.

À vrai dire, cela ne le surprit pas outre mesure. Il y avait chez Karou quelque chose qui forçait à une crédulité inhabituelle. Ce que l'on n'aurait jamais cru possible de la part de quelqu'un d'autre était nettement moins inimaginable dès lors qu'il s'agissait de Karou. Karou volait ? Oui, et alors ?

Ce que Kaz éprouva n'était pas de la surprise. C'était de la jalousie. Certes, Karou volait, mais elle ne volait pas seule. Elle était avec un homme, un homme dont Kaz lui-même – qui pourtant affirmait qu'on était gay si l'on reconnaissait la beauté d'un autre homme – dut s'avouer qu'il était d'une beauté telle que c'en devenait ridicule. Beau au point que c'était complètement exagéré.

« Pas cool », se dit-il en croisant les bras.

On ne pouvait pas dire précisément que ces deux individus étaient en train de voler, non. Ils étaient à la hauteur des toits, mais ils bougeaient à peine – tournant en rond comme des chats, se dévorant du regard avec une intensité hors du commun. L'air vibrait passablement entre eux, et cela fit à Kaz l'effet d'un coup de poing dans l'estomac.

Puis Karou attaqua le garçon, et il se sentit beaucoup mieux.

Par la suite, il prétendrait que le combat dans les airs faisait partie de son circuit, et récolterait des pourboires faramineux. Il présenterait Karou comme sa petite amie, ce qui rendrait Svetla furieuse – Svetla qui rentrerait chez elle excédée et vérifierait ses sourcils, toujours aussi gros que des chenilles, dans le miroir. Mais en attendant, ils contemplaient tous les deux avec ahurissement ces deux êtres extraordinaires qui se battaient dans les airs, avec en arrière-plan les toits de Prague.

Enfin, Karou du moins se battait. Son adversaire se contentait d'esquiver les coups avec beaucoup de grâce et une curieuse… douceur ?… Il semblait en effet se dérober devant elle et tressaillir comme s'il avait été touché, alors qu'il n'en était rien.

Cela continua ainsi pendant quelques minutes, tandis que la foule grossissait dans la rue, jusqu'au moment où, alors que Karou s'élançait vers lui, il lui saisit les deux mains, l'obligeant à lâcher son couteau – il tomba de très haut et vint se planter solidement entre deux pavés –, et la tint fermement. C'était très curieux : il lui tenait les deux mains jointes, paume contre paume, comme en prière. Elle se débattit, mais il était manifestement beaucoup plus fort qu'elle et il n'eut aucun mal à la maîtriser, ses mains plaquées contre les siennes, comme s'il l'obligeait à prier.

Il s'adressa à elle, et ses paroles flottèrent jusqu'aux spectateurs cloués au sol – des intonations étrangères et très musicales, rudes et quelque peu… animales. À mesure qu'il lui parlait, elle cessait peu à peu de se débattre. Il garda néanmoins ses mains serrées dans les siennes pendant un long moment encore. Au loin, sur la place de la Vieille-Ville, les cloches de Notre-Dame-du-Týn sonnèrent neuf heures. Et, alors que le dernier coup résonnait dans le silence, il la lâcha et recula brusquement, tendu et sur ses gardes, comme quelqu'un qui viendrait de libérer de sa cage un animal sauvage sans savoir s'il n'allait pas se retourner contre lui.

Karou ne se retourna pas contre lui. Elle s'éloigna. Ils se parlaient, faisaient des gestes. Les mouvements de Karou dans l'air étaient alanguis, ses longues jambes repliées sous elle, ses bras s'ouvrant et se refermant par vagues, comme si elle cherchait à se maintenir à la surface de l'eau. Tout cela semblait se faire sans effort, si naturellement que plusieurs touristes se risquèrent à tâter l'air autour d'eux, se demandant si par hasard ils n'étaient pas tombés dans une poche secrète du monde où… eh bien, où les gens étaient capables de voler.

Et soudain, alors qu'ils commençaient à

s'habituer à cette vision fantastique d'une jeune fille aux cheveux bleus et d'un jeune homme aux cheveux noirs en train de voler au-dessus de leurs têtes, exécutant une performance artistique de toute beauté, la fille fit un mouvement brusque. L'homme parut se tasser sur lui-même et commença à chuter par à-coups, luttant faiblement pour se maintenir en l'air.

Il perdit la bataille et toutes ses forces. Sa tête bascula en arrière, ballottant sur l'axe de son cou, et, dans un crépitement d'étincelles qui évoqua fugitivement la queue d'une comète, il plongea vers le sol.

29

Poussière d'étoile

Lorsque l'ange crut qu'il allait pouvoir s'esquiver en s'élevant simplement à trois mètres du sol, Karou prit un malin plaisir à le surprendre. Mais s'il fut surpris, il n'en laissa rien paraître. Elle monta à sa hauteur, face à lui, et il la regarda. Il se contenta de la regarder. Son regard lui chauffait les joues, les lèvres. On aurait dit qu'il la touchait. Ses yeux étaient hypnotiques, ses sourcils noirs et veloutés. Il était à la fois cuivre et ombre, miel et menace, les pommettes taillées à la serpe et la naissance des cheveux en pointe de dague. Tout cela, joint au crépitement sourd d'un feu invisible, plongea Karou, qui lui faisait face, dans un état de trouble électrisé chargé de sang et de magie, et d'autre chose encore.

Elle sentit s'agiter dans son estomac toutes sortes de petites bestioles ailées qui ne demandaient qu'à apparaître.

Au point qu'elle en rougit. L'audace de ces papillons à venir la troubler en ce moment précis. Était-elle une de ces jeunes écervelées promptes à se pâmer devant la beauté ?

« La beauté, lui avait dit un jour Sulfure. Les êtres humains s'y laissent tous prendre. Aussi impuissants à lui résister que les papillons de nuit attirés par le feu. »

Karou ne serait pas un papillon de nuit. Pendant qu'ils se tournaient autour, elle se rappela que si le séraphin se gardait bien de l'attaquer aujourd'hui, il n'avait pas hésité à verser son sang auparavant. Elle en portait encore les cicatrices. Pire, il avait incendié les portes, la laissant *seule* au monde.

Avec sa colère pour unique armure, elle l'assaillit de nouveau, s'élançant vers lui dans les airs, et, pendant quelques instants, elle se plut à croire qu'elle faisait le poids face à lui, qu'elle pouvait… qu'elle pouvait quoi ? Le tuer ? Elle n'essayait même pas de se servir de son couteau. Elle n'avait aucune envie de le tuer.

Mais que voulait-elle au juste ? Et lui, que voulait-il ?

Alors, dans un geste souple, il lui prit les mains et la désarma, lui faisant instantanément perdre l'illusion qu'elle avait la moindre chance d'avoir le dessus. Comme il lui tenait les mains l'une contre l'autre, elle ne put diriger ses khamsas vers lui – de près, elle s'aperçut que, là où elle l'avait touché, son cou était marqué d'une trace blanche – et il avait une telle force qu'elle était incapable de se libérer. Ses mains étaient chaudes et enveloppaient entièrement les siennes. Ses pouvoirs magiques étaient prisonniers de ses paumes, les deux tatouages brûlants, collés l'un contre l'autre, et son couteau était tombé sur la chaussée en contrebas. Elle s'était fait prendre. Elle eut un moment de panique au souvenir de la façon dont il l'avait toisée de toute sa hauteur, son regard vide d'expression. Mais à présent, il était tout sauf vide.

Ce n'était plus le même homme : son regard était chargé d'émotion. Mais de quelle émotion ? La douleur. Il rayonnait d'un éclat fiévreux. Son visage portait les marques d'une souffrance insoutenable, et sa respiration était saccadée. Mais ce n'était pas tout. Alors qu'il se maintenait toujours en l'air, penché sur Karou, son regard semblait embrasé d'une intensité incommensurable : il l'examinait, l'étudiait, les yeux écarquillés, incandescents et pénétrants.

Son contact, sa chaleur, son regard fixe la submergèrent et, d'un instant à l'autre, ce n'était plus des papillons qu'elle sentit en elle, ce n'était plus un émoi ténu, le trac d'une jeune fille tout étourdie.

Ce qui venait de naître entre eux était de nature… astrale. Non seulement cela remodelait l'air extérieur, mais cela se passait aussi à l'intérieur d'elle – une chaleur, une douceur, une attraction – et à partir de ce moment, ses mains dans les siennes, Karou se sentit aussi faible qu'une poussière d'étoile face au soleil dans l'immensité mystérieuse du cosmos. Elle essaya de résister, de fuir.

– Je ne vais pas te faire de mal, lui dit l'ange de sa voix basse et rauque. Je suis navré de ce qui a pu se passer avant. Crois-moi, s'il te plaît, Karou. Je ne suis pas venu ici pour te faire du mal.

Elle sursauta en s'entendant appeler par son prénom et cessa de se débattre. Comment connaissait-il son nom ?

– Alors pourquoi es-tu venu ?

L'ignorance absolue se peignit sur ses traits.

– Je n'en sais rien, répéta-t-il, sans déclencher cette fois le rire de Karou. Juste... juste pour parler. Essayer de comprendre ce... ce...

Il cherchait ses mots, laissant sa phrase en suspens, perdu, mais Karou crut deviner ce qu'il voulait dire car elle aussi cherchait à comprendre.

– Je ne peux pas résister davantage à tes pouvoirs magiques, ajouta-t-il.

Et Karou perçut de nouveau à son ton la torture qu'il endurait. Elle lui avait réellement fait mal. Comme elle se devait de le faire, conclut-elle. Il était son ennemi. La chaleur qu'elle ressentait au creux des paumes le lui confirmait. Ses cicatrices aussi, et sa vie tranchée net. Mais son corps n'était pas au diapason, tout entier focalisé sur leur peau en contact, sur ses mains dans les siennes.

– Mais je ne te retiens pas, dit-il. Si tu veux me frapper, vas-y, c'est tout ce que je mérite.

Il la lâcha. Sa chaleur reflua aussitôt et la nuit s'engouffra entre eux, plus noire qu'elle ne l'était quelques instants auparavant.

Serrant ses khamsas dans ses poings, Karou s'éloigna, à peine consciente du fait qu'elle flottait toujours.

Que lui arrivait-il ?

Elle réalisa confusément qu'elle était encore en train de voler en voyant la foule des badauds agglutinés en bas, et qu'il en affluait toujours davantage, comme si leur flot avait été détourné de Karlova vers cette ruelle latérale. Elle sentait leur stupeur, leurs regards braqués sur elle, voyait les flashes des appareils photo, entendait leurs exclamations, mais tout était étouffé, sourd, loin, très loin, comme dans un film, moins réel que ce qu'elle était en train de vivre.

Elle se trouvait au seuil de quelque chose d'ineffable. Entre le moment où l'ange lui avait pris les mains et celui où il les avait relâchées, elle avait été comme «comblée», et ne s'en était rendu compte que lorsqu'il l'eut repoussée et que le manque s'était fait sentir. Cette absence palpitait en elle à présent, froide et déchirante, grand vide avide – avide d'être comblé –, et elle dut se faire violence pour ne pas se jeter sur lui et lui prendre les mains. Se méfiant du formidable désir qui battait en elle, elle mit tout en œuvre pour y résister. Elle avait l'impression de lutter contre une marée montante, et dans sa lutte ressentit la même terreur: celle de se faire emporter vers le large, dans les eaux troubles de tous les dangers.

Karou fut saisie de panique.

Lorsque l'ange fit mine de vouloir s'approcher d'elle, elle interposa ses mains entre eux, les deux mains à la fois et à bout portant. Il ouvrit grands les yeux et chancela, perdant brusquement sa grâce sans pareille. Karou retint son souffle. Il essaya de retrouver l'équilibre en s'accrochant au linteau d'une fenêtre, au quatrième étage d'un immeuble, et échoua dans sa tentative.

Roulant des yeux, il chuta de quelques mètres dans une gerbe d'étincelles. Était-il en train de perdre connaissance?

– Ça va? demanda Karou, la gorge nouée.

Apparemment non, et il tomba.

Akiva se rendit très vaguement compte qu'il n'était plus en l'air. Sous lui : la pierre dure des pavés. Il distingua par intermittence des visages qui le regardaient fixement. Éclairs de lucidité. Voix dans une langue incompréhensible, et vision du coin de l'œil : du bleu. Karou était là. Un rugissement lui parvint aux oreilles, le forçant à se redresser : c'étaient des applaudissements.

Karou, qui lui tournait le dos, exécuta une petite révérence. Puis, dans un grand geste théâtral, elle arracha son couteau planté entre les pavés et le glissa dans sa botte. Elle lui jeta un coup d'œil par-dessus son épaule, sembla rassurée de le voir conscient, puis s'approcha de lui et… lui prit la main. Délicatement, du bout des doigts, afin que ses khamsas ne le brûlent pas. Elle l'aida à se relever et lui glissa à l'oreille :

– Salue.

– Pardon ?

– Tu salues, d'accord ? Laissons-les croire qu'il s'agit d'un spectacle. Ce sera plus facile de partir après. On va les laisser essayer de deviner comment on a fait ça.

Il fit un petit salut approximatif et les applaudissements redoublèrent.

– Peux-tu marcher ?

Il hocha la tête.

Ce ne fut pas si facile de partir. Les gens les empêchaient de passer, voulaient discuter avec eux. C'est Karou qui parla ; il ne savait pas ce qu'elle disait, ne comprenait pas la langue, mais ses réponses étaient courtes. Les spectateurs étaient impressionnés et ravis – hormis l'un d'eux, un jeune homme en chapeau haut de forme qui le regardait de travers et tentait d'attraper le coude de Karou. Ses airs de propriétaire éveillèrent une ancienne colère chez Akiva qui eut envie de jeter cet humain contre un mur. Mais Karou n'eut aucun besoin de son intervention. Elle repoussa l'homme et fit sortir Akiva de la foule. Ses doigts étaient toujours entremêlés dans les siens ; ils étaient frais et fins, mais malheureusement pour lui, en débouchant sur une place occupée par des étals de marché déserts, elle le lâcha.

– Ça va ? lui demanda-t-elle en s'éloignant de quelques pas.

Il chercha à reprendre son équilibre en s'appuyant contre un mur, sous l'ombre d'un auvent.

– Je l'ai bien cherché, mais j'ai l'impression d'avoir été piétiné par une armée entière.

Elle faisait les cent pas, tandis qu'une certaine nervosité vibrait en elle.

– Razgut m'a dit que tu me cherchais. Pourquoi ?

– Razgut ? s'étonna Akiva. Je croyais qu'il était...

– Mort ? Non, il a survécu. Mais pas Izîl.

Akiva baissa les yeux.

– Je ne pensais pas qu'il sauterait.

– Eh bien, il a sauté. Mais ça ne répond pas à ma question. Pourquoi me cherchais-tu ?

De nouveau, cette impuissance. Il réfléchit.

– J'ignorais qui tu étais. Qui tu es. Un être humain marqué des yeux du démon.

Karou contempla l'intérieur de ses mains, puis leva la tête, l'air troublé et vulnérable.

– Pourquoi font-ils cet effet-là ? Sur toi ?

Il plissa les yeux. Se pouvait-il qu'elle l'ignore ?

Ces tatouages n'étaient qu'un des exemples des diableries de Sulfure. Ses sortilèges frappaient comme un mur de vent invisible, apportant maladies et infirmités, et Akiva s'était entraîné à leur résister – de même que tous les séraphins –, mais il y avait une limite. S'il s'était trouvé dans un combat, il n'aurait pas hésité à trancher les deux mains de son adversaire avant qu'elles ne concentrent sur lui leur énergie maléfique.

Mais Karou… lui faire du mal était la dernière chose qu'il souhaitait, de sorte qu'il avait enduré tout ce qu'il avait pu.

À présent, plus que jamais, elle lui apparaissait comme une fée de conte – une fée aux yeux ténébreux et au dard de scorpion. Sa brûlure était telle qu'il avait l'impression d'avoir reçu dans le cou un jet d'acide, et elle s'accompagnait d'une sourde nausée due à ses assauts acharnés. Il se sentait affaibli et craignait de s'évanouir de nouveau.

– Ce sont les marques des revenants. Je ne t'apprends rien…

– Des revenants ?

Il l'observa.

– Tu ne sais vraiment pas ?

– Qu'est-ce que je ne sais pas ? Ce qu'est un revenant ? Ce n'est pas un fantôme ?

– C'est un soldat chimère, lui répondit-il, ce qui était une partie de la vérité. C'est eux qui ont les khamsas. Et rien qu'eux…, ajouta-t-il après un silence.

– Apparemment pas, répliqua-t-elle en serrant les poings.

Il ne répondit pas.

Il y avait *tout* entre eux, tout ce dont il avait senti l'air se charger pendant qu'ils s'affrontaient au-dessus des toits de Prague. Se trouver en sa présence lui faisait l'effet de marcher en équilibre sur un monde incliné en pente raide, en essayant de ne pas perdre prise alors que le sol se dérobait sous ses pieds et le précipitait en avant dans une spirale infernale d'où toute échappée était impossible, et où seul l'attendait le choc final, mais un choc désiré de longue date, une collision douce et recherchée.

Il avait déjà éprouvé cette impression auparavant, et il ne voulait plus jamais la vivre. Elle ne faisait qu'estomper le souvenir de Madrigal ; ce qui était déjà le cas. Il avait encore une fois le plus grand mal à se représenter son visage. C'était comme s'efforcer de se remémorer une mélodie en même temps qu'était joué un autre air. Il ne voyait que le visage de Karou – ses yeux brillants, ses joues lisses, l'arc de ses lèvres serrées de consternation.

Il avait réprimé tout sentiment en lui ; il n'aurait même jamais dû pouvoir éprouver ceci – ce déferlement, cette urgence et ce tumulte, ce *vrombissement*. Et, sous-jacente, dans un repli tortueux de la pensée, cette petite voix qu'il gardait prisonnière dans les tréfonds de son âme, tellement dénaturée qu'il ne la reconnaissait pas pour ce qu'elle était : l'espoir. Un très faible espoir. Avec, en son centre, Karou.

Elle marchait toujours, à une longueur d'aile

de lui. Ils avançaient sur le fil de leur compulsion respective, tous deux aussi terrifiés de réduire la distance entre eux.

– Pourquoi as-tu incendié les portes ? demanda-t-elle.

Il poussa un profond soupir. Que pouvait-il répondre à cela ? Par vengeance ? Au nom de la paix ? Les deux étaient vrais dans un sens.

– Pour mettre fin à la guerre, finit-il par répondre, prudent.

– La guerre ? C'est la guerre ?

– Oui, Karou. La guerre, il n'y a même que cela.

Elle fut encore une fois troublée par le fait qu'il l'appelle par son prénom.

– Est-ce que Sulfure et les autres... vont bien ?

Akiva comprit que la peur seule était responsable de son souffle court, la peur de ce qu'il allait lui répondre.

Derrière le mal au cœur sporadique dû aux khamsas, il perçut un autre malaise, plus profond : les prémices de l'angoisse.

– Ils sont dans la forteresse noire.

– La forteresse, répéta-t-elle d'une voix où perçait l'espoir. Avec les barreaux. J'y étais, j'y suis allée la nuit où tu m'as attaquée.

Akiva détourna les yeux. Une vague de nausée le submergea. La douleur lancinante qui lui vrillait le crâne rendait toute réflexion impossible ; il ne lui était arrivé qu'une seule fois de souffrir autant des marques du démon, une torture à laquelle il ne croyait pas survivre et dont il ne comprenait toujours pas comment il avait réussi à réchapper. Il avait le plus grand mal à garder les yeux ouverts, et tout son corps lui semblait une ancre qui l'entraînait irrépressiblement vers le fond.

Des voix.

Karou tourna brusquement la tête. Akiva regarda aussi. Quelques-uns de leurs spectateurs les avaient retrouvés et les montraient du doigt.

– Suis-moi, lui ordonna Karou.

Comme s'il avait le choix.

30

Toi

Elle le conduisit dans son petit appartement, tout en se répétant : « Idiote, idiote, idiote, qu'est-ce que tu fais ? »

« Des réponses, je cherche des réponses. »

Elle hésita devant l'ascenseur, sans savoir s'il était raisonnable de se retrouver dans un espace aussi exigu avec le séraphin mais, comme il n'était aucunement en état de monter l'escalier, elle appuya sur le bouton. Il entra à sa suite dans la cabine, ne semblant pas très familiarisé avec ces engins, et sursauta légèrement lorsque la machine se mit en branle.

Une fois chez elle, elle déposa les clés dans un petit panier à côté de la porte et regarda autour d'elle. Au mur, les ailes de son Ange exterminateur, étonnamment semblables à celles du séraphin. S'il remarqua la ressemblance, il n'en laissa rien paraître. Comme les lieux étaient trop petits pour que les ailes soient complètement déployées, elles étaient suspendues en baldaquin, surplombant la moitié du lit, simple structure en teck sur laquelle étaient empilés plusieurs matelas de plume, façon princesse au petit pois. Il était défait et disparaissait sous une avalanche de vieux carnets de dessin que Karou avait feuilletés la veille, unique façon pour elle de retrouver un peu sa famille.

L'un d'eux était ouvert à la page d'un portrait de Sulfure. Comme les mâchoires de l'ange se serraient à la vue du dessin, elle le prit et le plaqua contre sa poitrine. Akiva alla à la fenêtre et regarda dehors.

– Comment t'appelles-tu ? demanda-t-elle.

– Akiva.

– Comment sais-tu mon nom ?

Un silence.

– Le vieux.

Izîl, évidemment. Mais... un souvenir lui revint soudain. Razgut n'avait-il pas dit qu'Izîl s'était précipité dans le vide pour la protéger ?

– Comment m'as-tu retrouvée ?

Il faisait nuit, et la vitre renvoyait les reflets orangés des yeux d'Akiva.

– Ça n'a pas été trop difficile, répondit-il laconiquement.

Elle était sur le point de lui demander d'être plus précis, mais il ferma les yeux et appuya son front contre la vitre fraîche.

– Tu peux t'asseoir, lui proposa-t-elle en désignant son gros fauteuil en velours vert. Si tu ne brûles rien.

Ses lèvres esquissèrent une sorte de grimace qui devait s'apparenter à un lointain sourire.

– Non, je ne brûlerai rien.

Il défit la boucle des lanières de cuir qui se croisaient sur sa poitrine, et ses épées, rangées dans leur fourreau entre ses omoplates, tombèrent par terre, heurtant bruyamment le sol, chose que les voisins du dessous ne durent guère apprécier, songea Karou. Puis Akiva s'assit, ou plutôt s'effondra, sur le fauteuil. Karou poussa ses carnets sur le côté pour se faire une place sur le lit, et s'installa face à lui en position du lotus.

L'appartement était minuscule – il y avait juste assez d'espace pour le lit et le fauteuil, et un ensemble de petites tables gigognes sculptées, le tout posé sur l'onéreux tapis persan que Karou avait marchandé dans les souks de Tabriz alors qu'il était encore sur le métier à tisser. L'un des murs était entièrement occupé par une bibliothèque, face à la baie vitrée ; une toute petite cuisine, un cagibi encore plus petit et une salle de bains à peine plus grande que le bac à douche donnaient sur l'entrée. Le plafond de trois mètres cinquante, une hauteur parfaitement ridicule, faisait paraître la pièce principale plus haute que large ; mais Karou avait pu construire une mezzanine au-dessus de la bibliothèque sur laquelle elle devait grimper pour y accéder, juste assez large pour pouvoir s'allonger sur les coussins turcs et jouir de la vue : les toits de la Vieille Ville et le Château au fond.

Elle considéra Akiva. La tête mollement renversée en arrière, il avait les yeux fermés, l'air épuisé. Il faisait précautionneusement rouler son épaule en gémissant comme si cela lui était douloureux. Elle hésita à lui proposer du thé – elle en aurait volontiers pris un – mais cela l'aurait un peu trop placée dans la position de l'hôtesse, rôle qu'elle refusa en se rappelant quelles étaient leurs relations : ils étaient ennemis.

C'était bien ça, non ?

Elle l'examina, rectifiant mentalement les

esquisses qu'elle avait faites de lui de mémoire. Ses doigts la démangeaient, brûlant de s'emparer d'un crayon et de le dessiner d'après nature. Quels imbéciles, ces doigts !

Il ouvrit les yeux et la surprit en train de l'observer. Elle rougit.

– Ne t'endors pas, lança-t-elle, troublée.

Il se redressa tant bien que mal.

– Excuse-moi, c'est toujours comme ça, après une bataille.

« Une bataille. » Se tenant sur ses gardes, il la vit réfléchir à ce qu'il venait de dire.

– Une bataille. Avec les chimères. Parce que vous êtes ennemis.

Il acquiesça.

– Pourquoi ?

– Pourquoi ? répéta-t-il, s'étonnant d'avoir à expliquer cela.

– Oui, pourquoi êtes-vous ennemis ?

– Nous l'avons toujours été. La guerre entre nous dure depuis un millier d'années...

– C'est léger comme argument. Deux peuples ne peuvent être ennemis dès l'origine, non ? Cela a bien dû commencer quelque part.

Il hocha lentement la tête.

– Oui. Cela a commencé quelque part, reconnut-il en se passant les mains sur le visage. Que sais-tu des chimères ?

Qu'en savait-elle en fait ?

– Pas grand-chose, avoua-t-elle. Jusqu'au soir où tu m'as attaquée, j'ignorais même qu'elles étaient plus de quatre. J'ignorais qu'il y avait tout un peuple.

– Il n'y en a pas qu'un mais plusieurs, alliés.

– Ah, fit Karou qui trouvait ça logique, tant elles étaient différentes les unes des autres. Cela signifie-t-il qu'il y a d'autres Issa, d'autres Sulfure ?

Akiva hocha encore une fois la tête. Cette perspective éclaira d'une nouvelle lumière ce monde dont Karou n'avait eu qu'un aperçu. Elle imagina des tribus disséminées dans de vastes paysages, des villages entiers d'Issa, des familles entières de Sulfure. Elle voulait les voir. Pourquoi les lui avait-on cachés ?

– Je ne comprends pas très bien ce qu'a été ta vie. Sulfure t'a élevée, mais dans le seul périmètre de l'officine ? Pas dans la forteresse ?

– Jusqu'à cette nuit-là, j'ignorais totalement ce qu'il y avait de l'autre côté de la porte intérieure.

– Alors ? Il t'a emmenée voir ?

Karou pinça les lèvres, se rappelant la fureur du sorcier.

– Bien sûr. Disons que les choses se sont passées ainsi.

– Et qu'est-ce que tu y as vu ?

– Pourquoi te le dirais-je ? Vous êtes ennemis, par conséquent tu es aussi mon ennemi.

– Je ne suis pas ton ennemi, Karou.

– C'est ma famille. Ses ennemis sont les miens.

– Famille…, répéta Akiva en secouant la tête. Mais d'où viens-tu ? Qui es-tu en réalité ?

– Pourquoi tout le monde me pose-t-il cette question ? s'énerva Karou, prise d'une soudaine colère, bien qu'il s'agît de quelque chose qu'elle-même s'était demandé presque tous les jours depuis qu'elle était en âge de mesurer l'extrême étrangeté de sa situation. Je suis *moi*. Et toi, qui es-tu ?

C'était une question rhétorique, mais il la prit au sérieux.

– Je suis un soldat.

– Alors que fais-tu ici ? Ta guerre est là-bas. Pourquoi es-tu venu ici ?

Il prit une profonde inspiration, par à-coups, avant de s'enfoncer de nouveau dans le fauteuil.

– J'avais besoin… de quelque chose. Quelque chose d'entièrement différent. Je n'ai connu que la guerre depuis un demi-siècle…

– Tu as cinquante ans ? s'exclama Karou.

– On vit très longtemps dans le monde qui est le mien.

– Eh bien, tu as de la chance. Ici, si l'on veut vivre vieux, il faut se faire arracher toutes les dents à la tenaille.

L'allusion aux dents fit briller dans les yeux de l'ange une lueur menaçante.

– Rien ne sert d'avoir une longue vie si elle doit être vécue dans la souffrance.

La souffrance. Voulait-il parler de lui ? Elle le lui demanda.

Ses yeux papillonnèrent puis se fermèrent, comme s'ils luttaient contre le sommeil et abandonnaient soudain la lutte. Il resta silencieux si longtemps que Karou se demanda s'il ne s'était pas endormi et négligea sa question, qui de toute manière pouvait sembler indiscrète. Mais elle eut le sentiment que c'était bien de lui qu'il voulait parler. Elle repensa à l'expression qu'il avait à Marrakech : qu'est-ce qui avait pu à ce point éteindre dans le regard d'un homme toute flamme, toute vie ?

Encore une fois, elle faillit céder au désir

instinctif de lui venir en aide, mais elle y résista. Elle s'autorisa à le contempler à loisir : la structure de son visage, le noir intense de ses sourcils et de ses cils, les traits à l'encre qui striaient ses doigts reposant écartés sur les accoudoirs du fauteuil. Comme il avait la tête en arrière, elle vit le stigmate laissé par le khamsa sur son cou et, un peu plus haut, sa jugulaire qui palpitait avec régularité.

De nouveau, sa présence corporelle très concrète la frappa : c'était un être de chair et de sang, mais comme jamais elle n'en avait vu ni touché. Il était un mélange d'éléments : le feu et la terre. Chez un ange, on aurait pu s'attendre à trouver quelque chose d'aérien, mais pas chez lui. Il n'était que matière : puissant, solide, concret.

Ses yeux s'ouvrirent et elle sursauta, de nouveau surprise à l'observer. Combien de fois allait-elle se mettre à rougir ?

– Excuse-moi, murmura-t-il. Je crois que je me suis endormi.

– Mmmm. Tu veux un peu d'eau ?

Elle n'avait pas pu s'en empêcher.

– Oui, s'il te plaît.

Il lui en avait l'air si reconnaissant qu'elle éprouva une certaine culpabilité à ne pas lui en avoir proposé plus tôt.

Abandonnant la position du lotus, elle se leva et lui apporta un verre d'eau qu'il but d'un trait.

– Merci, lui dit-il avec une surprenante sincérité, comme s'il la remerciait pour un geste beaucoup plus important.

– Hon hon, fit-elle, gênée.

Elle ne savait plus où se mettre, debout devant lui, et d'ailleurs, il n'y avait dans la pièce aucun autre endroit que le lit, de sorte qu'elle s'empressa d'y retourner. Elle avait un peu envie d'enlever ses bottes, mais c'était le genre de chose qu'on ne pouvait faire que si l'on était certain de ne pas avoir à partir précipitamment ou à donner de coups de pied à quiconque. À en juger par l'état d'épuisement général d'Akiva, elle ne risquait pas d'avoir à faire ni l'un ni l'autre. Le seul risque était peut-être l'odeur de ses pieds.

Elle garda donc ses bottes.

– Je ne comprends toujours pas pourquoi tu as incendié les portes. Comment cela peut-il mettre un terme à votre guerre ?

Les doigts d'Akiva se serrèrent autour du verre vide.

– De la magie s'échappait par ces portes. De la magie noire.

– Ici ? Il n'y a aucune magie ici.

– Dit la fille qui vole…

– Bon, d'accord, mais c'est grâce à un vœu de ton monde à toi.

– De Sulfure.

Elle approuva d'un signe de tête.

– Donc, tu sais qu'il est sorcier.

– Je… mmh. Oui.

Elle n'avait jamais véritablement considéré Sulfure comme un sorcier. Faisait-il plus que forger des vœux ? Que savait-elle au juste et qu'ignorait-elle encore ? Son ignorance la condamnait à rester dans l'obscurité, mais ce pouvait être celle d'un simple cagibi comme celle de la nuit noire, sans étoiles.

Un kaléidoscope d'images défila dans sa tête. Le crépitement de la magie dès qu'elle entrait dans l'officine. La collection de dents et de gemmes, les tables en pierre de la cathédrale souterraine sur lesquelles gisaient les morts… les morts qui n'étaient pas vraiment morts, ainsi que Karou l'avait constaté à ses dépens. Et elle se rappela aussi le jour où Issa lui avait recommandé de ne pas compliquer davantage la vie de Sulfure – sa vie « sans joie », ainsi qu'elle l'avait qualifiée. Son labeur « sans répit ». Quel labeur ?

Elle prit un carnet au hasard, feuilletant rapidement les esquisses de ses chimères, de sorte qu'elles semblaient s'animer de façon un peu saccadée.

– De quelle magie s'agissait-il ? demanda-t-elle à Akiva. La magie noire.

Il ne répondit pas, et elle s'attendait, en relevant la tête, à le voir de nouveau endormi, mais il regardait avec elle défiler les dessins du carnet. Comme elle le refermait d'un coup sec, il tourna les yeux vers elle. Toujours ce regard intense, scrutateur et interrogateur.

– Qu'est-ce qu'il y a ? demanda-t-elle encore, décontenancée.

– Karou. *Espoir*.

Elle leva les sourcils, attendant la suite.

– Pourquoi t'a-t-il donné ce prénom ?

Elle haussa les épaules. Cela commençait à être lassant de ne rien savoir.

– Pourquoi tes parents t'ont-ils appelé Akiva ?

À la seule évocation de ses parents, le visage d'Akiva se durcit, et son regard perdit son intensité attentive pour retrouver sa terne lassitude.

– Ce n'est pas eux. C'est un intendant qui a choisi sur une liste. Un Akiva venait d'être tué. Le nom était disponible.

– Oh...

Karou ne sut que faire de cette information. Par comparaison, sa propre enfance lui parut douce et familiale.

– J'ai été élevé pour devenir soldat, expliqua Akiva d'une voix blanche.

Il ferma de nouveau les paupières, très fort cette fois, comme en proie à une violente douleur. Il resta un long moment silencieux, et lorsqu'il reprit la parole, il en dit beaucoup plus qu'elle ne s'y attendait :

– J'ai été enlevé à ma mère à l'âge de cinq ans. Je ne me souviens pas de son visage, mais seulement qu'elle n'a rien fait lorsqu'ils sont venus me chercher. C'est mon souvenir le plus ancien. J'étais tellement petit que pour moi ils n'étaient que des jambes, tous ces grands soldats autour de moi. C'étaient les gardes du palais, et leurs protège-tibias étaient en argent ; je me suis vu dans tous : mon visage terrorisé se reflétait à l'infini dans chacun d'eux. Ils m'ont conduit au camp d'entraînement, où je me suis retrouvé parmi une multitude d'enfants terrifiés...

Il déglutit.

– Où ils châtiaient notre peur et nous apprenaient à la dissimuler. Et cela devint ma vie : dissimuler ma peur, jusqu'à ce que je n'en ressente plus aucune, ni rien d'autre d'ailleurs.

Karou ne put s'empêcher de l'imaginer enfant, effrayé et esseulé. Un élan de tendresse monta en elle comme un flot de larmes.

– Je n'existe que pour la guerre – une guerre qui a commencé il y a un millier d'années par le massacre de mon peuple. Les bébés, les vieillards, personne n'a été épargné. À Astraë, la capitale de l'empire, les chimères se sont révoltées et ont massacré les séraphins. Nous sommes ennemis parce que les chimères sont des monstres. Ma vie n'est que sang parce que mon monde se réduit aux bêtes…

Il se tut de nouveau.

– Et puis je suis venu ici, et les humains…, reprit-il d'une voix teintée de nostalgie rêveuse, les humains se déplaçaient librement, sans armes, se réunissaient au grand jour, flânaient dans les rues, riaient, vieillissaient. Et j'ai vu une fille… une fille aux yeux noirs et aux cheveux couleur de pierre précieuse, et si triste. Sa tristesse semblait si profonde, mais son visage pouvait s'illuminer d'un instant à l'autre, et lorsque je l'ai vue sourire, je me suis demandé quel effet cela me ferait si je parvenais à la faire sourire. Je me suis dit… je me suis dit que ce serait comme si j'inventais le sourire. Elle faisait partie du camp ennemi. La seule chose que je voulais, c'était la regarder, mais j'ai fait ce pour quoi j'avais été entraîné et je… je lui ai fait mal. Et quand je suis rentré chez moi, je n'ai pas pu m'empêcher de penser à toi, et j'étais si heureux que tu te sois défendue. Que tu ne m'aies pas laissé te tuer.

« À toi. » Le changement de pronom n'échappa pas à Karou. Elle regardait fixement droit devant elle, retenant son souffle.

– Je suis revenu pour te chercher, déclara

Akiva. Je ne sais pas pourquoi. Karou. Karou. Je ne sais pas pourquoi.

Sa voix était si ténue qu'elle l'entendait à peine.

– Seulement pour te chercher et être dans le même monde que toi…

Karou attendit, mais il n'ajouta rien ; après quoi… il se produisit quelque chose dans l'air autour de lui.

Un chatoiement, sorte de halo au début, qui devint de plus en plus lumineux et se transforma en ailes qui s'ouvrirent en surgissant de ses omoplates, puis se déployèrent au-dessus du fauteuil et balayèrent le tapis dans de grandes arabesques de feu. Le charme s'était dissipé et Karou resta bouche bée devant cette apparition, mais les flammes ne brûlaient pas véritablement. Elles ne faisaient pas de fumée, semblaient se consumer à l'intérieur d'elles-mêmes. Les frémissements ténus de ses plumes de feu étaient hypnotiques, et Karou respira de nouveau, profondément, et passa un long moment à les suivre des yeux, tandis que les traits d'Akiva se détendaient en une expression presque paisible. Cette fois, il dormait pour de bon.

Elle se leva et lui ôta le verre d'eau des mains. Elle éteignit la lampe. Ses ailes dispensaient une lumière suffisante, même pour dessiner. Elle prit son carnet de croquis et un crayon, et dessina Akiva endormi au creux de ses vastes ailes, puis de mémoire, avec les yeux ouverts. Elle s'efforça de rendre leur forme particulière ; elle employa le fusain pour représenter le trait de khôl épais qui les soulignait et lui donnait un air si exotique, et ne put se résoudre à ne pas colorer ses iris rougeoyants. Elle prit sa boîte d'aquarelle et peignit. Elle dessina et peignit longtemps, et il ne bougea pas une seule fois ; seule sa poitrine se soulevait légèrement à chaque inspiration tandis que chatoyaient ses ailes, plongeant la pièce dans une lueur de feu de bois.

Karou n'avait pas prévu de dormir, mais elle succomba au sommeil peu après minuit, à moitié affalée sur son carnet, dans l'intention de « reposer ses yeux » quelques instants. Elle sombra dans les rêves et, lorsqu'elle se réveilla, juste avant l'aube – à cause d'un petit bruit sec –, elle ne reconnut pas immédiatement la pièce autour d'elle. Seules les ailes accrochées au mur au-dessus de sa tête lui étaient familières, et lui procurèrent une bouffée de plaisir, puis tout se volatilisa, comme les rêves. Évidemment, elle était dans son studio, sur son lit, et le bruit qui l'avait réveillée, c'était Akiva.

Il se tenait au-dessus d'elle, les yeux incandescents, tel du plomb en fusion. Ils étaient grands ouverts, leurs iris orange se détachant sur le blanc de l'œil, et il tenait dans chaque main ses couteaux croissants de lune.

31

Légitime

Karou se redressa avec une brusquerie qui propulsa son carnet au pied du lit. Elle n'avait pas lâché son crayon dans son sommeil et réalisa qu'elle avait toujours une arme dérisoire face à cet ange. Mais, alors qu'elle serrait le poing et s'apprêtait à frapper, Akiva recula et abaissa les couteaux.

Il les reposa là où il les avait trouvés, dans leur étui, sur l'une des tables gigognes : c'étaient les premiers objets qu'il avait dû découvrir à son réveil.

– Excuse-moi... Je ne voulais pas te faire peur.

À cet instant précis, à la seule lueur des étincelles de ses ailes, sa présence lui parut tellement... *légitime*, dans un certain sens. Oui, elle était *légitime*. Cela pouvait sembler insensé, mais cette impression envahit Karou et, si absurde soit-elle, elle était aussi agréable qu'un rayon de soleil sur un parquet ciré et, à l'instar des chats, elle eut envie de s'y pelotonner.

Elle essaya de faire comme si elle n'avait jamais eu l'intention de le frapper avec son crayon.

– Bon, eh bien, commença-t-elle en s'étirant tout en lâchant négligemment le crayon, je ne connais pas tes coutumes, mais ici, quand on ne veut pas faire peur aux gens qui dorment, on évite de leur tourner autour avec des couteaux.

Était-ce un sourire ? Non. Une simple crispation du coin des lèvres, ça ne comptait pas.

Elle aperçut son carnet de croquis devant elle, ouvert à la page des portraits qu'elle avait faits de lui la veille, et s'empressa de le refermer. Naturellement, il avait eu tout loisir de le feuilleter pendant son sommeil.

Comment avait-elle pu s'endormir avec cet inconnu dans son appartement ? Comment avait-elle pu amener un inconnu chez elle ?

Il ne lui paraissait pas si inconnu que cela.

– Ils ne sont pas ordinaires, dit Akiva en indiquant l'étui à couteaux.

– Je viens de les acheter. Ils sont superbes, non ?

– Oui, superbes, répondit-il en parlant peut-être des couteaux, mais en la regardant droit dans les yeux.

Elle rougit, brusquement consciente de son apparence – les cheveux en bataille, le visage chiffonné –, et s'agaça de sa réaction. Qu'importait donc de quoi elle avait l'air ? Que se passait-il au juste ici ? Elle se secoua et sauta du lit, cherchant un endroit dans son studio minuscule où elle pourrait échapper à son aura flamboyante. C'était impossible.

– Je reviens, dit-elle en disparaissant dans l'entrée puis dans la minuscule salle de bains.

Hors de sa présence, elle fut prise d'une vive angoisse à l'idée qu'il ne serait peut-être plus là à son retour dans la pièce. Elle se soulagea, curieuse de savoir si les séraphins étaient débarrassés de ces contingences prosaïques – à en juger par la couleur de son menton, la nécessité de se raser n'était pas épargnée à Akiva –, puis se passa de l'eau sur le visage et se brossa les dents. Elle se donna un coup de brosse dans les cheveux, et plus les minutes s'écoulaient, plus croissait l'inquiétude de retrouver la pièce vide, la porte du balcon grande ouverte avec l'immensité du ciel au-dessus, sans la moindre idée de la direction qu'il avait prise.

Mais il était toujours là. Le charme d'invisibilité nimbait de nouveau ses ailes, ses épées avaient retrouvé leur place dans son dos, inoffensives dans leur fourreau de cuir ouvragé.

– Mmm..., fit-elle, la salle de bains est là, si tu... euh...

Il hocha la tête et passa devant elle, encombré par ses ailes invisibles, tentant maladroitement de se faufiler dans l'espace exigu et de refermer la porte derrière lui.

Karou en profita pour enfiler précipitamment des vêtements propres, puis alla à la fenêtre. Il faisait encore nuit. Il était cinq heures au réveil. Elle mourait de faim et savait, ayant fouillé tous les placards de la cuisine le matin même, qu'il ne restait rien de vaguement comestible.

– Tu as faim ? demanda-t-elle à Akiva lorsqu'il réapparut.

– À en mourir...

– Alors viens.

Elle prit son manteau et ses clés, et se dirigeait vers la porte lorsqu'elle s'arrêta soudain et fit demi-tour. Elle sortit sur le balcon, grimpa sur la balustrade, jeta un coup d'œil à Akiva par-dessus son épaule et fit un pas dans le vide.

Six étages plus bas, elle se posa dans la

rue, aussi légèrement que si elle avait joué à la marelle, incapable de réprimer un sourire. Akiva était à son côté et, comme d'habitude, il ne souriait pas. Elle avait le plus grand mal à l'imaginer sourire ; il était si sombre, mais n'y avait-il pas quelque chose dans la façon dont il la regardait ? Une pointe d'étonnement rêveur dans son regard oblique ? Elle se rappela ce qu'il lui avait dit au cours de la nuit, et là, en surprenant chez lui une étincelle d'émotion venant troubler la gravité de son expression, elle en ressentit un coup au cœur. Qu'avait été sa vie, consacrée depuis son plus jeune âge à la guerre ? La *guerre*. C'était une abstraction pour elle. Elle ne pouvait s'en figurer la réalité, pas même les franges de cette réalité, mais à en juger par l'expression qu'arborait au début Akiva – ce regard mort – et la façon dont il la regardait à présent, elle eut l'impression qu'il était en train de revenir *pour elle* d'entre les morts, et cela lui parut une chose extraordinaire, et très profonde. Lorsque leurs yeux se rencontrèrent de nouveau, elle dut détourner le regard.

Elle l'emmena à la boulangerie du coin. Elle n'était pas encore ouverte, mais le boulanger leur vendit des pains chauds par la fenêtre de sa boutique – au miel de lavande, à peine sortis du four et tout fumants dans leur sac en papier brun –, après quoi Karou fit ce que quiconque en mesure de voler ferait en se retrouvant au petit matin dans les rues de Prague, avec des miches de pain chaud à manger.

Faisant signe à Akiva de la suivre, elle s'éleva dans le ciel, traversa le fleuve et alla se percher au sommet de la cathédrale, sur le dôme glacé et doré de son clocher, pour y assister au lever du soleil.

ꝏ

Akiva la suivait de près, les yeux rivés sur ses longs cheveux ondulant dans le vent, s'imprégnant de l'humidité de l'aube. Karou avait eu tort de penser qu'il n'était pas étonné de la voir voler. Il avait simplement appris à étouffer en lui, au fil de nombreuses années, la moindre émotion, le moindre sentiment, la moindre réaction. Du moins le croyait-il. Mais en présence de cette fille, rien n'était moins sûr.

Il y avait chez Karou une précision élégante dans sa façon de fendre l'air. C'était magique – pas d'ailes invisibles, seulement cette volonté de voler devenue évidente. Un vœu, sorti de la réserve personnelle de Sulfure, supposa Akiva. Sulfure. Cette pensée apparut comme une tache d'encre, une pensée noire contrastant avec l'éclat de Karou.

Comment quelque chose d'aussi lumineux que ce vol gracieux pouvait-il sortir des chaudrons maléfiques de Sulfure ?

Ils volèrent assez haut pour ne pas risquer de se faire remarquer, traversèrent le fleuve, obliquèrent en direction du Château et descendirent en dessinant une large boucle vers la cathédrale située dans la cour intérieure. C'était une sorte de créature gothique, rongée et burinée comme une falaise torturée par des siècles de tempêtes. Karou se posa sur le dôme en forme de bulbe du clocher. Ce perchoir n'avait rien d'hospitalier, battu par le vent piquant de glace et d'aigreur. Karou dut rassembler ses cheveux à pleines mains pour les ôter de sa figure. Elle sortit un crayon – celui qu'elle avait brandi face à lui ? –, entortilla sa chevelure et le planta dedans ; un outil multifonctions. Des mèches bleues s'échappèrent de son chignon et dansèrent devant ses sourcils, lui balayant les yeux et les lèvres qui souriaient d'une joie simple et enfantine.

– Nous sommes sur la cathédrale, lui dit-elle.

Il acquiesça.

– Non. Nous sommes *sur la cathédrale* ! insista-t-elle.

Et il se dit que quelque chose avait dû lui échapper, une nuance de la langue, lorsqu'il comprit : elle était simplement stupéfaite. Stupéfaite d'être perchée en haut de la cathédrale, au sommet de la colline qui dominait Prague, à ses pieds. Les pains chauds serrés contre sa poitrine entre ses bras, elle regardait droit devant elle, et Akiva lut sur son visage l'expression d'un pur émerveillement, bien plus fort que celui qu'il avait ressenti la première fois qu'il avait volé. Il était tout à fait probable qu'il n'ait jamais éprouvé rien de tel : les premiers vols qu'il avait effectués n'avaient pas représenté pour lui une quelconque source d'émerveillement ou de joie ; ce n'était que de la discipline. Mais comme il désirait partager avec elle ce moment qui illuminait à ce point son visage, il vint se placer à son côté et regarda.

La vue était en effet fabuleuse sous un ciel qui commençait à rosir vers l'orient, baignant les tours d'une pâle lueur ambrée, tandis que les rues de la ville, encore dans la pénombre, scintillaient des mille lucioles des réverbères, et des faisceaux entrecroisés et sporadiques des phares de voitures.

– Tu n'étais jamais montée ici ?

– Oh, si, bien sûr, j'y amène tous les garçons, répondit-elle en se tournant vers Akiva.

– Et s'ils ne sont pas à la hauteur, tu peux toujours les pousser dans le vide.

C'était la chose à ne pas dire. Karou se rembrunit instantanément. Elle songeait évidemment à Izîl. Akiva s'en voulut d'avoir fait cette tentative d'humour. C'était logique que tout se passe de travers. Cela faisait trop longtemps qu'il n'avait pas eu envie de faire de l'esprit.

– À vrai dire, répliqua Karou sans relever, j'ai fait le vœu de voler il y a quelques jours seulement. Je n'ai pas encore eu l'occasion d'en profiter vraiment.

Ce fut une nouvelle surprise pour Akiva, et elle dut transparaître cette fois puisque Karou lui demanda ce qu'il y avait.

– Tu étais tellement à l'aise en l'air, répondit-il en secouant la tête, et cette façon que tu as eue de te lancer de ton balcon sans une seconde d'hésitation, comme si tu avais fait ça toute ta vie.

– Tu sais, je n'ai même pas songé un instant que le vœu avait pu se dissiper. Ç'aurait été une sorte de punition pour avoir voulu faire mon intéressante. *Splash !* dit-elle en éclatant de rire, peu émue à cette idée. Je devrais être plus prudente.

– Parce que les vœux peuvent se dissiper ?

– Je n'en sais rien, répondit-elle en haussant les épaules. Je ne crois pas. En tout cas, mes cheveux ne sont jamais redevenus bruns.

– C'est le résultat d'un vœu ? Sulfure t'a laissée faire usage de la magie pour... ça ?

– Oui, enfin, il n'était pas tout à fait d'accord..., précisa-t-elle en lui jetant un regard à la fois contrit et effronté. Il ne m'aurait jamais donné de quoi faire un vrai vœu, ou bien juste pour de petites bêtises... Oh là là !

Elle se rappela brusquement quelque chose.

– Qu'y a-t-il ?

– J'ai fait une promesse hier soir, et j'avais complètement oublié.

Elle fouilla dans la poche de son manteau et en sortit une petite pièce sur laquelle Akiva reconnut l'effigie de Sulfure. Elle était là, dans sa main, avant qu'elle ne la ferme ; lorsqu'elle la rouvrit, la pièce avait disparu.

– Magique. Et hop !

– Quel était le vœu ?

– Quelque chose de complètement idiot. Mais une méchante fille va se réveiller toute contente. Non qu'elle le mérite ! Salope..., jura-t-elle avant de tirer la langue de façon enfantine en direction de la ville en contrebas. Ah, tiens, ajouta-t-elle en lui tendant un des sacs de la boulangerie. Pour t'empêcher de mourir...

Pendant qu'ils mangeaient, Akiva s'aperçut qu'elle frissonnait. Il déploya donc ses ailes, invisibles, et les souleva lentement en rabattant leur chaleur sur elle. Cela sembla efficace. Elle s'assit, passa les jambes par-dessus la corniche et les agita comme une petite fille, tout en émiettant de petits morceaux de pain qu'elle mangeait au fur et à mesure. Il vint s'asseoir à côté d'elle.

– Au fait, comment te sens-tu ? lui demanda-t-elle.

– Ça dépend, répondit-il avec malice, comme si les enfantillages de Karou étaient contagieux.

– De quoi ?

– Ça dépend si tu me poses la question parce que tu te soucies de mon bien-être ou parce que tu as l'intention de me garder dans cet état de faiblesse et d'impuissance.

– Oh. Faiblesse et impuissance. Sans hésitation.

– Dans ce cas, je me sens affreusement mal.

– Bien.

Elle le dit assez sérieusement, mais avec une lueur dans l'œil. Akiva se rendit compte qu'elle avait pris soin de ne pas orienter ses khamsas vers lui par inadvertance. Cela l'émut, comme lorsque, à son réveil, il l'avait trouvée endormie à quelques centimètres de lui, si belle et si vulnérable, et, comme Madrigal, lui témoignant une confiance qu'il ne méritait pas.

– Je me sens mieux, merci, dit-il doucement.

– Ne me remercie pas. C'est moi qui t'ai fait mal.

– Pas... pas comme je t'ai fait mal, moi, regretta-t-il.

– Non, pas comme ça.

Le vent était fripon ; d'une bourrasque violente, il libéra ses cheveux, puis dansa avec ses longues mèches ; en une seconde, il s'était faufilé partout, et Karou eut l'impression que de petits génies des airs voulaient lui dérober sa chevelure pour en tapisser leurs nids de leurs fils bleus et soyeux. Elle batailla contre les éléments fuyants, perdant son crayon, tombé par-dessus bord entre les arcs-boutants, de sorte qu'elle dut retenir ses cheveux à deux mains.

Akiva attendait qu'elle lui donne le signal du départ pour se mettre à l'abri du vent, mais elle ne bougeait pas. Les rayons du soleil commençaient à pointer derrière les collines, et son rougeoiement semblait concentrer la nuit dans les ténèbres, encore plus noires dans les confins que n'atteignaient pas encore les lueurs de l'aube.

– Tu sais, hier soir, reprit-elle au bout d'un long moment, tu as dit que ton premier souvenir était celui des soldats venus te chercher…

– Je t'ai raconté ça ? s'étonna-t-il.

– Tu ne t'en souviens pas ?

Il secoua la tête, cherchant à se rappeler ce moment. Les marques du démon l'avaient rendu tellement malade qu'il en avait perdu la mémoire, mais il avait le plus grand mal à croire qu'il avait pu lui parler de son enfance, et encore moins de ce jour funeste. Il eut l'impression d'arracher ce pauvre petit garçon aux griffes du passé – comme si, dans un instant de faiblesse, il était redevenu cet enfant.

– Qu'ai-je dit d'autre ?

Karou pencha la tête sur le côté. C'était ce petit mouvement d'oiseau qui l'avait sauvée à Marrakech, cette inclinaison pour le regarder presque en biais, et qui fit battre violemment le cœur d'Akiva.

– Pas grand-chose, dit-elle après un silence. Tu t'es endormi après ça.

Elle mentait éhontément.

Que lui avait-il dit d'autre cette nuit-là ?

– En tout cas, ajouta-t-elle en évitant de croiser son regard, tu m'as fait réfléchir, et j'ai essayé de me rappeler quel était mon souvenir le plus ancien.

Prenant appui sur ses paumes, elle se souleva pour se remettre debout, opération l'obligeant à lâcher ses cheveux qui de nouveau fouettèrent l'air sauvagement.

– Et alors ?

– Sulfure.

Un pincement au cœur, un sourire doux et infiniment triste.

– C'est Sulfure. Je suis assise par terre, derrière son bureau, et je joue avec le plumet de sa queue de fauve.

Jouer avec le plumet de sa queue de fauve ? Cela ne cadrait pas avec l'image qu'Akiva se faisait du sorcier, image née de sa douleur la plus intime, imprimée en lui comme au fer rouge.

– Sulfure…, murmura-t-il avec amertume. A-t-il été bon avec toi ?

La réplique de Karou ne se fit pas attendre, acerbe :

– Toujours, lança-t-elle, les cheveux bleus volant au vent, le regard ardent d'amour. Quoi que tu croies savoir des chimères, tu ne le connais pas.

– Ne serait-il pas possible, Karou, répondit-il lentement, que ce soit toi qui ne le connaisses pas véritablement ?

– Comment ça ? Et qu'est-ce que je ne connaîtrais pas au juste ?

– Ses pouvoirs magiques, pour commencer. Tes vœux, sais-tu d'où ils viennent ?

– D'où ils viennent ?

– Rien n'est gratuit, Karou. La magie a un prix. Et ce prix, c'est la *douleur*.

32

Un lieu et une personne

La *douleur*.

À mesure qu'Akiva s'expliquait, Karou se sentait mal. Elle repensait à tous les vœux futiles qu'elle avait faits – pourquoi Sulfure ne lui avait-il jamais rien dit ? La vérité aurait eu plus d'effet que tous ses froncements de sourcils et regards désapprobateurs. Jamais elle n'aurait recommencé si elle avait su.

– Quand on prend quelque chose à l'univers, on doit donner, poursuivit Akiva.

– Mais... pourquoi la *douleur* ? On ne peut pas donner autre chose en échange ? Comme... la joie ?

– C'est un équilibre. Si c'était quelque chose de facile à offrir, cela n'aurait aucun sens.

– Tu crois vraiment que la joie survient plus facilement que la douleur ? Laquelle des deux as-tu reçue en plus grande quantité ?

Il la regarda longuement avant de répondre :

– Bien vu. Mais ce n'est pas moi qui ai inventé le système.

– Qui est-ce ?

– Les miens croient que ce sont les divinités étoiles. Les chimères ont autant de légendes que d'espèces.

– Bon..., dit Karou, troublée, mais d'où vient la douleur ? C'est la sienne propre ?

– Non, Karou. Ce n'est pas sa propre douleur, articula-t-il en détachant soigneusement chaque mot.

Donc, si ce n'était pas sa souffrance à lui, laquelle était-ce ?

Elle se sentit vaguement nauséeuse. L'image des cadavres gisant sur les tables lui revint en mémoire. Non. Cela n'avait certainement rien à voir. Elle connaissait Sulfure, n'est-ce pas ? Elle n'était peut-être pas au courant de tout ce qui le concernait... mais elle le connaissait, *lui*, et c'est à lui qu'elle faisait confiance, pas à cet ange.

– Je ne te crois pas, dit-elle, la gorge nouée.

– Karou, quel genre de courses faisais-tu pour lui ? lui demanda Akiva non sans une certaine douceur.

Elle ouvrit la bouche pour répondre et la referma aussi sec. Une onde de lucidité la traversa, mais elle la repoussa de toutes ses forces. Les dents : l'un des grands mystères de sa vie. Des carcasses, des tenailles, des morts. Ces jeunes filles russes aux gencives ensanglantées. Depuis qu'elle avait compris que Sulfure trafiquait, elle s'était raccrochée à l'idée qu'il avait besoin de ces dents pour une raison vitale, et que la douleur en était le corollaire triste et épouvantable. Mais... et si la douleur était au contraire le plus important ? Si c'était le prix que devait payer Sulfure pour son pouvoir, ses sortilèges, et tout le reste ?

– Non..., finit-elle par répondre en secouant

la tête, mais toutes ses belles certitudes l'avaient désertée.

Un peu plus tard, alors qu'ils s'élançaient du haut de la cathédrale, tout le plaisir qu'elle avait éprouvé à voler s'était évanoui. Au prix de quelle souffrance ce privilège avait-il été monnayé ?

Ils se rendirent dans un salon de thé de la rue Nerudova, cette longue artère sinueuse qui descendait du Château, où Akiva continua à lui parler de son monde. Empire et civilisation, soulèvement et massacre, villes perdues et prises, terres brûlées, murailles assaillies, sièges où les enfants étaient les premiers à mourir de faim, juste avant leurs parents qui leur avaient donné tout ce qu'ils avaient.

Il raconta le carnage et la terreur dans un pays à la beauté déclinante.

– Les forêts ancestrales ont été abattues pour construire des vaisseaux, des machines de guerre ; ou ont été incendiées pour qu'elles ne servent pas à construire des vaisseaux ou des machines de guerre.

Il lui raconta les immenses cités en ruine, les fosses communes, les trahisons.

Les armées de bêtes qui ne cessaient de déferler, déferler sans répit, sans jamais faiblir ni en force ni en nombre.

Il y avait bien d'autres choses encore – héroïques, terribles – qu'il ne lui raconta pas mais qu'il évoqua par allusions, comme palpant précautionneusement les contours d'une blessure pour estimer la douleur.

Tout ouïe, consternée par tant d'horreur et de

violence, Karou regretta que Sulfure n'ait jamais trouvé le temps de lui parler d'«Ailleurs».

– Et comment s'appelle ton monde ? demanda-t-elle.

– Eretz, répondit Akiva à la jeune fille qui haussa aussitôt les sourcils.

– Mais c'est la Terre, en hébreu. Comment se fait-il que nos deux mondes portent le même nom ?

– Autrefois, les mages croyaient que les mondes étaient superposés, les uns sur les autres, comme les sédiments de roches ou les cercles des arbres.

– D'accord…, admit Karou en fronçant les sourcils. Et alors, ces mages ?

– Les sorciers séraphins.

– Tu as dit «autrefois». Aujourd'hui, que croient-ils ?

– Rien du tout. Les chimères les ont tous massacrés.

– Oh, fit Karou en faisant la moue, ne sachant comment réagir. Bon… Peut-être vous avons-nous volé ce nom d'Eretz il y a longtemps, de même que nous avons fondé nos religions en nous inspirant de votre apparence.

C'était ce que Sulfure appelait un tissu de fables parsemé par endroits de quelques fils de vérité, que les humains avaient confectionné morceau par morceau à partir de visions fugitives.

– La beauté, c'est le bien ; les cornes et les écailles, le mal. C'est tout simple, reprit-elle.

– Et, dans le cas présent, c'est vrai.

Derrière son comptoir, la serveuse ne parvenait pas à détacher son regard des deux jeunes gens. Karou eut envie de lui demander ce qu'elle avait, mais elle s'en abstint.

– Donc, en gros, dit Karou en essayant de synthétiser ce que venait de lui expliquer Akiva, les séraphins veulent diriger le monde, les chimères ne veulent pas être dirigées, et ça fait d'eux des monstres.

Les mâchoires d'Akiva s'activaient ; cette simplification l'agaçait.

– Ce n'étaient que des barbares qui vivaient dans des villages de terre. Nous leur avons apporté la lumière, la technique, l'écriture…

– Et rien pris en échange, évidemment !

– Rien de déraisonnable.

– Hon hon…

Karou regretta de ne pas avoir prêté davantage attention aux cours de sa propre histoire humaine de façon à imaginer le contexte du vaste tableau qu'il lui brossait.

– Donc, il y a un millier d'années, sans raison valable aucune, les chimères se sont révoltées et ont massacré leurs maîtres ; après quoi elles ont repris le contrôle de leurs terres.

– La terre ne leur a jamais appartenu, objecta Akiva. Elles possédaient de petites exploitations, des cahutes en pierre. Tout au plus des villages. Les villes ont été construites par l'empire, et pas uniquement les villes : des viaducs, des portes, des routes…

– Mais c'est pourtant là où elles sont nées et sont mortes depuis le commencement de tout, non ? Là où elles sont tombées amoureuses, où elles ont élevé leurs enfants, enterré leurs aïeux. Donc, qu'importe si elles n'ont pas fondé de villes sur cette terre ? Est-ce qu'elle ne leur appartenait pas quand même ? Je veux dire, à moins de prétendre que ce qui t'appartient est ce que tu peux défendre, auquel cas n'importe qui a le droit à tout moment d'essayer de s'emparer des biens d'autrui. Ce n'est pas particulièrement civilisé.

– Tu ne comprends pas.

– Non, pas du tout.

Akiva inspira profondément.

– Nous avons fondé le monde, en toute bonne foi. Nous avons vécu côte à côte avec elles…

– En égaux ? demanda Karou. Tu continues à les appeler des bêtes, donc j'ai des doutes.

Il ne répondit pas tout de suite.

– Qu'as-tu vu d'elles, Karou ? Tu as bien parlé de *quatre* chimères, dont aucune n'était une guerrière ? Quand tu as vu tes frères et sœurs se faire éventrer par les minotaures, déchiqueter par les chiens-lions, mettre en pièces par les dragons, quand tu as vu ta…

Au supplice, Akiva se mordit violemment la lèvre et n'acheva pas sa phrase.

– Quand tu as été torturé et forcé d'assister à l'exécution de… d'êtres chers… alors là tu sais ce qu'est une bête.

Des êtres chers ? À en juger par son ton, il ne faisait pas allusion à des frères ou à des sœurs. Karou ressentit un pincement de… non, certainement pas de jalousie. Que lui importait qui il aimait ou avait aimé ? Elle avala sa salive. Que pouvait-elle répondre à cela ? Elle n'avait absolument rien à lui opposer. Son ignorance était immense, mais cela ne l'obligeait pas pour autant à croire tout ce qu'il lui disait.

– J'aimerais entendre le point de vue de Sulfure, répondit-elle posément, avant qu'il lui vienne une idée lumineuse. Tu pourrais me conduire à lui. Toi seul le pourrais.

Il cilla, interloqué, puis secoua la tête.

– Non, ce n'est pas un endroit pour les êtres humains.

– Et on est dans un endroit pour les anges, ici ?

– Ce n'est pas pareil. Ici, on est en sécurité.

– Ah bon ? Demande à mes cicatrices si je suis en sécurité, ici !

Elle tira violemment sur le col de son T-shirt pour lui montrer les chairs meurtries de la cicatrice allant d'une clavicule à l'autre. Akiva frémit à cette vision terrible dont il était à l'origine, et Karou remit son vêtement en place.

– En outre, il y a des choses beaucoup plus importantes que la sécurité. Par exemple… les *êtres chers*.

Elle se sentit cruelle de reprendre ses propres termes, comme tournant un couteau dans une plaie.

– Les êtres chers, répéta-t-il.

– J'ai dit à Sulfure que je ne l'abandonnerais jamais, et je tiendrai parole. J'irai, avec ou sans ton aide.

– Et comment comptes-tu t'y prendre ?

– Il y a plusieurs façons, dit-elle d'un air méfiant. Mais ce serait plus simple que tu m'y conduises, toi.

Nettement plus simple, en effet. Akiva ferait un compagnon de voyage beaucoup plus agréable que Razgut.

– Je ne peux pas t'emmener, répliqua-t-il. L'entrée est gardée. Tu serais tuée à vue.

– Tuer à vue… Vous êtes plutôt coutumiers du fait, vous, les séraphins.

– Les monstres ont fait de nous ce que nous sommes.

– Les monstres…

Karou repensa aux yeux pétillants d'Issa, à l'agitation fébrile et aux douces caresses de Yasri. Elle-même les traitait parfois de monstres, mais avec affection, de même qu'elle traitait Zuzana d'enragée. Dans la bouche d'Akiva, le mot était simplement laid.

– Bêtes, démons, monstres… Si tu avais connu une chimère, tu ne pourrais pas les condamner comme ça.

Akiva baissa les yeux sans répondre, et le fil de leur conversation se perdit dans un silence pesant. Elle lui trouva l'air pâle, encore souffrant. Les mugs à thé étaient deux espèces de grosses chopes en terre, sans anse, et Karou referma les deux mains autour de la sienne. Elle posa les paumes bien à plat contre la céramique, non seulement pour les réchauffer après les heures glaciales passées au sommet de la cathédrale, mais pour éviter de diriger par inadvertance leurs puissants pouvoirs magiques sur Akiva. De l'autre côté de la table, il lui faisait face en parfaite symétrie, ses mains autour de sa chope, de sorte qu'elle ne pouvait pas ne pas voir ses tatouages : les traits noirs qui se répétaient sur ses phalanges.

Chacun était légèrement en relief, telle une cicatrice, et Karou crut que, contrairement à ses propres tatouages, ce n'étaient que des entailles passées au noir de fumée, procédé primitif. Plus elle les regardait, plus elle avait l'étrange sentiment de savoir quelque chose, ou d'être sur le point d'apprendre quelque chose. C'était si fugitif qu'elle ne comprit pas au juste de quoi il s'agissait, un peu comme si elle avait cherché à distinguer les ailes d'une abeille en plein vol : impossible de fixer le mouvement.

Akiva surprit son regard, et cela l'embarrassa. Il s'agita, posa les mains l'une sur l'autre, comme pour cacher ses tatouages.

– Les tiens ont-ils aussi des pouvoirs magiques ? lui demanda Karou.

– Non, répondit-il d'un ton qu'elle trouva un peu bourru.

– Et alors ? Ils ont une signification ?

Comme il ne répondait pas, elle tendit la main et, sans réfléchir, les suivit du doigt. Ils étaient disposés par groupes de cinq : tous les quatre traits, le cinquième barrait en diagonale les quatre autres.

– C'est un décompte, commenta-t-elle, tout en effleurant du doigt son index droit, passant d'un groupe de cinq traits à l'autre – cinq, dix, quinze, vingt –, et chaque fois que leurs peaux entraient en contact, c'était comme une étincelle qui fusait et une invite à enlacer ses doigts entre les siens, et même – c'était quoi, son problème ? – à porter ses mains à ses lèvres et à *embrasser* les marques noires...

Et soudain, comme par enchantement, elle sut. Elle sut ce que représentaient ces marques, et retira vivement sa main. Elle le regarda fixement, tandis qu'il restait immobile, confiant, prêt à accepter tout jugement de sa part.

– Ce sont des exécutions, chuchota-t-elle. Ce sont les chimères que tu as assassinées.

Il ne chercha pas à nier. Comme lorsqu'elle l'avait attaqué, il ne se défendit pas. Ses mains restèrent au même endroit, aussi inertes que des os, et Karou sentait qu'il se faisait violence pour ne pas les lui cacher.

Elle tremblait en regardant ses marques, songeant à celles qu'elle avait caressées – vingt sur un seul index.

– Il y en a tellement… Tu en as tué tellement…

– Je suis un soldat.

Karou imagina ses quatre chimères mortes et plaqua la main sur sa bouche, prête à vomir. Quand il lui avait parlé de la guerre, tout cela était lointain pour elle. Mais Akiva était réel et en face d'elle, et le fait qu'il était un tueur était également très réel à présent. Comme les dents qui jonchaient le bureau de Sulfure, ces marques représentaient toutes le sang, la mort – non ceux de loups et de tigres, mais bien le sang et la mort de chimères.

Elle ne le quittait pas des yeux, et… elle vit quelque chose. Comme si le moment s'ouvrait en deux à l'instar d'une coquille d'œuf pour faire apparaître un autre moment à l'intérieur, presque identique – presque –, puis tout redevint comme avant. Akiva était tel qu'il était quelques instants plus tôt, le temps avait suspendu son vol et il ne s'était rien passé, mais cette vision fugitive…

Karou s'entendit dire, d'une voix lointaine qui

aurait pu émaner de l'intérieur de ce moment contenu dans la coquille d'œuf :

– Tu en as plus qu'avant.

– Quoi donc ?

Akiva la regarda d'un air absent, puis, comme frappé par la foudre, terriblement présent. Il s'avança sur son siège, les yeux exorbités et ardents, renversant son thé dans sa précipitation.

– Quoi donc ? répéta-t-il plus fort.

Karou, elle, se tassa sur sa chaise. Akiva lui prit la main.

– Que veux-tu dire par « tu en as plus qu'avant » ?

Elle secoua la tête. Elle voulait dire plus de marques. Elle avait vu quelque chose dans ce télescopage temporel. Le véritable Akiva était là, assis devant elle, en même temps qu'elle voyait l'improbable : Akiva lui souriant. Non d'un vague rictus des lèvres, mais d'un sourire chaleureux, émerveillé, si beau qu'il en était douloureux. De petites rides apparurent au coin de ses yeux, pleins de gaieté et d'un bonheur naturel. Le changement était considérable. S'il était beau dans sa gravité, et certes il l'était, il irradiait lorsqu'il souriait.

Mais Karou aurait juré qu'il n'avait pas souri.

Et, chez cet Akiva improbable, qui avait existé une fraction de seconde, une autre chose lui était apparue : ses doigts portaient beaucoup moins de marques noires, et certains n'en portaient même aucune.

Elle avait laissé sa main dans la sienne, dans la petite flaque de thé renversé sur la table. La serveuse sortit de derrière le comptoir et attendit indécise, avec un torchon. Karou retira sa main de celle d'Akiva et se recula sur sa chaise pour la laisser essuyer la table, ce qu'elle fit sans cesser de les regarder alternativement.

– Je me demandais juste…, finit-elle par dire quand elle eut terminé son nettoyage, je me demandais juste comment vous aviez fait ça.

Karou la regarda sans comprendre. La serveuse était une jeune fille à peu près de son âge, aux bonnes joues rouges.

– Hier soir, précisa-t-elle. Quand vous avez volé…

Ah… Le vol.

– Vous étiez là ? demanda Karou que la coïncidence surprit.

– J'aurais bien aimé. Mais je l'ai vu à la télé. Ils en ont parlé aux informations toute la matinée.

« Oh là là, songea Karou. Oh là là… »

Elle s'empara aussitôt de son téléphone, qui depuis plus d'une heure n'avait cessé d'émettre de petits bourdonnements, et consulta l'écran. La liste des appels manqués et des messages, pour l'essentiel de Zuzana et de Kaz, défila. Flûte.

– Est-ce qu'il y avait des fils ? voulut savoir la serveuse. Ils n'ont trouvé ni fils ni rien.

– Non, pas de fils, confirma Karou. Nous volions pour de vrai, ajouta-t-elle avec son sourire narquois.

La fille lui sourit à son tour, pensant qu'on la mettait dans le secret d'une plaisanterie.

– D'accord, ne me dites rien, répliqua-t-elle, faussement fâchée, avant de les laisser, non sans avoir rapporté un thé à Akiva.

Il était carré au fond de son siège, contemplant

Karou de ses grands yeux frappés par la foudre et emplis de cette même méfiance inquiète et inquisitrice.

– Qu'y a-t-il ? demanda-t-elle, gênée. Pourquoi me regardes-tu comme ça ?

Il leva la main et passa ses ongles dans son abondante chevelure coupée court, se tenant la tête une seconde.

– C'est plus fort que moi, répondit-il, décontenancé.

Karou ressentit un frisson de plaisir. Elle réalisa qu'au cours de la matinée toute la dureté de son visage, ou presque, s'était évanouie. Ses lèvres s'étaient légèrement entrouvertes, son regard apaisé, et à présent qu'elle avait vu – rêvé ? – cet improbable sourire fugace, il n'était pas interdit d'imaginer qu'il pourrait se reproduire, pour de vrai cette fois.

Pour elle, peut-être.

Oh, non. « Sois ce chat ! » se rappela-t-elle. Un de ces chats qui ne se laissent pas attraper et ne ronronnent jamais. Reprenant ses esprits, elle se composa ce qu'elle imaginait l'expression humaine du mépris félin. Elle lui relata l'essentiel de ce qu'elle avait appris de la serveuse, doutant qu'il sache véritablement ce qu'était la télévision, sans parler d'Internet. Ou des téléphones mobiles.

– Excuse-moi un instant, lui dit-elle en composant le numéro de Zuzana qui décrocha à la première sonnerie.

– Karou ? tonna-t-elle, l'assourdissant.

– C'est moi…

– Oh, mon Dieu ! Tu vas bien ? Je t'ai vue

aux infos. Je l'ai vu… J'ai vu… Bon sang, Karou, est-ce que tu te rends compte que tu étais en train de voler ?

– Oui, je sais. C'est géant, non ?

– Non, ce n'est pas géant du tout ! J'ai cru que tu étais morte, quelque part.

Elle avait une voix hystérique, et il fallut à Karou plusieurs minutes pour la calmer, tout en sentant le regard soucieux d'Akiva posé sur elle et en s'efforçant de conserver son sang-froid de félin.

– Tu es sûre que ça va bien ? Il n'est pas en train de te menacer avec un couteau sous la gorge pour t'obliger à me dire ça, non ?

– Il ne parle même pas le tchèque, la rassura Karou.

Elle lui fit un rapide récit de la nuit précédente, lui faisant comprendre qu'il n'avait pas cherché à lui faire de mal, atteignant même des sommets de passivité pour justement ne pas lui en faire.

– Nous, euh, avons assisté au lever du soleil du haut de la cathédrale, conclut-elle.

– Sans blague ! C'était un rendez-vous amoureux ?

– Non, ce n'était pas un rendez-vous amoureux. Et franchement, je ne sais pas ce que c'était. Ce que c'est. Je ne sais pas ce qu'il fabrique ici…

Sa voix se brisa alors qu'elle le regardait. Ce n'était pas seulement le sourire, ni les marques sur les mains. Elle savait, en quelque sorte, que son épaule droite n'était qu'un tissu de cicatrices ; il la protégeait, elle l'avait bien vu. Voilà peut-être comment elle savait. Mais comment, alors, pouvait-elle savoir à quoi ressemblaient les cicatrices ?

Quelle sensation elles laissaient au toucher ?

– Karou ? Allô ! Karou ?

Karou sursauta et se racla la gorge. Cela se produisait de nouveau : son propre nom prononcé, porté par l'air, comme déconnecté de sa réalité. Elle sentait à l'agitation de Zuzana qu'elle avait décroché de la conversation depuis un peu trop longtemps.

– Je suis là.

– Mais où ? Ça fait dix fois que je te le demande ! Où es-tu ?

Karou avait momentanément oublié.

– Euh... Oh ! au salon de thé de Nerudova.

– Bouge pas. Attends. J'arrive.

– Non, ne viens pas...

– Si.

– Zuze...

– Karou. Ne m'oblige pas à te frapper avec mes petits poings.

– D'accord, alors viens, concéda Karou.

Zuzana louait une chambre chez une vieille tante dans le quartier de Hradcany, non loin.

– Je suis là dans dix minutes.

– Tu iras plus vite en volant, ne put s'empêcher de dire Karou.

– Espèce de folle. Ne t'avise pas de partir. Et lui non plus. J'ai des menaces à proférer. Des jugements à prononcer.

– Je ne crois pas qu'il ait envie d'aller où que ce soit, répondit Karou en regardant Akiva droit dans les yeux.

Il lui rendit son regard, toujours aussi ardent,

et elle sut qu'elle ne se trompait pas, sans savoir très bien pourquoi.

Ce n'était pas un être humain. Il n'appartenait même pas à son monde à elle. C'était un soldat, avec des dizaines de morts inscrites sur les mains, et il était l'ennemi héréditaire de sa famille. Et pourtant, quelque chose les liait, plus fort que tout, quelque chose capable de diriger son sang et son souffle comme une symphonie, de sorte que tout ce qu'elle faisait pour s'y opposer sonnerait faux, en totale dysharmonie avec son moi profond.

Aussi loin qu'elle puisse se souvenir, une vie fantôme n'avait cessé de la narguer avec cette mystérieuse sensation qu'il existait autre chose, mais à présent c'était le contraire. Ici, en présence d'Akiva, même lorsqu'ils parlaient de guerre, de siège et d'inimitié millénaire, elle se sentait entraînée vers la douceur de son évidence même, sa légitimité absolue, comme s'il était à la fois lieu et personne et, contre toute raison, l'endroit précis où elle était censée être.

33

Grotesque

– Ma minuscule copine terrifiante arrive, annonça Karou à Akiva en pianotant sur la table.

– Celle du pont.

Karou acquiesça, se rappelant qu'il l'avait suivie la veille et avait donc dû assister au spectacle de Zuzana.

– Elle est au courant en ce qui concerne ton monde, un petit peu. Et elle sait que tu as essayé de me tuer, donc…

– Je devrais avoir peur ? demanda Akiva.

Et, l'espace d'un instant, Karou crut qu'il parlait sérieusement. Il avait toujours l'air si sérieux, mais ce n'était qu'une nouvelle tentative d'humour pince-sans-rire, comme en haut de la cathédrale, lorsqu'il l'avait étonnée par sa blague au sujet des garçons qu'elle pouvait pousser dans le vide s'ils n'étaient pas à la hauteur.

– Oui, terriblement. Tout le monde tremble devant elle. Tu vas voir.

Son mug était vide, mais elle le tenait toujours entre les paumes, moins maintenant de crainte d'envoyer une décharge magique à Akiva que pour éviter que ses mains n'opèrent quelque sortie intempestive vers le bout de la table pour rejoindre celles d'Akiva. Elle aurait pourtant dû être repoussée par ses mains et leur décompte morbide, et elle l'était, mais il n'y avait pas que ça. Conjointement à l'horreur, il y avait… la force d'*attraction*.

Elle savait qu'il ressentait la même chose de son côté, que ses mains luttaient pour ne pas s'emparer des siennes. Il continuait à la regarder, tandis qu'elle continuait à rougir, et leur conversation se fit balbutiante jusqu'au moment où la porte s'ouvrit et où Zuzana entra.

Elle se dirigea droit vers leur table et se planta devant Akiva. Elle avait l'air remonté, presque féroce, prête à en découdre, mais quand elle le vit, qu'elle le vit vraiment, elle faiblit. Une lutte s'engagea sur son visage tiraillé entre férocité et admiration, et ce fut cette dernière qui l'emporta. Après avoir jeté un regard oblique à Karou, elle rendit les armes.

– Oh, merde. S'accoupler. Immédiatement.

C'était si inattendu, et Karou était tellement sur les nerfs qu'elle éclata de rire. Elle se renversa sur sa chaise et donna libre cours à son rire, un rire en cascade, pétillant, qui opéra une nouvelle transformation chez Akiva : il la regardait avec une attention si pénétrante et si pleine d'espoir qu'elle en frissonna : elle se sentait… *découverte*.

– Si, je t'assure, reprit Zuzana. Tout de suite. C'est comme un impératif biologique, pour obtenir le meilleur matériau génétique, tu vois ? Et *ça*, ajouta-t-elle en désignant Akiva d'un geste suggestif, c'est le meilleur matériau génétique que j'ai jamais vu.

Elle tira une chaise pour s'asseoir à côté de

Karou, de sorte que les deux jeunes filles semblaient examiner le séraphin comme un objet en vitrine.

– Fiala ravalerait ses critiques ! Tu devrais l'amener lundi pour le faire poser.

– D'accord, je suis sûre qu'il ne verrait aucune objection à se mettre à poil devant une bande d'humains…

– À se dévêtir, répliqua Zuzana d'un ton pincé. Pour l'amour de l'art.

– Est-ce que tu as l'intention de nous présenter ? demanda Akiva.

La langue des chimères, dans laquelle ils n'avaient cessé de s'exprimer, eut brusquement l'air déplacé, tel l'écho rustique d'un autre monde.

Karou hocha la tête et cessa de rire.

– Excuse-moi, répondit-elle avant de faire de rapides présentations. Évidemment, je vais être obligée de traduire si vous voulez vous parler.

– Demande-lui s'il est amoureux de toi, rétorqua aussitôt Zuzana.

Karou, à deux doigts de s'étrangler, se retourna entièrement face à Zuzana qui s'empressa de lever la main avant qu'elle ne pût protester.

– Je sais, je sais. Tu ne vas pas lui demander ça. Et d'ailleurs, c'est parfaitement inutile. Il l'est *complètement*. Regarde-le ! Je crains bien qu'il ne te mette le feu avec ses yeux de braise orange…

C'était un peu ça, dut reconnaître Karou. Mais l'*amour* ? C'était grotesque. Et elle le lui dit.

– Tu veux savoir ce qui est grotesque ? rétorqua Zuzana qui n'avait cessé d'étudier Akiva, médusé par la façon dont elle le dévorait des yeux. C'est l'implantation de ses cheveux en pointe sur le front. Mon Dieu. C'est là qu'on regrette de ne pas en rencontrer plus dans la vie de tous les jours. On pourrait peut-être l'utiliser comme reproducteur pour réintroduire ce fameux « pic de la veuve » dans la population.

– Bon sang ! Mais qu'est-ce que c'est que toutes ces histoires d'accouplement et de reproduction ?

– Je disais ça comme ça, répondit Zuzana d'un ton posé. Je suis raide dingue de Mik, d'accord, mais ça ne m'empêcherait pas d'aider à la perpétuation du « pic de la veuve ». En tant que contribution au patrimoine génétique. Tu en ferais autant, non ? À moins que... ce ne soit déjà fait ? conclut-elle en jetant un regard en coin à Karou.

– Quoi ? s'écria Karou effarée. Non mais, pour qui tu me prends ?

Elle était certaine qu'Akiva ne pouvait les comprendre, mais, arborant un rictus amusé au coin des lèvres, il lui demanda ce qu'avait dit Zuzana, la faisant rougir jusqu'à la racine des cheveux.

– Rien, lui répondit-elle en chimère, avant d'ajouter en tchèque, d'un ton ferme. Elle n'a rien dit du tout.

– Si, claironna Zuzana et, tel un enfant qui a enfin réussi à attirer l'attention sur lui par ses sottises, elle répéta gaiement : Accouplement ! Reproduction !

– Zuze, arrête, s'il te plaît, l'implora Karou, impuissante et trop heureuse que ses deux compagnons ne parlent pas la même langue.

– D'accord. Je peux être polie. Regarde, répondit-elle en s'adressant directement à Akiva.

Bienvenue dans notre monde, lui souhaita-t-elle avec force gestes. J'espère que tu profites bien de ton séjour.

Karou traduisit en souriant à demi.

– Merci, dit Akiva en hochant la tête. Pourrais-tu lui dire, s'il te plaît, que son spectacle était superbe ?

Karou s'exécuta.

– Je sais, rétorqua Zuzana qui répondait toujours ainsi aux compliments, mais Karou vit bien qu'elle était contente. C'était une idée de Karou.

– C'est une artiste géniale, traduisit Karou à la place.

– Toi aussi, renchérit Akiva, et ce fut au tour de Karou d'être contente.

Elle lui expliqua qu'elles fréquentaient une école d'art, ce à quoi Akiva répondit que ce genre d'école n'existait pas dans son monde, où ils ne pouvaient suivre que des apprentissages. Elle lui dit alors que Zuzana était une sorte d'apprentie, qu'elle venait d'une famille d'artisans et elle se demanda s'il était d'une famille de soldats.

– En quelque sorte, répliqua-t-il.

Ses frères et sœurs étaient soldats, et son père l'avait été en son temps. Il prononça le mot « père » d'un ton sec où Karou sentit une animosité. Elle n'insista pas et réorienta la conversation sur l'art. La discussion, filtrée par Karou – et les propos de Zuzana, malgré ses efforts, exigeaient un degré maximal de filtrage –, était étonnamment facile. Trop facile, songea-t-elle.

Pour quelle raison lui était-il si facile de rire avec ce séraphin, oubliant l'image de la porte en feu et celle du petit corps calciné de Kishmish, dont le cœur s'était affolé avant de s'arrêter définitivement de battre? Elle était obligée de se faire violence pour se les rappeler, pour se raisonner, et même alors, dès qu'elle regardait Akiva, tout s'évanouissait, toute prudence et retenue.

Au bout d'un moment, il remarqua, en tendant le menton vers Zuzana :

– Elle n'est pas du tout terrifiante. Tu m'as inquiété.

– Eh bien, c'est que tu l'as désarmée. C'est l'effet que tu fais sur les gens.

– Ah bon? Ça n'a pas vraiment marché sur toi hier.

– J'avais plus de raisons de m'en défendre. Je dois toujours me rappeler que nous sommes ennemis.

On aurait dit qu'une ombre venait de fondre sur eux. Akiva eut de nouveau l'air distant, et il glissa ses mains sous la table, les cachant à la vue de Karou.

– Qu'est-ce que tu viens de lui dire? voulut savoir Zuzana.

– Je lui ai rappelé que nous étions ennemis.

– Tsss. Je ne sais pas ce que vous êtes, mais certainement pas des ennemis.

– Mais si, affirma Karou.

Ils l'étaient, et ce malgré la force avec laquelle tout son corps cherchait à se convaincre du contraire.

– Alors qu'est-ce que tu fabriques, à admirer les levers de soleil et à prendre le thé avec lui?

– Tu as raison. Qu'est-ce que je fabrique? Je n'en sais rien du tout.

Elle songea à tout ce qu'elle devrait plutôt

faire : se rendre au Maroc pour retrouver Razgut ; s'engouffrer dans cette anfractuosité du ciel et s'envoler vers… Eretz. Un frisson glacé lui parcourut l'échine. Elle s'était tellement focalisée sur les gavriels qu'elle avait évité de trop penser à ce que ce serait d'y aller véritablement ; et à présent, avec la description que venait de lui faire Akiva de son monde, meurtri par la guerre, désolé, elle était saisie d'effroi : brusquement, elle n'avait plus du tout envie d'aller nulle part.

Et qu'était-elle censée faire une fois là-bas ? Voler jusqu'aux barreaux de cette forteresse sinistre et demander poliment si par hasard Sulfure était là ?

– À propos d'ennemis, intervint Zuzana, l'Abruti est passé à la télé ce matin.

– Grand bien lui fasse, répondit Karou, plongée dans ses pensées.

– Non, pas du bien. Pas gentil, l'Abruti.

– Oh, non ! Qu'est-ce qu'il a encore fait ?

– Alors, pendant que tu admirais le lever du soleil avec ton ennemi, il n'était question que de toi aux informations, et un certain petit comédien s'est montré fort coopératif, se pavanant devant les caméras et racontant au monde entier tout ce qu'il savait sur toi. Genre, euh… une cicatrice faite par balle… Il t'a en quelque sorte fait passer pour la nana d'un gangster…

– La nana ? Je t'en prie, c'est moi le gangster…

– N'importe, coupa Zuzana. Je suis désolée de te dire, fille aux cheveux bleus, que l'anonymat que tu as pu avoir, tes acrobaties aériennes y ont mis un terme. La police est probablement déjà chez toi…

– Quoi ?

– Oui. Ils ont qualifié ta performance dans les airs de « trouble à l'ordre public » et veulent parler à la… euh, aux responsables, si jamais quelqu'un connaissait leur adresse.

Devant l'air affolé de Karou, Akiva voulut savoir de quoi il retournait et la jeune fille lui traduisit brièvement sa conversation. Il se rembrunit, puis se leva et se dirigea vers la porte.

– Vont-ils venir te chercher ici ? demanda-t-il en jetant un coup d'œil au-dehors.

Karou perçut dans son attitude toute la bienveillance protectrice qu'il lui manifestait, les épaules redressées et tendues, et elle réalisa que dans son monde à lui une telle menace serait beaucoup plus grave.

– Ce n'est rien, le rassura-t-elle. Ça ne se passe pas comme ça ici. Ils vont juste me poser des questions. Je t'assure.

Il ne s'éloignait pas pour autant de la porte.

– Nous n'avons rien fait d'illégal, ajouta-t-elle avant de se tourner vers Zuzana et de poursuivre en tchèque. Je ne crois pas qu'il existe de loi interdisant de voler.

– Si, il y en a une : la loi de la gravité. Le problème, c'est que tu es recherchée, expliqua Zuzana en jetant un regard à la serveuse qui traînait autour d'eux et épiait certainement leur discussion. N'est-ce pas ?

La serveuse piqua un fard.

– Je n'ai appelé personne, s'empressa-t-elle de se défendre. Vous n'avez rien à craindre ici. Vou… voulez-vous encore un peu de thé ?

Zuzana la renvoya d'un geste avant de s'adresser à Karou :

– Tu ne peux pas rester là toute ta vie, c'est clair.

– Non.

– Alors ? Tu as un plan ?

Un plan… un plan… Oui, elle avait un plan et il était en passe de se concrétiser. Tout ce qui lui restait à faire à présent, c'était partir. Quitter sa vie d'ici, quitter l'école, son studio, Zuzana, Akiva… Non. Akiva ne faisait pas partie de sa vie. Karou le regarda qui surveillait l'entrée, prêt à la protéger, et elle essaya de s'imaginer quitter le… lieu… qu'il représentait, l'évidence, le rayon de soleil, l'attraction. Elle n'avait qu'à se lever et partir. Exact ?

Un moment s'écoula en silence, et le corps de Karou ne réagit même pas par un frémissement à l'idée de partir.

– Le plan, finit-elle par répondre avec un violent effort de volonté pour l'affronter, le plan, c'est de partir.

Akiva gardait toujours l'entrée, et ce n'est qu'à l'instant où il se retourna vers elle qu'elle réalisa qu'elle venait de parler en chimère et s'adressait à lui.

– Partir ? Où ça ?

– À Eretz, répliqua-t-elle en se levant. Je te l'ai dit. Je veux retrouver ma famille.

La consternation se peignit sur le visage du séraphin à mesure qu'il prenait conscience de la portée de ses dires.

– Tu sais vraiment comment y parvenir ?

– Oui, absolument.

– Comment ?

– Il existe d'autres entrées…

– Il y en *avait* d'autres. Leur connaissance s'est perdue avec les mages. Il m'a fallu des années pour retrouver celle de Prague…

– Tu n'es pas le seul à savoir des choses, je suppose. Même si j'aimerais autant que ce soit toi qui m'indiques le chemin.

– Plutôt que qui ? demanda Akiva tout en réfléchissant.

Et, à l'éclair de dégoût qui traversa son regard, Karou comprit qu'il avait deviné.

– L'ange déchu. Cette chose… Tu vas aller trouver cette chose…

– Pas si c'est toi qui m'emmènes.

– Ça m'est impossible, Karou. L'entrée est sous bonne garde…

– Eh bien, tant pis. Peut-être te reverrai-je un de ces jours au-delà. Sait-on jamais…

Un froissement de ses ailes invisibles projeta des étincelles sur le sol.

– Tu ne peux pas aller là-bas. Il n'y a aucune vie possible, crois-moi.

Karou lui tourna le dos, prit son manteau et l'enfila en dégageant de l'encolure ses longs cheveux bouclés, à l'aspect légèrement humide, comme les sirènes. Elle dit à Zuzana qu'elle allait quitter la ville, balayant les inévitables questions de son amie, lorsque Akiva l'attrapa par le coude.

Gentiment.

– Tu ne peux pas partir avec cette créature.

Son expression était réservée, prudente, difficile à déchiffrer.

– Pas toute seule. Si elle connaît un autre passage, je peux t'accompagner pour m'assurer qu'il ne t'arrive rien.

Le premier mouvement de Karou fut de refuser sa proposition. « Sois ce chat. Sois ce chat », se sermonna-t-elle. Mais qui croyait-elle tromper ? Elle n'était pas ce chat qu'elle aurait aimé être. Elle ne voulait pas partir toute seule – ou seule avec Razgut, ce qui était pire. Son cœur battait fort dans sa poitrine.

– D'accord.

Et une fois sa décision prise, elle se sentit libérée d'une appréhension incommensurable.

Elle n'aurait pas à se séparer d'Akiva.

Pas encore, en tout cas.

34

Qu'est-ce qu'une journée ?

« Qu'est-ce qu'un matin ? » se demanda Karou. Une part d'elle-même était déjà en train de voler vers l'avenir, anticipant ses retrouvailles avec Sulfure, tandis qu'une autre était fermement ancrée dans sa chair, consciente de la chaleur du bras d'Akiva contre son épaule. Ils déambulaient dans Nerudova avec Zuzana, à rebours des touristes qui se dirigeaient vers le Château, et devaient se serrer les uns contre les autres pour traverser un flot d'Allemands en chaussures tout-terrain.

Elle avait ramassé ses cheveux sous un chapeau emprunté à la serveuse, afin de dissimuler son signe distinctif le plus reconnaissable. Akiva attirait toujours une attention exceptionnelle, mais Karou se dit que cela venait de sa beauté éthérée et non parce qu'on l'avait vu aux informations.

– Il faut que je m'arrête à l'école, déclara Zuzana. Venez avec moi.

Karou, qui avait de toute façon l'intention d'y passer pour dire au revoir à tout le monde, accepta. Si la police surveillait son appartement, elle devrait attendre le soir pour y retourner. Dès que la nuit serait tombée, elle pourrait rentrer chez elle par la voie des airs et passer par le balcon, au lieu de marcher dans la rue et d'utiliser l'ascenseur, et prendrait tout ce dont elle avait besoin pour son voyage.

« Qu'est-ce qu'une journée ? » se demanda-t-elle, et elle ressentit une vibration de bonheur dont elle fut bien forcée de reconnaître qu'elle tenait beaucoup à la façon dont Akiva avait guetté à la porte du salon de thé et à la parfaite solidité dont il faisait preuve auprès d'elle, dans toute son évidence et sa légitimité.

Mais tout n'était pas aussi évident, il y avait un mauvais côté, ténu et vacillant, qu'elle décida de mettre sur le compte de sa nervosité, et à mesure que passait cette matinée dans le frémissement d'un bonheur inespéré, elle s'appliqua à le chasser, négligemment, un peu comme on chasserait une mouche.

Karou fit ses adieux à l'école d'art – dans sa tête seulement, pour ne pas alarmer Zuzana – puis au bistro *Poison*. Elle assena une claque chaleureuse sur les flancs de Pestilence et effleura du bout des doigts le velours un peu râpé de la banquette. Akiva considéra la salle, les cercueils et toute la décoration, avec quelque perplexité et qualifia l'endroit de « morbide ». Il prit lui aussi un bol de goulasch, mais Karou n'eut pas l'impression qu'il demanderait de sitôt la recette.

À cause de sa présence, elle considéra ses deux lieux de prédilection avec un regard neuf, et reconnut combien elle s'était peu intéressée à l'impact des deux guerres sur ces derniers. À l'école, un plaisantin avait écrit en rouge *volnost*, « liberté », là où, se battant pour la liberté, d'autres l'avaient écrit avec le sang des nazis ; et au *Poison*, elle dut expliquer à Akiva ce qu'étaient les masques à gaz et qu'ils ne venaient pas de la même guerre que celle de la *volnost*.

– Ils sont de la Première Guerre mondiale, lui dit-elle en en enfilant un. Il y a cent ans. Les nazis sont arrivés après. Et, comme tu le sais, ajouta-t-elle en lui lançant un regard oblique, les envahisseurs sont toujours des méchants. Toujours.

Mik les rejoignit, et au début l'atmosphère était un peu tendue, car il ignorait totalement l'existence d'autres mondes, d'autres espèces, et prenait juste Karou pour une originale. Elle lui dit la vérité – qu'ils avaient volé pour de vrai et qu'Akiva était un ange venu d'un autre monde – mais à sa manière habituelle, de sorte qu'il crut qu'elle plaisantait. Toutefois il ne pouvait s'empêcher de diriger ses regards vers Akiva, avec le même étonnement admiratif que tout un chacun, et Karou se rendit compte que cela mettait Akiva mal à l'aise. Elle était frappée par le fait que rien dans son comportement n'indiquât qu'il eût conscience de la puissance de sa beauté.

Un peu plus tard, ils s'engagèrent tous les quatre sur le pont Charles. Mik et Zuzana marchaient quelques pas devant, enlacés comme si rien ne pourrait jamais les séparer, Karou et Akiva traînant derrière eux.

– Nous pouvons partir dès cette nuit pour le Maroc, dit Karou. Je voulais prendre un avion, mais je ne crois pas que tu puisses.

– Ah bon ?

– Non. Il te faudrait un passeport, un document attestant de ta nationalité, ce qui tendrait à supposer que tu appartiens à ce monde-ci.

– Tu peux encore voler, non ?

Karou testa sa capacité, s'élevant discrètement de quelques centimètres du sol avant de redescendre très vite.

– Mais c'est loin…

– Je t'aiderai. Et si tu n'y arrivais plus, je pourrais toujours te porter.

Elle s'imagina en train de traverser les Alpes et la Méditerranée dans les bras d'Akiva. Ce n'était pas la pire des choses, mais quand même, elle n'était pas une demoiselle en détresse.

– J'y arriverai, affirma-t-elle.

Un peu plus loin, Mik renversait élégamment Zuzana en un baiser passionné, et Karou s'arrêta, un peu agacée par leur cinéma. Elle se retourna vers le parapet et contempla le fleuve.

– Ça doit être bizarre de ne rien faire de tes journées, non ?

Akiva acquiesça. Il regardait l'eau lui aussi, appuyé au parapet, l'un de ses coudes tout contre celui de Karou à qui il n'avait pas échappé qu'il s'arrangeait toujours pour la toucher discrètement.

– J'essaie d'imaginer les miens vivant comme vous, et ça m'est impossible.

– Comment vivent-ils ?

– La guerre est tout pour eux. S'ils ne la font pas, ils la préparent, et vivent dans la peur, constamment. Tout le monde y perd.

– Et les chimères ? À quoi ressemble leur vie ?

Il hésita.

– Personne ne vit bien là-bas. Personne. On n'y est pas en sécurité, dit-il en posant sa main sur son bras. Karou, ta vie est ici, dans ce monde-ci. Si Sulfure tient à toi, il ne voudra certainement pas que tu te rendes dans ce lieu dévasté. Tu devrais rester là.

Puis il termina sa phrase dans un souffle, quelques mots chuchotés si bas que par la suite Karou n'était pas sûre de les avoir entendus :

– Je pourrais rester avec toi.

Il lui tenait le bras fermement mais avec douceur ; sa main était chaude et c'était bien ainsi. Karou se laissa bercer par l'idée qu'elle pourrait accepter ce qu'il venait de lui proposer à voix basse : vivre avec lui. Tout ce dont elle avait toujours rêvé était à portée de main : la stabilité, un port d'attache, l'amour.

L'amour.

Ce mot, lorsqu'il lui vint à l'esprit, n'était ni déplacé ni grotesque, comme ce matin où Zuzana l'avait prononcé au salon de thé. Il était engageant. Sans plus réfléchir, elle prit la main d'Akiva.

Et lui envoya une violente décharge.

Elle bondit en arrière et le lâcha aussitôt. Son khamsa. Elle avait posé la main à plat sur sa peau. Sa paume était brûlante, et Akiva avait aussi reculé d'un pas, tenant sa main endolorie contre lui et le corps parcouru d'un frisson. Il avait serré les dents sous le coup de la douleur.

Encore la douleur.

– Je ne peux même pas te toucher, se lamenta Karou. Je ne sais pas ce que Sulfure désire pour moi, mais ce n'est pas toi. Ou il ne m'aurait pas transmis ces pouvoirs magiques.

Ses propres mains, pressées contre sa poitrine, lui semblèrent maléfiques. Glissant les doigts sous son col, elle attrapa le petit os à vœux et le serra fort pour se rassurer.

– Tu n'es pas obligée de vouloir la même chose que lui, dit Akiva.

– C'est vrai. Mais il faut que je sache ce qui se passe ici. Il le faut, insista-t-elle d'une voix rauque.

Elle voulait qu'il comprenne, et il comprit. Elle le lut dans ses yeux, ainsi que la vulnérabilité et l'angoisse qu'elle y voyait luire depuis qu'il était entré dans sa vie, la veille. Seulement la veille. Qu'il y soit entré depuis aussi peu de temps lui paraissait incroyable.

– Tu n'es pas obligé de venir avec moi.

– Je viens avec toi, c'est évident. Karou..., dit-il en chuchotant toujours. Karou.

Il tendit le bras et lui ôta le chapeau qui retenait ses cheveux. Ils se répandirent telle une vague bleue. Il lui glissa une mèche derrière l'oreille, puis lui prit le visage entre ses deux mains : Karou eut l'impression d'être traversée par un rayon de soleil. Elle s'efforça de ne pas bouger, son immobilité contrastant avec l'effervescence qui l'habitait. Personne ne l'avait jamais regardée comme Akiva à cet instant, les yeux grands ouverts, comme pour faire pénétrer en lui tout ce qu'il pouvait d'elle, comme la lumière par la fenêtre.

Il glissa tout doucement une main autour de son cou, sur la nuque, passant ses doigts dans ses cheveux tandis que des frissons de désir parcouraient Karou. Elle s'abandonna, se laissa aller contre lui. Lorsque son pied botté avança de quelques centimètres, son genou effleura celui d'Akiva et se cala contre lui, tandis que l'espace entre eux – l'espace négatif, comme on dit en dessin – ne demandait qu'à être comblé.

Allait-il l'embrasser ?

Oh, non ! Son haleine sentait-elle le goulasch ? Aucune importance. Il en avait mangé aussi.

Et elle, avait-elle envie qu'il l'embrasse ?

Son visage était si près du sien qu'elle voyait le soleil entre ses cils et son propre visage se refléter dans ses pupilles noir de jais. Il plongeait son regard dans ses yeux comme s'ils recelaient des univers entiers, des merveilles à découvrir.

Oui. Elle voulait qu'il l'embrasse. Oui.

Sa main descendit sur sa gorge et chercha la sienne, toujours serrée autour de l'os à vœux, enfilé sur sa cordelette.

Ses deux branches fines en forme de V pointaient entre ses doigts, et lorsque Akiva les sentit il s'immobilisa. Son regard sembla se figer. Il baissa les yeux, retint son souffle, puis il respira de nouveau librement et ouvrit la main de Karou sans plus s'inquiéter des khamsas.

L'os à vœux était là, petite relique, vestige blanchi d'une autre vie. Il poussa un cri de surprise et de… de quoi donc ? Quelque chose de profond et de douloureux sembla sortir de ses entrailles, tels des clous qu'on arrache, emportant au passage des éclats de bois.

Karou sursauta, affolée.

– Qu'y a-t-il ?

– Pourquoi as-tu ça ?

Il avait blêmi.

– C'est… c'est à Sulfure. Il me l'a fait parvenir quand les portes ont brûlé.

– Sulfure, répéta-t-il, le visage animé par la colère, puis rasséréné lorsqu'il eut compris. Sulfure, dit-il encore.

– Que se passe-t-il, Akiva ?

Ce qu'il fit alors plongea Karou dans un silence bouleversant : il tomba à genoux. La cordelette se rompit et l'os à vœux lui resta dans la main. L'espace d'un instant, elle se sentit perdue sans son amulette. Puis Akiva lui étreignit les jambes avec fougue, collant contre elles son visage dont elle sentait la chaleur à travers son jean. Elle ne bougeait pas, stupéfaite, fixant ses puissantes épaules et ses bras qui l'enlaçaient, tandis que ses ailes, débarrassées de leur aura magique, étaient de nouveau visibles.

Des cris et des exclamations fusèrent autour d'eux sur le pont. Les gens s'arrêtèrent sur place, bouche bée. Zuzana et Mik interrompirent leurs embrassades et se retournèrent pour voir. Karou n'avait que très vaguement conscience de leur présence. Les yeux baissés sur Akiva, elle s'aperçut que ses épaules tremblaient. Pleurait-il ? Papillonnant des mains, elle était tentée de le toucher mais avait peur de lui faire mal. Maudissant ses khamsas, elle se pencha sur lui et lui caressa les cheveux du bout des doigts, le front, brûlant, avec le dos de ses mains.

– Que se passe-t-il ? demanda-t-elle. Que t'arrive-t-il ?

Il se redressa, toujours à genoux, et leva la

tête vers elle. Elle était penchée au-dessus de lui, tel un point d'interrogation. Il lui emprisonnait toujours les jambes, et elle percevait les tremblements qui agitaient ses mains ; il n'avait pas lâché l'os à vœux dont elle sentait les pointes derrière son genou. Ses ailes se déplièrent ; elles se déployèrent autour d'eux comme deux gigantesques éventails, les enfermant dans une chambre incandescente, plus que jamais dans un monde qui n'appartenait qu'à eux seuls.

Il chercha son visage, l'air abasourdi et terriblement triste, estima Karou.

Puis il lui dit :

– Karou, je sais qui tu es.

35

Dans la langue des anges

« Je sais qui tu es. »

Akiva, les yeux levés vers le visage de Karou, constata l'effet de ses paroles sur elle. L'espoir et la peur d'espérer, ses yeux noirs brillant de larmes et brûlant d'un feu intérieur. Ce n'est qu'au moment où il y découvrit son reflet qu'il réalisa que ses ailes avaient perdu leur aura d'invisibilité. Il fut un temps où ce genre de négligence lui aurait coûté la vie. Aujourd'hui, cela lui était complètement égal.

« Comment ? » articulèrent les lèvres de Karou sans qu'aucun son n'en sorte. Elle se racla la gorge.

– Qu'est-ce que tu as dit ?

Comment pouvait-il lui répondre simplement ? Il vacillait. C'était impossible, et c'était beau, et terrible aussi, et ça lui déchirait la poitrine où son cœur, engourdi depuis si longtemps, était toujours vivant et battait... pour se voir de nouveau arracher, briser, après toutes ces années ?

Existait-il un destin plus cruel que d'obtenir trop tard ce qu'on attend depuis toujours ?

– Akiva, implora Karou, les yeux écarquillés, perdue, en tombant à genoux face à lui. Dis-moi.

– Karou, murmura-t-il.

Et son prénom le narguait – « espoir » –, si plein de promesses et d'accusations qu'il faillit souhaiter mourir. Il était incapable de la regarder. Il l'attira à lui, et elle se laissa faire, aussi souple que l'amour. Il enfouit son visage dans ses cheveux soyeux emmêlés par le vent et essaya de réfléchir à ce qu'il allait lui dire.

Autour d'eux, une onde de chuchotements et des regards insistants dont Akiva ne prit conscience qu'au moment où un bruit se fraya un chemin jusqu'à lui : un raclement de gorge, caustique et forcé. Un malaise palpable, et avant qu'aucune parole n'ait été prononcée, il se retournait déjà.

– Voyons, Akiva, ressaisis-toi, s'il te plaît.

Elles étaient tellement déplacées, cette voix et cette langue. Sa langue à lui.

Leurs épées battant leurs flancs, Hazaël et Liraz arboraient des mines également consternées.

Akiva ne put manifester la moindre surprise. L'apparition des séraphins était peu de chose comparée aux chocs qui s'étaient succédé toute la matinée : les couteaux croissants de lune, l'étrange réaction de Karou à ses tatouages, son rire sorti d'un rêve et enfin l'incontestable os à vœux.

– Qu'est-ce que vous faites ici ? leur demanda-t-il.

Ses bras enlaçaient toujours Karou qui avait relevé sa tête de son épaule pour voir qui étaient ces importuns.

– Ce que nous faisons ici ? répéta Liraz. Je crois, tout bien considéré, que c'est plutôt à nous de te poser la question. Au nom de nos divinités étoiles, que fais-tu ici, toi ?

Elle avait l'air abasourdie, et Akiva se vit alors tel qu'elle le voyait : à genoux, en larmes, dans les bras d'une jeune humaine.

Et il lui apparut primordial qu'ils voient Karou ainsi : elle n'était qu'une jeune fille, un être humain comme un autre. Tout cela semblait peut-être étrange, mais ce n'était pas plus que cela : étrange. La vérité serait bien plus terrible.

Il se redressa, toujours à genoux, et se retourna vers Karou pour lui murmurer quelque chose à voix basse, afin que ni son frère ni sa sœur ne l'entendent parler la langue de l'ennemi.

– Il ne faut surtout pas qu'ils voient tes mains. Ils ne comprendraient pas.

– Comprendraient pas quoi ? lui répondit-elle tout bas, sans quitter des yeux Liraz et Hazaël, de même qu'ils n'avaient cessé de la regarder.

– Nous. Ils ne *nous* comprendraient pas.

– Je ne nous comprends pas non plus.

Mais, grâce à l'os à vœux, si fragile au creux de sa main, Akiva avait fini par comprendre.

Karou se mura dans un silence tendu, les yeux toujours rivés sur les deux séraphins. Leurs ailes étaient enveloppées de leur aura d'invisibilité, mais malgré cela leur présence sur le pont était des plus insolites, et assez déroutante – surtout celle de Liraz. Bien qu'Hazaël ait l'air plus massif et fort, Liraz était plus impressionnante, et l'avait toujours été ; peut-être se devait-elle de l'être, étant de sexe féminin. Ses cheveux blonds étaient coiffés en tresses austères, et il se dégageait de sa beauté une certaine froideur de requin : une feinte apathie de tueuse. Il y avait plus de vivacité dans le regard d'Hazaël, mais pour le moment il ne reflétait qu'une franche incompréhension face à Akiva, toujours agenouillé devant lui.

– Lève-toi, lui ordonna-t-il non sans une certaine douceur. Je ne supporte pas de te voir ainsi.

Akiva se leva, entraînant Karou avec lui et continuant à la protéger de ses ailes.

– Que se passe-t-il ici ? demanda Liraz. Akiva, pourquoi es-tu revenu ? Et… qui est-ce ? ajouta-t-elle avec un grand geste de dégoût vers Karou.

– Une fille, c'est tout.

Akiva s'entendit répéter les paroles d'Izîl, aussi peu convaincant que le vieil homme.

– Une fille qui vole, c'est tout, précisa Liraz.

– Vous m'avez suivi, dit Akiva après un silence.

– Qu'est-ce que tu croyais ? lança Liraz. Qu'on allait te laisser disparaître encore une fois ? À la façon dont tu t'es comporté après Loramendi, nous savions qu'il allait se passer quelque chose. Mais… ça ?

– Qu'est-ce que c'est exactement que ça ? demanda Hazaël, dans l'espoir qu'une explication arrangerait tout.

Akiva se sentit déchiré en deux. Il avait devant lui ses alliés les plus sûrs, et ils se comportaient en ennemis. Et c'était sa faute.

Si Akiva avait une famille, il ne s'agissait pas de sa mère, qui s'était détournée quand les soldats étaient venus le chercher ; et ce n'était certainement pas l'empereur. Sa famille, c'étaient eux deux, et il n'avait aucune réponse à leur offrir qui aurait expliqué ça de manière satisfaisante. Il ne pouvait rien dire non plus à Karou, qui se tenait derrière lui, avide de savoir enfin ce qu'on lui avait caché toute sa vie – un secret si monumental et si étrange qu'il ne trouvait même pas les mots pour le formuler. Alors il resta sans voix, muet, les langues des deux peuples se révélant incapables de l'aider à expliquer quoi que ce soit.

– Je ne te reproche pas d'avoir envie de partir, reprit Hazaël, dans son rôle de pacificateur.

Il partageait avec Liraz une ressemblance de frère et sœur, mais pas avec Akiva. Ils étaient tous deux blonds aux yeux bleus, et avaient une peau couleur de miel aux reflets ambrés. Hazaël dégageait une sorte de calme, presque de mollesse, et arborait en permanence un sourire indolent qui pouvait parfois conduire à se méprendre sur son compte. Certes, c'était avant tout un soldat – il en avait les réflexes et le courage –, mais au fond de lui il avait réussi à conserver une part d'enfance que l'entraînement militaire et les années de guerre n'étaient pas parvenues à éliminer. C'était un idéaliste.

– J'ai moi-même songé à revenir dans ce monde une fois que tout serait..., reprit-il.

– Mais tu ne l'as pas fait, l'interrompit Liraz qui n'avait rien d'une idéaliste. Tu n'as pas disparu en pleine nuit, laissant le soin aux autres d'inventer des excuses pour te couvrir, sans savoir ni quand ni même si tu reviendrais.

– Je ne vous ai pas demandé de me couvrir, dit Akiva.

– Non. Parce que tu aurais été obligé de nous dire où tu allais. Au lieu de ça, tu as préféré partir en douce, comme la fois précédente. Et allions-nous devoir attendre que tu reviennes, brisé comme la dernière fois, sans que tu nous dises jamais ce qui t'avait mis dans cet état?

– Pas cette fois.

Liraz lui fit un petit sourire fragile, et Akiva sut que sous cette froideur glaciale elle était blessée. Il aurait pu ne jamais revenir; ils auraient pu ne jamais savoir ce qu'il était advenu de lui. À quoi bon toutes ces années où ils s'étaient protégés les uns les autres? Liraz n'avait-elle pas risqué sa vie en retournant le chercher sur le champ de bataille de Bouvreuil? Ignorant s'il était encore en vie, et avec les chimères qui savouraient leur victoire et embrochaient les blessés sur leurs piques, elle était revenue, l'avait retrouvé et ramené avec elle. Elle avait risqué sa vie pour lui et recommencerait sans hésiter, de même qu'Hazaël, ou qu'Akiva pour eux. Mais il ne pouvait leur avouer la raison de sa présence ici ni ce qu'il avait découvert.

– Pas cette fois *quoi*? demanda Liraz. Tu ne reviens pas brisé? Ou tu ne reviens pas du tout?

– Je n'avais rien prémédité. Je ne pouvais simplement pas rester là-bas, s'évertua-t-il à expliquer, conscient qu'il leur devait bien cet effort. Après Loramendi, nous étions arrivés au bout de quelque chose, c'était un peu comme le bord d'une falaise. Je ne désirais plus rien d'autre, à part…

Il laissa sa phrase en suspens. Il n'était pas nécessaire qu'il la termine; ils l'avaient vu à genoux. Ils regardèrent fixement Karou.

– À part elle, intervint Liraz. Une humaine. Si c'en est bien une.

– Que pourrait-elle être d'autre? s'enquit-il pour masquer une brusque appréhension.

– J'ai une théorie, répliqua-t-elle, tandis que le cœur d'Akiva se serrait. La nuit dernière, quand elle t'a attaqué, il y avait quelque chose d'étrange dans ce combat, n'est-ce pas, Hazaël ?

– Oui, étrange.

– Nous n'étions pas assez près pour sentir quelque… magie… mais nous avons bien eu l'impression que toi tu en avais ressenti les effets.

Akiva réfléchissait à toute vitesse. Comment faire pour éloigner Karou d'ici ?

– Tu ne lui en veux plus, on dirait, reprit Liraz en s'approchant de lui. Y a-t-il quelque chose que tu aimerais nous dire ?

Akiva recula, cachant toujours Karou derrière lui.

– Laisse-la.

Liraz avança encore.

– Si tu n'as rien à cacher, laisse-nous la voir.

Alors, d'un ton douloureux, beaucoup plus éprouvant que celui, cassant, de Liraz, Hazaël intervint à son tour :

– Akiva, dis-nous seulement que ce n'est pas ce qu'on pourrait croire. Dis-nous seulement qu'elle n'est pas une…

Akiva se sentit soudain pris dans une espèce de tourmente, celle de toutes ces années de secrets, une tourmente dont il souhaita, tant il désirait en finir, qu'elle l'emporte avec Karou dans un lieu où n'existeraient ni séraphins ni chimères, ni leur propension à la haine, un lieu sans êtres humains pour vous observer la bouche ouverte, sans personne pour s'interposer à nouveau entre eux deux.

– Bien sûr que non ! répondit-il.

Il avait répondu avec une telle hargne que Liraz n'eut plus qu'un objectif, avoir la preuve de ce que Karou était ou n'était pas, et ses yeux luirent d'un éclat qu'Akiva ne connaissait que trop, celui de la rage implacable qui la possédait sur les champs de bataille. Elle fit encore un pas en avant.

Une décharge d'adrénaline courut dans ses veines tandis qu'il serrait les poings, faisant ployer le petit os sous la pression, et se préparait à réagir. Une incrédulité nauséeuse l'envahit en songeant au point où les choses en étaient arrivées.

Mais quoi qu'il ait imaginé, il ne s'attendait certainement pas à ce que Karou demande à haute et intelligible voix :

– Qu'y a-t-il ? Qu'est-ce que je ne suis pas ?

Liraz s'arrêta net, la rage faisant place à la stupeur. Hazaël eut lui aussi l'air interloqué, et Akiva mit une seconde à en comprendre la raison.

Les mots de Karou. Ils coulaient en cascade, limpides, prononcés dans sa langue à lui. Elle s'était exprimée dans la langue des anges, qu'elle n'avait apprise d'aucune manière. Pendant l'instant d'hésitation suscité par sa question, elle quitta l'abri des ailes d'Akiva et s'exposa aux regards de Liraz et d'Hazaël.

Puis, avec la même joyeuse sauvagerie que la veille, lorsqu'elle avait souri à Akiva avant de l'attaquer, elle s'adressa à Liraz :

– Si tu veux voir mes mains, tu n'as qu'à le demander.

36

Faire autre chose que tuer

Il ne lui avait fallu qu'un baraka tiré de sa poche et un vœu prononcé à voix basse pour que les mots de la langue des anges coulent mélodieusement – encore une langue, et non des moindres, qui venait s'ajouter à toutes celles que Karou avait dans sa collection. Elle avait déjà compris, aux regards durs que lui décochait la femme ange et à l'attitude protectrice d'Akiva, qu'ils parlaient d'elle.

– Dis-nous seulement qu'elle n'est pas une..., dit l'ange masculin, laissant sa phrase en suspens dans une incertitude muette et horrifiée, comme suppliant Akiva de dissiper leurs soupçons.

Pour qui la prenaient-ils ? Allait-elle rester sans rien dire pendant qu'on débattait à son sujet ?

– Qu'y a-t-il ? demanda-t-elle. Qu'est-ce que je ne suis pas ?

Elle vit leurs visages se figer sous le choc et sortit de l'ombre d'Akiva. La femme ange, à quelques pas d'elle, la dévorait des yeux. Elle avait le regard vide des terroristes, et Karou se sentit brusquement vulnérable sans Akiva interposé entre elles deux. Elle pensa à ses couteaux croissants de lune parfaitement inutiles, qu'elle avait laissés chez elle, quand elle réalisa qu'elle pouvait s'en passer. Elle possédait une arme forgée exprès pour les séraphins.

Elle était cette arme.

Un sourire se dessina à son insu sur ses lèvres, et elle dit, avec une sorte d'excitation maléfique :

– Si tu veux voir mes mains, tu n'as qu'à le demander.

Et c'est alors que sur le pont Charles, au milieu de la foule des badauds brandissant leurs téléphones portables et leurs appareils photo pour immortaliser la scène, tandis que des policiers approchaient, l'air sévère et soupçonneux, l'enfer se déchaîna.

Liraz fut la première à intervenir, aussi vive qu'un coup de couteau, mais Karou était aussi rapide qu'elle. Elle leva les deux mains et l'air vibra sous la puissance de la magie propulsée par ses paumes, dessinant au ralenti une onde suspendue qui s'élargit et frappa Hazaël et Akiva. Ils vacillèrent tous deux. Liraz, en revanche, fut projetée en arrière comme un insecte d'une chiquenaude. Elle exécuta une pirouette acrobatique et retomba sur ses pieds avec une force qui ébranla violemment le pont. Après cette tornade, seule Karou était encore debout. Ses cheveux avaient été projetés en avant, comme lors d'une explosion, puis étaient retombés mollement, et à présent flottaient dans les tourbillons de l'air encore agité.

Elle souriait toujours, froidement. Avec sa chevelure au vent, ses paumes ouvertes et leurs yeux fixes, elle semblait diabolique, même à Zuzana, sorte de déesse déchue sous l'apparence peu convaincante d'une jeune fille. Zuzana, Mik et les curieux attroupés refluèrent précipitamment. Liraz quitta son aura, et ce fut comme si le voile qui avait enveloppé ses ailes était tombé pour laisser place à un brasier. Hazaël fit de même et vint se placer au côté de sa sœur, traçant ainsi une ligne de démarcation pour le combat, les deux anges face à Karou, ployant sous la souffrance que leur infligeaient ses khamsas.

Akiva se tenait entre eux, démuni. Il devait se décider pour un camp ou l'autre. Un ou deux pas dans l'une ou l'autre direction, c'était tout simple, et ce choix scellerait son sort à tout jamais. Il jeta tour à tour un regard rapide vers ses compagnons, puis vers Karou.

– Akiva, susurra Liraz.

Elle attendait de lui qu'il les rejoigne. Ils n'avaient jamais été séparés, ils avaient fait front tous les trois face à l'ennemi, tuant et ensuite se faisant les uns les autres, à la pointe du couteau et à la suie du feu de camp, les funestes marques sur les phalanges. Karou ne représentait pour eux qu'un tatouage de plus sur leurs doigts, un trait prêt à être gravé dans la chair.

Et puis il y avait Karou, si prompte à lever les mains et à libérer toute la magie délétère de Sulfure.

– On n'est pas obligés d'en arriver là, intervint Akiva d'une voix si faible qu'il semblait ne pas croire à ce qu'il disait.

– Si, on est obligés, affirma Liraz. Ne dis pas de bêtises, Akiva.

Il était toujours entre eux, partagé entre deux avenirs possibles.

– Si tu ne peux la tuer toi-même, tu n'as qu'à partir. Tu n'es pas forcé de voir ça. Nous n'en reparlerons plus jamais. C'est bon. Tu m'entends ? Rentre chez nous !

Elle parlait d'un ton pressant et décidé. Elle était fermement convaincue de le protéger et que ce qu'il y avait entre Karou et lui, tellement au-delà de son entendement, était un égarement passager qu'il oublierait contraint et forcé.

– Non, je ne rentre pas, déclara-t-il.

Hazaël intervint :

– Qu'est-ce que ça veut dire, tu ne rentres pas ? Après tout ce que tu as fait ? Tous les combats que tu as livrés ? Une ère nouvelle commence, mon frère. La paix...

– Non, ce n'est pas la paix. La paix est bien plus que l'absence de guerre. C'est l'harmonie.

– L'harmonie avec les bêtes, tu veux dire ?

Le visage d'Hazaël reflétait une incrédulité à laquelle se mêlaient le dégoût et, encore et toujours, l'espoir que tout cela n'était qu'un malentendu.

En lui répondant, Akiva savait qu'il était en train de franchir une ultime limite irréversible, sans la moindre erreur d'interprétation possible ni espoir de retour. C'était une limite qu'il aurait dû franchir depuis longtemps. Tout était devenu tellement compliqué ; lui aussi, d'ailleurs.

– Oui, c'est ce que je veux dire.

Karou détacha son regard des deux intrus pour le reporter sur Akiva. Son sourire froid s'était déjà effacé de son visage et, maintenant qu'elle percevait son émoi, ses mains levées faiblirent. Elle avait tout oublié, les réponses qu'elle cherchait, le néant de sa vie, éclipsés par la détresse d'Akiva qu'elle ressentait comme la sienne propre.

Les policiers arrivèrent. Ils hésitèrent devant cette scène d'un autre monde. Karou vit leurs mines décontenancées, leurs armes fébriles, et surtout la façon dont ils la regardaient, elle. Il y avait des anges sur le pont Charles, et c'était elle leur ennemi. Elle, l'ennemie des anges, dans son manteau noir, avec ses tatouages maléfiques, ses cheveux bleus en bataille et ses yeux noirs. Eux, nimbés d'or, tout droit sortis d'une fresque religieuse. Elle était le diable de ce tableau, et elle s'attendait presque, en découvrant son ombre qui se découpait sur le sol, à lui voir de petites cornes. Ce n'était pas le cas. Son ombre était celle d'une jeune fille, mais qui en ce moment ne lui ressemblait en rien.

Akiva, qui un instant plus tôt pressait son visage baigné de larmes contre ses jambes, était pétrifié, et Karou eut peur pour la première fois depuis que les anges avaient fait leur apparition. Si jamais il choisissait leur camp…

– Akiva, chuchota-t-elle.

– Je suis là, répondit-il, et lorsqu'il se mit enfin en mouvement, ce fut pour aller vers elle.

Il n'avait jamais eu le moindre doute, seulement l'espoir de ne pas être contraint de faire ce choix, de pouvoir éviter ce moment, mais il était trop tard pour tout cela. Alors, il fit un pas en direction de son avenir, s'interposant entre Karou et ses frère et sœur, et leur dit d'une voix basse mais ferme :

– Je ne vous laisserai pas lui faire de mal. Il y a d'autres façons de vivre. Il ne tient qu'à nous de faire autre chose que tuer.

Hazaël et Liraz le regardèrent fixement. Contre toute attente, il avait choisi la fille. La stupeur de Liraz se mua vite en aigreur.

– Ah oui ? répliqua-t-elle. C'est bien commode, tout à coup !

Karou avait baissé les mains quand Akiva s'était approché d'elle. Elle les releva aussitôt, lui touchant le dos du bout des doigts, car elle ne pouvait s'en empêcher.

– Karou, il faut que tu partes, lui dit-il.

– Que je parte ? Mais... ?

– Va-t'en. Je vais les empêcher de te suivre.

Son ton était lourd des conséquences que ce choix impliquait, mais sa décision était prise. Il lui jeta un dernier regard par-dessus son épaule, l'air tendu, mais décidé.

– Je te retrouverai là où nous nous sommes vus la première fois. Promets-moi de m'y attendre, ajouta-t-il.

Là où ils s'étaient vus la première fois... Place Djemaa el-Fna, cœur de Marrakech, où elle avait croisé son regard de braise au milieu de la foule et en avait été pénétrée jusqu'à l'âme.

– Promets-moi, Karou, insista Akiva, la voix rauque d'angoisse. Promets-moi que tu ne partiras pas avec Razgut avant que je t'aie retrouvée. Avant que je t'aie expliqué.

Karou voulait promettre. Elle comprit qu'il était de son côté, contre les siens. Non seulement il lui avait certainement sauvé la vie – aurait-elle survécu à l'assaut de deux séraphins armés ? –, mais en outre il l'avait choisie. N'était-ce pas ce dont elle avait toujours rêvé, être choisie ? Aimée ? Il avait quitté pour elle sa place dans son propre monde, et il lui demandait de l'attendre à Marrakech.

Mais une réticence soudaine l'empêcha de lui faire cette promesse. Il l'avait peut-être choisie, mais cela ne signifiait pas qu'elle en aurait fait autant si elle avait été confrontée à la même situation : contre Sulfure, Issa, Yasri et Twig. Elle avait certifié à Sulfure : « Je ne t'abandonnerais jamais », et elle tiendrait parole. Elle choisirait sa famille. Toute autre décision était inconcevable, bien qu'à ce moment l'idée de partir en laissant Akiva lui fût insupportable.

– Je t'attendrai autant que possible. C'est le mieux que je puisse faire.

Et elle eut l'impression que la brillance de ses ailes incandescentes s'atténuait légèrement.

– Eh bien, j'espère que cela suffira, conclut-il d'une voix blanche, toujours de dos.

Liraz sortit son épée du fourreau et Hazaël fit de même. Les policiers répliquèrent en reculant de quelques pas avant de brandir leurs revolvers, ordonnant en tchèque aux anges de lâcher leurs armes. Saisis d'une espèce de peur extatique, les spectateurs poussèrent des cris affolés. Zuzana, ballottée par la foule, ne quittait pas Karou des yeux.

Akiva, dont les épées étaient moins visibles dans leurs fourreaux croisés dans le dos, entre ses ailes, les saisit des deux mains par-dessus les épaules et les dégaina dans un tintement harmonieux.

– Va-t'en, Karou, dit-il sans se retourner.

Elle s'accroupit aussitôt, se ramassa sur elle-même et, juste avant de s'envoler dans le ciel et de disparaître dans une traînée de bleu et de noir, dit d'une voix étranglée et implorante :

– Retrouve-moi vite, Akiva.

Puis elle disparut, le laissant seul pour affronter les conséquences de son choix fracassant.

Il était une fois
un ange qui se mourait dans le brouillard.

Un démon s'agenouilla auprès de lui
et lui sourit.

37

Perdu dans ses rêves

Akiva n'avait plus la force de retenir son sang dans son corps. Il pulsait sous ses doigts et s'échappait, s'écoulant par vagues tièdes au rythme des battements de son cœur. Il ne pouvait l'empêcher de couler. La plaie était déchiquetée et essayer de la contenir revenait à prendre à pleine main une poignée de bouts de viande épars à jeter à un chien.

Il allait mourir.

Autour de lui, le monde n'avait plus d'horizon. La brume de mer bouchait la plage de Bouvreuil, et si Akiva entendait encore le bruit du ressac, il ne distinguait plus que les cadavres les plus près de lui : tertres grisâtres voilés par le brouillard. Ce pouvait être aussi bien des chimères que des séraphins, il n'aurait su le dire, hormis le plus proche dont il était sûr. Celui-ci gisait à quelques mètres de lui seulement, transpercé par son épée. La bête, moitié hyène, moitié lézard, était une monstruosité, et elle lui avait lacéré les chairs de la clavicule jusqu'au biceps, déchirant sa cotte de mailles comme un simple tissu. Elle s'était accrochée à lui, ses dents labourant son épaule, après même qu'il eut transpercé sa colossale poitrine. Il avait enfoncé sa lame profondément, la tournant plusieurs fois dans la plaie. La bête avait poussé des cris gutturaux et elle n'avait pas relâché son emprise avant son dernier soupir.

Soudain, alors qu'Akiva attendait que la mort l'emporte, un rugissement vint briser le silence d'après la bataille. Il se raidit et comprima davantage sa blessure. Par la suite, il se demanderait quelle était la raison de ce geste. Il aurait dû lâcher prise, essayer de mourir avant qu'ils ne parviennent jusqu'à lui.

Les ennemis ratissaient le champ de bataille, achevant les blessés. Ce jour-là, ils avaient remporté la victoire, repoussé les séraphins jusqu'aux fortifications de la baie de Morwen, et ils n'avaient aucun intérêt à faire des prisonniers. Akiva aurait dû précipiter sa fin, glissant paisiblement vers son trépas en se vidant peu à peu de son sang, sombrant lentement dans le sommeil. L'ennemi serait nettement moins doux.

Qu'est-ce qui l'obligeait à attendre ? L'espoir de tuer davantage de chimères ? Dans ce cas, pourquoi ne se traînait-il pas jusqu'à son épée pour la récupérer ? Il restait étendu sur le sol, tenant sa blessure à pleine main, profitant de ces derniers instants pour une raison qu'il ignorait.

Puis il la vit.

Au début, elle n'était qu'une silhouette. De grandes ailes de chauve-souris, de longues cornes de gazelle annelées, effilées comme des pics – telle était la part animale de l'ennemie. Une haine noire envahit Akiva qui la vit s'arrêter un instant tout d'abord auprès d'un cadavre, puis d'un autre. Lorsqu'elle arriva à celui de l'hyène-lézard, elle s'y attarda longuement. Que faisait-elle ? Des rites mortuaires ?

Elle se retourna et se dirigea vers Akiva.

Son image se précisait à mesure qu'elle s'approchait. Elle était mince, les jambes fines et élancées – avec des cuisses d'être humain se transformant, à la hauteur des genoux, en élégantes pattes de gazelle fuselées, terminées par de jolis sabots fendus ; on aurait dit qu'elle tenait en équilibre sur des têtes d'épingle. Ses ailes étaient repliées, ce qui lui donnait une démarche à la fois gracieuse et tendue par tant de force contenue. Elle tenait dans une main un couteau en croissants de lune ; un autre, identique, était rangé dans son fourreau, autour de sa cuisse. De l'autre main, elle brandissait un long bâton qui n'était pas une arme. Son extrémité était recourbée en crosse, comme un bâton de berger, et un objet en argent était suspendu au bout et se balançait à chaque pas – une lanterne ?

Non, ce n'était pas une lanterne. Cela ne diffusait pas de la lumière, mais de la fumée.

Quelques pas encore, des sabots s'enfonçant dans le sable, puis son visage à elle qui lui apparut, émergeant de la brume, de même qu'elle découvrait le sien. Elle s'arrêta net en s'apercevant qu'il était vivant. Il se préparait au grondement, au bond sur lui, à la nouvelle souffrance lorsque la lame plongerait en lui, mais la jeune chimère ne bougea pas. Pendant un long moment, ils ne firent que se regarder. Elle pencha la tête sur le côté, tel un petit oiseau à l'air interrogateur, et ce geste n'exprimait aucune sauvagerie, mais plutôt de la curiosité.

Son expression ne reflétait pas la moindre agressivité, seulement de la gravité.

Elle était inexplicablement belle.

Elle fit encore un pas en avant. Il ne quittait pas son visage des yeux. Son regard descendit le long de son cou jusqu'à l'arête de ses clavicules. Elle était particulièrement fine, élégante et élancée. Elle avait les cheveux aussi courts que du duvet de cygne, doux, sombres et aussi ras qu'un petit calot, de sorte que la structure parfaite de son visage était dégagée. Un maquillage noir lui dessinait un masque autour des yeux, qui, à ce que pouvait deviner Akiva, étaient grands – bruns et lumineux, vifs et douloureux.

Il savait qu'elle devait son chagrin à la mort de ses compagnons et non à lui, mais il fut néanmoins subjugué par la compassion avec laquelle elle l'observait. Il se dit alors qu'il n'avait peut-être jamais convenablement regardé les chimères jusque-là. Certes, il avait souvent eu l'occasion de voir des esclaves, mais ils gardaient toujours les yeux baissés, et les combattantes dans son genre, il ne les approchait que pour leur porter un coup mortel ou en esquiver un, à demi aveuglé par la rage sanguinaire du combat. Si l'on faisait abstraction de la présence de sa lame ensanglantée et de son armure noire très ajustée, de ses ailes et de ses cornes de diable, pour se concentrer exclusivement sur son visage – si étonnamment ravissant –, elle avait simplement l'air d'une jeune fille, une jeune fille qui venait de découvrir un jeune homme en train de mourir sur la plage.

Pendant quelques instants, c'était ainsi que se

présentait la situation. Il n'était plus un soldat, ni l'ennemi de quiconque, et la mort qui le menaçait semblait absurde. Le fait qu'ils aient vécu de cette façon, les anges et les monstres pris dans un engrenage de meurtres et de morts, de morts et de meurtres, lui parut un choix arbitraire.

Ils auraient aussi bien pu choisir de ne pas tuer ni de mourir.

Mais non. C'était cela qu'ils avaient en commun. Et cette fille était ici pour la même raison que lui : pour tuer l'ennemi. Et l'ennemi, c'était lui.

Alors, qu'attendait-elle pour passer à l'acte ?

Elle s'agenouilla auprès de lui, sans rien faire pour se protéger d'un geste qu'il aurait pu risquer contre elle. Il se rappela le couteau qu'il avait encore sur la hanche. Il était petit, incomparable à côté de son double croissant de lune, mais pouvait tuer. D'un seul geste, il pouvait le planter dans le petit creux si tendre de sa gorge. Sa gorge parfaite.

Il ne fit pas ce geste.

Avec son sang, il perdait également peu à peu connaissance. Dévorant des yeux le visage penché sur lui, il n'était plus en état de se demander si tout cela était réel. Il pouvait s'agir d'une divagation juste avant la mort, à moins qu'il ne s'agisse d'une Faucheuse venue de l'au-delà pour prendre son âme. L'encensoir d'argent oscillait au bout de son bâton, dispensant des volutes de fumée d'herbe et de soufre, et, tandis que leur odeur descendait vers ses narines, Akiva se sentit tiré, attiré. Pris de vertige, il songea qu'il ne verrait aucun inconvénient à suivre cette messagère dans l'autre royaume.

Il l'imagina le prenant par la main et, bercé par cette image sereine, lâcha sa blessure pour chercher ses doigts, qu'il prit entre les siens, glissants, pleins de sang.

Elle écarquilla les yeux et lâcha vivement sa main.

Il lui avait fait peur, et ce n'était pas son intention.

– Je viens avec toi, lui dit-il dans la langue des chimères, qu'il connaissait suffisamment pour donner des ordres aux esclaves.

C'était une langue rude, un mélange des différents dialectes des tribus que l'empire avait réunies, et qui au fil du temps était devenu leur langage commun. Il eut le plus grand mal à entendre le son de sa propre voix, mais la chimère l'avait parfaitement compris.

Elle jeta un regard vers l'encensoir, puis vers lui.

– Ce n'est pas pour toi, répondit-elle en déplaçant l'objet pour le planter un peu plus loin dans la terre, là où le vent disperserait moins la fumée. Je ne pense pas que tu veuilles venir là où je vais.

Malgré ses inflexions animales, sa voix était aussi mélodieuse qu'un chant.

– Mourir…, dit Akiva.

Depuis qu'il ne comprimait plus sa plaie, la vie le désertait à vive allure et il avait le plus grand mal à garder les yeux ouverts.

– Je suis prêt.

– Eh bien, pas moi. Il paraît que c'est ennuyeux, la mort.

Elle avait dit ça d'un ton guilleret, amusé, et il la regarda. Plaisantait-elle ? Elle sourit.

Elle *sourit*.

Lui aussi. Stupéfait, il se sentit sourire, comme si son sourire à elle avait déclenché le sien, par réflexe.

– C'est bon de s'ennuyer, rétorqua-t-il en laissant ses yeux se refermer. Je pourrais peut-être rattraper mon retard en matière de lectures...

Elle étouffa un petit rire, et Akiva, qui se laissait aller, commença à croire qu'il était réellement mort : ç'aurait été beaucoup moins étrange. Il ne sentait plus son épaule labourée, de même qu'il ne sentit pas qu'elle le touchait jusqu'au moment où une douleur fulgurante lui fit rouvrir les yeux. Avait-elle fini par le tuer ?

Non. Elle avait posé un garrot en amont de sa blessure. Voilà d'où venait la douleur. Il l'observa d'un air interrogateur.

– Je te recommande de vivre, déclara-t-elle.

– Je vais essayer.

Ensuite, des voix gutturales, tout près. Les chimères. La jeune fille s'immobilisa et posa un doigt sur ses lèvres.

– Chut, souffla-t-elle.

Ils échangèrent un dernier regard. Le brouillard diffusait la lumière du soleil derrière elle, nimbant le contour de ses cornes et de ses ailes de son éclat radieux. Ses cheveux ras semblaient du velours, aussi soyeux que le poitrail d'un faon, et ses cornes huilées luisaient comme du jais poli. En dépit de son masque au dessin rébarbatif, son visage était doux, son sourire aussi. Akiva n'était pas habitué à la douceur ; elle l'atteignit en pleine poitrine, en un lieu enfoui en lui dont il avait toujours ignoré que des sentiments pouvaient y loger. C'était à la fois inédit et étrange, comme si un œil s'était soudain ouvert derrière sa tête, considérant les choses sous un nouvel angle.

Il voulut lui toucher le visage, mais se retint car sa main était couverte de sang, et son bras valide était si lourd qu'il ne se sentait pas la force de le soulever.

Mais elle avait eu le même mouvement. Elle tendit la main, hésita, puis effleura du bout de ses doigts frais, si frais, son front brûlant de fièvre, frôla ses pommettes saillantes et s'attarda sur sa gorge, là où battait son pouls, comme pour s'assurer que la vie coulait toujours bien dans ses veines.

Avait-elle senti combien son pouls s'était accéléré à son contact ?

Et, tout à coup, d'un bond, elle s'était relevée et avait disparu. Ses longues jambes aux sabots de gazelle et ses muscles effilés la propulsèrent dans la brume en quelques bonds fluides qui évoquaient davantage le vol, les ailes à demi ouvertes et flottant comme des cerfs-volants, de sorte que chaque redescente après chaque bond faisait l'effet d'un véritable pas de danse suspendu. De loin, Akiva vit sa silhouette se joindre à d'autres dans le brouillard – celles de bêtes colossales qui n'avaient rien de sa grâce ondoyante. Des voix parvinrent à ses oreilles, pleines d'agressivité, et la sienne parmi les autres, toujours apaisante. Il savait qu'elle ferait tout pour les éloigner de l'endroit où il gisait, et c'est ce qui se passa.

Akiva vécut, et en fut transformé.

– Qui t'a posé ce garrot ? lui demanda plus

tard Liraz, lorsqu'elle l'eut retrouvé et mis à l'abri.

Il répondit qu'il l'ignorait.

Il avait l'impression que sa vie n'avait été jusqu'alors qu'un labyrinthe dans lequel il avait erré en vain et dont il n'avait retrouvé le centre que sur le champ de bataille de Bouvreuil. Le centre, son propre centre – ce lieu où les sentiments s'étaient réveillés. Il n'avait même jamais soupçonné qu'un tel lieu existât jusqu'au jour où l'ennemie s'était agenouillée auprès de lui et lui avait sauvé la vie. Il se souvenait d'elle avec la douce nostalgie d'un rêve, mais il était certain de ne pas l'avoir rêvée.

Elle existait, et se trouvait quelque part dans le monde. Tels les yeux des animaux luisant dans une forêt obscure, elle était là, lueur radieuse et fugitive dans les ténèbres environnantes.

Elle était là.

38

Hérésie

Après la bataille de Bouvreuil, l'existence de Madrigal – deux ans allaient s'écouler avant qu'il n'apprenne son nom – s'était rappelée au souvenir d'Akiva telle une voix flottant à la dérive dans un grand silence. Tandis qu'il gisait, mourant, au campement militaire de la baie de Morwen, il n'avait cessé de rêver à la jeune ennemie qui lui souriait, à genoux auprès de lui. Et chaque fois qu'il se réveillait pour constater son absence, voyant à la place les visages de ses amis et parents, ils lui semblaient moins réels que l'image qui le hantait. Alors même que Liraz chassait le médecin qui voulait lui amputer le bras, son esprit retournait encore et toujours à la plage embrumée de Bouvreuil, aux yeux bruns et aux cornes huilées, et à cette douceur bouleversante.

Il avait été entraîné à résister aux marques du démon, mais pas à cela. Contre cela, il s'aperçut qu'il était incapable de se défendre.

Bien évidemment, il n'en souffla mot à personne.

Hazaël se rendit à son chevet avec son matériel de tatouage pour ajouter sur ses phalanges les traits correspondant aux ennemis tués à Bouvreuil.

– Combien ? lui demanda-t-il en stérilisant son couteau à la chaleur d'une flamme.

Akiva avait tué six chimères à Bouvreuil, en comptant l'espèce d'hyène monstrueuse qui l'avait terrassé. Six nouvelles coches viendraient compléter sa main droite qui, grâce à Liraz, était toujours accrochée à son corps. Son bras reposait inerte à son côté. Plusieurs muscles et nerfs avaient été recousus ; il saurait dans quelque temps s'il pourrait de nouveau s'en servir un jour.

Quand Hazaël prit la main inerte, le couteau prêt à pratiquer les entailles, Akiva ne pensa qu'à la jeune ennemie et à la façon dont elle pourrait finir en marque noire sur la main d'un séraphin. Cette idée lui était insupportable. À l'aide de sa main valide, il reprit son bras à Hazaël et fut aussitôt submergé par la douleur.

– Aucune, souffla-t-il. Je n'en ai tué aucune.

Hazaël tiqua.

– Mais si. Je t'ai vu aux prises avec la horde de centaures.

Mais Akiva refusa les tatouages, et Hazaël s'en alla.

C'est ainsi que naquit ce secret qui, au fil des ans, finit par creuser un fossé entre eux et, dans les cieux du monde des humains, menaça de les séparer à tout jamais.

Lorsque Karou s'élança du pont, Liraz la suivit et Akiva s'interposa pour l'en empêcher. Leurs lames s'entrechoquèrent. Croisant ses deux épées près de la garde, il mit toutes ses forces en jeu pour faire reculer sa sœur. Craignant qu'Hazaël ne se lance à son tour à la poursuite de Karou, il le surveillait en même temps du coin de l'œil, mais son frère n'avait pas quitté le pont et regardait, médusé, le spectacle inconcevable d'Akiva et de Liraz en train de croiser le fer.

Les bras de Liraz tremblaient sous l'effort, tant elle peinait à se maintenir en équilibre dans l'air, et ses ailes battaient furieusement. Elle fulminait, les mâchoires serrées, écarlate sous l'effort, les yeux si écarquillés que ses iris n'étaient plus que deux points noirs et fixes dans le blanc des globes.

Poussant un hurlement de furie, elle repoussa Akiva, fit tournoyer son épée au-dessus de sa tête et l'abattit de toutes ses forces.

Il la contra. La violence du choc lui ébranla les os. Liraz ne se retenait plus. La férocité de son assaut l'abasourdit – avait-elle vraiment l'intention de le tuer? Elle frappa de nouveau, il para le coup, quand Hazaël sortit enfin de sa léthargie et bondit vers eux.

– Arrêtez! s'écria-t-il, effaré.

Il s'apprêtait à se lancer dans la mêlée, mais il dut plonger en avant pour éviter Liraz. Akiva para encore le coup, la déséquilibrant, et elle tourna sur elle-même avant de se stabiliser. Elle lui jeta un regard flamboyant de méchanceté et, au lieu de fondre de nouveau sur lui, elle s'éleva dans les airs. Ses ailes projetèrent une gerbe d'étincelles qui coupa le souffle aux badauds, après quoi elle fila à vive allure dans la direction qu'avait prise Karou.

Karou était invisible dans le ciel, mais Akiva

ne doutait pas que Liraz la retrouve aisément. Il s'élança à sa suite. Les toits des maisons s'éloignèrent vertigineusement, et avec eux, les êtres humains. Il n'y avait plus que le sifflement du vent, le flamboiement des ailes et – il rattrapa sa sœur et la saisit par le bras – la discorde.

Elle fit volte-face, frappa, et le fer de leurs épées tinta inlassablement. Comme à Prague, lorsque Karou l'avait attaqué, Akiva se contenta de parer les coups et de les esquiver, sans jamais y répondre.

– Arrêtez ! hurla de nouveau Hazaël, fondant sur Akiva et le repoussant brutalement de manière à mettre une distance entre son frère et sa sœur.

Ils étaient haut dans le ciel à présent, audessus de la ville, dans le silence des nuées où seul résonnait l'acier de leurs armes.

– Qu'est-ce que vous faites ? demanda-t-il d'un ton incrédule. Vous vous battez…

– Non, pas moi, répliqua Akiva en s'écartant. Jamais.

– Et pourquoi donc ? susurra Liraz. Tu m'as planté un couteau dans le dos, tu peux aussi bien me trancher la gorge.

– Liraz, je n'ai aucune envie de te faire du mal…

Elle éclata de rire.

– Tu n'en as aucune envie, mais tu le feras s'il le faut, n'est-ce pas ? C'est ça que tu es en train de me dire ?

Était-ce cela ? Que ferait-il pour protéger Karou ? Il ne pouvait faire de mal à son frère ni à sa sœur ; il ne pourrait jamais vivre avec ce remords. Mais il ne pouvait non plus les laisser s'en prendre à Karou. N'avait-il donc pas d'autre solution ?

– Oubliez-la…, dit-il. Je vous en prie, laissez-la partir.

L'émotion palpable dans sa voix incita Liraz à l'examiner d'un œil soupçonneux. Alors, Akiva comprit qu'il avait aussi peu de chance de l'attendrir que s'il s'adressait à son épée. Et n'était-ce pas ce qu'on avait fait d'eux, à l'instar de tous les bâtards de l'empereur ? Des armes forgées dans leur chair. Les instruments inconscients d'une inimitié ancestrale.

Il ne pouvait l'accepter. Ils valaient mieux que cela, tous autant qu'ils étaient. Du moins l'espérait-il. Il prit le risque. Il rengaina ses épées. Les yeux réduits à l'état de fines fentes, Liraz le regarda faire en silence.

– À Bouvreuil, tu m'as demandé qui m'avait fait un garrot, commença-t-il.

Elle attendit. Hazaël aussi.

Akiva songea à Madrigal, se rappelant la douceur de sa peau, l'étonnant velouté de ses ailes de cuir, la légèreté de son rire – identique à celui de Karou – et il se rappela aussi ce que Karou lui avait dit le matin même : s'il avait connu des chimères, il ne pourrait plus les considérer comme des monstres.

Il était pourtant passé par les deux états : non seulement il avait connu et aimé Madrigal, mais cela ne l'avait pas empêché de devenir celui qu'il était – une coquille vide qui avait bien failli tuer Karou sans réfléchir. Le chagrin avait fait éclore en lui ses hideuses fleurs : la haine, la vengeance, l'aveuglement. Si elle avait pu voir ce qu'il était devenu aujourd'hui, Madrigal aurait regretté éternellement de lui avoir sauvé la vie. Mais en Karou, il trouvait une nouvelle chance – pour la paix, évidemment. Pas pour le bonheur, pas pour lui. Il était trop tard pour lui.

Pour les autres, peut-être pourrait-il y avoir une chance de salut.

– C'était une chimère, avoua-t-il à sa sœur et à son frère.

Il inspira une goulée d'air, sachant quelle hérésie cela pouvait représenter pour eux. On leur avait enseigné dès le berceau que les chimères étaient monstrueuses, des choses rampantes, maléfiques, des bêtes. Mais Madrigal… Madrigal avait réussi à le libérer en un instant des chaînes du sectarisme, de la croyance aveugle, et il était grand temps qu'il essaie d'en faire autant.

– C'est une chimère qui m'a sauvé la vie. Et je suis tombé amoureux d'elle.

39

Le sang parlera

Après Bouvreuil, plus rien ne fut comme avant. Une fois qu'Akiva eut renvoyé Hazaël et son matériel à tatouer, il n'eut plus qu'une idée en tête : le jour où il reverrait la jeune chimère, il serait en mesure de lui dire qu'il n'avait pas employé la vie qu'elle lui avait laissée pour tuer d'autres membres de sa tribu.

Qu'il puisse seulement la revoir était déjà en soit une idée extravagante, mais elle s'ancra néanmoins en lui – petite chose fragile et insaisissable qui le tourmentait avec insistance – et il s'habitua à cette présence tapie dans l'ombre. Il se sentit d'ailleurs de mieux en mieux en sa discrète compagnie, et cette chose, vague et informe au début, se mua peu à peu en un espoir – un espoir porteur, susceptible de changer le cours d'une vie : celui de revoir cette jeune fille et de la remercier. C'était tout : juste la remercier. Lorsqu'il imaginait ce moment, il ne voyait rien de plus.

Cela suffisait à le faire tenir.

Il ne resta pas longtemps à la baie de Morwen après la bataille. Les chirurgiens présents sur place le renvoyèrent à Astraë afin que les guérisseurs le prennent en charge.

Astraë.

Jusqu'au massacre qui les avait décimés mille ans plus tôt, les séraphins avaient régné sur l'empire depuis Astraë. Pendant trois siècles, elle fut manifestement le phare de l'univers, la plus belle cité jamais bâtie. Des palais, des arcades, des fontaines, tous en marbre perle extrait à Evorrain, de larges avenues pavées de quartz, baignant dans le parfum exquis de la résine des arbres qui les bordaient. Elle était perchée au-dessus de son port, au sommet d'une falaise striée au pied de laquelle s'étendait à perte de vue la côte émeraude de Miréa. Tout comme à Prague, des flèches s'élevaient vers les cieux, une pour chaque divinité étoile – ces divinités qui avaient ordonné les séraphins gardiens de cette terre et de toutes ses créatures.

Les divinités étoiles avaient assisté aux désordres et à la chute d'Astraë.

À trois cents ans, les citoyens d'Astraë, songea Akiva, avaient dû se dire que ce qui existait avait toujours été et durerait éternellement. Aujourd'hui, dix siècles plus tard, cet âge d'or leur paraissait comme le battement de cils d'une divinité depuis longtemps disparue, et il ne restait presque plus rien de la cité d'origine. L'ennemi l'avait rasée : renversé les tours, brûlé tout ce qui pouvait l'être. Il aurait même arraché les étoiles des cieux s'il l'avait pu. Une telle sauvagerie n'avait pas de précédent dans l'histoire. À la fin du premier jour, les mages avaient été tués, ainsi que leurs plus jeunes disciples, et leur bibliothèque, contenant la totalité des grimoires magiques d'Eretz, avait été dévorée par les flammes.

D'un point de vue stratégique, cela se comprenait. Les séraphins en étaient arrivés à dépendre à un tel degré de la magie qu'à la suite du massacre, sans plus aucun mage en vie, ils se retrouvèrent quasiment impuissants et démunis. Les anges qui n'avaient pas réussi à s'enfuir d'Astraë furent sacrifiés sur un autel, par une nuit de pleine lune, et l'empereur des séraphins, l'ancêtre du père d'Akiva, se trouvait parmi eux. Ils furent si nombreux à avoir versé leur sang sur la pierre de cet autel qu'il déferla en cascade sur les marches du temple, telles des pluies de mousson, et noya sur son passage les petits animaux.

Les bêtes restèrent en possession d'Astraë pendant des siècles, jusqu'au jour où Joram – le père d'Akiva – conduisit une campagne d'envergure au début de son règne et regagna tout le territoire perdu jusqu'aux monts Adelphas. Il avait consolidé son pouvoir et commencé à reconstruire l'empire dont le cœur résidait, comme il se plaisait à le dire, à Astraë.

Mais c'était en matière de magie que Joram avait fait le moins de progrès. Avec l'incendie de leur bibliothèque et la mort de leurs mages, les séraphins étaient redescendus au niveau des pratiques les plus rudimentaires et, au cours des siècles suivants, ils ne les avaient pas beaucoup dépassées.

Akiva ne s'était jamais particulièrement intéressé à la magie. C'était un soldat ; son éducation était limitée. Il la tenait pour un mystère réservé aux esprits plus brillants. Mais son séjour à Astraë l'avait fait changer d'avis. Il avait eu le temps de découvrir que son esprit, malgré sa condition de soldat, était plus vif que la moyenne, et qu'il possédait quelque chose que les aspirants mages d'Astraë n'avaient pas. En vérité, il possédait deux choses : il avait le sang, bien qu'il fallût une réflexion désagréable de son père pour qu'il l'apprenne. Et il possédait également un élément essentiel, primordial.

La douleur.

La douleur de son épaule était constamment présente, comme l'était son fantôme, sa jeune ennemie, et les deux étaient liés. Lorsque son épaule le faisait souffrir, retrouvant lentement sa sensibilité, il ne pouvait s'empêcher de penser aux mains fines de la jeune fille posées dessus, puis serrant le garrot qui lui avait sauvé la vie.

Les guérisseurs d'Astraë proscrirent les remèdes des médecins militaires, ce qui n'arrangea pas les choses, et l'obligèrent à se servir de son bras. Une esclave, chimère, eut pour tâche de lui faire faire des étirements afin que ses muscles conservent toute leur souplesse, et Akiva fut contraint de s'entraîner à manier l'épée du bras gauche, au cas où le droit ne se rétablirait pas. Contre toute attente, il se rétablit bel et bien, sans que la douleur diminue pour autant, et au bout de quelques mois il maniait l'épée des deux mains, plus redoutable que jamais. Il se rendit auprès de l'armurier du palais pour se faire forger deux épées jumelles, et régna bientôt en maître sur le champ de manœuvres. Comme il était aussi habile d'un bras que de l'autre, on venait le voir en foule à l'exercice du matin, et l'empereur se déplaça en personne.

– L'un des miens ? s'enquit Joram, en le toisant avec attention.

Akiva ne s'était jamais trouvé dans une telle proximité physique avec son père. Les bâtards de Joram étaient légion ; on ne pouvait s'attendre à ce qu'il les connût tous.

– Oui, Seigneur, répondit Akiva, la tête baissée.

Ses épaules se soulevaient encore sous le coup de l'effort dû à l'entraînement, la droite en proie aux élancements atroces qui étaient à présent son lot quotidien.

– Regarde-moi, ordonna l'empereur.

Akiva obéit, et il ne se reconnut pas dans le séraphin qu'il avait devant lui. En Hazaël et en Liraz, si. Ils avaient hérité de Joram leurs yeux bleus, ainsi que la plupart de leurs traits caractéristiques. L'empereur était blond, bien que grisonnant aujourd'hui, et, malgré une stature imposante, il était de taille modeste et dut lever les yeux vers Akiva.

– Je me souviens bien de ta mère, dit-il d'un ton cassant.

Akiva se troubla. Il ne s'attendait pas à cela.

– Ces yeux..., ajouta l'empereur. Ils sont inoubliables, n'est-ce pas ?

C'était l'un des détails concernant sa mère qu'Akiva se rappelait parfaitement. Le reste de son visage était flou, et s'il n'avait même jamais su son nom, il savait au moins qu'il avait hérité de ses yeux. Joram semblait attendre une réponse de sa part, de sorte qu'il acquiesça.

– Je m'en souviens, dit-il avec un sentiment de dépossession, comme si, en reconnaissant cela, il se défaisait de l'unique chose qui lui restait d'elle.

– C'est terrible ce qui lui est arrivé, commenta Joram.

Akiva se figea. Il n'avait jamais eu connaissance de ce qu'était devenue sa mère après qu'il eut été arraché de ses bras, mais l'empereur le savait très certainement. Joram cherchait à l'appâter, à l'inciter à poser la question : « Que lui est-il arrivé ? » Mais Akiva ne demanda rien, se contentant de serrer les dents, et Joram, le sourire carnassier, reprit :

– Mais que peut-on attendre véritablement des Stelliens ? Cette peuplade sauvage. Presque aussi mauvaise que les bêtes. Prends garde à ce que le sang ne parle pas, soldat.

Et il s'éloigna, abandonnant Akiva à sa douleur cuisante à l'épaule et au désir pressant de connaître des choses qui lui étaient jusque-là indifférentes : de quel sang s'agissait-il ?

Était-il possible que sa mère eût été une Stellienne ? Pourquoi Joram aurait-il eu une concubine stellienne ? C'était absurde : il n'avait aucune relation diplomatique avec cette « peuplade sauvage » des îles Lointaines, composée de séraphins rebelles qui n'auraient jamais donné leurs femmes en tribut. Comment alors était-elle arrivée ici ?

Les Stelliens étaient connus pour deux motifs : le premier était leur féroce indépendance – ils ne faisaient pas partie de l'empire, ayant systématiquement refusé au cours des siècles d'entrer dans ce giron avec leurs frères séraphins.

Le second était leur penchant pour la magie. Dans les ténèbres de l'histoire, on prétendait que les premiers mages étaient des Stelliens, et le bruit courait qu'ils se livraient encore à des pratiques magiques extrêmement rares dans le reste d'Eretz. Joram les haïssait pour la bonne raison qu'il n'était capable ni de les conquérir ni de les infiltrer, tout du moins pas tant qu'il aurait besoin de concentrer toutes ses forces dans la guerre contre les chimères. Mais, selon les bruits qui couraient dans la capitale, tout le monde savait quelles seraient ses visées dès que les bêtes auraient été exterminées.

Quant au sort réservé à sa mère, Akiva n'en sut jamais rien. Le harem était un monde clos, et il ne put même pas vérifier qu'il avait bien existé un jour une concubine stellienne, sans parler de savoir ce qu'elle était devenue. Mais, pour sa part, il ressortit quelque chose de sa rencontre avec son père : une sympathie envers ces inconnus de son sang, et une curiosité pour la magie.

Il passa plus d'un an à Astraë et, hormis les moments où il était occupé à sa rééducation, à son entraînement et à faire faire l'exercice des armes aux jeunes soldats, il disposait de tout son temps. Et, jour après jour, il l'employa. Il avait eu connaissance de l'usage qui pouvait être fait de la douleur, et il en avait, grâce à sa blessure, une réserve inépuisable. En observant les mages – aux yeux desquels il n'était qu'une brute de soldat, quasiment invisible –, il apprit les manipulations de base, à commencer par l'invocation. Il s'entraîna sur les corbeaux-chauves-souris et les oiseaux-papillons à la faveur de la nuit, les convoquant, dirigeant leur vol, les faisant se ranger en V comme les oies sauvages, leur ordonnant de se poser sur ses épaules ou dans ses mains.

Comme cela ne représentait aucune difficulté,

il continua. Il ne tarda pas à atteindre les limites du savoir en la matière, ce qui n'était pas grand-chose, car ce qui passait pour de la magie en ce temps-là était à peine plus que des tours de prestidigitation, de la pure mystification. Et jamais il ne se prit pour un mage, ni pour qui que ce soit d'approchant, mais il était inventif, et contrairement aux petits courtisans qui se prétendaient mages, il n'avait pas à se flageller, ni à s'infliger des brûlures ou des blessures pour aviver son pouvoir : il l'avait présent en lui, sourd et constant. Mais la véritable raison pour laquelle il les surpassait tous n'était ni sa douleur latente, ni son inventivité : c'était sa motivation.

Cette idée folle qui s'était peu à peu transformée en espoir – celui de revoir un jour la chimère – était devenue un plan.

Un plan en deux parties, dont seule la première était magique : élaborer un charme capable de rendre ses ailes invisibles. Il existait bien une manipulation pour le camouflage, mais elle était sommaire, sorte d'illusion d'optique dans l'espace qui, à une certaine distance, pouvait abuser le regard et faire que l'œil ne perçoive pas l'objet concerné. Mais cela n'avait aucun rapport avec l'invisibilité. S'il comptait passer inaperçu parmi ses ennemis – ce qui était précisément son souhait – il lui faudrait inventer nettement mieux.

Alors, il y travailla. Cela lui prit des mois. Il apprit à pénétrer au cœur de sa douleur, comme dans un lieu. De l'intérieur, les choses avaient l'air différentes – plus aiguës –, il les ressentait et les percevait aussi différemment, mates et froides. La douleur agissait comme une lentille qui précisait et aiguisait tout, ses sens comme ses instincts, et c'est alors, au prix de tentatives inlassables et de multiples répétitions, qu'il atteignit son objectif. Il parvint à l'invisibilité. C'était une prouesse qui aurait pu lui valoir la célébrité et les honneurs suprêmes de la part de l'empereur, mais il s'offrit la froide satisfaction de la tenir secrète.

« Le sang parlera, père », songea-t-il.

La deuxième partie de son plan concernait le langage. Afin de maîtriser la langue des chimères, il se percha sur le toit des baraquements réservés aux esclaves et écouta les histoires qu'ils racontaient à la lueur de leur feu de bouse nauséabond. Leurs récits étaient étonnamment riches et beaux, et, en les écoutant, il ne pouvait s'empêcher d'imaginer sa jeune chimère, racontant les mêmes histoires, quelque part devant un feu de camp, sur un champ de bataille.

« Sa » jeune chimère. Il se surprit à la considérer comme sienne, et cela ne l'étonna pas outre mesure.

En attendant d'être renvoyé dans son régiment cantonné à la baie de Morwen, il aurait pu consacrer encore un peu de temps à parfaire son accent chimère, mais il considéra que pour l'essentiel il était prêt pour la suite, dans toute la splendeur éblouissante de sa folie.

40

Un peu comme par magie

À l'époque, c'était l'existence de Madrigal qui l'avait poussé à traverser l'espace. À présent, c'était celle de Karou. À l'époque, sa destination était Loramendi, la cité en cage des bêtes. À présent, c'était Marrakech. De nouveau, il abandonna Hazaël et Liraz, mais cette fois non sans les avoir prévenus de son départ. Il leur avait appris toute la vérité.

Ce qu'ils en feraient restait un mystère.

Liraz l'avait traité de traître et avait dit qu'il lui donnait envie de vomir. Hazaël s'était contenté de le regarder fixement, blême et dégoûté.

Mais ils l'avaient laissé partir sans verser une goutte de sang – le sien ou le leur – et c'était ce qu'il avait souhaité de mieux. Il ne pouvait savoir s'ils iraient tout rapporter à leur chef, ou même à l'empereur, se lanceraient à ses trousses ou bien le protégeraient. Il n'y songeait pas. Tandis qu'il survolait la Méditerranée, l'os à vœux serré dans son poing, toutes ses pensées se concentraient sur Karou. Il l'imaginait en train de l'attendre sur cette même place extravagante où il avait croisé son regard pour la première fois. Il la voyait si distinctement, jusqu'à la façon dont elle porterait la main à sa gorge, y cherchant l'os à vœux, avant de se rappeler, avec chaque fois un pincement au cœur, qu'elle ne l'avait plus.

C'était lui qui l'avait. Tout ce que représentait ce petit os, par rapport au passé, à l'avenir, tenait dans sa main, un peu comme par magie, ainsi que le lui avait dit un jour Madrigal.

Il ignorait totalement ce qu'était un os à vœux jusqu'au soir où il retrouva enfin Madrigal. Elle en portait un autour du cou sur une cordelette, objet des plus incongrus sur sa peau douce et sa robe de soie.

– C'est un os à vœux, lui avait-elle appris en le tendant vers lui. On le prend chacun d'un doigt par l'une des branches, comme ça, on fait un vœu et on tire. Celui qui réussit à garder en main la plus longue branche verra son vœu se réaliser.

– C'est magique ? avait demandé Akiva. De quel oiseau cet os vient-il pour avoir un tel pouvoir ?

– Oh, non, ce n'est pas de la magie. Les vœux ne se réalisent pas véritablement.

– Alors pourquoi en faire ?

Elle avait haussé les épaules.

– L'espoir ? L'espoir peut se révéler très puissant. Ce n'est peut-être pas magique, mais lorsqu'on souhaite ardemment quelque chose et que cela couve en soi comme une petite flamme, il arrive que ça se réalise, un peu comme par magie.

Il s'était noyé dans son regard. L'éclat de ses yeux avait allumé en lui une étincelle qui lui avait fait prendre conscience qu'il avait passé sa vie dans un brouillard, en survivant et, au mieux, en ne ressentant les choses qu'à demi.

– Et toi, que souhaites-tu le plus ? lui avait-il demandé, impatient, quel que soit son vœu, de le satisfaire.

Elle avait hésité.

– Normalement, on ne doit pas le dire. Allez, fais un vœu avec moi.

Akiva avait tendu la main et saisi par un doigt la fine branche de l'os. Ce qu'il désirait alors le plus au monde, jamais il ne l'avait désiré avant qu'il ne la rencontre. Et son vœu s'était réalisé la nuit même, et les nombreuses nuits suivantes. Ce moment fugitif de bonheur intense et lumineux fut le pivot de sa vie entière. Tout ce qu'il avait entrepris par la suite, il ne l'avait fait que parce qu'il avait aimé Madrigal, l'avait perdue et s'était perdu lui-même.

Et aujourd'hui ? Aujourd'hui, il volait vers Karou, tenant la vérité serrée au creux de la main, cette chose si fragile, presque magique.

Presque ? Pas cette fois.

L'os à vœux était intégralement imprégné de magie. La griffe de Sulfure y était aussi puissante que sur les portes qui avaient tant tourmenté Akiva. Ce petit os recelait la vérité et, avec la vérité, le risque que Karou le haïsse.

Et s'il venait à disparaître – un si petit objet pouvait tomber à la mer –, que se passerait-il ? Karou n'aurait aucun besoin de savoir quoi que ce soit. Elle pourrait être sienne alors ; il pourrait l'aimer. Mieux encore : si l'os à vœux disparaissait, elle pourrait l'aimer.

C'était une pensée pernicieuse, qui fit honte à Akiva. Il s'efforça de la chasser, mais l'os le hantait toujours. « Elle n'a aucun besoin de savoir », semblait-il lui chuchoter, serré dans sa main. Et la mer Méditerranée, diaprée, miroitant sous le soleil et insondable, le lui confirmait.

« Elle n'a aucun besoin de savoir. »

41

Aleph

Karou était exactement là où l'avait imaginée Akiva, attablée dans un café situé en bordure de la place Djemaa el-Fna, et, toujours comme il l'avait imaginée, elle était déstabilisée par l'absence de son os à vœux. Avant, elle n'aurait eu aucun besoin d'occuper ses doigts, hormis avec un crayon. Son carnet de dessin était à présent ouvert devant elle, ses pages aveuglantes de blancheur sous le soleil d'Afrique du Nord, et elle s'agitait, incapable de fixer son attention sur autre chose que la place qu'elle fouillait du regard à la recherche d'Akiva.

Il viendrait, se disait-elle, et il lui rapporterait l'os à vœux. C'était certain.

S'il était vivant.

Les autres séraphins l'auraient-ils blessé ? Deux jours déjà… Et si… ? Non, il était vivant. L'imaginer autrement… Non, c'était absolument inconcevable. Bizarrement, elle ne cessait de repenser à Kishmish, qui un jour avait avalé un oiseau-mouche à ailes de papillon – et à la brusquerie saisissante de cet acte : vivant, plus vivant. Il avait suffi d'une fraction de seconde.

Non.

Détournant le cours de ses pensées, elle choisit de les concentrer sur l'os à vœux. Pour quelle raison avait-il eu cet effet sur Akiva ? Et… qu'avait-il eu à lui dire au point de tomber à genoux devant elle ? Le mystère de ses origines s'épaississait de manière inquiétante, et elle en ressentit une certaine appréhension. Elle ne pouvait s'empêcher de songer à Zuzana et à Mik, et leur expression à la fois sidérée et terrifiée la hantait. C'était d'elle qu'ils avaient peur. Elle avait appelé Zuzana pendant son escale à Casablanca. Et elles s'étaient disputées.

– Qu'est-ce que tu fabriques ? lui avait demandé Zuzana qui voulait à tout prix savoir. L'époque de tes courses mystérieuses est révolue, Karou.

Comme elle n'avait plus aucune raison de se méfier, Karou lui avait répondu la vérité. Zuzana, ce qui était prévisible, avait estimé comme Akiva que c'était beaucoup trop dangereux et que Sulfure ne serait pas d'accord.

– Je voudrais que tu prennes mon studio, lui avait dit Karou. J'ai déjà prévenu le propriétaire. Il a une clé pour toi et le loyer est payé pour le reste de…

– Je ne veux pas de ton studio minable ! avait répliqué Zuzana.

Habitant chez une vieille tante qui cuisinait du chou tous les jours, elle menaçait en permanence Karou, sur le ton de la plaisanterie, de la tuer juste pour pouvoir récupérer son studio.

– Je n'en veux pas parce que c'est toi qui y habites. Et tu ne vas pas te volatiliser comme ça dans la nature, Karou. On n'est pas dans un de ces foutus livres, genre *Narnia* !

Il avait été impossible de la raisonner. La discussion avait assez mal fini, et Karou s'était retrouvée seule avec son téléphone encore chaud dans la main et personne d'autre à appeler. Elle avait été stupéfaite de constater à quel point il y avait peu de monde dans sa vie. Elle avait repensé à Esther, sa fausse grand-mère, et avait éprouvé du chagrin de n'avoir qu'elle à qui se raccrocher. Elle avait failli jeter le téléphone dans une poubelle, derrière elle – de toute façon, elle n'avait pas le chargeur –, mais le lendemain matin elle avait été assez contente de ne pas l'avoir fait. Elle l'avait senti vibrer au fond de sa poche au café, à bout de batterie, avant de découvrir le message: «Rien à becqueter. Nulle part. Merci de me laisser crever de faim. Aaaargh... je meurs.»

Karou avait éclaté de rire, puis s'était pris la tête dans les mains et avait même pleuré un peu, et lorsqu'un vieux monsieur était venu lui demander si elle allait bien, elle n'avait plus su quoi lui répondre.

Cela faisait deux jours qu'elle attendait au même endroit, deux nuits qu'elle avait essayé de dormir dans la chambre qu'elle avait louée tout à côté de la place. Elle avait retrouvé la trace de Razgut juste avant de partir et avait dû le laisser, pleurnichant après le gavriel qu'elle avait refusé de lui donner. Elle exaucerait son vœu le jour de son départ.

Partir. Avec ou sans Akiva, avec ou sans son os à vœux.

Combien de temps devrait-elle encore attendre?

Deux jours et deux nuits interminables, l'œil

aux aguets, la faim au ventre. Son cœur donnait des signes de lassitude. Quelle qu'ait été sa force de résistance, Karou semblait baisser les bras. Ses mains savaient ce qu'elles voulaient : elles voulaient Akiva, sa chaleur et son éclat. Malgré la douceur du printemps marocain, elle avait froid, comme si la seule chose susceptible de la réchauffer était sa présence à lui. Le matin du troisième jour, en traversant les souks pour rejoindre la place Djemaa el-Fna, elle fit un curieux achat.

Des mitaines. Elle les aperçut sur un étalage, tricotées dans une laine berbère et renforcées aux paumes par des pièces de cuir. Elle les acheta et les enfila : elles recouvraient entièrement ses khamsas, et Karou ne pouvait prétendre se les être offertes pour la chaleur qu'elles lui procureraient. Elle savait parfaitement ce qu'elle voulait. Elle voulait ce que ses mains voulaient : toucher Akiva, et pas seulement du bout des doigts, et sans prendre mille précautions, et sans avoir peur de le faire souffrir. Elle voulait le serrer dans ses bras et qu'il la serre dans les siens, tous les deux étroitement enlacés, comme dans une danse langoureuse. Elle voulait ne faire plus qu'un avec lui, le respirer, le découvrir, tenir son visage entre ses mains comme il l'avait fait avec elle, tendrement.

Amoureusement.

Sulfure lui avait promis autrefois qu'elle saurait reconnaître l'amour le jour où il se présenterait, et s'il n'avait sans doute jamais pensé qu'il pourrait se présenter sous la forme de son ennemi, Karou savait qu'il avait dit vrai. Elle avait su le reconnaître. Il était simple et absolu, évident comme la faim ou le bonheur et, lorsque le troisième jour elle avait levé la tête de son verre de thé et vu Akiva sur la place, à une vingtaine de mètres, et qui la regardait, elle avait eu l'impression d'être parcourue d'un grand frisson lumineux. Il était vivant.

Il était là. Elle se leva de sa chaise.

Le fait qu'il soit simplement là, debout au milieu de la place, la troubla.

Et lorsqu'il marcha à sa rencontre, ce fut d'un pas lourd et la mine fermée, lentement, avec réticence. Toute son assurance la quitta aussitôt. Elle ne lui tendit pas les bras, ni même ne quitta sa table. Cette lumière qui l'avait parcourue reflua le long de ses terminaisons nerveuses, la laissant de nouveau gelée, et elle le regarda fixement – cette lenteur pesante, cet air inexpressif – et se demanda si elle n'avait pas rêvé tout ce qu'il y avait entre eux.

– Salut, fit-elle d'une petite voix hésitante, où perçait encore une lueur d'espoir.

L'espoir qu'elle avait pu se méprendre sur son expression, qu'il pouvait encore lui renvoyer cette chaude lumière qui l'avait envahie en le voyant. Elle avait trouvé ce qu'elle avait toujours désiré : quelqu'un qui était là rien que pour elle, telle qu'elle l'était pour lui, quelqu'un dont le cœur battait au rythme du sien et dont les émotions répondaient aux siennes.

Mais Akiva ne dit rien. Il fit un petit signe de tête, et pas l'ombre d'un pas vers elle.

– Tu es sain et sauf, fit-elle remarquer, sans que son ton trahisse sa joie.

– Tu as attendu.

– J'avais… j'avais dit que j'attendrais.

– Autant que possible.

Lui en voulait-il qu'elle ne lui ait pas promis davantage ? Karou aurait aimé lui dire qu'elle ignorait alors ce qu'elle savait aujourd'hui – que « autant que possible » représentait déjà un assez long moment et qu'en outre elle avait l'impression de l'avoir attendu toute sa vie. Mais sa mine fermée lui intimait le silence.

– Tiens, dit-il en tendant la main dans laquelle se trouvait l'os à vœux attaché à sa cordelette.

Elle la prit, murmurant un merci du bout des lèvres tout en la passant autour de son cou. Le petit os reprit sa place, au creux de la légère dépression à la base de sa gorge.

– J'ai pris ça aussi, ajouta Akiva en posant sur la table l'étui qui contenait les couteaux croissants de lune. Tu risques d'en avoir besoin.

Son ton était dur, presque menaçant. Karou restait immobile, ravalant ses larmes.

– Tu as toujours envie de savoir qui tu es ?

Akiva ne la regardait pas, mais son regard se perdait plus loin, au-delà d'elle, sans s'attarder sur rien de particulier.

– Bien sûr, répondit-elle, mais ce n'était pas précisément ce dont elle avait envie à ce moment.

Ce dont elle avait envie, c'était de revenir en arrière, de retourner à Prague. Elle avait cru alors, avec une conviction qui était à la fois excitante et rassurante, qu'Akiva était sorti pour elle de quelque nuit obscure de l'âme. À présent, c'était comme s'il était mort de nouveau, et bien qu'elle eût retrouvé son os à vœux et fût sur le point d'avoir enfin la réponse à la question clé de son existence, elle se sentit morte elle aussi.

– Que s'est-il passé ? demanda-t-elle. Avec les autres.

– Y a-t-il un endroit où nous pouvons aller ? répondit-il, ignorant sa question.

– Aller ?

Il fit un geste en direction de la foule sur la place, des vendeurs en train d'édifier leurs pyramides d'oranges, des touristes encombrés d'appareils photo et d'emplettes diverses.

– Tu préféreras peut-être être seule pour ça.

– Que… Qu'as-tu à me dire pour que je désire être seule pour l'entendre ?

– Je ne vais rien te dire du tout.

Pendant tout ce temps, Akiva n'avait cessé de regarder au loin, dans le vide, de sorte qu'elle avait commencé à se sentir presque transparente, mais à cet instant, il posa résolument les yeux sur elle. Ils brillaient comme le soleil sur une topaze, et elle y aperçut, avant qu'il ne tourne de nouveau la tête, l'éclat brut d'un désir si intense qu'elle ne put soutenir son regard. Son cœur tressauta dans sa poitrine.

– Nous allons rompre l'os à vœux, déclara-t-il.

Alors, elle saurait tout et elle le haïrait. Akiva tentait de se préparer à la façon dont elle le considérerait dès qu'elle aurait compris. Il l'avait observée sur la place à son insu, quelques secondes avant qu'elle ne lève la tête, et avait pu assister à la métamorphose de son visage à l'instant où elle le vit – passant de l'angoisse, la vaine attente, à… la lumière. C'était comme si elle avait émis une radiation qui l'atteignit, malgré la distance, l'enveloppa et le brûla.

Tout ce qu'il ne méritait pas et ne pourrait jamais obtenir tenait dans cet instant. Tout ce qu'il désirait à présent, c'était l'enlacer, plonger ses doigts dans ses cheveux – qui étaient propres et lisses, ruisselets fluides sur ses épaules –, se perdre dans le parfum et la douceur de son corps.

Il se rappela une histoire que Madrigal lui avait racontée autrefois : celle du golem. C'était une créature à l'image de l'homme façonnée dans de l'argile à qui on aurait insufflé la vie en écrivant sur son front le symbole *aleph*. *Aleph* était la première lettre d'un alphabet humain ancestral et la première du mot hébreu « vérité » ; c'était le commencement. En voyant Karou se lever brusquement, radieuse sous une chevelure lapis, dans sa robe tissée couleur mandarine, avec son collier de perles d'argent autour du cou et cet air si gai, si soulagé, si… « amoureux »… sur son beau visage, Akiva sut qu'elle était son *aleph*, sa vérité, son commencement. Son âme.

Les attaches de ses ailes le faisaient souffrir tant il brûlait de les déployer pour, d'un seul battement, se retrouver tout près d'elle, mais au lieu de cela, il marcha, le cœur et le pas lourds. Ses bras semblaient entravés par des fers qui les empêchaient de se tendre vers elle. Cette lumière radieuse qui peu à peu la quittait face à la froideur de son attitude, l'hésitation et l'espoir qu'il percevait dans sa voix, tout cela le tuait peu à peu. Mais c'était mieux ainsi. S'il baissait sa garde et s'autorisait à obtenir ce qu'il désirait, elle ne l'en haïrait que davantage dès qu'elle saurait qui il était en réalité. Donc, il s'efforça de rester froid et distant, malheureux, se préparant au moment inéluctable.

– Le rompre ? demanda enfin Karou en considérant l'os à vœux d'un air étonné. Sulfure n'a jamais...

– Il ne lui appartenait pas, répliqua Akiva. Il ne lui a jamais appartenu. Il le gardait... pour toi.

Akiva n'avait pu se résoudre à jeter l'os à la mer. Qu'il ait simplement envisagé cette possibilité le rendait malade – une preuve de plus qu'il n'était pas digne d'elle. Elle méritait de connaître la vérité désormais, avec tout ce qu'elle comportait de déchirement et de brutalité, et s'il ne s'était pas trompé au sujet de l'os, ça ne tarderait pas à arriver.

Elle sembla sentir l'importance capitale de ce moment.

– Akiva, murmura-t-elle. Qu'y a-t-il ?

Et, lorsqu'elle posa sur lui ses yeux noirs d'oiseau, affolés et implorants, il dut détourner la tête tant le désir qui le taraudait était violent. Se défendre de la toucher en cet instant fut l'une des épreuves les plus pénibles qu'il lui ait été donné de vivre.

Et cela aurait pu continuer ainsi entre eux, sur ce mode désagréable et faux, mais Karou avait vu ce qu'elle avait vu, et elle l'avait senti également – le désir d'Akiva répondant au sien au plus profond d'elle-même – et lorsqu'il détourna la tête, elle eut l'impression qu'un câble se rompait brutalement et que tous ses freins lâchaient, et cela lui fut insupportable. Elle tendit la main vers lui, sa main à demi gantée, au khamsa recouvert par la mitaine, le prit par le bras avec douceur, peau contre peau, et l'obligea à se retourner vers elle. Elle s'approcha encore, renversant la tête en arrière pour mieux le voir, et lui prit l'autre bras.

– Akiva, murmura-t-elle d'un ton dépourvu de peur, mais bas, ardent et tendre. Qu'y a-t-il?

Ses mains remontèrent le long de ses bras et de ses épaules d'acier, atteignirent ses trapèzes puis sa gorge, son menton à la fois tendre et rugueux, puis ses doigts effleurèrent ses lèvres, si douces en comparaison. Elles tremblaient.

– Akiva, répéta-t-elle. Akiva. Akiva.

Elle semblait dire : «Ça suffit maintenant. Arrête de jouer la comédie.»

Et soudain, en frissonnant, c'est ce qu'il fit. Il abandonna tout faux-semblant, baissa brusquement la tête, de sorte que son front reposa contre celui de Karou, doré par le soleil. Il la prit dans ses bras, l'attira à lui, et l'on aurait dit deux allumettes prêtes à s'enflammer l'une contre l'autre. Elle s'adoucit avec un soupir d'aise; c'était si bon de se laisser aller contre lui, de ne plus résister. Elle sentit son menton piquant sur sa joue, puis son souffle sur sa chevelure lisse et soyeuse. Ils restèrent ainsi pendant un long moment, apparemment paisibles, contrairement à leurs nerfs, leur sang et leurs émotions qui s'agitaient et entamaient une musique endiablée dans un parfait unisson.

L'os à vœux, petit mais pointu, était emprisonné entre eux.

42

Douleur, sel et plénitude

– C'est ici, dit Karou en conduisant Akiva vers une porte bleu ciel qui se découpait dans un mur décrépi.

Leurs doigts étaient enlacés. Ils ne pouvaient plus ne pas se tenir par la main, et en le guidant à travers la médina, Karou avait eu l'impression de flotter. Ils auraient pû se dépêcher, mais au lieu de cela ils musardèrent, s'arrêtant pour observer un tisseur de tapis, admirer de petits chiens dans un panier, tester du bout des doigts les pointes de dagues décoratives – le contraire même de la hâte.

Ils eurent beau aller aussi lentement que possible, ils finirent par arriver à destination. Akiva suivit Karou dans un passage obscur qui débouchait dans une cour inondée de soleil, un monde caché donnant sur le ciel. Elle était bordée de palmiers et entièrement carrelée de zelliges rutilants ; une fontaine murmurait en son centre. Un balcon courait le long du premier étage, et la chambre de Karou se trouvait en haut d'une volée de marches en colimaçon. Elle était plus grande que son studio, avec un plafond en bois, très élevé. Les murs étaient enduits de tadelakt vermillon, profond et lumineux, tandis que les mystérieux motifs symboliques de la couverture berbère qui recouvrait le lit semblaient leur souhaiter la bienvenue.

Akiva ferma la porte, lâcha la main de Karou, et le moment qu'elle avait cru pouvoir repousser à l'infini, le moment qu'elle s'interdisait en quelque sorte – rompre l'os à vœux en deux –, ce moment était arrivé.

C'était maintenant.

C'était tout de suite.

Akiva fit quelques pas dans la pièce, regarda par la fenêtre, leva les bras et se passa les mains dans les cheveux, geste qui lui était familier, puis il se tourna vers Karou.

– Tu es prête ?

Non.

Et, soudain, non : elle n'était pas prête. La panique, tel un déchaînement de petites ailes affolées dans sa cage thoracique.

– Nous pourrions attendre, répondit-elle d'un ton faussement enjoué. De toute façon, nous n'avons pas l'intention de nous envoler avant la tombée de la nuit…

Le plan consistait à aller chercher Razgut dès le coucher du soleil et, à la faveur de l'obscurité, à voler avec lui jusqu'à la porte, où qu'elle se trouve.

Akiva revint vers elle après quelques pas hésitants et s'arrêta juste hors de sa portée.

– Oui, nous pourrions attendre, acquiesça-t-il, semblant tenté par cette idée, avant d'ajouter, très bas : Mais cela ne rendra pas les choses plus faciles.

– Tu me le dirais, non, si c'était affreux ?

Il s'approcha encore un peu, tendit la main et lui caressa les cheveux, d'un seul mouvement, lentement. Féline, elle se prêta à ses caresses.

– Tu n'as pas à avoir peur, Karou. Comment cela pourrait-il être affreux ? Il s'agit de *toi*. Tu ne peux être que belle.

Un pâle sourire apparut sur ses lèvres. Elle prit sa respiration et répondit d'une voix ferme :

– D'accord. Faut-il que, euh… que je m'asseye ?

– Si tu veux.

Elle alla vers le lit et s'assit au milieu, repliant les jambes sous elle et tirant sur la robe orange qu'elle s'était achetée dans les souks en pensant qu'Akiva la verrait dedans. Elle avait également acheté des vêtements plus pratiques en vue du voyage et de la suite, quelle qu'elle soit. Tout était prêt et rangé dans un sac neuf, avec certains produits de première nécessité qu'elle n'avait pas eu le temps d'emporter dans son départ précipité de Prague. Elle était contente qu'Akiva lui ait apporté ses couteaux – contente de les avoir et inquiète à l'idée d'en avoir besoin.

Il s'assit face à elle, les jambes tendues devant lui, les épaules ployées en avant d'une manière qui accentuait encore leur carrure.

C'est à ce moment que Karou eut une autre vision, une brèche dans l'espace-temps par laquelle elle aperçut fugitivement Akiva. Il était assis dans la même position, le torse penché vers elle, sauf qu'il… il était nu, le corps musclé ambré et l'épaule droite labourée de vilaines cicatrices. Puis, sur son visage, ce sourire douloureux de beauté. Et ce même sourire qui disparut un instant plus tard.

Elle battit des paupières, pencha la tête sur le côté et murmura :

– Oh…

– Qu'y a-t-il ?

– Il y a des fois où j'ai l'impression de te voir, à une autre époque ou alors… je ne sais pas…

Elle secoua la tête pour chasser cette image.

– Ton épaule… Que lui est-il arrivé ? ajouta-t-elle.

Il y porta la main et regarda Karou avec acuité.

– Qu'est-ce que tu as vu ?

Elle rougit. Il y avait quelque chose de terriblement sensuel dans ce moment, avec lui, torse nu, l'air si heureux.

– Toi… tu souriais. Je ne t'ai jamais vu sourire comme ça.

– Ça fait longtemps, oui…

– J'aimerais tellement que tu me souries. Fais-le pour moi.

Il s'y refusa. Une expression douloureuse passa sur son visage, puis il fixa ses phalanges avant de regarder de nouveau Karou.

– Approche, lui dit-il en tendant le bras pour faire glisser la cordelette par-dessus sa tête.

Il saisit une branche du petit os par un doigt et lui demanda d'en faire autant.

– Comme ça.

Elle attendit.

– Quoi qu'il arrive, dit-elle précipitamment, nous n'avons pas besoin d'être ennemis. Pas si nous ne le voulons pas. Ça ne dépend que de nous, n'est-ce pas ?

– Ça ne dépend que de *toi*.

– Mais je sais déjà que…

Il secoua la tête d'un air triste.

– Tu ne peux pas savoir. Tu ne pourras pas savoir tant que tu ne sauras pas.

Elle poussa un soupir exaspéré.

– On dirait Sulfure, râla-t-elle avant de se ressaisir.

Puis elle finit par lever la main et enroula son petit doigt autour de la seconde branche de l'os à vœux. Sa phalange touchait celle d'Akiva, et ce seul contact ténu suffit à mettre tous ses sens en effervescence.

Il ne leur restait plus qu'à tirer chacun de leur côté. Karou attendit une seconde, pensant qu'Akiva commencerait le premier, puis elle se dit qu'il l'attendait probablement aussi. Elle le regarda dans les yeux – ils sondaient les siens, incandescents – et contracta légèrement la main. Le meilleur moyen de le faire était de le faire. Elle entreprit de tirer.

Cette fois, c'est Akiva qui leva brutalement la main.

– Attends. Attends un instant.

Il tendit la main vers son visage, et Karou la prit dans les siennes et la posa sur sa propre joue.

– Je veux que tu saches… Il faut que tu saches que c'est par toi que j'étais attiré, Karou, par toi, avant l'os à vœux. Avant que je comprenne, et je crois… je crois que je te retrouverai toujours, où que tu te caches.

Il la fixait avec une intensité rare.

– Ton âme répond à la mienne, elle m'est familière. La mienne t'appartient, et t'appartiendra éternellement, dans n'importe quel monde. Advienne que pourra…

Sa voix se brisa et il dut s'interrompre.

– Mais n'oublie jamais que je t'aime.

« Je t'aime. » Ces trois mots magiques lui vinrent spontanément aux lèvres lorsqu'elle voulut lui répondre, mais il la supplia :

– Dis-moi que tu ne l'oublieras jamais. Promets-le-moi.

Voilà une promesse qu'elle pouvait lui faire, et elle la fit. Akiva demeura silencieux, tandis que Karou, toujours assise sur le lit et penchée vers lui, extatique, se disait qu'il allait en rester là – qu'il se contenterait de lui dire ça et ne l'embrasserait pas. Ce qui aurait été absurde, et elle aurait protesté, mais il n'en resta pas là.

L'une des mains d'Akiva était déjà sur sa joue ; il leva l'autre et lui prit le visage, puis les choses s'enchaînèrent avec une fluidité inéluctable : ils glissèrent l'un vers l'autre. Un effleurement aussi léger qu'un chuchotement – la lèvre inférieure pulpeuse d'Akiva remontant sur celles de Karou, si délicatement, puis de nouveau un vide, un espace ténu entre eux, et leurs visages si proches. Ils respiraient leur souffle respectif alors que le désir montait en eux, autour d'eux, palpable et cosmique, et soudain l'espace s'amenuisa encore jusqu'à disparaître et céder le terrain au baiser.

Un baiser tendre, tiède et tremblant.

Un baiser doux, dense et de plus en plus débridé.

L'haleine de Karou mentholée, la peau d'Akiva salée.

Ses mains à lui dans sa chevelure fluide, plongées jusqu'aux poignets comme dans un liquide onctueux ; ses paumes à elle plaquées sur son torse musclé, elle oubliait l'os à vœux dans la découverte de son cœur battant.

La tendresse céda à son tour la place à autre chose. L'impulsion. Le plaisir. Ce qui bouleversa Karou, c'était la réalité d'Akiva, sa présence physique si concrète – sel, musc et muscle, fougue, chair et cœur battant –, cette impression de plénitude. Le goût de ses lèvres sur les siennes – sa bouche et maintenant son menton, son cou et cet endroit si doux derrière l'oreille, et cette façon de frissonner quand elle l'embrassait là, puis ses mains qui se glissèrent sous sa chemise, séparées de sa peau par la seule laine des mitaines. Elle laissa ses doigts courir sur son corps : il frémit et la serra fougueusement contre lui. Ce baiser était bien plus qu'un baiser.

Ce fut Karou qui se renversa sur le lit, l'entraînant avec elle, sur elle ; et son corps tout entier étendu sur le sien était brûlant et… familier aussi. Et c'était elle et pas exactement elle qui se cambrait en poussant un faible feulement de félin.

Et Akiva se dégagea.

Ce fut aussi rapide qu'un verre qui se casse : il s'était relevé d'un coup de rein, laissant derrière lui les éclats tranchants du moment brisé. Karou se redressa aussitôt, ne sachant comment elle avait perdu le souffle. Sa robe était remontée sur ses cuisses, l'os à vœux abandonné sur la couverture, et Akiva debout au pied du lit, les mains sur les hanches, la tête baissée et détournée. Ils respiraient encore en cadence, au même rythme. Karou était silencieuse, submergée par la violence de ce qui venait de la posséder. Elle n'avait jamais rien éprouvé de tel. Avec de nouveau cette distance entre eux, elle avait recouvré son calme – qu'est-ce qui avait pu la pousser à aller aussi loin ? – et en même temps, elle voulait retrouver tout cela : cette douleur, ce sel et cette plénitude.

– Excuse-moi, dit Akiva, tendu.

– Non, non, c'était moi. Tout va bien. Akiva, je t'aime aussi…

– Non, tout ne va pas bien, répliqua-t-il en se retournant, ses yeux de tigre lançant des éclairs. Tout ne va pas bien, Karou. Je ne tenais pas à ce que cela arrive. Je ne veux pas que tu me détestes plus que tu ne me détestes déjà…

– Que je te déteste ? Mais comment pourrais-je… ?

– Karou, l'interrompit-il, tu dois connaître la vérité, et tu dois la connaître maintenant. Nous devons rompre l'os à vœux.

Et c'est ce qu'ils firent enfin.

43

Clac

Une si petite chose, fragile, et le bruit qu'elle fit en se cassant en deux, un claquement sec et net : *clac*.

44

Entière

Clac.

À toute vitesse, comme le vent s'engouffrant sous une porte, et Karou était la porte, et le vent retournait à sa source, et elle était aussi le vent. Elle était tout à la fois: le vent, la source et la porte.

Elle se précipitait en elle et se remplissait d'elle-même.

Elle se laissait entrer; elle était pleine.

Elle se referma. Le vent retomba. C'était aussi simple que cela.

Elle était entière.

45

Madrigal

Elle est enfant.

Elle vole. L'air est rare et le monde si loin en bas que même les lunes, jouant à se poursuivre dans le ciel, sont vues d'en haut, telles les têtes blondes de chérubins.

Elle n'est plus une enfant.

Elle se laisse choir du ciel, entre les branches des arbres du repos éternel. Il fait sombre et le bosquet bruit du chuintement des évangélines, ces oiseaux-serpents qui se nourrissent la nuit du nectar des fleurs du repos éternel. Elles sont attirées par sa présence – *chhh-chhh* – et volettent autour de ses cornes, secouent les fleurs pour en faire tomber le pollen doré qui se déposera sur ses épaules.

Plus tard, ce pollen engourdira les lèvres de son amoureux qui l'embrassera à satiété.

Elle est au cœur de la bataille. Les séraphins plongent du ciel dans une traînée de feu.

Elle est amoureuse. Tout brille en elle ; elle est comme éclairée de l'intérieur par une étoile.

Elle monte sur un échafaud. Un million de visages la regardent, mais elle n'a d'yeux que pour un seul.

Elle s'agenouille sur le champ de bataille auprès d'un ange qui se meurt.

Des ailes l'enveloppent. La peau brûlante, enfiévrée, l'amour incandescent.

Elle monte sur l'échafaud. Ses mains sont attachées dans le dos, ses ailes entravées. Un million de visages regardent ; bruits de pas, bruits de sabots ; cris et huées, mais une voix s'élève par-dessus les autres. Celle d'Akiva. Un cri à ressusciter les morts.

Elle est Madrigal Kirin, celle qui a osé imaginer une nouvelle façon de vivre.

La lame est large et brillante, tel un astre filant. C'est brutal…

46

Brutal

Karou sursauta. Elle porta les mains à son cou et le palpa : il était indemne.

Elle regarda Akiva, troublée, et lorsqu'elle prononça son nom dans un souffle, sa voix avait acquis une nouvelle plénitude, un mélange d'émerveillement, d'amour et de prière qui lui donnait des intonations d'un autre temps. Ce qu'elles étaient.

– Akiva, souffla-t-elle de tout son être.

Le regard lourd de désir et d'appréhension, il l'observa et attendit.

Elle ôta les mains de son cou : elles tremblaient lorsqu'elle enleva ses mitaines, mettant ses paumes à nu. Elle les contempla.

Elles lui renvoyèrent son regard.

Elles lui renvoyèrent son regard – deux yeux indigo à plat au creux de ses mains – et elle comprit ce que Sulfure avait fait.

Elle finit par tout comprendre.

Il était une fois
Deux lunes qui étaient sœurs.

Nitida était la déesse des Larmes et de la Vie,
Et le ciel était son royaume.
Personne ne vénérait Ellaï
hormis les amants secrets.

47

Évanescence

Madrigal monta à l'échafaud. Elle avait les mains attachées dans le dos, les ailes entravées pour qu'elle ne puisse s'envoler. Cette précaution n'était pas nécessaire : au-dessus de sa tête, les arceaux de fer de la Cage rendaient toute évasion impossible. S'ils avaient pour fonction d'interdire l'intrusion des séraphins plutôt que d'empêcher les chimères de sortir, ce jour-là, c'est à cela qu'ils auraient pu servir. Mais Madrigal n'avait qu'un seul lieu où aller : la mort.

– C'est inutile, avait objecté Sulfure lorsque Thiago avait ordonné qu'on lui entrave les ailes.

La voix qui sortait de sa gorge évoquait le raclement sourd d'un objet lourd traîné sur le sol.

Thiago, le Loup blanc, le général, fils et bras droit du Seigneur de la guerre, ne l'avait pas écouté. Il savait parfaitement que c'était inutile, mais il voulait humilier Madrigal. Sa mort ne lui suffisait pas : il désirait la voir implorer à genoux sa pitié, se repentir de façon abjecte.

Il allait être déçu. Il pouvait lui attacher les mains et les ailes, il pouvait la contraindre à s'agenouiller, la regarder mourir, mais il n'était pas en son pouvoir de l'obliger à se repentir.

Elle ne regrettait en rien ce qu'elle avait fait.

Le chef militaire s'était installé en grande pompe sur le balcon du palais. Il avait une tête de cerf aux bois dorés aux extrémités. Thiago se tenait à sa place, à la droite de son père. Le siège situé à sa gauche était celui de Sulfure, et il était vide.

Des milliers de regards convergeaient sur Madrigal, et le brouhaha qui montait de la foule commençait à se faire menaçant, tandis que les quolibets culminaient peu à peu. On se mit à taper bruyamment des pieds. De mémoire de chimère, on n'avait jamais assisté à une exécution en place publique, mais les spectateurs savaient ce qu'il fallait faire, comme si la haine était un atavisme qui n'attendait qu'une occasion pour se manifester.

– Elle aime un ange ! accusa quelqu'un.

La foule se figea, indécise. Madrigal était une beauté, une splendeur – avait-elle pu se rendre coupable d'un acte aussi insensé ?

Puis on amena Akiva. Thiago avait ordonné qu'il assiste à l'exécution. Les gardes le jetèrent violemment à genoux sur une plate-forme dressée face à celle de l'échafaud afin qu'il ne perde rien du spectacle. Malgré ses blessures, ses fers et sa faiblesse due aux tortures, il était magnifique. Ses ailes brillaient d'une lueur flamboyante ; ses yeux rayonnaient, sauvages et rivés sur Madrigal, tandis que celle-ci était habitée par la douce chaleur des souvenirs et de la tendresse passée, et par certains regrets cuisants : son corps ne connaîtrait plus jamais le sien, ses lèvres ne rencontreraient plus jamais les siennes et leurs rêves ne verraient jamais le jour.

Ses yeux se remplirent de larmes. Elle lui sourit de loin, et tout son être exprima un amour si indéniable que personne ne put plus douter de sa culpabilité.

Madrigal Kirin fut déclarée coupable de trahison – d'avoir aimé un ennemi –, condamnée à mort et, pire, à une peine qui n'avait pas été prononcée depuis des siècles : à l'évanescence.

À être « défaite ».

Elle était seule sur l'échafaud avec le bourreau encapuchonné. La tête droite, elle marcha vers le billot et tomba à genoux. C'est à ce moment qu'Akiva se mit à crier. Sa voix s'éleva du tohubohu – un cri à déchirer l'âme de tous les spectateurs, un son à ressusciter les morts.

Il atteignit Madrigal en plein cœur. Elle n'eut plus qu'un seul désir : le serrer dans ses bras. Elle savait que Thiago attendait d'elle qu'elle faiblisse, qu'elle hurle, qu'elle implore sa pitié, mais elle n'en fit rien. C'était inutile. Il n'y avait pas le moindre espoir qu'elle vive. Aucun espoir ne lui était permis.

Un dernier regard à son bien-aimé et elle posa la tête sur le billot. C'était une pierre noire, comme tout à Loramendi, et elle était chaude comme une enclume contre sa joue. Akiva hurla, et le cœur de Madrigal lui répondit. Son pouls s'accéléra – elle allait mourir –, mais elle conservait son calme. Elle avait un plan, et c'est ce à quoi elle s'accrocha quand le bourreau leva sa hache – une grande lame brillante tel un astre filant – car elle avait encore des choses à accomplir et ne pouvait se permettre de perdre de vue son objectif. Elle n'avait pas encore dit son dernier mot.

Après sa mort, elle sauverait la vie d'Akiva.

48

Pure

Madrigal Kirin était Madrigal des Kirins, l'une des dernières tribus ailées des monts Adelphas. Les Adelphas étaient le bastion naturel situé entre l'empire séraphin et les colonies libres – le territoire défendu par les chimères –, et cela faisait des siècles que tout le monde vivait en paix dans ces montagnes. Les Kirins, rapides comme l'éclair et archers hors pair, survécurent plus longtemps que la plupart des autres tribus. Ils avaient été exterminés une dizaine d'années auparavant, quand Madrigal était encore petite. Elle grandit à Loramendi, fille des tours et des toits, et non des montagnes.

Loramendi – la Cage, la Forteresse noire, l'Aire du Seigneur de la guerre – abritait un million de chimères environ, créatures d'aspects les plus variés qui, sans les séraphins, leurs ennemis, n'auraient jamais vécu ensemble ou combattu côte à côte, ni parlé la même langue. Autrefois, les peuples étaient dispersés, isolés, commerçant de temps en temps ensemble ou bataillant à l'occasion – une Kirin comme Madrigal n'ayant pas plus de rapport avec une Anolis d'Iximi, par exemple, qu'un loup avec un tigre – mais l'empire avait changé la donne. En se targuant d'être les gardiens du monde, les anges avaient offert aux créatures de ces territoires un ennemi commun, et à présent, après des siècles de lutte, ils partageaient un héritage et une langue, une histoire, des héros et une cause. Ils constituaient une nation – avec à sa tête le Seigneur de la guerre et Loramendi pour capitale.

Loramendi était une ville portuaire, dont la vaste rade était remplie de vaisseaux de guerre, de barques de pêche et d'une importante flotte de commerce. Les rides à la surface de l'eau indiquaient la présence d'êtres amphibies qui, en vertu des accords, escortaient les bateaux et combattaient à leurs côtés. La ville elle-même, enfermée dans l'enceinte des massives murailles noires et des barreaux de la forteresse, était occupée par une population bigarrée, et bien que ces peuples se soient mélangés au fil des siècles, ils avaient toujours tendance à se regrouper par type plus ou moins semblable, et un système de castes, fondé sur l'apparence, prévalait.

Madrigal avait une apparence semi-humaine, comme on le disait des espèces qui possédaient une tête et un torse d'homme ou de femme. Elle avait des cornes de gazelle, noires et annelées, plantées sur le front et recourbées comme des cimeterres. À partir des genoux, la peau laissait place à la fourrure, sa composante gazelle conférant à ses jambes une longueur et une élégance rares, de sorte que lorsqu'elle se redressait de toute sa hauteur elle mesurait près d'un mètre quatre-vingts, sans les cornes, avec des jambes hors de proportion. Elle était aussi élancée qu'une liane. Ses yeux bruns, largement écartés, étaient grands et brillants comme ceux d'une biche, mais sans l'inexpressivité de ces derniers. Ils étaient vifs, pénétrants, intelligents et pétillants. Son visage ovale était lisse et beau, sa bouche généreuse et animée, faite pour sourire.

Au regard de n'importe quels critères, elle était belle, quoiqu'elle ne cherchât pas spécialement à mettre cette beauté en valeur, gardant les cheveux coupés court et ne portant ni maquillage ni parures. Cela n'avait aucune importance. Elle était belle et sa beauté se remarquerait.

Thiago l'avait remarquée.

Madrigal se cachait, bien qu'elle l'eût nié si on l'en avait accusée. Elle était sur le toit des baraquements nord, allongée sur le dos comme tombée du ciel. Non, pas du ciel. Car si elle était tombée du ciel, elle aurait atterri sur les barres de fer. Elle se trouvait à l'intérieur de la Cage, sur un toit, les ailes déployées de part et d'autre de son corps.

Elle percevait autour d'elle l'agitation fébrile de la cité, l'entendait et la sentait même – l'effervescence, les préparatifs. Les viandes qui rôtissaient, les instruments de musique qui s'accordaient. Une fusée de feu d'artifice jaillit tel un ange fourvoyé. Elle aurait dû participer à ces préparatifs. Au lieu de cela, elle était couchée sur le dos et se cachait. Elle n'était pas en tenue de fête, mais portait son uniforme de soldat, en cuir – une sorte de haut-de-chausses qui lui faisait comme une seconde peau jusqu'aux genoux, et un gilet sans manches lacé dans le dos conçu pour laisser passer ses ailes. Ses couteaux, façonnés en hommage aux deux sœurs lunes, étaient sur ses flancs. Elle avait l'air détendue, peut-être même un peu languide, mais elle avait l'estomac noué et les poings serrés.

La lune n'arrangeait pas les choses. Malgré la présence du soleil – l'après-midi était radieux –, Nitida avait déjà fait son apparition dans le ciel, comme si Madrigal avait eu besoin d'un signe. Nitida était la lune brillante, la sœur aînée, et il existait une croyance chez les Kirins selon laquelle lorsque Nitida se levait de bonne heure cela signifiait qu'elle était impatiente et qu'il allait se passer quelque chose. En effet, il allait bien se passer quelque chose ce soir-là, mais Madrigal ne savait pas encore quoi.

Cela dépendait d'elle. Concentrée en son for intérieur, sa décision en pleine germination lui faisait l'effet d'un arc trop tendu.

Une ombre, un souffle soulevé par une aile, et sa sœur Chiro vint se poser auprès d'elle.

– Ah, te voilà ! Tu te caches…

– Non, non…, commença à protester Madrigal, mais sa sœur ne l'écoutait pas.

– Lève-toi, lui ordonna-t-elle en lui donnant un petit coup de pied dans les sabots. Debout ! Debout ! Debout ! Il faut que je t'emmène aux bains.

– Aux bains ? Qu'est-ce que tu insinues ? s'étonna Madrigal en reniflant sa propre peau. Je ne crois pas sentir mauvais.

– C'est possible, mais entre être d'une propreté irréprochable et ne pas sentir mauvais il y a toute une zone pas très nette.

Comme Madrigal, Chiro avait des ailes de chauve-souris ; contrairement à elle, elle avait une apparence d'animal, avec sa tête de chacal. Elles n'étaient pas sœurs de sang. Lorsque Madrigal était devenue orpheline après la rafle des esclaves qui avait décimé sa tribu, les survivants s'étaient rendus à Loramendi : une poignée de vieillards avec les rares nourrissons qu'ils étaient parvenus à cacher dans les grottes, et Madrigal. Elle avait sept ans, et elle ne s'était pas fait prendre pour la simple raison qu'elle n'était pas là. Elle était partie dans la montagne ramasser des mues dans les nids des génies de l'air, pour découvrir à son retour le chaos, les cadavres, l'abandon. Ses parents faisaient partie des prisonniers, pas des victimes, et longtemps elle rêva qu'elle allait les retrouver et les libérer, mais l'empire était vaste, engloutissait tous ses esclaves, et, en grandissant, il lui devint de plus en plus difficile de s'accrocher à ce rêve.

À Loramendi, la famille de Chiro, qui appartenait aux Sabs, une peuplade du désert, avait été choisie pour l'adopter, principalement parce que, étant ailés, ils avaient les moyens d'être aussi rapides qu'elle. Madrigal et Chiro avaient donc été élevées ensemble, comme deux sœurs, n'était le sang.

Chiro avait une croupe de chat, de caracal ou de lynx, pour être précis, et quand elle vint s'accroupir auprès de Madrigal, elle avait tout l'air d'un sphinx.

– Pour le bal, expliqua-t-elle. J'espérais que tu voudrais être *parfaitement propre*.

– Le bal…, soupira Madrigal.

– Tu n'as pas oublié. Ne fais pas semblant !

Elle avait raison, bien sûr. Madrigal n'avait pas oublié. Comment l'aurait-elle pu ?

– Debout ! dit Chiro en lui redonnant un coup de pied dans les sabots. Allez, lève-toi !

– Arrête, maugréa Madrigal en lui rendant son coup sans conviction.

– Dis-moi que tu t'es au moins trouvé une robe et un masque.

– Quand aurais-je eu le temps de m'en occuper ? Je ne suis rentrée d'Eretz que depuis…

– Depuis une semaine ! Ce qui est largement suffisant. Franchement, Mad, ce n'est pas un bal comme les autres, celui-là.

« Précisément », songea Madrigal. S'il l'était, elle ne se cacherait pas sur le toit, à tout faire pour empêcher d'entrer cette chose qui la menaçait, qui affolait son cœur telles les souris-scorpions chaque fois qu'elle y pensait. Elle devrait être en train de se préparer, tout à l'excitation de la plus grande fête de l'année : l'anniversaire du Seigneur de la guerre.

– Thiago t'observera, lui rappela Chiro, comme si cela avait pu lui sortir de l'esprit.

– Me reluquera, tu veux dire.

La reluquer, la lorgner de son regard libidineux, en se léchant les babines et en attendant un geste de sa part.

– Comme tu mérites de l'être. Attends, c'est Thiago. Ne me dis pas que ça ne t'excite pas.

Cela l'excitait-elle ? Le général Thiago, le Loup

blanc, était une force de la nature, brillant et redoutable, fléau des anges et artisan d'impossibles victoires. Il était aussi très beau, et Madrigal n'était pas insensible à sa présence, bien qu'elle n'eût pu dire s'il l'attirait ou la terrifiait. Il avait fait savoir qu'il était prêt à se remarier et sur qui se portait son choix: elle-même. L'attention qu'il lui manifestait la flattait tout en la rendant fébrile et nerveuse, lui donnait l'impression d'être influençable et inconséquente, en même temps que rebelle, comme si sa présence envahissante était quelque chose dont elle devait se défendre, à moins d'accepter de se perdre dans son ombre colossale et dévorante.

Libre à elle d'encourager ses avances ou pas. Cela n'avait rien de romantique, mais elle ne pouvait nier que ce ne fût pas grisant.

Thiago était donc une force de la nature, d'apparence semi-humaine, à la musculature parfaite et sculpturale; ses jambes se transformaient à partir des genoux non en pattes de gazelle, comme elle, mais en grosses pattes de loup sur coussinets, recouvertes d'une fourrure blanche et soyeuse. Ses cheveux étaient également blancs et soyeux, malgré la jeunesse de ses traits; et Madrigal, ayant un jour entrevu son torse dans l'entrebâillement du rideau de sa tente de campagne, savait qu'il était aussi parsemé de poils blancs.

Elle passait devant quand un garde en était sorti précipitamment, et elle avait vu le général auquel on faisait revêtir son armure. Il était flanqué de ses aides de camp, les bras écartés juste avant que son plastron en cuir ne soit mis en place, son torse aux muscles abdominaux en relief dessinait un V parfait de force mâle, s'affinant jusqu'aux hanches étroites sous lesquelles étaient attachées des braies. Elle n'avait fait que l'entrevoir rapidement, mais l'image de ce chef de guerre à moitié dévêtu ne l'avait pas quittée depuis. Un frisson d'émoi la parcourut à ce simple souvenir.

– D'accord, oui, un peu…, reconnut-elle.

Chiro gloussa, mais son petit rire sonnait faux, et Madrigal songea avec un serrement de cœur que sa sœur était jalouse. Cela la rendit d'autant plus sensible à l'honneur d'avoir été choisie par Thiago. Il aurait pu obtenir n'importe qui, et c'était elle qu'il voulait.

Mais elle, voulait-elle de lui ? Si elle le désirait, sincèrement, les choses ne seraient-elles pas simples ? Ne serait-elle pas déjà aux bains, à se faire parfumer, oindre, et à soupirer après lui ? Elle tressaillit, se disant que c'était nerveux.

– Que crois-tu qu'il ferait si… si je refusais ? risqua-t-elle.

Chiro fut scandalisée.

– Si tu refusais ? Mais tu es malade ! s'exclama-t-elle en lui touchant le front. Tu as mangé quelque chose aujourd'hui ? Tu es ivre ?

– Oh, arrête, protesta Madrigal en repoussant la main de Chiro. C'est seulement que… enfin, bon, tu t'imagines… être avec lui ?

Madrigal en parlant imaginait Thiago, si lourd, en train d'ahaner et… de la mordre ; elle eut envie de se réfugier dans un trou de souris. Mais après tout, elle n'avait pas une grande expérience en la matière ; peut-être était-elle simplement un peu angoissée, et se trompait-elle du tout au tout sur son compte.

– Pourquoi voudrais-tu que moi je m'imagine quoi que ce soit ? demanda Chiro. Ce n'est pas moi qu'il a choisie.

Il n'y avait apparemment aucune amertume dans son ton, un petit peu trop enjoué néanmoins.

Elle faisait évidemment allusion à son apparence – les chimères se mariaient entre elles, indépendamment de leurs espèces, mais de telles unions étaient régies selon l'apparence –, toutefois il n'y avait pas que cela. Quand bien même aurait-elle été semi-humaine, Chiro n'aurait pas correspondu à l'autre critère de Thiago. Ce dernier n'avait rien à voir avec la caste. Il s'agissait d'un penchant personnel, et Madrigal avait la chance – en était-ce une ? Elle ne l'avait pas encore décidé – d'y correspondre. Contrairement à Chiro, ses mains ne portaient pas de khamsas, avec tout ce qu'ils représentaient. Elle ne s'était jamais réveillée sur une table de pierre dans les vapeurs et les fumerolles des revenants. Ses paumes étaient immaculées.

Elle était encore « pure ».

– Quelle hypocrisie, son obsession de la pureté. Il ne l'est même pas lui-même ! Et il n'est pas non plus...

Chiro lui coupa la parole :

– Oui, enfin, c'est Thiago, non ? Il a le droit d'être qui il veut, lui. Contrairement à certaines d'entre nous.

Cette pique, dirigée contre Madrigal, fut plus

efficace que tous ses coups de pied. Elle se leva d'un bond.

– Certaines d'entre nous, répliqua-t-elle, devraient apprendre à apprécier ce qu'elles ont. Sulfure a dit que…

– Oh, Sulfure a dit, Sulfure a dit ! Le tout-puissant Sulfure a-t-il daigné te donner le moindre conseil concernant Thiago ?

– Non. Il ne m'a rien dit.

Sulfure devait certainement savoir que Thiago la courtisait, pour ainsi dire, mais il n'avait pas abordé ce sujet et Madrigal lui en était reconnaissante. Il émanait de Sulfure une sorte de sainteté, une pureté d'intention que personne d'autre ne possédait. Son moindre souffle était dédié à son grand œuvre, une œuvre de génie, extraordinaire et terrible. La cathédrale souterraine, l'officine à l'air confiné, chargé des vibrations bruissantes de milliers de dents ; sans parler de la porte interdite et du monde sur lequel elle ouvrait. Tout cela fascinait Madrigal outre mesure.

Elle passait autant que possible l'essentiel de son temps en compagnie de Sulfure. Elle l'avait harcelé pendant des années, mais elle avait finalement réussi à se faire prodiguer son enseignement – une première pour lui – et elle était beaucoup plus fière de la confiance qu'il lui témoignait que du désir que lui manifestait Thiago.

– Eh bien, peut-être que tu devrais lui en parler, si vraiment tu n'arrives pas à te décider, lui conseilla Chiro.

– Non, je ne lui demanderai rien du tout,

rétorqua Madrigal, agacée. Je réglerai ça toute seule.

– Tu *régleras* ça toute seule ? J'envie tes problèmes, ma pauvre. Tout le monde n'a pas cette chance, Madrigal. Devenir l'épouse de Thiago ? Troquer le cuir pour la soie, les baraquements militaires pour un palais, être en sécurité, être aimée, avoir un statut, faire des enfants et vieillir…

Chiro avait la voix qui tremblait, et Madrigal savait ce qu'elle dirait ensuite. Elle souhaita qu'elle s'en abstienne et avait déjà honte. Son problème n'en était pas un pour Chiro, dont les mains portaient les khamsas.

Chiro, qui savait ce que c'était que de mourir.

La main de Chiro se porta vivement à son cœur, là où, l'année dernière, lors du siège de Kalamet, la flèche d'un séraphin l'avait transpercée et tuée.

– Mad, tu as la chance de pouvoir vieillir dans le même corps que celui qui t'a vue naître. Certaines d'entre nous n'ont que la mort pour seule perspective. La mort, toujours la mort, rien que la mort.

Madrigal contempla ses mains immaculées et répondit :

– Je sais…

49

Les dents

C'était le grand secret de la résistance des chimères, ce qui tourmentait les anges, les tenait éveillés la nuit, agaçait leurs esprits et tenaillait leurs âmes. C'était l'explication du mystère des armées de bêtes qui, comme dans les cauchemars, ne cessaient de déferler, à l'infini, sans jamais diminuer en nombre, quelle que soit la quantité de victimes faites par les séraphins.

Lorsque Chiro avait reçu une flèche à Kalamet, l'année précédente, Madrigal était auprès d'elle. Elle l'avait tenue dans ses bras pendant ses derniers instants, alors que le sang bouillonnait sur ses crocs acérés, qu'elle était secouée de tremblements et de soubresauts avant de s'immobiliser totalement. Madrigal fit ce qu'on lui avait enseigné et qu'elle avait fait tant de fois auparavant, mais jamais sur une compagne aussi proche.

D'une main ferme, elle alluma l'encens dans l'encensoir suspendu, telle une lanterne, à l'extrémité de son bâton de glaneuse – cette crosse que les soldats chimères portaient en bandoulière dans le dos – et attendit que la fumée enveloppe Chiro de ses volutes. Les flèches s'abattaient autour d'elles, dangereusement proches et nombreuses, mais elle ne s'éloigna pas avant d'avoir terminé. Deux minutes, telle était la règle. Deux minutes qui semblèrent deux heures sous la pluie de flèches, mais Madrigal ne battit pas en retraite. Une autre occasion ne se présenterait peut-être pas. Une féroce sortie des séraphins les éloignait des murs de Kalamet. Elle pouvait soit partir en traînant le cadavre de Chiro, soit accomplir sa tâche et le laisser derrière elle.

Ce qui était impossible, c'était de l'abandonner en laissant l'âme de Chiro prisonnière à l'intérieur.

Lorsque Madrigal put enfin se replier, elle emporta avec elle l'âme de sa sœur adoptive, en sécurité au fond de l'encensoir, une parmi les nombreuses âmes qu'elle allait recueillir ce jour-là. Les corps étaient ensuite livrés à la décomposition. Ce n'étaient que des corps…

Sitôt rentré à Loramendi, Sulfure s'appliquerait déjà à en fabriquer de nouveaux.

Car Sulfure était un résurrectionniste.

Il ne ramenait pas à la vie les chimères tuées dans les batailles ; non, il fabriquait des corps. Telles étaient les pratiques magiques auxquelles il se livrait dans la cathédrale souterraine. À partir de vestiges dérisoires, des dents, Sulfure conjurait de nouveaux corps dans lesquels il introduisait les âmes des guerriers morts au combat. C'est ainsi que l'armée des chimères parvenait à résister, année après année, face à la puissance supérieure des anges.

Sans lui, et sans les dents, les chimères seraient vaincues. Elles disparaîtraient sans aucun doute.

– Voilà pour Chiro, avait dit Madrigal en tendant à Sulfure un collier de dents.

Des dents d'humain, de chauve-souris, de caracal et de chacal. Elle avait consacré des heures à le composer, sans dormir ni manger depuis son retour de Kalamet. Ses paupières pesaient des tonnes. Elle avait trié toutes les dents de chacal du bocal, les examinant les unes après les autres pour choisir la plus belle : la plus propre, la plus lisse, la plus acérée, la plus solide. Elle avait procédé de façon identique avec les autres dents, ainsi qu'avec les pierres enfilées à leurs côtés : le jade pour la grâce, les diamants pour la force et la beauté. Les diamants étaient un privilège rarement accordé aux simples soldats, mais Madrigal les avait ajoutés un peu par provocation, et Sulfure ne s'y était pas opposé.

Il n'eut qu'à tenir le collier quelques instants dans la main pour s'assurer qu'il était réussi. Ainsi qu'il le lui avait appris, elle avait enfilé les dents et les pierres en prenant soin de les disposer pour obtenir un certain résultat. Si elles avaient été placées dans un autre ordre, le corps s'en serait trouvé également transformé : une tête de chauve-souris, par exemple, au lieu de chacal, des jambes d'être humain au lieu de pattes de caracal. L'intuition entrait à part égale avec la technique, et Madrigal était certaine que ce collier était parfait.

Une fois ressuscitée, Chiro aurait pratiquement la même apparence qu'avant sa mort.

– Bien joué, déclara Sulfure.

Puis il fit quelque chose qu'il n'avait jamais fait : il la toucha. Il posa une fraction de seconde sa large main sur la nuque de Madrigal et s'en alla.

Elle rougit, toute fière ; Issa s'en aperçut et sourit. Une telle réflexion de la part de Sulfure était déjà assez exceptionnelle pour être remarquée ; mais son geste l'était bien davantage. À vrai dire, tout entre eux était hors du commun, et arraché de haute lutte par Madrigal.

Sulfure était un ermite, que l'on voyait rarement hors de son domaine situé dans la tour ouest de Loramendi. Lorsqu'il faisait une apparition, c'était à la gauche du Seigneur de la guerre, et il inspirait un égal respect, quoique de nature différente. Ces deux personnages étaient des mythes vivants, presque des dieux. C'étaient eux, après tout, qui avaient orchestré le soulèvement d'Astraë, entraînant la mort, dans des bains de sang, de leurs maîtres les anges, puis la débâcle des survivants, à mesure que les chimères s'implantaient en tant que peuple et arrachaient de vastes étendues de terre à l'empire pour y établir les colonies libres.

Le rôle du Seigneur de la guerre était clair : il avait été le général, le visage et la voix de la rébellion, et il était aimé comme le père des espèces alliées. Mais celui de Sulfure était plus obscur, et son personnage inquiétant en faisait un sujet de mystère et de spéculation plutôt que d'adulation. Les rumeurs les plus folles couraient sur son compte, dont certaines touchaient juste et d'autres étaient à mille lieues de la vérité.

Ainsi, par exemple, il ne mangeait pas d'êtres humains.

Il avait effectivement une porte qui donnait sur leur monde, et Madrigal avait eu l'occasion de s'en assurer lorsque, à dix ans, elle fut désignée pour être sa commissionnaire.

Par le plus grand des hasards, la préposée à la jeunesse la choisit à cause de ses ailes ; elle aurait aussi bien pu choisir Chiro, mais ce n'est pas ce qu'elle fit. Elle choisit donc Madrigal, orpheline depuis trois ans, maigrichonne, curieuse et solitaire, et l'envoya auprès de Sulfure avec l'ordre vague de faire ce qu'on lui demanderait et de garder le silence sur ce qu'elle apprendrait.

Qu'allait-elle apprendre ? Ce mystère piqua aussitôt la curiosité de Madrigal, et ce fut les yeux écarquillés et l'estomac noué qu'elle se présenta à la tour ouest, où une femme Naja au doux visage – Issa – la fit entrer dans l'officine et lui offrit du thé. Elle l'accepta mais ne put le boire tant elle était absorbée par tout ce qui s'offrait à sa vue : Sulfure, pour commencer, encore plus grand de près qu'elle ne l'avait imaginé en l'apercevant occasionnellement de loin. Indifférent à sa présence, il surplombait sa table de travail de toute sa masse. Dans l'ombre, sa longue queue fouettait le sol comme celle des chats, ce qui rendit Madrigal nerveuse. Elle vit alentour les rayonnages et les livres poussiéreux ; elle vit la lourde porte sur ses gonds de bronze ouvragé qui, peut-être, simplement peut-être, ouvrait sur un autre monde ; et, naturellement, elle vit les dents.

Elle ne s'y attendait pas. Partout, le cliquetis des dents enfilées sur leur cordon, les bocaux, couverts de poussière, remplis de dents pointues, émoussées, énormes, biscornues ou encore aussi minuscules que des grêlons. Ses petites mains brûlaient de toucher à tout, mais à peine cette idée l'eut-elle effleurée que Sulfure, comme s'il l'avait sentie lui traverser l'esprit, la foudroya du regard, fixant sur elle ses yeux aux pupilles en fente, l'arrêtant net dans son élan. Madrigal se figea. Il détourna la tête, tandis qu'elle restait immobile une minute entière avant de se risquer à tendre un doigt qu'elle posa sur une défense de sanglier.

– Non !

Oh, cette voix ! Si caverneuse qu'on l'aurait crue sortie des catacombes. Elle aurait pu en être impressionnée, et peut-être l'était-elle un peu, mais la curiosité qui la dévorait était plus forte.

– À quoi servent-elles ? demanda-t-elle avec une pointe d'admiration.

Ce fut la première de ses nombreuses questions. De ses très nombreuses questions. Sulfure ne répondit pas. Il se contenta de terminer le message qu'il était en train d'écrire sur un épais papier couleur crème et la congédia en lui ordonnant de le remettre à l'intendant du Seigneur de la guerre. C'était tout ce qu'il avait à lui faire faire : apporter des messages et servir de coursier, afin d'éviter à Twig et à Yasri de passer leurs journées à monter et descendre l'interminable escalier en colimaçon. Il n'avait aucun besoin d'une apprentie.

Mais du jour où Madrigal découvrit l'étendue

des pouvoirs magiques de Sulfure – la résurrection des morts ; ce n'était rien de moins que l'immortalité, le salut des chimères, et l'assurance éternelle de leur liberté et de leur autonomie –, elle ne put plus se satisfaire de son rôle de commissionnaire.

« Je pourrais épousseter les bocaux. »

« Je pourrais aider. Je pourrais faire des colliers aussi. »

« Ce sont des dents d'alligator ou de crocodile ? Comment peut-on le savoir ? »

Afin de lui faire valoir ses qualités, elle lui présenta des liasses de dessins représentant des projets de chimères.

– Ça, c'est un tigre avec des cornes de taureau, tu vois ? Et ça, un mandrill-guépard. Tu crois que tu peux en créer un ? Moi, j'en serais capable.

Elle était infatigable, prête à tout : « Je pourrais me rendre utile. »

Mélancolique, exaltée : « Je pourrais apprendre. »

Déterminée, opiniâtre : « Je pourrais vraiment apprendre. »

Elle ne comprenait pas pourquoi il ne voulait pas lui transmettre son savoir. Par la suite, elle réaliserait qu'il ne voulait pas partager cette lourde responsabilité avec qui que ce soit – ce qu'il faisait était beau, mais aussi horrible, et beaucoup plus horrible que beau. Mais le jour où elle le comprit enfin, cela n'avait plus aucune importance : c'était trop tard, elle était partie prenante.

– Tiens, trie-moi ça, lui demanda un jour Sulfure en poussant vers elle un plateau de dents.

Cela faisait quelques années qu'elle était à son service en tant que commissionnaire, et il s'était montré très ferme à la confiner dans ce rôle. Jusqu'à ce jour.

Issa, Yasri et Twig suspendirent aussitôt leurs activités et tournèrent la tête d'un même mouvement. Était-ce… une mise à l'épreuve ? Sulfure les ignora, occupé à fouiller dans son coffre-fort, et Madrigal, qui osait à peine respirer, tira le plateau à elle et se mit tranquillement au travail.

C'étaient des dents d'ours. Sulfure s'attendait probablement à ce qu'elle les range par taille, mais Madrigal l'avait vu à l'œuvre de longues années. Elle prit les dents, les unes après les autres, et… les écouta. Elle les écouta du bout des doigts, sortit du lot celles qui n'étaient pas saines – cariées, lui expliqua plus tard Sulfure –, puis rangea en petits tas les autres, selon leur texture, au toucher et non en fonction de leur taille. Lorsqu'elle repoussa le plateau vers lui, elle eut le plaisir indicible de le voir écarquiller les yeux et lever la tête pour la regarder d'une façon toute différente.

– Bien joué, lui dit-il alors pour la première fois.

Elle ressentit un étrange pincement au cœur lorsque, dans un coin de la pièce, elle vit Issa s'essuyer les yeux.

À la suite de cela, et tout en se défendant de le faire, il entreprit son éducation en la matière.

Elle apprit que la magie était quelque chose de terrible – un âpre marchandage avec l'univers, un rapport calculé avec la douleur. Autrefois, il y avait très longtemps de cela, les sorciers se flagellaient, s'écorchaient pour accéder au pouvoir généré par leur martyre, ou même se mutilaient, se brisaient les os et les remettaient de travers afin d'avoir à leur disposition des réserves de douleur inépuisables. On parvenait toutefois à une espèce d'équilibre, un contrôle naturel lorsque sa propre souffrance était récoltée. Au fil du temps, toutefois, certains sorciers s'étaient arrangés pour fausser la donne en puisant dans la douleur des autres.

– C'est à cela que servent les dents ? À tricher ? Pauvres bêtes…, murmura Madrigal à qui le procédé semblait injuste.

Issa lui jeta un regard sévère, contrairement à son habitude.

– Tu préférerais peut-être torturer les esclaves ?

C'était si épouvantable et cela lui ressemblait si peu que Madrigal resta sans voix. Il lui fallut attendre des années avant de comprendre ce que voulait dire Issa – la veille de sa mort, quand Sulfure put enfin lui parler librement – et elle eut honte de ne pas avoir deviné toute seule. Les cicatrices de Sulfure. Cela aurait dû amplement l'éclairer – ce tissu de cicatrices, apparemment très anciennes, de fines entailles dues aux coups de fouet, s'entrecroisant sur ses épaules et son dos. Mais comment aurait-elle pu deviner ? Malgré tout ce qu'elle avait vu dans sa vie – la mise à sac de son village, les morts et les disparus, les sièges auxquels elle avait participé –, rien ne lui permettait d'avoir connaissance des souffrances qu'avait endurées Sulfure dans son enfance, et ce n'était pas lui qui allait l'éclairer sur ce sujet.

Il lui transmit son savoir concernant les dents et lui apprit à en extraire les pouvoirs, à manipuler les résidus de vie et de souffrance à partir desquels créer d'autres corps aussi réels que ceux de chair et de sang. Personne ne lui avait enseigné ce procédé magique qu'il avait élaboré seul, de même qu'il avait inventé les khamsas. Ce n'étaient aucunement des tatouages, mais ils avaient été invoqués, de sorte que les corps arrivaient au monde déjà marqués, dotés de pouvoirs surnaturels inaccessibles aux êtres « naturels ».

Les revenants – ainsi que l'on appelait ceux qui avaient été ressuscités – n'avaient pas besoin de troquer leur souffrance contre des pouvoirs : ils les possédaient déjà. Les khamsas étaient cette arme magique dont les souffrances de leur dernière mort étaient le prix.

Ainsi, c'était le lot des soldats que de mourir perpétuellement. « La mort, toujours la mort, rien que la mort », comme disait Chiro. Il n'y en avait jamais assez. De nouveaux soldats se présentaient sans fin – les enfants de Loramendi et tous ceux des colonies libres, entraînés pour le jour où ils seraient en âge de tenir une arme – mais les pertes étaient élevées. Malgré les résurrections, les chimères étaient au bord de l'extinction.

– Les bêtes doivent être exterminées ! tonnait Joram à la fin de chacune de ses harangues devant son conseil de guerre.

Les anges étaient comme l'ombre infiniment longue de la mort, dans la froidure de laquelle vivaient toutes les chimères.

Lorsque les chimères remportaient une bataille, la récolte était aisée. Les survivants ratissaient les lieux en quête de cadavres dont ils extirpaient les âmes pour les rapporter à Sulfure. Lorsqu'elles étaient vaincues, bien que prêtes à risquer leur vie pour sauver l'âme de leurs compagnes tombées au combat, la plupart étaient abandonnées et perdues à tout jamais.

L'encens qui s'échappait des encensoirs attirait les âmes des morts. Une fois dans l'encensoir, hermétiquement scellé, les âmes se conservaient éternellement. À l'air libre, livrées aux éléments, elles disparaissaient au bout de quelques jours par évanescence, se dispersaient comme le souffle dans le vent, et cessaient d'exister.

L'évanescence n'était pas en soi un destin funeste. C'était la façon dont les choses se défaisaient ; c'était ce qui se passait tous les jours lors de morts naturelles. Et pour un revenant qui n'avait cessé de vivre de corps en corps, qui était mort de multiples fois, l'évanescence représentait une sorte de paix. Mais les chimères ne pouvaient pas vraiment se permettre d'abandonner leurs soldats.

– Cela te plairait-il de vivre éternellement rien que pour mourir indéfiniment dans d'atroces souffrances ? avait demandé un jour Sulfure à Madrigal.

Et, avec le temps, elle constata l'effet que cela faisait à Sulfure de condamner à ce sort tant de créatures si bonnes qui jamais ne connaîtraient le repos ; elle le vit tourmenté, la tête basse, le regard vague et mélancolique.

Devenir une revenante, voilà ce dont parlait Chiro, d'un air dur, le jour où Madrigal lui faisait part de son indécision au sujet de son mariage avec Thiago. C'était un destin auquel aujourd'hui elle pouvait choisir d'échapper. Thiago la voulait « pure » ; il veillerait à ce qu'elle le reste – il s'était déjà arrangé pour que ses commandants mettent le bataillon de Madrigal à l'abri de tout danger. Si elle acceptait de l'épouser, elle ne porterait jamais les khamsas. Elle ne retournerait jamais plus se battre.

Et peut-être vaudrait-il mieux qu'il en soit ainsi – pour elle-même et pour ses compagnes également. Elle seule savait à quel point elle n'était pas faite pour la guerre. Elle détestait tuer – même des anges. Elle n'avait jamais raconté à personne ce qu'elle avait fait à la bataille de Bouvreuil, deux ans plus tôt, en épargnant le séraphin. Non seulement en l'épargnant, mais en lui sauvant la vie ! Par quelle folie avait-elle été gagnée ? Elle avait pansé sa blessure. Elle lui avait caressé le visage. Une sorte de honte l'envahissait chaque fois qu'elle y repensait – du moins qualifiait-elle de honte ce qui lui faisait battre précipitamment le cœur et rosissait ses joues.

La peau de cet ange était si brûlante, et ses yeux si ardents, comme enfiévrés.

La question de savoir s'il avait survécu la hantait. Elle espérait que non, pour qu'ainsi toute preuve de sa trahison ait disparu avec lui, dans la brume de Bouvreuil. Du moins, c'était ce qu'elle se disait.

Ce n'était qu'à son réveil, à ces instants à la lisière du sommeil où des bribes de rêve subsistaient encore quelques secondes, que la vérité lui apparaissait. Elle rêvait que l'ange était vivant. Elle souhaitait qu'il fût en vie. Elle s'en défendait chaque fois, mais cette sensation persistait, survenant brusquement à son insu, toujours accompagnée de palpitations, d'un afflux de sang au visage et de frissons jusqu'au bout des doigts.

Elle eut plusieurs fois l'impression que Sulfure était au courant. À une ou deux reprises, alors que ce souvenir l'assaillait soudain, avec son cortège de frissons et de rougeur, il avait levé les yeux de son ouvrage, comme si quelque chose avait éveillé son attention. Kishmish, perché sur une de ses cornes, dressait aussi la tête, et tous deux la regardaient fixement. Mais quoi qu'ait su ou non Sulfure, jamais il n'y fit allusion, pas plus qu'il ne fit allusion à Thiago, tout en sachant combien le choix de Madrigal la tourmentait.

Et ce soir, au bal, dans un sens ou dans l'autre, tout se déciderait.

« Il va se passer quelque chose. »

Mais quoi ?

Elle se dit qu'au moment où elle se présenterait devant Thiago, elle saurait quoi faire. Rougir, faire la révérence, danser avec lui, jouer les jeunes filles effarouchées tout en lui souriant sans équivoque ? Ou garder ses distances, ignorer ses avances et rester soldat ?

– Allez, viens, dit Chiro en secouant la tête d'un air accablé par l'attitude de Madrigal. Nwella va te trouver quelque chose à mettre, mais tu devras accepter ce qu'elle te proposera sans protester.

– D'accord, soupira Madrigal. Allons aux bains. Et soyons d'une propreté irréprochable.

« Comme des légumes, avant de passer à la casserole », songea-t-elle juste avant d'entrer dans le bain de vapeur.

50

Saupoudrée

– Non, dit Madrigal en se regardant dans le miroir. Oh, non, non et non. Non !

Nwella avait bien une robe pour elle. Elle était en soie moirée bleu nuit, si près du corps et si fine qu'on aurait pu craindre qu'elle se volatilise au toucher. Elle était parsemée de minuscules cristaux qui accrochaient la lumière et étincelaient comme des étoiles, et le dos était entièrement découvert, livrant aux regards le long sillon nacré de sa colonne vertébrale, de la nuque jusqu'au coccyx. C'était affolant. Le dos, les épaules, les bras et la poitrine. Beaucoup trop de poitrine.

– Non, répéta-t-elle en cherchant à l'ôter.

– Rappelle-toi ce que je t'ai dit : pas de protestation, l'arrêta Chiro.

– Tant pis, je me réserve le droit de protester.

– Trop tard. De toute façon, c'est ta faute. Tu avais une semaine pour te trouver une robe. Tu vois à quoi ont mené tes hésitations ? On a choisi à ta place.

Madrigal songea que ce discours ne s'appliquait pas à la robe.

– Comment ça ? C'est donc une punition alors ?

À côté d'elle, Nwella soupira. C'était une pauvre créature à l'apparence de lézard qui avait été à l'école avec Madrigal et Chiro. Leurs chemins s'étaient séparés lorsque les unes étaient parties suivre l'entraînement militaire tandis qu'elle entrait au service royal.

– Une punition que de te rendre belle, éblouissante ? Mais regarde-toi !

Madrigal se regarda, mais elle ne vit que sa peau dénudée. Les fils de soie de cette robe d'une finesse fabuleuse épousaient les contours de son corps et se mêlaient à la texture de sa peau qui semblait retenir son vêtement comme par magie.

– J'ai l'air toute nue.

– Non, tu as l'air époustouflante, répondit Nwella.

Nwella était la couturière des plus jeunes épouses du Seigneur de la guerre, dont la plus jeune n'était plus très jeune, pour dire les choses gentiment. Il avait jugé convenable, il y avait déjà quelques siècles, de cesser de s'imposer à de nouvelles compagnes. À l'instar de Sulfure, c'était un être de chair naturelle, et cela se voyait. Thiago, son fils aîné, était âgé de plusieurs centaines d'années, malgré son apparence de jeune homme et les khamsas qui allaient avec.

Comme l'avait dit Madrigal, l'obsession de la pureté du général n'était qu'une hypocrisie. Il avait subi lui-même un certain nombre de résurrections, et son hypocrisie était double : non seulement il n'était pas « pur », mais il n'était pas né semi-humain.

Avec sa tête de cerf, le Seigneur de la guerre

était issu de l'espèce des cervidés; il avait une apparence animale, tout comme ses trois épouses et Thiago, à l'origine. Il n'était pas rare qu'un revenant renaisse dans un corps différent du tout premier; Sulfure n'arrivait pas toujours à les reproduire à l'identique. C'était une question de temps et de dents. Mais concernant les corps de Thiago, d'autres éléments entraient en compte. Ils étaient élaborés selon les consignes strictes de ce dernier, et même avant qu'il n'en ait besoin, afin qu'il puisse les étudier pour en relever les défauts ou au contraire donner son approbation. Madrigal avait eu l'occasion d'assister à une telle scène: Thiago en train d'examiner un de ses doubles nu, l'enveloppe corporelle qui le recevrait après sa prochaine mort. Elle avait trouvé cela terriblement macabre.

Elle vérifia la résistance de sa robe en tirant légèrement dessus, pour s'assurer qu'en dansant une main un peu trop lourde ne risque pas de la déchirer.

– Nwella, l'implora-t-elle, n'aurais-tu pas quelque chose de plus… solide?

– Non, pas pour toi. Quand on a une silhouette pareille, pourquoi la cacher? répondit-elle avant de chuchoter quelques mots à Chiro.

– Arrêtez de comploter, vous deux. Ne puis-je avoir au moins un châle?

– Non, répliquèrent-elles en chœur.

– Je me sens aussi nue qu'aux bains.

Elle ne s'était jamais sentie aussi exposée de sa vie que lorsqu'elle était entrée cet après-midi-là avec Chiro dans le bain de vapeur, de l'eau jusqu'aux cuisses. Tout le monde savait qu'elle était l'élue de Thiago, et les regards de toutes les femmes l'avaient passée au crible, lui donnant envie de disparaître sous l'eau, ne laissant pointer à la surface que le bout de ses cornes de gazelle.

– Laissons Thiago admirer ce qu'il aura bientôt, dit Nwella non sans malice.

Madrigal se raidit aussitôt.

– Qui a dit qu'il l'aurait ?

Madrigal avait repris la formulation neutre de sa phrase, « ce qu'il aura », et cela lui sembla approprié, comme si elle n'était qu'un objet inanimé, une robe sur un cintre.

– Qui a dit qu'il m'aurait ? se reprit-elle.

Nwella éclata de rire à l'idée que Madrigal pourrait refuser sa proposition.

– Tiens, dit-elle en lui tendant un masque. Nous t'autoriserons à couvrir ton visage.

C'était un masque d'oiseau, les ailes déployées, sculpté dans un bois noir extrêmement léger, orné de plumes foncées qui faisaient comme un éventail de chaque côté du visage. Selon la lumière, des irisations arc-en-ciel ondoyaient sur les plumes.

– Ah, parfait. Avec ça, personne ne saura qui je suis, remarqua avec ironie Madrigal, dont les ailes et les cornes échappaient à tout déguisement.

Le bal du Seigneur de la guerre était masqué et il était obligatoire de s'y rendre « tel qu'on n'était pas ». Ainsi, les chimères d'apparence humaine portaient des masques d'animaux, tandis que celles à têtes d'animaux se dissimulaient derrière des figures humaines aux proportions grotesques. C'était la seule et unique nuit de l'année où toutes les folies étaient permises, où l'on pouvait se faire passer pour n'importe qui, une nuit qui sortait de l'ordinaire. Mais cette année, pour Madrigal, elle était tout sauf cela. C'était au contraire une nuit qui allait décider de sa vie.

Tout en soupirant, elle céda aux injonctions de ses amies. Elle s'installa sur un tabouret et les laissa rehausser ses yeux de khôl, rougir ses lèvres avec une pâte à base de pétales de roses et relier ses cornes entre elles par des mètres de chaînette d'or ultrafine où pendaient des gouttelettes de cristal qui miroitaient à la lumière. Chiro et Nwella riaient comme si elles préparaient une fiancée pour sa nuit de noces, et Madrigal songea que si la cérémonie qui s'annonçait n'était pas précisément celle-ci, l'intention y était.

Si elle donnait son consentement à Thiago, il était improbable qu'elle retourne dormir à la caserne cette nuit.

Elle frémit, imaginant ses doigts griffus sur sa peau nue. Quel effet cela lui ferait-il? Elle n'avait jamais fait l'amour – de ce point de vue-là également, elle était «pure», et Thiago devait le savoir. Elle y pensait souvent, c'était de son âge. Son corps était parcouru de désirs, comme tout le monde, et les chimères ne faisaient preuve en matière de sexe d'aucun puritanisme. Simplement Madrigal ne s'était jamais trouvée en mesure de les assouvir à son goût.

– Voilà, c'est terminé, annonça Chiro.

Elles aidèrent Madrigal à se lever et reculèrent pour admirer leur œuvre.

– Oh ! s'exclama Nwella dans un souffle.

Il y eut un silence et, lorsque Chiro prit la parole, elle s'adressa à elle d'une voix blanche :

– Tu es belle.

Mais cela ne sonnait pas comme un compliment dans sa bouche.

Après Kalamet, quand Chiro s'était réveillée dans la cathédrale, Madrigal était à son côté.

– Tout va bien, l'avait-elle rassurée dès que sa sœur avait ouvert les yeux.

C'était la première résurrection de Chiro, et au dire des revenants, on pouvait avoir du mal à retrouver ses repères. Madrigal espérait que la transition serait plus facile dans la mesure où elle avait tout fait pour que son nouveau corps ressemble autant que possible au précédent.

– Tout va bien, répéta-t-elle en serrant dans les siennes la main de Chiro, pourvue d'un khamsa, à présent symbole de son statut. Sulfure m'a laissé toute liberté pour élaborer ton corps, et j'ai même utilisé des diamants, ajouta-t-elle sur le ton de la confidence. Ne le dis à personne.

Elle aida Chiro à s'asseoir. La fourrure de ses cuisses de chat était douce, et la peau de ses bras de femme également. Chiro palpa précipitamment différentes parties de son corps : ses hanches, ses côtes, ses seins. Ses mains montèrent vivement de son cou à sa tête ; elle sentit la toison qui la recouvrait, puis le museau de chacal, et se raidit.

À en juger par le son guttural qu'elle émit,

Madrigal crut qu'elle s'étouffait et mit cela sur le compte de sa gorge à peine achevée et de sa bouche qui n'avait encore articulé aucune parole. Mais ce n'était pas cela.

– C'est *toi* qui m'as fait ça ? dit Chiro en repoussant la main de Madrigal qui recula d'un pas.

– Mais c'est… c'est parfait, balbutia-t-elle. Ton corps est presque identique à celui que tu avais…

– Et c'est tout ce que je mérite ? Une apparence de bête ? Merci, ma sœur. Je te remercie !

– Chiro…

– Tu n'aurais pas pu me rendre semi-humaine ? Que représentent quelques dents de plus ou de moins pour toi ? Ou pour Sulfure ?

Cette idée n'avait jamais effleuré Madrigal.

– Mais… Chiro. C'est vraiment toi, tu es ainsi.

– Moi…

Sa voix avait changé, un peu plus grave que celle d'origine, et Madrigal n'aurait su dire si cela était dû à sa transformation, mais quelle qu'en soit la raison, elle était aigre et désagréable.

– Aimerais-tu être à ma place ?

– Je ne comprends pas ce que tu veux dire, répliqua Madrigal, blessée et troublée.

– Non, ça ne m'étonne pas. Tu es belle.

Par la suite, elle s'était excusée. C'était le choc, avait-elle expliqué. Son nouveau corps lui avait semblé trop étroit, encore raide ; elle avait du mal à respirer. Lorsqu'elle s'y fut habituée, elle en apprécia la force, la souplesse de ses mouvements. Son vol était nettement plus rapide qu'auparavant ; ses gestes étaient vifs, ses dents et sa vue plus acérées. Elle disait qu'elle avait l'impression d'être un violon qu'on avait accordé : le même qu'avant, mais en mieux.

– Merci, ma sœur, lui dit-elle un jour, et apparemment elle était sincère.

Mais Madrigal n'avait pas oublié le ton méprisant sur lequel elle lui avait lancé : « Tu es belle. » Et elle venait de lui parler de la même façon.

Nwella était plus enthousiaste.

– Si belle ! Si belle ! chantonna-t-elle.

Un froncement de sourcils plissa sa peau de lézard, et elle attrapa le porte-bonheur que Madrigal avait autour du cou.

– Évidemment, ceci doit disparaître, décréta-t-elle.

– Non, rétorqua Madrigal, la repoussant et refermant la main sur son amulette.

– Rien que pour ce soir, Mad, chercha à la convaincre Nwella. Ça ne va pas du tout avec ce genre de festivités.

– N'insiste pas, trancha Madrigal.

Et Nwella n'insista pas, tant son ton paraissait sans appel.

– D'accord, soupira-t-elle.

Madrigal ouvrit la main et l'os à vœux reprit sa place entre ses clavicules. L'objet n'était pas particulièrement beau ni élégant, ce n'était qu'un os, et elle vit bien qu'il ne rendait pas justice à son décolleté, mais cela lui était égal. Elle ne s'en séparerait pas.

Nwella le considéra quelques instants, affligée, puis retourna fouiller dans son tiroir à la recherche de produits à maquillage et d'onguents.

– Tiens, voilà… au moins ça…

Elle revint avec une écuelle en argent et un gros pinceau soyeux, et avant que Madrigal n'ait compris ce qui lui arrivait, Nwella lui avait poudré la poitrine, le cou et les épaules d'une substance brillante.

– Qu'est-ce que… ?

– Du sucre, répondit-elle en riant.

– Nwella !

Madrigal chercha à s'en débarrasser du revers de la main, mais la substance était extrêmement fine et collait aux doigts : c'était bien du sucre en poudre que se mettaient les filles lorsqu'elles avaient l'intention de se faire « goûter ». Si ses lèvres rouges et son dos nu n'étaient pas une invite assez explicite pour Thiago, songea Madrigal, ce chatoiement l'était sans aucun doute, remplissant la même fonction qu'une petite pancarte indiquant : « Léchez-moi. »

– Tu n'as plus du tout l'air d'un soldat maintenant, dit Nwella.

C'était exact. Elle ressemblait à une jeune fille qui avait fait son choix. L'avait-elle seulement fait ? Tout le monde le croyait, ce qui revenait à peu près au même. Mais il n'était pas trop tard. Elle pouvait encore décider de ne pas aller au bal – ce qui enverrait un message diamétralement opposé à celui de s'y montrer saupoudrée. Il ne lui restait plus qu'à décider ce qu'elle voulait.

Elle resta immobile devant le miroir pendant de longues secondes, envahie par une sensation de vertige, comme si l'avenir se précipitait sur elle.

C'était précisément le cas, bien qu'à ce moment elle ne pût imaginer qu'il venait vers elle avec des ailes invisibles et des yeux qu'aucun masque n'était capable de dissimuler, et que ses choix, quels qu'ils soient, s'envoleraient comme un grain de poussière, d'un battement d'ailes, pour faire place à l'impensable.

L'amour.

– Allons-y, dit-elle.

Puis, prenant Chiro et Nwella par le bras, elle partit à sa rencontre.

51
La Serpentine

La principale artère de Loramendi, la Serpentine, devint le parcours obligé des cortèges pour l'anniversaire du Seigneur de la guerre. La coutume consistait à danser tout le long du chemin, passant des bras d'un cavalier masqué à un autre jusqu'à l'agora, la place où se rassemblait la population. C'est là que le bal avait lieu, sous des milliers de lanternes suspendues telles des étoiles aux barreaux de la Cage, la transformant, l'espace d'une nuit, en un univers en miniature, avec son propre firmament.

Madrigal plongea dans la foule avec ses amies, comme elle l'avait toujours fait, mais elle réalisa aussitôt que, cette année, les choses étaient différentes.

Elle avait beau être masquée, elle n'était pas déguisée – elle était bien trop reconnaissable – et elle avait beau être saupoudrée de sucre, personne ne prit le scintillement de ses épaules pour une invitation. Ils savaient tous qu'elle n'était pas pour eux. Parmi la foule en liesse, elle était aussi isolée qu'à la dérive, enfermée dans une boule de cristal.

Chiro et Nwella étaient sans cesse entraînées dans des bras étrangers et embrassées, masque contre masque. C'était la tradition : une danse tourbillonnante où l'on tapait des pieds, généreusement ponctuée de baisers afin de célébrer l'unité entre les espèces. Des musiciens jouaient à intervalles réguliers de sorte que les noceurs passaient d'une mélodie à une autre, comme de bras en bras, sans la moindre interruption. Une musique endiablée les emportait tous, tous à l'exception de Madrigal. Plus d'une fois un soldat s'approcha d'elle, lui prit même la main, mais il y avait toujours quelqu'un pour le repousser et le mettre en garde à voix basse. Madrigal n'entendait pas, mais elle se doutait de ce qui se disait.

« Elle est à Thiago. »

Personne ne la toucha. Solitaire, elle se laissa porter par la foule qui se divertissait.

Scrutant les regards sous les masques, elle se demanda où se trouvait Thiago. Dès qu'elle apercevait une longue chevelure blanche ou une apparence de loup, son cœur faisait un bond à la pensée que c'était peut-être lui, mais il s'agissait chaque fois de quelqu'un d'autre. Les longs cheveux blancs appartenaient la plupart du temps à une vieille femme, et Madrigal riait de sa propre fébrilité.

Tous les citoyens de Loramendi étaient descendus dans les rues, mais étrangement l'espace se dégageait autour d'elle et elle s'acheminait toute seule en direction de l'agora, dans le sillage de ses amies. Thiago s'y trouverait certainement, songea-t-elle, observant du balcon du palais, en compagnie de son père, la foule des chimères qui affluait par vagues sur la grande place.

Il la chercherait probablement des yeux.

Inconsciemment, elle ralentit le pas. Nwella et Chiro virevoltaient en avant et distribuaient des baisers, toujours masquées. Si, la plupart du temps, elles se contentaient d'effleurer des lèvres de leurs masques les bouches – becs, museaux, groins – des autres masques, il y avait également de vrais baisers, sans souci de l'apparence. Madrigal, pour avoir participé aux fêtes précédentes, connaissait bien ces sensations : l'haleine des inconnus chargée de vin aux herbes, le contact de la mâchoire d'un tigre, d'un dragon ou d'un homme. Mais pas ce soir.

Ce soir, elle était à l'isolement : des yeux se posaient sur elle, mais pas de mains et encore moins de lèvres. La Serpentine lui sembla très longue à parcourir dans sa solitude.

Puis quelqu'un lui prit le coude. Ce geste, qui détonnait face au traitement qui lui était réservé, la fit sursauter. Pensant qu'il pouvait s'agir de Thiago, elle se raidit.

Mais non. Celui qui était à côté d'elle portait un masque de cheval en cuir moulé qui lui recouvrait intégralement la tête. Thiago n'aurait jamais choisi de masque de cheval, ni quelque autre pour dissimuler son visage. Tous les ans, il portait toujours le même pour le bal : une véritable tête de loup posée sur la sienne, qui lui faisait comme une coiffe car la mâchoire inférieure avait été supprimée. Les yeux avaient été remplacés par des billes de verre bleu qui lui donnaient un regard fixe et mort.

Qui était-ce donc ? Quelqu'un d'assez inconscient pour oser la toucher ? En attendant, il était grand et la dépassait d'une tête, de sorte que Madrigal dut lever le visage vers lui, la main posée sur son épaule, pour que son bec d'oiseau frôle son museau de cheval. Un « baiser » censé lui prouver qu'elle était encore maîtresse de ses actes.

Et, comme si un charme venait de se briser, elle se retrouva emportée par la foule, tourbillonnant au rythme primitif de la musique, avec l'inconnu pour partenaire. Il la conduisait adroitement, lui évitant de se faire bousculer par des créatures plus imposantes. Elle sentait sa force ; il aurait pu aisément la porter sans que ses pieds touchent terre. Il aurait dû la laisser après un ou deux tourbillons, mais il n'en fit rien. Ses mains, gantées, ne la lâchaient pas. Et comme elle se doutait que personne ne danserait avec elle s'il la quittait, elle ne chercha pas à partir. C'était si bon de danser, et elle se donna entièrement à la danse, parvenant même à oublier ses craintes au sujet de sa robe. Malgré sa fragilité apparente, celle-ci résistait parfaitement et à chaque virevolte se soulevait par vagues autour de ses sabots de gazelle, légère et ravissante.

Ils se laissèrent porter par le courant, entraînés par la marée grouillante et animée. Madrigal perdit la trace de ses amies, mais l'inconnu au masque de cheval était toujours là, et lorsque le cortège approcha du bout de la Serpentine, la rue était engorgée. La danse ralentit, se transformant en un lent balancement, et Madrigal se retrouva face à lui, haletante. Elle leva la tête, rougit et lui sourit sous son masque.

– Merci, lui dit-elle.

– Merci à vous, madame. L'honneur est pour moi.

Sa voix était riche, son accent étrange, inconnu de Madrigal. Des territoires orientaux, peut-être…

– Vous êtes plus courageux que les autres pour avoir osé danser avec moi.

– Courageux ?

Son masque était inexpressif, bien évidemment, mais il pencha la tête sur le côté, et à son ton Madrigal comprit qu'il ne saisissait pas ce qu'elle voulait dire. Était-il possible qu'il ne sache pas qui elle était – à qui elle était ?

– Êtes-vous si féroce ?

Sa question la fit rire.

– Redoutable. Apparemment.

De nouveau, ce petit mouvement de la tête.

– Vous ne savez pas qui je suis.

Elle était étrangement déçue. Elle avait pensé qu'il s'agissait peut-être de quelque audacieux, se riant de la peur générale qu'inspirait Thiago, mais manifestement il ignorait simplement le risque qu'il avait pris.

Comme il avait la tête penchée vers elle, le museau de son masque lui effleurait l'oreille. Sa présence si proche dégageait une onde de chaleur.

– Je sais qui vous êtes. Je suis venu pour vous.

– Ah bon ?

Elle se sentait un peu étourdie, comme enivrée par le vin aux herbes alors qu'elle n'en avait pas bu la moindre gorgée.

– Alors dites-moi, sieur Cheval, qui suis-je ?

– Eh bien, dame Oiseau, ce n'est pas tout à fait juste. Vous ne m'avez jamais dit votre nom.

– Vous voyez ? Vous ne savez pas. Mais j'ai

un secret, chuchota-t-elle avec un sourire en tapotant sur son bec. C'est un masque : je ne suis pas véritablement un oiseau.

Il recula, feignant la surprise, mais sa main n'avait pas lâché le bras de Madrigal.

– Vous n'êtes pas un oiseau ? Vous m'avez bien eu.

– Donc, quelle que soit la dame que vous cherchez, elle doit vous attendre quelque part, toute seule.

Madrigal regrettait presque de le congédier, mais l'agora n'était plus très loin. Elle ne tenait pas à attirer sur lui les foudres de Thiago, pas après qu'il lui eut évité de parcourir toute la Serpentine sans cavalier.

– Allez-y, le pressa-t-elle. Allez la chercher.

– J'ai trouvé celle que je cherchais, répliqua-t-il. Je ne sais peut-être pas comment vous vous appelez, mais je vous connais. Et moi aussi j'ai un secret.

– Ne me dites rien : vous n'êtes pas un cheval ?

Elle le regardait attentivement ; sa voix lui était familière, mais comme un souvenir vague et lointain, comme dans un rêve. Elle essaya d'entrevoir son visage sous le masque, mais il était si grand que, de sa place, elle ne distinguait de ses yeux que des trous noirs.

– C'est exact, avoua-t-il. Je ne suis pas un cheval.

– Alors qu'êtes-vous ?

Elle se posait sincèrement la question à présent : qui était-il ? Le connaissait-elle ? Les masques, précisément destinés à tromper, donnaient lieu à toutes sortes de plaisanteries, et l'anniversaire du Seigneur de la guerre était l'occasion de maintes mystifications, mais Madrigal était certaine que personne ne serait d'humeur à lui faire une farce ce soir-là.

Sa réponse se perdit dans le tintamarre des derniers musiciens : les trilles lancés comme des cris d'oiseaux, les cordes pincées d'un luth, les ululements gutturaux des chanteurs, et en fond sonore, telles les pulsations d'un cœur sous la peau, les battements irrésistibles des tambours qui invitaient à la danse. Les corps se pressaient les uns contre les autres, et celui de l'inconnu n'y échappa pas. Un mouvement de foule le serra contre Madrigal, et elle sentit la masse et la puissance de ses larges épaules à travers son manteau.

Et la chaleur.

Elle était parfaitement consciente de sa quasi-nudité et du scintillement du sucre sur sa peau, ainsi que des palpitations qui l'assaillaient et de la chaleur qui montait en elle.

Elle rougit et s'éloigna, ou du moins chercha à s'éloigner, mais elle fut ramenée vers lui. Son parfum était à la fois doux et profond : un mélange d'épices et de sel, de cuir âcre, provenant de son masque, et d'autre chose encore, riche et intense, qu'elle ne parvenait pas à identifier mais qui lui donnait envie de se blottir contre lui, de fermer les yeux et de respirer. Il avait gardé son bras autour d'elle, repoussant la foule pour l'en protéger, jusqu'au moment où, la rue se rétrécissant, ils n'eurent d'autre choix que de se laisser porter jusqu'à l'agora. Il était matériellement impossible de faire demi-tour.

L'inconnu était derrière elle et lui parlait à voix basse :

– Je suis venu ici pour te retrouver. Je suis venu te remercier.

– Me remercier ? Pour quelle raison ?

Madrigal ne pouvait se retourner, empêchée d'un côté par un centaure et de l'autre par un Naja. Elle crut apercevoir Chiro dans la bousculade. L'agora était en vue à présent, en face d'elle, flanquée de l'arsenal et de l'école militaire. Au-dessus des têtes, les lanternes ressemblaient à des constellations dont le scintillement occultait celui des étoiles, et celui des lunes également. Madrigal se demanda si par hasard Nitida, la curieuse et scrutatrice Nitida, voyait ce qui se passait à l'intérieur de la Cage.

« Il va se passer quelque chose. »

– Je suis venu te remercier de m'avoir sauvé la vie, lui chuchota l'inconnu au creux de l'oreille.

Madrigal avait sauvé bien des vies. Elle avait hanté les champs de bataille dans le noir à la recherche des victimes, échappé aux patrouilles de séraphins pour glaner les âmes qui autrement auraient été perdues, condamnées à l'évanescence. Elle avait dirigé un assaut contre une position séraphine pour permettre à ses compagnes, prises au piège au fond d'un ravin, de s'échapper. Elle avait arrêté en pleine course la flèche d'un ange qui allait atteindre mortellement un de ses camarades. Elle en avait sauvé, des vies. Mais tous ces souvenirs défilèrent dans son esprit à la vitesse de la lumière pour n'en laisser qu'un seul.

Bouvreuil. La brume. L'ennemi.

– J'ai suivi ta recommandation : je suis resté en vie.

Aussitôt, elle eut l'impression que son sang s'était changé en feu. Elle fit volte-face. Son visage n'était qu'à quelques centimètres du sien, la tête légèrement penchée, de sorte qu'elle vit qui se cachait sous ce masque, le regard embrasé.

– Toi…, murmura-t-elle.

52
Folie

La marée humaine les poussa jusque dans l'agora, dans une houle de coudes et d'ailes, de cornes et de cuir, de fourrure et de peau ; et elle se laissa emporter, muette de stupeur et d'incrédulité, tandis que ses sabots effleuraient à peine les pavés.

Un séraphin, dans Loramendi.

Et pas n'importe quel séraphin : celui qu'elle avait touché, sauvé. Ici, à l'intérieur de la Cage, ses mains sur ses bras à elle, chaudes malgré l'épaisseur de ses gants de cuir, cet ange qui était vivant grâce à elle.

Il était là.

C'était une telle folie que l'agitation alentour n'était rien à côté de la confusion de ses pensées. Elle était incapable de réfléchir. Que pouvait-elle dire ? Que devait-elle faire ?

Par la suite, elle fut stupéfaite de ne pas avoir songé un seul instant à faire ce que n'importe qui dans cette ville aurait fait sans hésiter à sa place : lui ôter son masque et s'écrier : « Séraphin ! »

Elle prit une longue respiration, par à-coups, avant de répondre :

– C'est de la folie d'être ici. Tu es fou ; pourquoi es-tu venu ?

– Je te l'ai dit : je suis venu te remercier.

Un horrible pressentiment l'étreignit.

– L'assassiner ? Tu n'arriveras jamais à approcher le Seigneur de la guerre.

– Non, répliqua-t-il avec gravité. Je ne voudrais pas gâcher le cadeau que tu m'as fait en versant le sang de ton peuple.

L'agora était un gigantesque ovale, assez vaste pour qu'une armée s'y rassemble, avec plusieurs régiments de front, mais ce soir il n'y avait aucun soldat, seulement des danseurs qui évoluaient au rythme d'un quadrille aux pas compliqués. Tous ceux qui arrivaient de la Serpentine se retrouvaient, portés par le courant, tout autour de la place où la densité de spectateurs était grande. Des barriques de vin aux herbes trônaient entre les tables croulant sous les victuailles, tandis que les gens s'attroupaient par petits groupes, les enfants sur les épaules des aînés, tout ce monde riant et chantant.

Madrigal et l'ange étaient toujours pris dans un tourbillon au bout de la Serpentine. Il la retenait, solide comme un brise-lames. Encore abasourdie par le choc, Madrigal n'essayait pas de se dégager.

– Le cadeau ? répéta-t-elle incrédule. Tu sembles en faire peu de cas en venant ici, vers une mort certaine.

– Je ne vais pas mourir. Pas ce soir. Un millier de choses auraient pu m'empêcher d'être ici maintenant, et pourtant c'est aussi un millier de choses qui m'ont amené ici. Tout était de notre côté. Ç'a été très facile, comme prédestiné…

– Prédestiné ? s'étonna-t-elle.

Elle se retourna pour lui faire face, ce qui, dans la cohue, la plaqua contre lui, comme s'ils étaient toujours en train de danser. Elle chercha à se dégager.

– Qu'est-ce qui était prédestiné ?

– Toi, répondit-il. Et moi.

Madrigal en eut le souffle coupé. Elle et lui ? Une chimère et un séraphin ? C'était grotesque !

– Tu es fou, lui répéta-t-elle, ne trouvant rien d'autre à dire.

– Tu partages cette folie avec moi : tu m'as sauvé la vie. Pourquoi as-tu fait cela ?

Madrigal n'eut rien à répondre. Pendant deux ans, elle avait été hantée par ce geste, par le sentiment, lorsqu'elle l'avait découvert mourant, que d'une certaine manière c'était à elle de le protéger. À elle. Et à présent, si incroyable cela fût-il, il était là devant elle, bien vivant. Elle avait encore du mal à croire que c'était bien lui, son visage – dont elle se rappelait le moindre trait – caché sous ce masque.

– Et ce soir, reprit-il, parmi un million d'âmes, j'aurais pu ne jamais te retrouver. J'aurais pu chercher toute la nuit et ne pas te voir, mais au lieu de cela, tu étais là, comme si on t'avait déposée à côté de moi, et tu étais seule, marchant dans la foule et pourtant seule, comme si tu m'attendais…

Il continua à parler, mais Madrigal ne l'écoutait plus. En l'entendant évoquer sa solitude parmi la foule, le souvenir de ce qui en était la cause lui revint brutalement à l'esprit, car le choc causé par sa présence le lui avait fait oublier. Thiago. Elle tourna les yeux en direction du palais, les leva vers le balcon. De sa place, on ne distinguait que des silhouettes, mais elle les reconnut : le Seigneur de la guerre, la charpente imposante de Sulfure et, la tête surmontée de hauts bois, les épouses du grand dirigeant amassées en troupeau. Thiago n'était pas là.

Ce qui impliquait qu'il devait être forcément en bas, sur la place. Un frisson de peur lui parcourut le corps, des sabots jusqu'aux cornes.

– Tu ne comprends pas, dit-elle en faisant volte-face pour inspecter la foule. Si personne ne dansait avec moi, c'est qu'il y avait une raison. Je savais que tu étais courageux, mais pas que tu étais fou…

– Quelle raison ? demanda l'ange, toujours près d'elle, trop près d'elle.

– Fais-moi confiance, dit-elle d'un ton pressant. Tu n'es pas en sécurité ici. Si tu tiens à la vie, laisse-moi.

– Je suis venu de loin pour te retrouver…

– Je suis promise, lâcha-t-elle, mortifiée par les mots qu'elle prononçait.

– Promise ? répéta-t-il aussitôt. Fiancée ?

Elle eut envie de répondre « prétendue ».

– C'est tout comme. Maintenant, va-t'en. Si Thiago te voit…

– Thiago ? s'étonna l'ange, avec un mouvement de recul. Tu es fiancée au Loup ?

Au moment même où il prononçait le mot « Loup », des bras se refermèrent par-derrière autour de la taille de Madrigal qui sursauta.

En un éclair, elle sut ce qui allait se passer : Thiago découvrirait l'ange et il ne se contenterait pas de le tuer, il mettrait sa mort en scène.

Un espion séraphin au bal du Seigneur de la guerre : jamais une telle chose n'était arrivée ! Il serait torturé. On lui ferait regretter d'être venu au monde. Toutes ces images lui traversèrent l'esprit en une fraction de seconde, et l'horreur la saisit à la gorge. Quand elle entendit un petit rire à son oreille, son soulagement la laissa sans force.

Ce n'était pas Thiago, mais Chiro.

– Ah, te voilà enfin ! Nous t'avions perdue dans la cohue !

Le sang de Madrigal ne fit qu'un tour, tandis que le regard de Chiro passait alternativement de sa sœur à l'inconnu. La chaleur qu'il dégageait fit soudain sur Madrigal l'effet d'une balise.

– Bonjour, dit Chiro en scrutant avec curiosité le masque de cheval à travers lequel Madrigal devinait encore les yeux de tigre orange et ardents.

Elle fut de nouveau sidérée par le fait qu'il se soit jeté pour elle dans l'antre de l'ennemi sous un déguisement aussi léger, et sentit son cœur se serrer étrangement. Pendant deux ans, elle avait mis ce qui s'était passé à Bouvreuil sur le compte d'une folie passagère, bien que sur le moment il ne lui eût pas semblé absurde, pas plus qu'aujourd'hui, de souhaiter que ce séraphin vive : elle l'avait souhaité de tout son cœur. Elle reprit ses esprits et se tourna vers Chiro. Nwella était juste derrière elle.

– Quelles amies êtes-vous pour me vêtir de la sorte et ensuite m'abandonner sur la Serpentine ? les réprimanda-t-elle. Il aurait pu m'arriver des ennuis…

– Nous te croyions derrière nous, répondit Nwella, essoufflée d'avoir dansé.

– Je l'étais, mais beaucoup plus loin.

Madrigal, qui avait tourné le dos à l'ange sans hésiter, entreprit de les éloigner progressivement de lui, profitant du mouvement de la foule pour mettre la plus grande distance entre elles et lui.

– Qui était-ce ? voulut savoir Chiro.

– Qui ça ? demanda Madrigal.

– Le masque de cheval avec qui tu dansais.

– Je ne dansais avec personne. Mais peut-être que ça t'a échappé : personne ne voulait danser avec moi. Je suis une intouchable.

– Une intouchable ! répéta Chiro d'un ton sarcastique. Penses-tu ! Une princesse !

Chiro jeta un coup d'œil soupçonneux par-dessus son épaule, et Madrigal brûlait de savoir ce qu'elle avait vu. L'ange les suivait-il du regard ou son instinct de survie l'avait-il poussé à disparaître ?

– As-tu vu Thiago ? s'enquit Nwella. Ou plutôt t'a-t-il vue ?

– Non…

Madrigal eut à peine le temps de commencer sa phrase que Chiro s'exclamait :

– Il est là !

Elle se glaça.

En effet, il était là.

Il était là, immanquablement, avec la tête de loup décapité posée sur la sienne, masque grotesque dont les crocs lui tombaient sur le front, les babines retroussées en un rictus féroce. Ses cheveux blancs avaient été brossés et détachés, retombant sur ses épaules et sa veste en satin ivoire – tant de blanc, blanc sur blanc –, encadrant son beau visage énergique dont le teint bronzé par le soleil conférait à ses yeux clairs un air spectral.

Il ne l'avait pas encore vue. La foule s'ouvrait devant lui, et le plus ivre des fêtards ne manquait pas de le reconnaître et de s'écarter. Le public semblait se faire tout petit lorsqu'il passait avec son escorte, composée de gardes ressemblant à de vrais loups et qui ne se déplaçaient qu'en meute.

Le sens de cette soirée rattrapa Madrigal : son choix, son avenir.

– Il est magnifique, murmura Nwella en s'accrochant au bras de Madrigal.

Celle-ci dut acquiescer, mais elle en attribua tout le mérite à Sulfure auquel il devait ce corps splendide, et non à Thiago qui en usait avec l'arrogance de son bon droit.

– Il te cherche, dit Chiro.

Elle avait raison. Le général n'avait pas l'air pressé et scrutait la foule de ses yeux clairs avec l'assurance de celui qui obtient toujours ce qu'il désire. Puis son regard se posa sur elle. Se sentant comme empalée, elle fit un pas en arrière, affolée.

– Allons danser, lança-t-elle, à la grande surprise de ses amies.

– Mais…, protesta Chiro.

– Écoutez. C'est le furiant, ma danse préférée.

Ce n'était pas sa préférée, mais elle ferait l'affaire. Deux rangs de danseurs se formaient, les hommes d'un côté, les femmes de l'autre, et avant que Chiro et Nwella aient pu intervenir,

Madrigal se précipitait vers la file des femmes, sentant le regard de Thiago sur sa nuque tel l'étau de ses mâchoires.

« Que sont devenus les autres yeux ? » se demanda-t-elle.

Le furiant commençait par une petite promenade à laquelle Chiro et Nwella s'empressèrent de se joindre. Madrigal exécuta en souriant et avec grâce tous les pas, sans en manquer un seul, mais elle n'avait pas vraiment la tête à ce qu'elle faisait. Ses pensées s'étaient envolées, voltigeant avec les oiseaux-papillons attirés par milliers vers les lanternes suspendues, alors qu'elle se demandait, le cœur battant la chamade, où était passé son ange.

53

L'amour est un élément

Alors qu'ils exécutaient les figures du furiant, personne n'évita de prendre la main de Madrigal, contrairement à ce qui s'était produit sur la Serpentine – l'affront aurait été trop manifeste –, mais ses partenaires se comportaient avec une raideur solennelle lorsqu'elle passait de l'un à l'autre, certains d'entre eux effleurant à peine ses doigts alors qu'ils étaient censés se tenir par la main.

Thiago s'était approché pour regarder. Tout le monde s'en aperçut et l'allégresse retomba quelque peu. C'était l'effet qu'il faisait fréquemment, mais la responsabilité en incombait à Madrigal qui s'était empressée de lui échapper et avait cherché à se cacher parmi les danseurs, comme s'il était possible de se cacher.

Elle ne cherchait qu'à gagner du temps, et le furiant était le moyen idéal puisqu'il durait un bon quart d'heure, avec des changements de partenaires incessants. Madrigal passa d'un vieux soldat courtois doté d'une corne de rhinocéros à un centaure, puis à un semi-humain au masque de dragon qui la toucha à peine et, à chaque tour, elle était amenée à repasser devant Thiago qui ne l'avait pas quittée un instant des yeux.

Quand le suivant de ses partenaires, au masque de tigre, lui prit la main, il le fit sans hésiter. Il la tint fermement dans la sienne, gantée. Un frisson monta le long du bras de Madrigal tant elle était chaude, et elle n'eut pas besoin de voir ses yeux pour savoir qui il était.

Il était toujours là – malgré la présence de Thiago dans les parages! «Quelle témérité», se dit-elle, électrisée. Au bout d'un moment, une fois sa respiration et son cœur apaisés, elle put enfin s'exprimer :

– Vous êtes mieux en tigre qu'en cheval, selon moi.

– Je ne vois pas de quoi vous parlez, madame. Vous voyez mon vrai visage.

– Bien entendu.

– Car ce serait folie que de rester ici si j'étais celui auquel vous pensez.

– En effet. On pourrait même croire que vous avez un désir de mort.

– Non, répliqua-t-il gravement. Je n'en ai jamais eu. Il s'agirait plutôt d'un désir de vie. Le désir d'une vie différente.

Une vie différente. Si seulement c'était envisageable, songea Madrigal qui se sentait entravée par sa propre vie, ses propres choix – ou plutôt l'absence de choix.

– Vous voulez faire partie des nôtres? demanda-t-elle d'un ton qui se voulait léger. Désolée, nous n'acceptons pas les convertis.

Il rit.

– Quand bien même, ça ne servirait à rien. Nous sommes tous prisonniers de la même vie, non? De la même guerre...

De toute sa vie passée à haïr les séraphins, Madrigal n'avait jamais imaginé qu'ils puissent vivre la même vie qu'elle, mais l'ange disait vrai. Ils étaient tous prisonniers de la même guerre. Et ils y avaient enfermé le monde entier.

– Il n'y a pas d'autre vie possible, dit-elle juste avant de se tenir sur ses gardes car ils venaient d'arriver à proximité de Thiago.

La pression de la main de l'ange sur la sienne s'accentua de manière imperceptible et douce, mais cela l'aida à faire bonne figure sous le regard scrutateur du général, jusqu'à ce que ses pas l'en éloignent et qu'elle puisse respirer de nouveau.

– Il faut que tu partes, remarqua-t-elle tranquillement. Si on te découvrait…

L'ange attendit un instant avant de demander, tout aussi tranquillement :

– Tu ne vas pas l'épouser, n'est-ce pas ?

– Je… je n'en sais rien.

Il leva la main afin qu'elle puisse passer sous l'arche de leurs bras ; c'était une des figures de cette danse, mais sa taille et ses cornes les obligèrent à se lâcher le temps de l'exécuter.

– Qu'y a-t-il à savoir ? demanda-t-il en lui reprenant la main. Est-ce que tu l'aimes ?

– L'aimer ?

La question était si surprenante qu'elle ne put réprimer un rire. Puis elle recouvra son sérieux de peur d'attirer sur elle l'attention de Thiago.

– C'est une drôle de question ?

– Non. Enfin, oui.

Aimer Thiago ? En était-elle capable ? Peut-être. Comment savoir ce genre de chose ?

– Ce qui est drôle, c'est que tu es le premier à me demander cela.

– Pardonne-moi, j'ignorais que les chimères ne se mariaient pas par amour.

Madrigal pensa à ses parents. Leur souvenir s'estompait avec les années, leur visage même devenait flou – les reconnaîtrait-elle seulement si elle les revoyait aujourd'hui ? –, mais elle se rappelait parfaitement la tendresse qui les liait et les gestes par lesquels ils se manifestaient leur amour.

– Si, cela arrive, répliqua-t-elle avec sérieux. Mes parents, par exemple.

– Tu es donc un enfant de l'amour. Cela ne m'étonne guère que tu aies été conçue par amour.

Elle n'avait jamais pensé à elle sous cet angle, mais à présent qu'il lui en faisait la remarque, cela lui sembla très beau d'avoir été faite par amour, et la perte de sa famille n'en fut que plus douloureuse.

– Et toi ? Tes parents s'aimaient-ils ?

En s'entendant poser cette question, elle fut atterrée par le caractère surréel de la situation : elle venait de demander à un séraphin si ses parents s'aimaient !

– Non, répliqua-t-il laconiquement. Mais j'espère que les parents de mes enfants s'aimeront.

Il leva de nouveau la main pour qu'elle puisse passer sous l'arche de leurs bras, et de nouveau les cornes les obligèrent à se séparer quelques secondes. En tournoyant, Madrigal se sentit piquée par ses paroles et se défendit lorsqu'ils se refirent face encore une fois.

– L'amour est un luxe.

– Non, l'amour est un élément.

Un élément : comme l'air qu'on respire ou la terre qui nous porte. Son assurance lui donna des frissons, mais elle n'eut pas l'occasion de lui répondre. Ils avaient achevé leur figure et elle avait encore la chair de poule de ce qu'elle venait de l'entendre affirmer, lorsqu'il la remit au cavalier suivant qui était ivre et ne prononça pas un seul mot de toute la durée de leurs évolutions.

Elle essaya de ne pas perdre le séraphin des yeux. Il aurait dû avoir Nwella pour cavalière après elle, mais il avait disparu, et il n'y avait pas le moindre masque de tigre dans les parages. Il s'était volatilisé, et son absence lui fit l'effet d'un grand vide dans l'air ambiant.

Le furiant se conclut sur une dernière promenade, et dès qu'il prit fin dans le tintement déchaîné des tambourins, Madrigal fut remise précisément au bras du Loup blanc, comme si tout cela avait été orchestré.

54

Prédestinés

– Monseigneur, articula Madrigal, la gorge si sèche que ce mot sembla rocailleux, plus proche d'un murmure guttural.

Nwella et Chiro se pressaient derrière elle, et Thiago souriait, un sourire de carnassier qui découvrait ses crocs entre ses babines charnues et pourpres. Son regard était hardi, sans gêne. Il ne chercha pas à rencontrer le sien, mais il s'attarda plus bas sur son corps, sans le moindre complexe. À mesure que son cœur se glaçait, une vague de chaleur envahit Madrigal qui se baissa pour faire la révérence, souhaitant ne jamais se redresser afin de ne pas avoir à croiser ses yeux. Mais elle était bien obligée de se relever, et c'est ce qu'elle fit.

– Vous êtes en beauté, ce soir, dit Thiago.

Madrigal n'avait rien à craindre. Elle aurait pu ne pas avoir de tête, il ne s'en serait même pas aperçu ! La façon dont il contemplait son corps sous le voile ténu lui donnait envie de croiser les bras sur sa poitrine.

– Merci, répondit-elle en se faisant violence. Vous de même, ajouta-t-elle simplement, contrainte de lui retourner le compliment.

– Je suis beau, moi ? s'étonna-t-il en levant la tête, amusé.

Elle inclina la sienne.

– Comme un loup d'hiver.

Le compliment sembla lui faire plaisir. Il avait l'air plus détendu, presque indolent, les paupières légèrement tombantes. Il était absolument sûr d'elle. Il n'était pas à l'affût d'un geste quelconque de sa part : il n'y avait pas en lui une once de doute. Thiago obtenait toujours ce qu'il désirait, toujours.

Serait-ce le cas cette nuit ?

Les musiciens entamèrent un nouveau morceau, qu'il reconnut d'un petit signe de tête.

– C'est l'emberline… Madame ? dit-il en lui tendant le bras.

Si elle le prenait, cela signifiait-il que tout était fini, qu'elle l'acceptait pour époux ?

Mais en le refusant, ne lui faisait-elle pas le plus grossier des affronts ? Elle l'humilierait, et personne n'humiliait le Loup blanc.

Ce n'était qu'une invitation à danser et pourtant elle avait tout l'air d'un piège. Madrigal resta paralysée une seconde de trop. Et, pendant cette seconde, elle vit le regard de Thiago se durcir. Sa molle léthargie disparut pour laisser place à… elle ne savait trop quoi. Cela n'avait pas eu vraiment le temps de prendre forme. À l'incrédulité, peut-être, qui se serait transformée en colère froide si Nwella, avec un petit cri de panique, n'avait posé sa main dans le dos de Madrigal, la poussant en avant.

Ainsi propulsée, Madrigal n'eut pas d'autre choix que d'avancer. Elle ne prit pas le bras de Thiago, mais bien plutôt le percuta. Le Loup blanc le glissa sous le sien, en propriétaire, et la fit entrer dans la danse.

Et, très certainement, ainsi que tout le monde le pensa, dans sa vie.

Il la saisit par la taille, car c'était ainsi que se dansait l'emberline, où les hommes soulevaient leur cavalière comme pour l'offrir au ciel. Les mains de Thiago faisaient complètement le tour de sa taille fine et leurs griffes s'enfonçaient dans son dos nu. Madrigal sentit distinctement chacune de leurs pointes sur sa peau.

Ils échangèrent quelques paroles – Madrigal avait dû lui demander des nouvelles de sa santé et Thiago lui répondre, mais elle aurait eu le plus grand mal à répéter leurs propos. Elle aurait pu n'être qu'une coquille saupoudrée de sucre, tant elle était peu présente à la situation.

Qu'avait-elle fait ? Mais qu'avait-elle donc fait ?

Elle ne pouvait même pas s'illusionner en pensant que cela était le résultat du petit geste de Nwella qui l'avait poussée. Non, elle s'était laissé vêtir ainsi ; elle était venue jusque-là ; elle savait ce qui l'attendait. Elle pouvait toujours prétendre ne pas savoir ce qu'elle faisait, mais en réalité elle le savait parfaitement. Elle s'était laissé convaincre malgré elle. Elle avait ressenti une certaine satisfaction à se voir choisie... enviée. Elle en avait honte à présent, comme de la façon dont elle s'était rendue au bal ce soir, prête à jouer les jeunes filles effarouchées et à accepter un homme qu'elle n'aimait pas.

Mais... elle ne l'avait pas accepté, et elle savait à présent qu'elle ne l'accepterait pas. Quelque chose avait changé.

Rien n'avait changé, chercha-t-elle à se persuader. « L'amour est un élément », bien sûr !

Cet ange venu jusqu'à elle, quel risque avait-il pris ! C'était stupéfiant mais ne changeait rien à l'affaire.

Et où était-il maintenant ? Chaque fois que Thiago la soulevait de terre, elle regardait autour d'elle, mais il n'y avait ni masque de cheval ni masque de tigre dans les environs. Il avait peut-être réussi à partir et était sain et sauf, du moins l'espérait-elle.

Thiago, qui jusqu'alors avait semblé se contenter de ce qu'il avait entre les mains, dut s'apercevoir qu'il ne retenait pas toute son attention. En la reposant à terre, il la laissa intentionnellement lui échapper afin de pouvoir la rattraper et la serrer contre lui. Sous le coup de la surprise, les ailes de Madrigal s'ouvrirent instinctivement, telles deux voiles gonflées par le vent.

– Mes excuses, madame, dit Thiago en la rattrapant afin que ses sabots touchent de nouveau le sol.

Il ne la lâcha pas pour autant, et elle sentit contre sa poitrine ses pectoraux d'acier. Elle dut se faire violence pour ne pas céder à la panique et se libérer de son emprise, et alors que son seul désir était de s'envoler, elle eut le plus grand mal à replier ses ailes.

– Votre robe ? A-t-elle été confectionnée dans une ombre ? demanda le général. Je la sens à peine entre mes doigts.

« Ce n'est pas faute d'essayer », songea Madrigal.

– Ou peut-être est-elle le reflet du ciel étoilé sur un étang ? suggéra-t-il.

Il cherchait probablement à se montrer poète. Érotique, même. En retour, de façon aussi peu érotique que possible, comme semblant se plaindre d'une tache tenace, elle répliqua :

– En effet, monseigneur. Lorsque je m'y suis baignée, le reflet est resté dessus.

– Eh bien, il pourra s'en détacher comme l'eau à tout moment. On aimerait bien savoir s'il y a quelque chose dessous.

« Belle manière de faire sa cour », songea Madrigal qui rougit, heureuse d'être dissimulée sous son masque qui ne laissait voir que ses lèvres et son menton.

– Elle est plus solide qu'il n'y paraît, je vous assure, répondit-elle, préférant éluder le sujet de ses dessous.

Elle ne cherchait aucunement à le mettre au défi, mais c'est ainsi qu'il le prit. Il tendit la main vers les fils arachnéens qui retenaient la robe autour de son cou et tira dessus d'un coup sec. Ils ne résistèrent pas à la force de sa poigne, et Madrigal poussa un petit cri. La robe resta en place, malgré une myriade de fils sectionnés.

– Pas tant que ça, railla Thiago. Mais ne vous inquiétez pas, madame, je vais vous aider à la retenir.

Sa main était à la hauteur de son cœur, juste au-dessus de ses seins, et Madrigal frissonna ; elle s'en voulut terriblement. Elle était Madrigal des Kirins, et non une fleur fragile tremblant au moindre souffle.

– C'est aimable à vous, monseigneur, répliqua-t-elle, avançant d'un pas et repoussant sa main d'un mouvement d'épaule. Mais il est temps de changer de cavalier. Je vais devoir tenir ma robe toute seule.

Jamais elle n'avait été si contente de changer de partenaire. Cette fois, elle fut remise entre les mains d'un homme-orignal, disgracieux, qui manqua plusieurs fois de lui marcher sur les sabots. Elle s'en rendit d'ailleurs à peine compte.

« Une vie différente », songea-t-elle, et elle répéta ces trois mots comme une sorte de mantra sur l'air de l'emberline. « Une vie différente. Une vie différente. »

Où était l'ange en ce moment ? L'envie de le voir l'envahissait, tel le goût du chocolat fondant sur sa langue.

Avant qu'elle ait pu s'en apercevoir, le grand orignal la remettait entre les bras de Thiago qui l'accueillit entre ses mains impatientes et la serra contre lui.

– Vous m'avez manqué. Les autres dames sont vulgaires comparées à vous.

Il s'adressait à elle avec une voix d'alcôve, mais ses paroles lui semblèrent creuses et maladroites à côté de celles de l'ange.

Thiago la transmit encore deux fois aux bras de nouveaux cavaliers qui la lui ramenaient toujours à la fin de la danse. Chacune des fois était plus pénible que la précédente, et elle eut l'impression d'être une fugueuse reconduite chez elle à son corps défendant.

Mais lorsqu'elle sentit la ferme pression d'une main gantée autour de ses doigts, ce fut avec une légèreté indicible qu'elle se laissa emporter. Sa tristesse s'envola ; son sentiment d'injustice s'envola. Les mains du séraphin se posèrent autour de sa taille et ses pieds s'élevèrent du sol tandis qu'elle fermait les yeux, s'abandonnant à ses sensations.

Il la reposa, mais sans la lâcher pour autant.

– Coucou, chuchota-t-elle tout heureuse.

Heureuse.

– Coucou, lui répondit-il, comme s'il partageait son secret.

Elle sourit en découvrant son nouveau masque, un masque d'homme plutôt cocasse, avec des oreilles décollées et un nez rouge d'ivrogne.

– Encore un nouveau visage, remarqua-t-elle. Ne serais-tu pas un peu mage pour faire apparaître tous ces masques ?

– Ce n'est pas nécessaire. On a l'embarras du choix parmi les fêtards ivres morts.

– Eh bien, ce n'est pas celui qui te va le mieux.

– C'est ce que tu crois. Mais il peut s'en passer des choses en deux ans !

Elle rit, se rappelant combien il était beau, et eut brusquement très envie de revoir son visage.

– Me diras-tu comment tu t'appelles ?

Elle lui obéit, et il répéta son nom comme une incantation.

– Madrigal, Madrigal, Madrigal, Madrigal…

Qu'il était étrange, songea-t-elle, qu'elle soit à ce point gagnée par cette impression de… plénitude en la simple présence d'un homme dont elle ignorait le nom et dont elle ne voyait pas le visage.

– Et toi ?

– Akiva.

– Akiva, se plut-elle à répéter.

Son nom à elle évoquait certainement la musique, mais celui de l'ange était nettement plus mélodieux. Le prononcer lui donnait envie de le chanter, de se pencher par une fenêtre et de l'appeler ; de le chuchoter dans l'obscurité.

– Alors, ça y est, c'est fait. Tu l'as accepté.

– Non, pas du tout, rétorqua-t-elle sur un ton de défi.

– Non ? Il te regarde pourtant comme si tu lui appartenais.

– Dans ce cas, tu devrais être déjà loin…

– Ta robe, fit-il soudain remarquer. Elle est déchirée. Est-ce qu'il a… ?

Madrigal sentit se dégager de lui, telle la flammèche d'un feu de joie, une vague de chaleur et de colère.

Thiago dansait avec Chiro et la regardait fixement entre les oreilles de chacal de sa sœur. Elle attendit que les figures de la danse placent le large dos d'Akiva entre elle et lui, dissimulant son visage, avant de lui répondre :

– Ce n'est rien. Je n'ai pas l'habitude de ces tissus fragiles. On l'a choisi pour moi. J'aimerais bien avoir un châle.

On le sentait crispé par la colère, mais ses mains étaient toujours aussi légères autour de sa taille.

– Je peux t'en confectionner un, dit-il.

– Tu tricotes ? plaisanta-t-elle en penchant la tête de côté. Bien. C'est un talent original pour un soldat.

– Non, je ne tricote pas.

Et c'est à ce moment que Madrigal sentit le contact d'une première plume toute douce sur son épaule. Ce ne pouvait être les mains d'Akiva, puisqu'elles n'avaient pas quitté sa taille. Tournant la tête, elle s'aperçut qu'un oiseau-papillon gris-vert s'était posé sur elle, l'un des nombreux qui voletaient au-dessus d'eux, attirés par la lumière des multiples lanternes qui devaient leur faire l'effet d'un univers à part entière. Les plumes du corps de ce minuscule oiseau-papillon miroitaient comme des pierres précieuses, tandis que ses ailes veloutées s'agitaient frénétiquement et la chatouillaient. Il ne tarda pas à être suivi d'un autre, rose cette fois, puis d'un autre, également rose, avec des ronds orange sur la dentelle de ses ailes. Plusieurs encore surgirent comme par enchantement et, en quelques secondes, ils étaient des myriades à couvrir les épaules et la poitrine de Madrigal.

– Voilà, madame, dit Akiva. Un châle vivant.

Elle n'en revenait pas.

– Mais comment... ? Tu es un mage, c'est cela.

– Non, ce n'est qu'un artifice.

– C'est de la magie.

– Une magie pas des plus utiles, qui fait appel à l'instinct grégaire des oiseaux-papillons.

– Pas des plus utiles ? Mais tu m'as fait un châle !

Madrigal était subjuguée. Il y avait si peu de fantaisie dans la magie qu'elle avait connue auprès de Sulfure. Ce châle était une merveille, les ailes étaient parées de toutes les couleurs du crépuscule et avaient la douceur des oreilles d'agneau. En outre, il lui tenait chaud. Thiago lui avait déchiré sa robe, et Akiva l'habillait.

– Ça chatouille, dit-elle en riant. Oh, non. Oh !

– Que se passe-t-il ?

– Oh, fais-les partir, le pria-t-elle en riant

de plus belle, sentant les toutes petites langues qui sortaient des tout petits becs. Ils picorent le sucre.

– Le sucre ?

Les chatouilles l'obligèrent à agiter les épaules.

– Fais-les partir, je t'en supplie.

Il fit de son mieux. Quelques-uns s'envolèrent et voletèrent en rond autour de ses cornes, mais la plupart refusèrent de s'en aller.

– Je crains qu'ils ne soient tombés amoureux, dit-il d'un air soucieux. Ils ne veulent plus te quitter.

Il ôta une main de sa taille pour chasser délicatement deux oiseaux-papillons nichés au creux de son cou et qui battaient des ailes sous son menton.

– Je sais parfaitement ce qu'ils ressentent, dit-il d'un ton morose.

Le cœur de Madrigal se serra comme un poing. Le moment était venu pour Akiva de la soulever de nouveau de terre, ce qu'il fit, malgré la nuée de papillons toujours posés sur ses épaules. Regardant par-dessus les têtes des danseurs, elle fut rassurée de voir que Thiago lui tournait le dos. En revanche, Chiro, qu'il portait, la vit et tiqua.

Akiva reposa Madrigal, et juste avant que ses pieds ne touchent le sol, ils se regardèrent, masque contre masque, les yeux bruns dans les yeux orange, et une sorte de décharge électrique se produisit entre eux. Madrigal ne savait pas si c'était de la magie ou non, mais la plupart des oiseaux-papillons s'envolèrent et disparurent comme emportés par le vent. Elle était de nouveau par terre, ses sabots avançant tant bien que mal et le cœur battant. Elle avait perdu le fil de la danse, mais elle sentit qu'elle tirait à sa fin et que d'une seconde à l'autre elle se retrouverait face à Thiago.

Il reviendrait à Akiva de la confier aux mains du général.

Le corps et le cœur de Madrigal se révulsaient à cette idée. C'était au-delà de ses forces. Ses membres étaient légers, prêts à fuir. Les battements de son cœur s'accélérèrent tandis que les restes de son châle animé s'envolaient brusquement, comme affolés. Madrigal reconnut les signes en elle : la préparation, le calme apparent et le tumulte intérieur, l'impatience qui l'envahissait avant la bataille.

« Il va se passer quelque chose. »

« Nitida, le savais-tu depuis toujours ? »

– Madrigal ? s'inquiéta Akiva. Qu'y a-t-il ?

À l'instar des oiseaux-papillons, il avait perçu le changement qui s'opérait en elle, la respiration qui s'accélérait, les muscles qui se tendaient sous ses mains autour de sa taille.

– Je veux..., commença-t-elle.

Elle savait très bien ce qu'elle voulait, se sentait happée par son désir, poussée en avant, mais elle ne savait comment l'exprimer.

– Dis-moi, que veux-tu ? insista Akiva gentiment mais fermement.

Ce qu'elle voulait, il le voulait aussi. Il pencha la tête, de sorte que son masque frôla une de ses cornes, déclenchant dans tout son corps une sensation fulgurante.

Le Loup blanc n'était éloigné que de quelques

longueurs d'ailes. Il verrait. Si elle essayait de s'enfuir, il la suivrait. Akiva serait pris.

Madrigal avait envie de crier.

Puis les feux d'artifice crépitèrent.

Plus tard, elle se souviendrait de ce qu'Akiva avait dit sur la fatalité des choses, leur côté prédestiné. Dans tout ce qui allait leur arriver, il y aurait toujours cette impression d'inéluctabilité et d'évidence, que ce qui devait arriver arriverait nécessairement, et que tout l'univers conspirait pour que cela se passe ainsi. Ce serait simple. Et déjà, les feux d'artifice étaient de leur côté.

Une gigantesque gerbe de lumière s'épanouit au-dessus de leur tête, un énorme dahlia multicolore, une roue, une étoile qui explose. Le son était celui d'une canonnade. Les batteurs de tambours sur les remparts ; la poudre noire qui jaillissait dans l'air. L'emberline prit fin, les danseurs se séparèrent, soulevèrent leur masque et levèrent la tête pour admirer le spectacle.

Madrigal fit un pas en avant. Elle prit la main d'Akiva et plongea la tête la première dans les remous de la foule. Elle se déplaçait courbée en deux et à vive allure. Un passage semblait s'ouvrir devant eux dans la masse des corps : ils s'y engouffrèrent et il les emporta.

55

Les enfants du regret

Il était une fois – bien avant l'apparition des chimères et des séraphins – le soleil et les lunes. Le soleil était fiancé à Nitida, mais c'était la discrète Ellaï, qui se cachait toujours derrière son intrépide sœur, l'objet de ses désirs. Il s'arrangea pour la rejoindre alors qu'elle se baignait dans la mer et la prit. Elle se débattit, mais c'était le soleil, et il s'estimait en droit de prendre ce qu'il voulait. Ellaï le poignarda et s'enfuit, et le sang du soleil se répandit sur la terre sous la forme d'étincelles, qui devinrent les séraphins – enfants illégitimes du feu. Et qui, comme leur père, s'estimaient en droit de désirer, prendre et posséder.

Quant à Ellaï, elle raconta à sa sœur ce qui s'était passé, et Nitida versa des larmes, qui retombèrent sur la terre et devinrent les chimères, les enfants du regret.

Lorsque le soleil refit son apparition devant les sœurs, ni l'une ni l'autre ne voulurent de lui. Nitida se plaça devant Ellaï pour la protéger, bien que le soleil, qui versait encore des étincelles de sang, sût qu'Ellaï n'était pas aussi démunie qu'elle le paraissait. Il supplia Nitida de lui pardonner, ce qu'elle refusa, et, de ce jour, il suivit les sœurs dans le ciel, désirant, désirant toujours sans jamais obtenir. Tel serait son châtiment éternel.

Nitida est la déesse des Larmes et de la Vie, de la Chasse et de la Guerre, et les temples qui lui sont consacrés sont innombrables. C'est elle qui emplit les entrailles des femmes, ralentit le cœur des mourants et conduit ses enfants contre les séraphins. Sa lumière est celle d'un petit soleil ; elle dissipe toujours les ténèbres.

Ellaï est plus éthérée, insaisissable. C'est une trace, une lune fantôme, et elle n'occupe seule le ciel que quelques nuits par an. On appelle ces nuits les nuits d'Ellaï : ce sont des nuits noires et parsemées d'étoiles, propices aux actes clandestins. Ellaï est la déesse des Assassins et des Amants. Les temples qui lui sont dédiés sont rares et cachés, tel celui du bosquet du repos éternel, sur les collines au-dessus de Loramendi.

C'est là que Madrigal emmena Akiva lorsqu'ils s'enfuirent du bal du Seigneur de la guerre.

Ils s'envolèrent. Akiva garda ses ailes dissimulées, mais cela ne l'empêcha pas de voler. Le bosquet du repos éternel n'était pas accessible par voie de terre. Il y avait des précipices entre les montagnes, et parfois on y accrochait des ponts de corde – les nuits d'Ellaï, lorsque ses adeptes encapuchonnés se rendaient au temple pour prier – mais pas cette nuit, et Madrigal savait qu'ils auraient le temple pour eux tout seuls.

La nuit leur appartenait. Nitida était encore haut dans le ciel. Ils avaient des heures devant eux.

– C'est cela votre légende ? s'étonna Akiva, incrédule, à qui Madrigal avait raconté l'histoire du soleil et d'Ellaï pendant le trajet. Les séraphins seraient donc nés du sang d'un soleil violeur ?

– Si elle ne te plaît pas, répondit gaiement Madrigal, tu n'as qu'à t'en prendre au soleil.

– C'est une histoire horrible. Quelle imagination cruelle vous avez, vous les chimères !

– Eh bien, c'est que nos sources d'inspiration ont été plutôt cruelles…

Ils parvinrent au bosquet, où le dôme du temple, et ses mosaïques argentées miroitant entre les branches, était à peine visible derrière la cime des arbres.

– C'est ici, annonça Madrigal en battant des ailes en arrière afin de se laisser descendre en douceur dans une trouée de la canopée.

Fouetté par la brise nocturne, tout son corps frémissait à l'idée de cette nouvelle liberté et des plaisirs à venir. Au fond de son esprit était toujours tapie la peur des conséquences – les répercussions de son départ précipité. Mais, tandis qu'elle progressait entre les arbres, cette appréhension fut étouffée par le bruissement des feuilles et le souffle mélodieux du vent, ainsi que par les chuintements alentour. *Chhh… chhh…*, faisaient les évangélines, ces oiseaux-serpents qui buvaient la nuit le nectar des fleurs des arbres du repos éternel. Dans l'obscurité du bosquet, leurs yeux argentés brillaient comme les mosaïques du dôme du temple.

Madrigal toucha le sol, et Akiva se posa à côté d'elle dans un souffle d'air chaud. Elle se retourna face à lui. Ils n'avaient pas quitté leur masque. Ils auraient pu les enlever en cours de vol, mais ils ne l'avaient pas fait. Madrigal avait songé à ce moment où ils se retrouveraient l'un en face de l'autre, et elle avait tenu à garder son masque, car elle avait imaginé qu'Akiva le lui ôterait et qu'elle lui ôterait le sien.

Il avait dû avoir la même idée. Il s'approcha d'elle.

Le monde réel, déjà fort loin – réduit au crépitement des feux d'artifice à l'horizon –, s'évanouit complètement. Une vibration à la fois aiguë et douce parcourut Madrigal, comme si elle-même était une corde de luth pincée. Akiva enleva ses gants et les laissa tomber par terre, et lorsqu'il la toucha, remontant du bout des doigts le long de ses bras jusqu'au cou, ce fut les mains nues. Il les glissa derrière la nuque, dénoua son masque et le lui retira. Le champ de vision de Madrigal, réduit toute la nuit au peu qu'elle distinguait par les petites ouvertures, s'élargit, et Akiva, portant encore son masque comique, l'occupa entièrement. Elle l'entendit murmurer doucement : « si belle », après quoi elle tendit les mains et lui retira à son tour son déguisement.

– Coucou, chuchota-t-elle, comme au moment où ils s'étaient retrouvés pour l'emberline.

La joie qui l'avait envahie alors n'était qu'une petite étincelle de feu d'artifice comparée à celle qui était la sienne en cet instant.

Il était encore plus beau que dans son souvenir. À Bouvreuil, il était mourant, le teint blafard, exsangue, et pourtant si beau. À présent qu'il était en pleine santé et que l'amour bouillonnait dans ses veines, il rayonnait. Il était ardent, la dévorait des yeux, plein d'espoir et d'attente, exalté, charmé, heureux. Il était surtout tellement vivant.

Grâce à elle, il était vivant.

– Coucou, répondit-il.

Ils s'entre-regardèrent, stupéfaits d'être réunis après ces deux années, comme si leur présence était le résultat d'un vœu. Ils ne sauraient si ce moment était bien réel qu'en se touchant l'un l'autre.

Les mains de Madrigal tremblèrent lorsqu'elle les leva et elles ne s'apaisèrent qu'une fois posées sur le torse robuste d'Akiva. La chaleur qui en émanait traversait le tissu de sa chemise. L'air qui les entourait était assez riche pour être bu à grandes goulées, assez dense pour qu'on puisse s'en saisir et danser avec. On aurait dit une présence entre eux – qui se dissipa lorsqu'elle s'approcha davantage.

Akiva l'entoura de ses bras et elle leva légèrement la tête vers lui.

– Coucou, chuchota-t-elle de nouveau.

Lorsqu'il le lui répéta à son tour, c'est sur ses lèvres qu'il exhala ce mot. Les yeux grands ouverts, émerveillés, ils s'embrassèrent puis s'étreignirent, enfin convaincus que tout cela était bien réel.

56

Une vie à inventer

Il était une fois, quand le monde était plongé dans les ténèbres, des monstres grands comme des univers qui s'y baignaient. Il y avait les Gibborims, qui aimaient l'obscurité car elle dissimulait leur laideur. Dès qu'une quelconque créature parvenait à créer de la lumière, ils l'exterminaient. Lorsque les étoiles naquirent, ils les dévorèrent, et il sembla que l'obscurité était destinée à être éternelle.

Mais une race de brillants guerriers entendirent parler des Gibborims et vinrent du fin fond de leurs terres afin de guerroyer contre eux. La guerre fut longue, celle de la lumière contre l'obscurité, et elle fit de nombreuses victimes. À la fin, lorsqu'ils eurent vaincu les monstres, ils n'étaient plus qu'une centaine de survivants, et ces survivants étaient les divinités étoiles, qui apportèrent la lumière à l'univers.

Ils créèrent le reste des étoiles, parmi lesquelles notre soleil, les ténèbres furent chassées à jamais, et la lumière éternelle régna. Ils créèrent des enfants à leur image, les séraphins, et les envoyèrent apporter la lumière aux autres mondes qui gravitaient dans l'espace, et tout était pour le mieux. Mais un jour, le dernier des Gibborims, qui s'appelait Zamzumin, les persuada qu'il fallait des ombres, car elles rendraient la lumière plus vive par opposition, de sorte que les divinités étoiles créèrent les ombres.

Or Zamzumin était un escroc. Il ne lui fallut qu'un lambeau de ténèbres pour œuvrer. Il insuffla la vie dans les ombres, et de même que les divinités étoiles avaient fait les séraphins à leur image, Zamzumin fit les chimères à la sienne : hideuses ; dès lors les séraphins combattirent aux côtés de la lumière et les chimères à ceux de l'obscurité, et ils restèrent ennemis jusqu'à la fin des temps.

Madrigal rit, les paupières lourdes de sommeil.

– Zamzumin ? Quel drôle de nom !

– Ne m'en parle pas ! C'est un de tes ancêtres.

– Ah oui. L'horrible oncle Zamzumin qui m'a créée à partir d'une ombre.

– Une ombre hideuse, ce qui explique ta laideur.

Madrigal rit de nouveau, d'un rire heureux et languide.

– Je me suis toujours demandé d'où elle me venait. Maintenant, je sais. Mes cornes me viennent du côté de mon père et ma laideur de mon oncle, abominable, maléfique et monstrueux. Je préfère nettement mon histoire, ajouta-t-elle après un silence, tandis qu'Akiva n'avait cessé de lui déposer de petits baisers au creux du cou. Je préfère avoir été créée à partir des larmes que des ténèbres.

– Ce n'est pas tellement plus gai, fit remarquer Akiva.

– Oui, je sais. Il nous faudrait un mythe plus réjouissant. Inventons-en un.

Ils étaient enlacés, allongés sur leurs vêtements qu'ils avaient déposés sur un tapis de mousse, la mousse de l'absolution, derrière le temple d'Ellaï, auprès duquel coulait un petit ruisseau. Les deux lunes avaient disparu derrière la canopée, et les évangélines s'étaient tues, tandis que les fleurs blanches des arbres du repos éternel se refermaient pour la nuit. D'ici peu Madrigal devrait partir, mais en attendant, ils repoussaient tous deux cette perspective, comme s'ils pouvaient empêcher l'aube de poindre.

– Il était une fois..., commença Akiva, laissant sa phrase en suspens et posant ses lèvres sur la gorge de Madrigal. Mmmm, du sucre... Je croyais avoir tout fait disparaître. Je vais devoir vérifier *partout*.

Madrigal se tortilla et ne put s'empêcher de rire.

– Non, non, ça chatouille !

Mais Akiva passa encore une fois sa langue sur son cou, et comme en réalité les frissons étaient plus nombreux que les chatouilles, elle cessa assez vite de protester.

Un long moment s'écoula avant qu'ils ne s'intéressent de nouveau au mythe qu'ils désiraient fonder.

– Il était une fois..., murmura Madrigal, la joue posée sur la poitrine d'Akiva, de sorte que la courbe de sa corne épousait les contours du visage de l'ange et lui touchait le front. Il était une fois un monde idéalement créé et rempli d'oiseaux, de créatures zébrées et de choses ravissantes, tels des lys mellifères, des étoiles mystérieuses, des belettes…

– Des belettes ?

– Chut. Et puisque ce monde avait déjà l'ombre et la lumière, il n'avait pas besoin de méchantes étoiles pour le sauver, ni de soleil qui saigne, ni non plus de lunes qui pleurent, et, bien plus important, il n'avait jamais connu la guerre, si terrible, si dévastatrice. Ce monde était composé de terre et d'eau, d'air et de feu, les quatre éléments, mais il lui en manquait un : l'amour.

Akiva avait fermé les yeux. Il souriait en écoutant Madrigal, caressant d'une main la douce toison de ses cheveux ras et suivant de l'autre le contour de ses cornes.

– Et donc ce paradis ressemblait à une boîte à bijoux sans bijou. Alors, avec ses aurores aux doigts de rose, ses cris d'animaux et ses parfums mystérieux, il attendait jour après jour que des amants le découvrent et le peuplent de leur bonheur. Et voilà, conclut-elle après un silence.

– Comment, voilà ? s'insurgea Akiva en rouvrant les yeux. Qu'est-ce que ça veut dire ?

– L'histoire n'est pas terminée. Ce monde attend toujours, répondit-elle en frottant sa joue contre la peau mordorée de son torse.

– Sais-tu où il se trouve ? demanda-t-il d'un ton rêveur. Partons avant le lever du soleil.

Le soleil. Ce rappel à la réalité interrompit le cheminement des lèvres de Madrigal en direction de l'épaule d'Akiva, cette même épaule dont la cicatrice lui rappelait leur première rencontre, à

Bouvreuil. Elle songea à la façon dont elle aurait pu le laisser agoniser ou, pire, l'achever ; mais quelque chose d'inéluctable l'en avait empêchée afin qu'ils puissent être ensemble, en ce moment précis. Et l'idée même d'avoir à quitter ses bras, s'habiller et partir lui répugnait à un point tel que c'en était douloureux.

Il y avait également la peur des conséquences de sa disparition à Loramendi. La vision de Thiago, furieux, vint troubler son bonheur ; elle la chassa, mais l'on ne pouvait chasser le soleil.

– Je dois partir, dit-elle d'une voix lugubre.

– Je sais.

En se détachant d'Akiva, quittant le creux de son épaule, elle constata que sa détresse n'avait rien à envier à la sienne. Il ne lui demanda pas ce qu'ils allaient devenir ; elle non plus. Il serait toujours temps d'en parler plus tard. Cette première nuit, l'avenir les intimidait encore et, malgré tout ce qu'ils avaient aimé et découvert, ils étaient encore intimidés l'un par l'autre.

Madrigal saisit l'amulette qu'elle portait autour du cou.

– Sais-tu ce que c'est ? lui demanda-t-elle en détachant la cordelette.

– Un os ?

– C'est un os à vœux. On le prend chacun d'un doigt par l'une des branches, comme ça, on fait un vœu et on tire. Celui qui réussit à garder en main la plus longue branche verra son vœu se réaliser.

– C'est magique ? dit Akiva en s'asseyant. De quel oiseau cet os vient-il pour avoir un tel pouvoir ?

– Oh, non, ce n'est pas de la magie. Les vœux ne se réalisent pas véritablement.

– Alors, pourquoi en faire ?

– L'espoir ? répondit-elle avec un haussement d'épaules. L'espoir peut se révéler très puissant. Ce n'est peut-être pas magique, mais lorsqu'on souhaite ardemment quelque chose et que cela couve en soi comme une petite flamme, il arrive que ça se réalise, un peu comme par magie.

– Et toi, que souhaites-tu le plus ?

– Normalement, on ne doit pas le dire. Allez, fais un vœu avec moi.

Elle brandit l'os à vœux.

Si elle l'avait enfilé sur une cordelette, c'était plutôt par fantaisie et par provocation. Elle avait alors quatorze ans, dont quatre passés au service de Sulfure, mais elle s'entraînait également aux arts martiaux et se sentait au sommet de sa force. Elle était passée un après-midi à l'officine, pendant que Twig sortait de leurs moules des barakas fraîchement frappés et elle en avait réclamé un.

Sulfure ne l'avait pas encore initiée à la cruelle réalité de la magie et à son prix, la douleur, elle ne prenait pas encore les vœux très au sérieux et ne les considérait pas à leur juste valeur. Devant son refus – qui était systématique, sauf pour les scoubis qui ne coûtaient qu'un simple pincement de joue –, elle avait piqué une colère. Elle ne se rappelait même plus quel était ce vœu si important du haut de ses quatorze ans, mais elle revoyait parfaitement Issa prendre un petit os dans les reliefs du repas – un coq de bruyère en sauce – et la consoler en lui racontant la légende que les humains attachaient à l'os à vœux.

Issa connaissait une foule d'histoires sur les êtres humains, et c'est d'elle que Madrigal tenait sa fascination pour cette race et leur monde. C'est donc par défi vis-à-vis de Sulfure qu'elle brandit l'os et fit un vœu avec force démonstrations.

– C'est tout ? lui demanda Sulfure en découvrant le souhait insignifiant qui avait motivé son caprice. Tu aurais été capable de gaspiller un baraka pour cela ?

Alors qu'avec Issa elles s'apprêtaient à rompre l'os à vœux, elles s'arrêtèrent net.

– Tu n'es pas sotte, Madrigal, déclara Sulfure. Si tu désires quelque chose, fais tout pour l'obtenir. L'espoir est une sorte de pouvoir. Ne le gaspille pas pour des choses qui n'en valent pas la peine.

– D'accord, acquiesça-t-elle en contemplant le petit os au creux de sa main. Je le garderai jusqu'au jour où mon vœu sera à la hauteur de tes attentes.

Elle l'enfila sur une cordelette et, pendant quelques semaines, mit un point d'honneur à énoncer à voix haute des vœux tous aussi ridicules les uns que les autres en faisant mine de peser le pour et le contre.

« Je voudrais avoir des papilles au bout des pattes comme les papillons. »

« Je voudrais que les souris-scorpions sachent parler. Je suis certaine qu'elles sont au courant de tous les ragots. »

« Je voudrais avoir les cheveux bleus. »

Mais jamais elle ne rompit l'os à vœux. Ce qui avait commencé comme une provocation enfantine se transforma peu à peu. Les semaines devinrent des mois, et plus elle attendait le moment de casser le petit os, plus il lui semblait important que, le jour où elle le ferait, son vœu – ou plutôt son espoir – fût digne d'elle.

Dans le petit bois du repos éternel, il l'était enfin.

Elle formula son vœu mentalement, en regardant Akiva dans les yeux, et tira. L'os se cassa précisément au milieu, et les deux morceaux, mesurés l'un contre l'autre, faisaient exactement la même taille.

– Oh... Je ne sais pas ce que cela signifie. Peut-être que nos deux vœux se réaliseront...

– Ou peut-être que nous avons tous les deux souhaité la même chose.

Madrigal se plut à penser que c'était en effet ce que cela signifiait. Son vœu, pour la première fois, était simple, ciblé et ardent : le revoir. Croire qu'elle le reverrait était pour elle la seule façon de se résoudre à le quitter.

Ils se levèrent et ramassèrent leurs vêtements froissés. Madrigal dut se glisser dans sa robe de bal comme un serpent dans sa mue. Ils entrèrent dans le temple et se désaltérèrent à la source sacrée qui coulait dans une fontaine. Elle se baigna le visage aussi, honorant en silence Ellaï afin qu'elle protège leur secret et faisant le serment d'apporter des cierges la prochaine fois qu'elle reviendrait.

Car, évidemment, elle reviendrait.

Leurs adieux avaient tout d'une grande scène théâtrale, exagérant l'impossibilité physique de la séparation – s'envoler et abandonner Akiva –, difficulté qu'avant cet instant elle n'aurait jamais imaginée. Elle ne cessait de revenir vers lui pour lui faire un dernier baiser. Ses lèvres, si rouges et si pulpeuses, qui n'étaient pas habituées à ce genre de traitement, lui semblaient arborer la preuve charnelle de la façon dont elle avait passé la nuit.

Elle finit par s'envoler, tenant par l'un des longs rubans son masque qui flottait à sa suite tel un compagnon oiseau l'escortant, tandis que les premières lueurs de l'aube rosissaient la terre en contrebas jusqu'à son arrivée à Loramendi. La ville était paisible, après les festivités de la nuit, dans les relents de la fumée et l'odeur âcre des feux d'artifice. Elle y pénétra par un passage secret qui donnait dans la cathédrale souterraine. Les portes, verrouillées grâce à un procédé magique de Sulfure, s'ouvrirent les unes après les autres, obéissant à la voix de la jeune femme qu'aucun garde ne vit entrer.

Ce fut facile.

Ce jour-là, elle se montra hésitante, prudente, ignorant ce qui s'était passé en son absence et quelles foudres l'attendaient. Mais les Parques tissaient leurs fils mystérieux, et au matin un espion arriva de la côte de Miréa, apportant la nouvelle que des galions séraphins étaient en route. Ainsi, Thiago quitta Loramendi presque au moment même où Madrigal y arrivait.

Comme Chiro lui demandait où elle était allée, elle répondit par un vague mensonge, et de ce jour l'attitude de sa sœur à son égard changea du tout au tout. Dès que Madrigal la surprenait à l'observer d'un air étrange et froid, elle se retournait et faisait semblant d'être occupée à quelque ouvrage, l'air de rien. Elle la vit moins également, en partie parce qu'elle était plongée dans son monde secret et nouveau, en partie parce que Sulfure avait besoin de son aide à ce moment-là, de sorte qu'elle était exemptée des autres tâches, quelles qu'elles soient. Son bataillon n'était pas mobilisé pour répondre aux mouvements des troupes séraphines, et elle songea qu'elle le devait à Thiago, ce qui était assez ironique. Elle savait qu'il avait tout fait pour qu'elle ne coure pas le moindre danger susceptible d'attenter à sa «pureté» avant qu'il ne l'ait épousée. Il n'avait pas dû avoir le temps de donner de contre-ordre avant son départ.

Ainsi Madrigal passa-t-elle ses journées avec Sulfure à l'officine et dans la cathédrale, à faire des colliers de dents et à ressusciter des cadavres, et ses nuits, autant que possible, avec Akiva.

Elle apporta comme promis des cierges pour Ellaï, et des cônes de frangibilis, l'épice préférée de la lune, et prépara en secret des mets réservés aux amants, qu'ils mangeaient avec les doigts après avoir fait l'amour. Des pâtisseries au miel et des baies de péché véniel, des oiseaux rôtis pour assouvir leur appétit féroce, desquels jamais ils n'oubliaient de retirer l'os à vœux. Elle apporta du vin dissimulé dans de petits flacons et de minuscules coupes taillées dans le quartz pour le boire, coupes qu'ils rinçaient à la source sacrée et rangeaient dans l'autel du temple pour la prochaine fois.

Avant chacune de leurs séparations, ils rompaient un os à vœux et émettaient le souhait de se revoir.

Madrigal pensa souvent, tout en travaillant tranquillement auprès de Sulfure, que ce dernier était au courant de ses escapades nocturnes. Son regard vert mordoré s'attardait sur elle, et elle se sentait percée à jour, découverte, elle se disait alors que ça ne pouvait continuer ainsi, que c'était de la folie, et qu'elle devait mettre fin à cette situation. Un soir, elle entreprit même de répéter dans sa tête ce qu'elle allait dire à Akiva tout en volant vers le bosquet du repos éternel, mais à peine l'eut-elle aperçu que cela lui sortit de l'esprit et elle coula sans lutter dans ce luxe inestimable qu'est le bonheur, dans ce lieu qu'ils avaient fini par considérer comme le monde du récit de Madrigal – ce paradis que les amants savaient faire résonner de leur bonheur.

Et le bonheur était bel et bien au rendez-vous. Durant un mois entier de nuits volées, et rares après-midi ensoleillés où Madrigal réussissait à s'échapper de Loramendi, ils déployèrent leurs ailes autour de leur bonheur et en firent leur monde, tout en sachant que ce n'était pas un monde, mais une cachette, ce qui est tout à fait différent.

Après s'être retrouvés un certain nombre de fois et avoir commencé à se découvrir plus intimement, avec l'appétit insatiable des amants à vouloir tout connaître l'un de l'autre – par la parole ou les caresses, le moindre souvenir et la moindre pensée, le moindre parfum, le moindre murmure –, lorsqu'ils eurent abandonné toute timidité, ils acceptèrent enfin d'envisager l'avenir : ils ne pouvaient continuer à faire comme s'il n'existait pas. Ils savaient tous deux que ce n'était pas une vie, surtout pour Akiva, qui ne voyait personne d'autre que Madrigal et passait ses journées à dormir comme les évangélines en attendant la nuit avec impatience.

Akiva lui avoua qu'il était le fils bâtard de l'empereur, un parmi des dizaines dressés pour tuer, et lui raconta ce jour où les gardes étaient entrés dans le harem pour l'arracher à sa mère. Il lui dit la façon dont elle avait tourné le dos et laissé faire, comme s'il n'avait pas été son fils mais un simple tribut à payer. La haine qu'il portait à son père pour avoir élevé ses enfants dans le seul dessein de donner la mort. Et elle eut même l'impression, fugitivement, qu'il se reprochait également d'avoir été l'un d'eux.

Madrigal caressa les scarifications de ses phalanges et imagina les chimères que représentait chacune d'elles. Elle se demanda combien d'âmes avaient été recueillies et combien avaient été perdues.

Elle ne révéla pas à Akiva le secret de la résurrection. Lorsqu'il lui demanda pourquoi elle ne portait pas d'œil tatoué sur ses paumes, elle inventa un mensonge. Elle ne pouvait lui parler des revenants. C'était trop grave, trop horrible, il en allait du sort de leur espèce, et elle ne pouvait partager ce secret avec lui, pas même pour apaiser la culpabilité qu'il ressentait d'avoir tué autant de chimères. À la place, elle embrassa ses marques noires.

– On ne nous a appris que la guerre, lui dit-elle. Mais il y a d'autres façons de vivre. Nous les découvrirons, Akiva. Nous les inventerons. C'est ici que tout va commencer.

Elle posa la main sur sa poitrine et ressentit un élan d'amour pour ce cœur battant, pour sa peau douce, pour ses cicatrices et pour sa sensibilité qui n'avait rien de guerrière. Elle lui prit la main, la serra contre son propre cœur et ajouta :

– C'est nous, le commencement.

Et ils commencèrent à croire que c'était possible.

Akiva lui dit que depuis Bouvreuil, en deux ans, il n'avait plus tué de chimère.

– C'est vrai ? lui demanda-t-elle, incrédule.

– Tu m'as montré qu'on pouvait choisir de ne pas tuer.

– Mais, moi, j'ai continué à tuer des séraphins, avoua-t-elle en contemplant ses mains.

Akiva lui prit le menton et l'obligea à lever la tête.

– Mais en me sauvant la vie, tu m'as transformé, et c'est grâce à ce moment que nous sommes tous les deux ici. Avant, crois-tu que cela aurait été possible ?

Elle secoua la tête.

– Crois-tu que les autres aussi pourront changer ?

– Certains, répondit-elle en songeant à ses compagnons, à ses amis ; au Loup blanc. Pas tous…

– Certains et de plus en plus par la suite.

« Certains et de plus en plus par la suite. » Madrigal acquiesça, et ensemble ils inventèrent une vie différente, pas uniquement pour eux, mais pour toutes les races d'Eretz. Et, durant ce mois qu'ils passèrent cachés, à s'aimer, rêver et réfléchir, ils finirent par croire que tout cela aussi était prédestiné : qu'ils étaient les graines d'un destin grandiose, jetées par quelque main mystérieuse. S'agissait-il de Nitida ou des divinités étoiles, ou de tout autre chose, ils l'ignoraient ; ils savaient seulement qu'ils avaient en eux le profond désir d'apporter la paix à leur monde.

Désormais, lorsqu'ils rompaient les os à vœux, c'était ce qu'ils souhaitaient. Ils étaient conscients de ne pouvoir vivre cachés et rêver dans le petit bois du repos éternel. Ils avaient une mission à accomplir ; ils commençaient à peine à concrétiser leur rêve, avec une telle foi en leurs espoirs qu'ils auraient pu faire des miracles – *commencer* quelque chose – s'ils n'avaient pas été trahis.

57

Revenante

– Akiva, murmura Karou dans un souffle, enfin pleinement consciente de qui elle était.

Quelques secondes à peine s'étaient écoulées depuis qu'ils avaient rompu l'os à vœux, mais il avait suffi de ce bref laps de temps pour que toutes les années passées remontent à sa mémoire. Dix-sept ans auparavant, Madrigal avait rendu l'âme. Tout ce qui était advenu depuis l'avait été dans une autre vie, mais c'était aussi sa vie. Elle était Karou et elle était également Madrigal. Elle était à la fois être humain et chimère.

C'était une revenante.

Un processus se mit à l'œuvre en elle : une brusque concrescence de souvenirs, deux consciences qui en fait n'en faisaient qu'une, unies comme leurs doigts entrelacés.

Elle vit ses khamsas et comprit ce que Sulfure avait fait. En défiant la sentence d'évanescence prononcée par Thiago, il avait réussi à recueillir son âme. Et puisqu'elle était dans l'incapacité de vivre dans son propre monde, il lui en avait offert un autre, en secret. Comment était-il parvenu à effacer tous les souvenirs de son esprit ? La vie qu'elle avait vécue en tant que Madrigal, il l'avait extraite pour la déposer dans l'os à vœux, et l'avait gardée précieusement pour elle, plus tard.

Ce qu'Izîl lui avait dit la dernière fois qu'elle l'avait vu, lorsqu'il lui avait proposé les dents de lait et qu'elle les avait refusées, lui revint en mémoire : « Une fois, oui… Une fois il en a eu besoin. » Et elle ne l'avait pas cru.

Elle le croyait à présent.

Les revenants étaient destinés à la guerre ; leurs cadavres étaient ressuscités à l'âge adulte, à partir de dents d'adultes. Mais Sulfure l'avait créée bébé, être humain, l'avait prénommée « espoir » et lui avait offert une vraie vie, loin, très loin de la guerre et de la mort. Un amour profond, sincère et entier l'emplissait. Il lui avait donné une enfance, un monde. Des souhaits. L'Art. Issa, Yasri et Twig étaient tous dans le secret et ils l'avaient cachée, aimée. Elle les reverrait bientôt, et elle ne reculerait pas devant Sulfure, intimidée par sa rudesse et son physique de monstre. Elle se jetterait à son cou et lui dirait enfin merci.

Elle détourna les yeux de ses mains, passant d'un émerveillement à l'autre : Akiva était devant elle. Il était toujours au pied du lit sur lequel, un instant plus tôt, ils avaient roulé tous les deux, leurs deux corps emmêlés, et Karou comprit que la sensation de plénitude, d'unité retrouvée, qu'elle avait éprouvée venait de tout ce qu'elle avait vécu avec lui dans un autre corps, dans une autre vie. Elle était tombée deux fois amoureuse de lui. Elle l'aimait aujourd'hui de deux amours réunis, si irrésistibles que c'en était presque douloureux.

– Tu as réussi à t'enfuir, dit-elle à travers ses larmes. Tu as survécu.

Elle se déplia, se souleva du matelas, lui lança un regard et se jeta sur ce corps si concret dont elle retrouvait la chaleur avec le souvenir.

Une hésitation, et il la prit dans ses bras. Il ne dit rien, mais la serra fort en la berçant tout doucement. Elle le sentit trembler, pleurer, les lèvres pressées sur le sommet de son crâne.

– Tu as réussi à t'enfuir, répéta-t-elle en riant entre les sanglots. Tu es vivant.

– Je suis vivant, chuchota-t-il, la gorge nouée. *Tu* es vivante. Je l'ignorais. Toutes ces années, je n'aurais jamais imaginé...

– Nous sommes vivants, dit Karou, hébétée.

À mesure qu'elle prenait conscience de ce merveilleux prodige, elle eut l'impression que leur mythe s'était réalisé. Ils avaient un monde et ils y vivaient. Cet endroit que Sulfure lui avait offert était son foyer, mais un demi-foyer ; l'autre moitié se trouvait derrière une porte, dans les cieux. Pourquoi ne pas avoir les deux ?

– Je t'ai vue mourir, murmura Akiva, malheureux. Karou... Madrigal... Mon amour.

Ses yeux, son expression : c'étaient les mêmes que ce jour funeste où, dix-sept ans auparavant, on l'avait contraint d'assister, à genoux, à son exécution.

– Je t'ai vue mourir, répéta-t-il.

– Je sais, répondit-elle en l'embrassant avec tendresse, se rappelant le cri déchirant qu'il avait poussé alors. Je me souviens de tout.

Lui aussi.

Le bourreau sous sa capuche : un monstre. Le Loup blanc et le Seigneur de la guerre, assistant à la scène du haut de leur balcon, et la foule qui tapait des pieds, hurlait, assoiffée de sang : tous des monstres, bafouant le rêve de paix qu'Akiva avait nourri depuis la bataille de Bouvreuil. Parce qu'une d'elles avait touché son âme, il avait cru toutes les chimères dignes de ce rêve.

Elle était enchaînée, sa chimère dont les ailes avaient été cruellement entravées, et leur rêve insensé s'envolait. C'était ainsi qu'ils traitaient les leurs. Sa belle Madrigal, pleine de grâce même sur l'échafaud.

Saisi d'une horreur impuissante, il la vit tomber à genoux. Poser la tête sur le billot. « Non ! » hurlait le cœur d'Akiva. C'était impossible. Ce désir, ces forces mystérieuses qui leur avaient toujours été favorables… où étaient-ils aujourd'hui ? Le cou de Madrigal, tendu et si vulnérable, sa joue si douce sur la pierre noire et chaude, et la lame, levée et prête à s'abattre.

Son cri se matérialisa, sortant du plus profond de ses entrailles, déchirant et douloureux aussi ; il essaya de transmuter cette douleur en magie, mais il était trop faible. Le Loup avait veillé à cela : Akiva était encore flanqué de gardes revenants, leurs khamsas dirigés sur lui afin qu'ils le terrassent et le torturent. Il essaya néanmoins, et une onde parcourut la foule qui sentit le sol trembler sous ses pieds. L'échafaud vacilla, le bourreau dut se retenir pour ne pas tomber, mais ce n'était pas suffisant.

Les petits vaisseaux de ses yeux éclatèrent sous l'effort. Akiva criait toujours. Il ne s'avouait pas vaincu.

La lame miroita dans sa chute, et Akiva s'écroula en avant, brisé, vidé. L'amour, la paix, le rêve : envolés. L'espoir, l'humanité : envolés.

Il ne restait plus que la vengeance.

La lame, immense et étincelante, luisit comme une étoile filante.

L'acier mordit et Madrigal quitta son enveloppe corporelle.

Elle sentit sa chair se dissoudre.

Pourtant elle était toujours là. Elle était là, mais elle n'était plus dans son corps. Elle ne tenait pas à voir sa tête tomber brutalement, mais ne put s'en empêcher. Ses cornes heurtèrent la plate-forme en premier dans un claquement sec, suivi du bruit mat et indécent de la masse de chair qui s'immobilisa aussitôt, freinée par les cornes qui l'empêchèrent de rouler.

De cet étrange point de vue, au-dessus de son propre corps, rien ne lui échappa. Elle ne pouvait faire autrement. Quand ses yeux lui appartenaient, ils se dirigeaient là où elle le désirait et ses paupières se fermaient sur un ordre de sa part. Or elle n'était plus en état de leur commander. Elle voyait tout, sans aucune limite charnelle. C'était une étrange vision, voilée, englobant toutes les directions à la fois, comme si son être entier n'était qu'un œil, mais un œil à la vue floue. L'agora, la foule haineuse. Et sur la plate-forme face à celle où elle se trouvait, ce cri qui continuait à déchirer l'air : Akiva à genoux, le buste tendu en avant et secoué de sanglots.

En dessous d'elle, elle vit son propre corps, décapité. Il oscilla d'un côté, avant de s'effondrer. Il avait fini d'exister. Mais Madrigal se sentait encore attachée à lui. Elle s'y attendait, sachant que les âmes s'attardaient dans les corps plusieurs jours avant d'amorcer leur retrait. Au dire de revenants, rattrapés au bord de l'évanescence, ils avaient eu un peu l'impression d'avoir été emportés par la marée.

Thiago avait ordonné qu'on laisse son cadavre se putréfier sur la plate-forme, sous bonne garde, afin que nul ne cherche à recueillir son âme. Elle était navrée du traitement qui lui était infligé. Bien que Sulfure ait toujours considéré les corps comme des « enveloppes », elle aimait cette peau qui l'avait accompagnée toute sa vie, et regrettait que sa fin n'ait pas été plus respectueuse, mais c'était ainsi, et de toute façon elle n'avait pas l'intention d'assister à sa décomposition finale. Elle avait d'autres projets.

Elle n'était pas certaine qu'elle soit réalisable, cette idée à laquelle elle s'accrochait. Elle n'avait qu'une vague piste, mais elle y consacra toute sa volonté, tous ses désirs, toute sa passion. À présent que ce dont elle avait rêvé avec Akiva était contrarié, elle se polarisa sur cet acte ultime : le libérer.

Et, pour ce faire, il lui fallait un corps. Elle en avait déjà choisi un, qui convenait en tout point : c'était elle qui l'avait créé.

Elle avait même utilisé des diamants.

58

Victoire et vengeance

– Qu'est-ce qui t'arrive, Mad ?

Une semaine plus tôt, Madrigal se trouvait en compagnie de Chiro dans le dortoir de la caserne. C'était l'aube, et il y avait à peine une demi-heure qu'elle avait regagné son châlit, après une nuit passée avec Akiva.

– Que veux-tu dire ?

– Tu ne dors plus jamais ? Où étais-tu la nuit dernière ?

– Je travaillais.

– Toute la nuit ?

– Oui, toute la nuit. Mais j'ai dû m'assoupir une ou deux heures à l'officine.

Elle bâilla. Elle avait le sentiment de ne rien risquer à mentir dans la mesure où, en dehors des proches de Sulfure, personne ne savait ce qui se passait dans la tour ouest, ni même ne soupçonnait l'existence du passage secret par lequel elle allait et venait. Et il était vrai qu'elle avait un petit peu dormi, mais pas uniquement à l'officine. Elle avait somnolé blottie entre les bras d'Akiva et lorsqu'elle s'était réveillée, il la couvait des yeux.

– Que se passe-t-il ? avait-elle demandé timidement.

– Tu as fait de beaux rêves? Tu souriais dans ton sommeil.

– C'est normal! Je suis heureuse.

Heureuse.

Elle songea que Chiro devait faire précisément allusion à cela en lui demandant ce qui lui arrivait. Madrigal se sentait une autre femme. Elle n'avait jamais imaginé à quel point un immense bonheur pouvait transformer un être. Malgré la tragédie de son enfance et la pression omniprésente de la guerre, elle s'était la plupart du temps considérée comme heureuse. Il y avait presque toujours quelque chose qui lui faisait plaisir, en cherchant bien. Mais là, c'était différent. Ce genre de bonheur était impossible à contenir. Il lui faisait parfois l'impression de sourdre d'elle comme une source lumineuse.

Le bonheur. C'était le lieu où la passion, avec tous ses éblouissements et ses exigences, rencontrait quelque chose de plus apaisant: des retrouvailles, une sécurité et un réconfort doux comme un rayon de soleil. C'étaient toutes ces choses, mêlées à la passion et à l'émoi, qui luisaient en elle comme une étoile.

Sa sœur adoptive l'observait attentivement en silence, quand un coup de trompette retentit dans la ville, la faisant aller à la fenêtre. Madrigal la rejoignit et regarda avec elle au-dehors. Leur dortoir se trouvant derrière l'armurerie, elles ne voyaient que la façade du palais, au fond de l'agora, où flottait la grande bannière de soie indiquant que le Seigneur de la guerre était chez lui. Elle portait ses armoiries – des bois sur lesquels poussaient des feuilles, symbolisant un nouvel essor. À côté de celle-ci, on venait d'en dérouler une autre, ainsi que Madrigal et Chiro purent le constater. Cette dernière avait pour blason un loup blanc et, bien qu'elle fût trop loin pour être déchiffrée, elles en connaissaient toutes deux la devise sans avoir besoin de la lire.

Victoire et vengeance.

Thiago était de retour à Loramendi.

Les mains de Chiro se mirent à papillonner avec une telle effervescence qu'elle dut les poser au bord de la fenêtre pour les empêcher de bouger. L'excitation de sa sœur n'échappa pas à Madrigal qui, pour sa part, dut lutter pour réprimer un haut-le-cœur. Elle avait choisi de considérer le départ et l'absence de Thiago comme un signe du destin conspirant à son bonheur. Mais si son absence avait été un signe, que signifiait son retour ? La vue de sa bannière lui fit l'effet d'une douche glacée. Si cette vision ne pouvait étouffer les braises de son bonheur, elle lui donna néanmoins envie de le prendre dans ses bras pour le protéger.

Elle frissonna.

Cela n'échappa pas à Chiro.

– Qu'est-ce que tu as ? Aurais-tu peur de lui ?

– Non, pas peur. Je suis simplement inquiète de l'avoir offensé en disparaissant comme je l'ai fait.

Elle avait prétexté avoir bu trop de vin aux herbes et, dans un état second, s'être cachée dans la cathédrale où elle s'était assoupie. Elle étudia l'expression de sa sœur avant de lui demander :

– Est-ce qu'il était… très en colère ?

– Personne n'aime se voir rejeté, Mad.

Madrigal comprit sa réponse de manière affirmative.

– Tu crois que c'est fini, maintenant ? Qu'il en a fini avec moi ?

– Il n'y a qu'un moyen de t'en assurer, répliqua Chiro d'un ton badin, qui, certes, plaisantait, mais avait les yeux très brillants. Tu pourrais mourir, par exemple. Et ressusciter en laide. Il te ficherait certainement la paix.

Madrigal aurait dû se méfier alors, ou au moins faire preuve de prudence. Mais elle n'était pas de nature méfiante. Cette confiance allait être sa perte.

59

Réinventer le monde

– Je ne peux pas te sauver.

Sulfure. Madrigal leva la tête. Elle était prostrée dans un coin de sa cellule, sur le sol glacé du cachot, et n'attendait aucun secours.

– Je sais.

Il s'approcha de la grille, tandis qu'elle restait immobile, le menton levé, l'air absent. Lui cracherait-il au visage, comme d'autres l'avaient fait ? Ce n'était pas nécessaire. La déception qu'elle lui avait causée était bien pire pour elle que tout ce qu'on avait pu lui infliger.

– T'ont-ils fait mal ? demanda-t-il.

– En s'en prenant à lui, oui.

Ce qui était une torture plus grande que ce qu'elle avait pu imaginer. Elle ignorait où était détenu Akiva, mais c'était suffisamment près pour qu'elle entende ses cris de douleur extrême. Ils s'élevaient à intervalles irréguliers, puis faiblissaient jusqu'à devenir à peine audibles, de sorte qu'elle ne savait jamais quand le suivant prendrait le relais du précédent, et elle avait vécu ces derniers jours dans un état d'expectative insupportable.

Sulfure la dévisagea.

– Tu l'aimes.

Elle ne put qu'acquiescer. Elle avait tenu bon jusque-là, faisant preuve d'une grande dignité et d'une façade inaltérable, sans jamais laisser deviner que tout son être était en train de se désagréger, comme si l'évanescence avait déjà commencé son œuvre. Mais sous le regard implacable de Sulfure, sa lèvre inférieure se mit à trembler. Elle écrasa son poing dessus pour l'en empêcher. Il était silencieux.

– Je suis désolée, dit Madrigal, cherchant à maîtriser son émotion.

– De quoi, petite ?

Se moquait-il d'elle ? Ses traits de bélier avaient toujours été impossibles à pénétrer. Perché sur une de ses cornes, Kishmish singeait toutes les postures de son maître, l'inclinaison de la tête, la voussure des épaules.

– Es-tu désolée d'être tombée amoureuse ?

– Non. Pas de ça.

– Alors de quoi ?

Elle ignorait ce qu'il voulait lui faire dire. Par le passé, il lui avait expliqué que tout ce qu'il exigeait d'elle c'était la vérité, aussi entière que possible. Donc, quelle était la vérité ? De quoi était-elle désolée ?

– De m'être fait prendre. Et... de t'avoir fait honte.

– Ai-je des raisons d'avoir honte ?

Elle le regarda sans comprendre. Elle n'aurait jamais pensé que Sulfure la pousserait dans ses retranchements. Elle s'était dit qu'il se contenterait de ne pas venir la voir, que la dernière vision qu'elle aurait eue de lui serait sur le balcon du palais, attendant l'exécution comme tout le monde.

– Raconte-moi ce que tu as fait.
– Tu le sais très bien.
– Dis-le-moi.
Il la cherchait pour de bon cette fois. Madrigal s'inclina et lui égrena la liste :
– Haute trahison. Collusion avec l'ennemi. Mise en danger de la perpétuation de la race des chimères et de tout ce pour quoi nous nous battons depuis un millier d'années...
– Je connais les termes du réquisitoire, l'interrompit-il. Dis-le-moi avec tes propres mots.
Elle encaissa le coup, essayant de deviner à quoi il voulait en venir.
– Je... je suis tombée amoureuse. Je..., hésita-t-elle en lui jetant un regard décontenancé avant de lui révéler ce qu'elle n'avait avoué à personne. Tout a commencé à la bataille de Bouvreuil. Les combats étaient terminés. C'était après, pendant le glanage. Je l'ai découvert en train de mourir et je l'ai sauvé, sans savoir pourquoi. Ça me paraissait la seule chose à faire. Plus tard... plus tard, j'ai cru que c'était parce que nous avions une mission à accomplir.
Sa voix flancha et ses joues s'embrasèrent.
– Apporter la paix, chuchota-t-elle.
– La paix, répéta Sulfure.
Comme cela semblait puéril, considérant l'endroit où elle se trouvait maintenant, d'avoir cru qu'il y avait à leur amour quelque intention divine. Et pourtant, comme il était beau, cet amour. Ce qu'elle avait partagé avec Akiva ne pouvait être entaché par la honte.
– Nous avons rêvé ensemble d'un autre monde, rêvé de réinventer le monde.

Un long silence s'ensuivit. Sulfure n'avait pas cessé de la regarder, et si, quand elle était petite, elle ne s'était pas amusée à essayer de lui faire baisser les yeux, elle aurait eu le plus grand mal à soutenir son regard. Malgré cela, elle brûlait d'envie de ciller lorsque, enfin, il se décida à parler :

– Et c'est à cause de ça que je devrais avoir honte de toi ?

Tout l'engrenage de ses souffrances s'enraya. Elle eut l'impression que son sang s'était figé dans ses veines. Elle n'espérait pas… Elle n'osait pas… Que voulait-il dire ? Allait-il s'expliquer ?

Non. Il poussa un profond soupir avant de répéter :

– Je ne peux pas te sauver.

– Je… je sais.

– Tiens, c'est de la part de Yasri.

Il glissa un paquet enveloppé dans un tissu à travers les barreaux, et Madrigal le prit. Il était tiède et embaumait. Elle l'ouvrit et découvrit à l'intérieur les petits gâteaux en forme de cornes de gazelle que Yasri lui avait fait manger pendant des années dans le vain espoir de la faire grossir. Les larmes lui montèrent aux yeux.

– Je n'arrive pas à manger, dit-elle en les mettant précautionneusement de côté. Mais… dis-lui que je l'ai fait.

– D'accord.

– Et… Issa et Twig ? balbutia-t-elle, la gorge nouée. Dis-leur…

Elle dut se mordre les lèvres pour les empêcher de trembler. Elle n'arrivait plus à faire bonne figure. Pourquoi était-ce tellement plus difficile en présence de Sulfure ? Avant son arrivée, la colère lui avait fait tenir le coup.

– Ils savent, petite. Ils sont déjà au courant, dit Sulfure, afin de lui faciliter la tâche. Et ils n'ont pas honte de toi non plus.

« Non plus. »

Il était incapable d'en dire davantage, mais c'était amplement suffisant. Madrigal éclata en sanglots. Elle s'accrocha aux barreaux et pleura, et lorsqu'elle sentit sa main se poser sur son cou, elle pleura encore plus.

Il resta avec elle, et elle savait que personne à part lui – et le Seigneur de la guerre naturellement – n'aurait pu outrepasser l'ordre strict de Thiago lui interdisant toute visite. Malgré son pouvoir, il n'avait pas celui d'annuler sa condamnation. Son crime était bien trop grave et sa culpabilité trop flagrante.

Une fois qu'elle eut abondamment pleuré, elle se sentit aussitôt comme vidée et… mieux, comme si le sel de toutes les larmes qu'elle n'avait pas versées l'avait intoxiquée ; elle était à présent purifiée, lavée de ce poison. Elle s'appuya contre les barreaux de la grille ; Sulfure était accroupi de l'autre côté. Kishmish se mit à pépier à intervalles réguliers, code que Madrigal connaissait bien, de sorte qu'elle lui cassa de petits morceaux de corne de gazelle et les lui donna.

– Pique-nique de prison, dit-elle en se forçant faiblement à sourire, brutalement interrompue.

Ils l'avaient tous les deux entendu en même temps – un hurlement d'une détresse telle que Madrigal dut se mettre en boule, enfouir son visage dans ses genoux et se boucher les oreilles avec les mains, s'enfonçant dans l'obscurité, le silence, le déni. Mais cela ne marcha pas. Ce cri avait déjà pénétré à l'intérieur de son crâne, et bien après qu'il eut cessé, son écho résonnait encore en elle.

– Qui de nous deux sera le premier ? demanda-t-elle à Sulfure.

Il savait ce qu'elle voulait dire.

– Toi. Pour que le séraphin regarde.

– Je croyais que ce serait le contraire, répondit-elle d'un ton assez détaché. Pour m'obliger à regarder.

– Je crois…, hésita Sulfure, qu'il n'en a pas encore… terminé avec lui.

Un son ténu s'échappa de la gorge de Madrigal. Combien de temps ? Pendant combien de temps encore Thiago avait-il l'intention de le torturer ?

– Tu te souviens de l'os, quand j'étais petite ?

– Oui, je me souviens.

– J'ai fini par faire un vœu avec. Ou plutôt un souhait, avec tous mes espoirs, puisqu'il n'y a rien de magique là-dedans.

– L'espoir est la seule véritable magie, mon enfant.

Les images se succédèrent dans son esprit. Akiva et son sourire lumineux. Akiva terrassé, perdant son sang qui s'écoulait dans la fontaine sacrée. Le temple en flammes et les soldats qui les emmenaient, les arbres du repos éternel qui s'embrasaient à leur tour, avec toutes les évangélines nichées dedans. Elle sortit de sa poche l'os à vœux qu'elle avait emporté cette dernière fois. Il était intact : ils n'avaient pas eu l'occasion de le rompre.

– Tiens, dit-elle en le tendant à Sulfure. Prends-le, casse-le, jette-le. Il n'y a plus d'espoir.

– Si c'était ce que je pensais, je ne serais pas ici.

Qu'est-ce que cela signifiait ?

– Que crois-tu que je fais, petite, jour après jour, si ce n'est lutter contre la marée ? Vague après vague sur le rivage, chacune déferlant un peu plus haut sur le sable. Nous ne gagnerons pas, Madrigal. Nous ne pouvons vaincre les séraphins.

– Mais…

– Nous ne gagnerons pas cette guerre. Je l'ai toujours su. Ils sont trop forts. Si nous avons réussi à les tenir à distance aussi longtemps, c'est uniquement parce que nous avons brûlé leur bibliothèque.

– Leur bibliothèque ?

– Oui, celle d'Astraë. Elle contenait les archives des mages séraphins. Ces imbéciles conservaient tous leurs textes en un lieu unique. Ils étaient si jaloux de leur pouvoir qu'ils avaient interdit les copies. Ils ne tenaient pas à ce que les jeunes leur fassent de la concurrence, alors ils ont protégé leur précieux savoir, ne prenant que des apprentis qu'ils pouvaient contrôler et surveiller. Ce fut leur première erreur : tout garder en un seul endroit.

Madrigal l'écoutait, subjuguée. Sulfure lui apprenait des choses. Son histoire, des secrets.

– Quelle a été leur deuxième erreur ? demanda-t-elle, un peu inquiète de briser le charme.

– Oublier de nous craindre.

Sulfure se tut un long moment, tandis que Kishmish sautillait d'une corne à l'autre.

– Ils étaient obligés de croire que nous étions des animaux pour justifier la façon dont ils nous traitaient.

– En esclaves, murmura Madrigal, à qui les paroles d'Issa revenaient en mémoire.

– Nous étions des réservoirs à douleur. C'était nous, la source même de leur puissance.

– La torture.

– Ils se convainquirent que nous étions des bêtes muettes, comme si cela justifiait tout. Ils avaient cinq mille bêtes dans leurs fosses qui n'étaient pas muettes du tout, mais ils avaient fini par croire en leurs propres mensonges. Et comme ils ne nous craignaient pas, cela a facilité les choses.

– Qu'est-ce que cela a facilité ?

– Leur extermination. La moitié des gardiens ne comprenaient même pas notre langage, se contentant d'imaginer que nous ne poussions que des grognements et des cris de douleur. C'étaient des imbéciles, et nous les avons tués et avons tout brûlé. Privés de leur magie, les séraphins perdaient leur suprématie et, depuis toutes ces années, ils ne l'ont toujours pas retrouvée. Mais ils la retrouveront un jour, même sans leur bibliothèque. Ton séraphin est la preuve qu'ils sont en train de redécouvrir leur savoir perdu.

– Mais... Non. La magie d'Akiva n'a rien à voir avec ça..., objecta-t-elle en songeant au châle vivant qu'il lui avait fait. Il ne s'en serait jamais servi comme arme. Il ne voulait que la paix.

– La magie n'est pas un instrument de paix. Le prix en est trop élevé. Si je peux continuer à l'utiliser, recyclant inlassablement les âmes des cadavres, c'est parce que je suis convaincu que nous sommes en vie pour… pour refaire le monde.

Les propres termes de Madrigal.

Il se racla bruyamment la gorge. Était-ce possible ? Voulait-il dire que lui aussi… ?

– Moi aussi, j'ai fait ce rêve, mon enfant.

Madrigal ouvrit grands les yeux.

– La magie ne nous sauvera pas. Il faudrait un tel pouvoir pour conjurer les corps à une telle échelle que le prix à payer nous détruirait. Le seul espoir… est l'espoir.

Il tenait toujours le petit os à la main.

– Il n'y a pas besoin de jeton pour cela : il est dans ton cœur ou alors nulle part. Et dans ton cœur, mon enfant, il est plus fort que jamais.

Il glissa l'os à vœux dans sa poche, puis se releva, prenant appui sur ses puissantes cuisses de lion, et se retourna. Madrigal s'effondra à l'idée qu'il la quittait déjà.

Mais il se dirigeait simplement vers un petit fenestron, ouvert dans le mur opposé, et y jeta un œil.

– C'était Chiro, tu sais, dit-il, changeant abruptement de sujet.

Madrigal le savait.

Chiro, qui avait des ailes pour la suivre, s'était cachée dans le petit bois et avait tout vu.

Chiro, qui, en bon chien de Thiago, l'avait trahie pour une petite caresse sur la tête.

– Thiago lui a promis une apparence humaine, l'informa Sulfure. Comme si c'était le genre de promesse qu'il était en mesure de tenir.

« Quelle idiote… », songea Madrigal, dépitée que sa sœur ait choisi une telle alliance.

– Et toi ? Tu vas honorer sa promesse ?

– Il va falloir qu'elle s'applique à ne jamais avoir besoin d'un autre corps, répliqua Sulfure, l'air menaçant. J'ai en réserve un chapelet de dents de murène que je ne pensais pas être tenté d'utiliser un jour…

Des dents de murène ? Madrigal ne savait s'il parlait sérieusement. Oui, probablement. Elle en fut presque navrée pour sa sœur. Presque.

– Quand je pense que j'ai gaspillé des diamants pour elle !

– Tu t'es montrée loyale envers elle, même si elle ne t'a pas rendu la pareille. Ne regrette jamais une bonne action, mon enfant. Rester loyal face au mal témoigne d'une force prodigieuse.

– La force…, dit-elle avec un petit rire amer. Je lui ai donné la force, et vois ce qu'elle en a fait !

– Non, Chiro n'est pas forte. Son corps a beau avoir été forgé à partir de diamants, son âme n'est qu'une pauvre chose, sorte de mollusque humide et mou.

L'image n'était pas flatteuse, mais elle était assez juste.

– Et sans la moindre résistance…

– Comment ça ? s'enquit Madrigal en penchant la tête de côté.

Des bruits de pas dans le couloir. Venait-on la chercher ? Était-ce déjà l'heure ? Sulfure se tourna vers elle.

– La fumée des revenants, indiqua-t-il d'un ton sec. Tu sais ce qu'elle contient.

Pourquoi lui parlait-il de la fumée? s'étonna-t-elle. Il n'y en aurait pas pour elle. Mais il la regardait avec une telle intensité... Elle hocha la tête. Bien sûr qu'elle savait: l'encens était composé d'arum, de matricaire, de romarin et d'ase fétide pour l'odeur de soufre.

– Tu sais comment elle agit.

– Elle ouvre la voie à l'âme pour qu'elle la suive jusqu'à son réceptacle, l'encensoir ou le corps.

– Est-ce magique?

Madrigal hésita. Elle avait aidé tant de fois Issa à la préparer.

– Non, répondit-elle, distraite par le bruit des pas qui se rapprochaient. Ce n'est que de la fumée, le véhicule de l'âme.

Sulfure acquiesça.

– Comme ton os à vœux: il n'y a rien de magique là-dedans. Ce n'est rien qu'un élément sur lequel focaliser la volonté... Une volonté assez puissante pourrait même s'en passer.

Il ne l'avait pas quittée des yeux et dardait sur elle son regard intense. Il essayait de lui communiquer quelque chose, mais quoi?

Les mains de Madrigal se mirent à trembler. Elle ne comprenait pas encore vraiment, mais une vague idée commençait à prendre forme: magie et volonté, tels étaient les indices. La fumée et l'os.

À la porte, on tirait les verrous. Le cœur de Madrigal s'emballa. Elle battit précipitamment des ailes, tel un oiseau en cage, affolé. La porte s'ouvrit et Thiago se découpa dans l'encadrement, tel un tableau vivant. À son habitude, il était tout de blanc vêtu, et la raison pour laquelle il avait choisi le blanc lui sauta aux yeux : il servait de toile de fond pour le sang de ses victimes, et aujourd'hui sa surcotte en était entièrement maculée.

Rouge du sang d'Akiva.

La colère déforma les traits de Thiago lorsqu'il découvrit Sulfure. Mais il ne se risqua pas à un bras de fer qu'il était incapable de gagner. Il salua le sorcier d'un signe de tête et se posta devant Madrigal.

– C'est l'heure.

Il y avait dans la douceur de sa voix un sadisme évident, et l'on aurait dit qu'il invitait gentiment un enfant à aller se coucher.

Elle ne répondit pas, cherchant à recouvrer son calme. Mais Thiago n'était pas dupe. Son flair de loup lui permit de reconnaître l'odeur de la peur. Il sourit avant de s'adresser aux gardes qui attendaient ses ordres :

– Attachez-lui les mains. Entravez-lui les ailes.

– C'est inutile, intervint Sulfure.

Les gardes hésitèrent.

Thiago se retourna vers le résurrectionniste, et les deux personnages se toisèrent du regard, tandis que leur hostilité se manifestait par des narines palpitantes et des mâchoires serrées. Le Loup blanc réitéra ses ordres d'un ton sec, en détachant chaque syllabe, et les gardes s'empressèrent de les exécuter : se saisir des ailes de Madrigal et les immobiliser en les attachant ensemble à l'aide de crochets de fer. Ils eurent moins de mal avec ses mains ; elle ne se débattit pas. Quand elle fut dûment entravée, ils la poussèrent vers la porte.

Mais Sulfure lui réservait encore une surprise.

– J'ai désigné quelqu'un pour bénir l'évanescence de Madrigal, annonça-t-il à Thiago.

La bénédiction était un rite sacré dont Madrigal était persuadée qu'il lui serait refusé. Thiago, manifestement, avait cru la même chose.

– Tu te figures peut-être, en laissant quelqu'un l'approcher, recueillir son…

– Chiro, l'interrompit net Sulfure.

Madrigal tressaillit.

– Je ne peux imaginer que tu t'opposes à ce choix, reprit-il en s'adressant à Thiago.

– Parfait, concéda le Loup blanc. Allez, ordonna-t-il aux gardes.

Chiro. Que celle qui avait trahi Madrigal fût choisie pour accorder la paix à son âme lui parut une telle injustice, une telle aberration, que pendant un instant elle crut avoir mal interprété les paroles de Sulfure et qu'il s'agissait là d'un ultime châtiment, venant s'ajouter aux autres. Puis il lui sourit : un sourire matois qui retroussa imperceptiblement ses babines de bélier, et alors elle comprit. Elle avait l'explication.

« Une sorte de mollusque humide et mou. Sans la moindre résistance. »

Le garde poussa de nouveau Madrigal dans le dos pour la faire avancer, et elle franchit la porte de sa cellule, réfléchissant très vite pour assimiler ce nouvel élément, apparemment invraisemblable, dans le peu de temps qu'il lui restait à vivre.

60

Si vous le trouvez, veuillez le rapporter

D'après ce qu'elle avait entendu dire, cela ne s'était jamais fait. On ne l'avait pas même envisagé, et ce n'aurait pas été possible avec un corps naturel. Un corps s'agrège autour de son âme comme la nacre autour du grain de sable, formant une entité parfaite, cohérente, que seule la mort peut désunir. Il n'y a, dans un corps naturel, pas le moindre interstice par où pourrait s'introduire quelque hôte indésirable ou clandestin. Mais le corps de Chiro n'était qu'un contenant, ainsi que le savait fort bien Madrigal pour en avoir été la créatrice.

Madrigal aurait peut-être pu se passer de fumée pour la guider, mais il lui fallait absolument une certaine proximité. Elle ne pouvait se déplacer dans l'espace et ne disposait d'aucun moyen de manœuvre ni de propulsion. Il faudrait donc que Chiro s'approche d'elle et, puisque Sulfure l'avait choisie pour procéder à la bénédiction, c'est ce qu'elle fit, gravissant d'un pas lourd les marches de l'échafaud pour s'agenouiller auprès de ce qu'avait été sa sœur. Toute tremblante, elle leva les yeux et fixa l'espace vide au-dessus du cadavre sans tête.

– Je suis navrée, Mad, murmura-t-elle. Je ne savais pas que ce serait l'évanescence. Pardonne-moi.

Madrigal, impuissante à ne pas voir sa propre tête décapitée ni à entendre encore les cris d'Akiva, était de marbre. À quoi Chiro s'était-elle donc attendue ? À une sentence plus clémente ? À une résurrection sous un physique moins avantageux ? Peut-être n'avait-elle même pas songé à Madrigal, hormis comme un moyen d'attirer sur elle l'attention de Thiago. L'amour peut pousser à faire de drôles de choses, et Madrigal était bien placée pour le savoir. Mais il n'y avait rien de plus étrange que ce qu'elle était sur le point de faire.

Il n'y avait donc pas de fumée pour la guider. Mais, comme le lui avait dit Sulfure, ce n'était pas indispensable. Au prix d'un effort de volonté colossal, elle parvint à se frayer un chemin à l'intérieur du corps qu'elle avait créé avec tant de soin et d'amour.

Elle rencontra encore moins de résistance qu'elle l'avait imaginé – une légère réaction de surprise, une faible lutte. L'âme de Chiro était une pauvre chose amorphe que la jalousie avait fragilisée. Madrigal n'eut aucun mal à la déloger, car elle lui céda la place presque immédiatement. Elle n'eut pas besoin de la chasser, mais la poussa simplement, la renvoyant dans ses propres tréfonds. Seul subsistait le réceptacle, visible aux yeux de tous : Chiro.

Elle trembla violemment en procédant à la bénédiction, sans que cela étonnât quiconque : sa propre sœur gisait morte à ses pieds. Et, si elle redescendit de l'échafaud la démarche un peu raide et les gestes maladroits, personne ne s'en inquiéta non plus.

Il n'y eut aucun soupçon parce qu'il n'existait aucun précédent. Après le départ de Chiro, plus rien ne se rattachait au corps décapité gisant sur la plate-forme. Les soldats chargés de le surveiller les trois jours suivants ne gardèrent que de la chair et de l'air – pas d'âme.

Le seul qui aurait pu s'apercevoir de cette disparition, c'était Sulfure, et il n'était pas dans ses intentions de la signaler.

C'est par les yeux de Chiro que Madrigal vit pour la dernière fois Akiva. Il était attaché sur une espèce de chevalet, les ailes et les bras méchamment tirés en arrière et les poignets entravés par de gros anneaux scellés dans le mur. Sa tête pendait sur sa poitrine, et lorsqu'elle pénétra dans sa cellule, il la souleva et posa sur elle un regard dénué d'expression.

Le blanc de ses yeux était injecté de sang à cause des petits vaisseaux qui avaient éclaté sous ses efforts pour exercer ses pouvoirs magiques. Leur éclat doré – ce feu vif – semblait éteint, et Madrigal eut l'impression de découvrir une âme en cendres. C'était la pire des choses, bien pire que sa propre mort.

À présent, à Marrakech, alors que Karou s'efforçait de réunir les souvenirs de ses deux vies, elle se rappela cette même expression vide, ce regard mort, la première fois qu'elle avait vu

Akiva. Elle s'était demandé ce qui avait pu lui arriver et maintenant elle savait. C'était une torture de penser que pendant toutes ces années où elle avait grandi dans un nouveau corps, dans un autre monde, insouciante et légère, gaspillant ses vœux de façon déraisonnable, il n'avait cessé d'errer comme une âme en peine et de la pleurer.

Si seulement il avait su...

Dans sa cellule, elle s'était dépêchée pour lui détacher les bras, se félicitant alors de la force que les diamants avaient conférée à Chiro. Les chaînes avaient été si tendues que ses épaules étaient presque démises. Elle avait craint qu'il soit trop faible pour voler, ou pour forger le charme d'invisibilité qui lui aurait permis de quitter la ville sans se faire voir, mais elle n'aurait pas dû. Elle connaissait l'étendue des pouvoirs d'Akiva. Aussitôt débarrassé de ses fers, il ne s'était pas effondré au pied du chevalet. Il avait bondi comme un prédateur à l'affût. Il s'en était pris à elle, ne voyant que Chiro et sans se demander pour quelle raison cette inconnue l'avait délivré. Il l'avait jetée contre le mur avant qu'elle n'ait eu le temps d'ouvrir la bouche, et Chiro avait sombré dans les ténèbres de l'inconscience.

Ses souvenirs s'arrêtaient là. Karou ignorait encore la façon dont Sulfure avait découvert et recueilli son âme, et elle ne l'apprendrait que le jour où elle pourrait lui poser directement la question. Elle savait simplement qu'il l'avait fait, puisqu'elle était là.

– Je ne savais pas, dit Akiva.

Il lui caressait les cheveux, les lissait en suivant le contour de son crâne, de son cou et de ses épaules, lentement et tendrement.

– Si j'avais su qu'il t'avait sauvée…, ajouta-t-il en la serrant fort contre lui.

– Je ne pouvais pas te dire que c'était moi, expliqua Karou. Comment aurais-tu pu me croire ? Tu ne savais rien de la résurrection.

Akiva attendit un instant avant de lui avouer calmement :

– Si. J'étais au courant.

– Mais comment ça ?

Ils étaient toujours tous les deux debout au pied du lit, Karou tout absorbée par ses sensations. Ces souvenirs qu'elle était obligée de passer au crible, la joie simple et profonde d'être avec Akiva, l'étrange combinaison de connu et d'inconnu. Son corps : la jolie peau de ses dix-sept ans, bien à elle et en même temps nouvelle. L'absence d'ailes, la flexion de ses pieds humains et leurs muscles complexes, sa tête dépourvue de cornes, aussi légère que la brise.

Et il y avait encore autre chose, une sorte de pressentiment, une sourde inquiétude indéfinissable.

– Thiago, commença Akiva. Il… il aimait bien parler pendant qu'il me… Enfin, il jubilait… Il m'a tout raconté.

Karou le croyait volontiers. Un nouveau pan de souvenirs s'inséra dans le puzzle : le Loup se réveillant sur la table en pierre alors qu'elle – Karou – tenait dans sa main la sienne, avec les khamsas. Il aurait pu la tuer à ce moment-là si Sulfure n'était pas intervenu. Elle comprenait mieux la rage de Sulfure. Il avait passé toutes ces années à la cacher à Thiago, et voilà qu'il la découvrait auprès de lui dans la cathédrale, en train de lui tenir la main. Moment aussi éprouvant que dans ses souvenirs.

Elle se blottit contre Akiva.

– J'aurais pu te faire mes adieux, dit-elle. Mais je ne pensais plus à rien, je n'avais qu'un seul désir : te libérer.

– Karou…

– C'est bon. Nous sommes ici maintenant.

Elle inspira profondément son parfum enfin retrouvé, doux et fumé, et posa ses lèvres sur sa gorge. C'était grisant. Akiva était en vie. Elle aussi était en vie. L'avenir leur appartenait. Sa bouche remonta le long de son cou jusqu'à l'arête de son menton, se rappelant, redécouvrant. Elle s'abandonnait dans ses bras comme elle le faisait autrefois – avec cette faculté merveilleuse propre aux corps de se fondre et d'abolir toute distance entre eux. Elle trouva ses lèvres et dut prendre sa tête entre ses mains pour l'incliner vers elle.

Pourquoi avait-elle dû faire ce geste ?

Pourquoi Akiva ne l'avait-il pas embrassée aussitôt ?

Karou rouvrit les yeux. Il la regardait fixement, non pas avec désir, mais avec… angoisse.

– Qu'est-ce qu'il y a ? Que se passe-t-il ?

Un terrible pressentiment l'assaillit tandis qu'elle faisait un pas en arrière, le lâchait et serrait ses bras autour de sa propre taille.

– Est-ce… est-ce parce que je ne suis pas « pure » ? Parce que j'ai été… fabriquée ?

Quelle que fût la raison de son tourment, la question de Karou ne fit qu'envenimer les choses.

– Non, répondit-il, abattu. Comment peux-tu imaginer une chose pareille ? Je ne suis pas Thiago. Tu as promis de ne pas oublier, Karou. Tu as promis de ne pas oublier que je t'aimais.

– Alors, qu'y a-t-il ? Pourquoi ce comportement étrange, Akiva ?

– Si j'avais su… Oh, Karou. Si j'avais su que Sulfure t'avait sauvée…, hésita-t-il, se passant la main dans les cheveux et se mettant à arpenter la pièce de long en large. J'ai cru qu'il était de leur côté, contre toi ; et sa trahison était pire qu'une autre car tu l'aimais comme un père…

– Non, Akiva. Il est comme nous : il désire aussi la paix. Il peut nous aider…

La façon dont il la regardait l'interrompit net. Il était si bouleversé.

– Je ne savais pas. Si j'avais su, Karou, j'aurais tout pardonné. Je n'aurais pas… je n'aurais jamais…

Le cœur de Karou se mit à battre de façon désordonnée. Il était en train de se passer quelque chose de terrible. Elle le sentait et le redoutait, elle ne voulait pas l'entendre et pourtant elle le devait absolument.

– Tu n'aurais pas quoi ? Quoi donc, Akiva ?

Il s'arrêta de marcher, se tenant la tête à deux mains.

– À Prague, expliqua-t-il avec peine, tu m'as demandé comment je t'avais retrouvée.

– Oui, et tu m'as répondu que ça n'avait pas été difficile.

Il sortit de sa poche une feuille de papier pliée en quatre et la lui tendit à contrecœur.

– Qu'est-ce que… ? balbutia-t-elle avant de s'arrêter net.

Ses mains se mirent à trembler de façon irrépressible, de sorte que lorsqu'elle déplia le papier il se déchira le long de la pliure fragilisée par les manipulations, au beau milieu de son autoportrait. Elle avait dans chaque main une moitié d'elle-même, avec le petit mot écrit de sa main : « Si vous le trouvez, veuillez le rapporter… »

Cette page venait de son carnet de dessin, qu'elle avait laissé à l'officine de Sulfure. Elle comprit en une fraction de seconde, de manière fulgurante. Akiva n'avait pu se la procurer que d'une seule façon.

Elle avait le souffle coupé. Tout s'expliquait. Les empreintes noires, les brasiers ardents qui avaient dévoré les portes et emporté leurs sortilèges, mettant un terme aux activités de Sulfure. Et, lointaine, la voix d'Akiva qui lui en donnait la raison.

« Pour mettre fin à la guerre. »

Lorsqu'ils rêvaient tous les deux, autrefois, de mettre fin à la guerre, ils pensaient le faire en faisant régner la paix. Mais, oh… la paix n'était pas le seul moyen d'arrêter la guerre.

Elle comprit tout. Thiago avait confié à Akiva le plus grand secret des chimères, croyant qu'il l'emporterait dans la tombe, mais en le libérant, elle lui avait permis de vivre, et de vivre avec.

– Qu'as-tu fait ? demanda-t-elle, incrédule, la voix brisée.

– Je suis désolé…, murmura-t-il.

Les empreintes noires, les brasiers ardents.

La fin de toute résurrection.

Les mains d'Akiva, ces mains qui l'avaient tenue en dansant, en dormant et en faisant l'amour, ces phalanges qu'elle avait embrassées et absoutes – elles avaient été fraîchement tatouées. Il n'y avait plus de place pour aucune marque.

– Non ! s'écria-t-elle en une plainte infinie et implorante.

Puis elle le saisit par les épaules, lui plantant les ongles dans la chair, le secouant et le malmenant pour l'obliger à la regarder.

– Dis-moi ! hurla-t-elle.

Alors, d'une voix qui n'était plus sa voix, mais l'ombre d'elle-même, le désespoir infini et la honte à l'état pur, il lui répondit :

– Ils sont morts, Karou. C'est trop tard. Ils sont tous morts.

Épilogue

C'était une simple anfractuosité dans les cieux, rien à voir avec l'ingénieux système de Sulfure et ses nombreux passages. Il n'y avait ni porte ni gardien à l'entrée. Il n'était protégé que par son inaccessibilité, perdu dans le néant, très haut au-dessus des montagnes de l'Atlas, et par son exiguïté : moins large que l'envergure des ailes d'un séraphin.

Il était extraordinaire que Razgut ait réussi à le retrouver après si longtemps.

Peut-être, après tout, conclut Karou en contemplant la créature, pas aussi extraordinaire que cela, le pire moment d'une vie pouvant rester gravé dans la mémoire et demeurer plus vif que n'importe quelle joie. Elle comprenait à présent pourquoi la douleur était le tribut de la magie : elle était plus puissante que la joie. Plus puissante que tout.

Que l'espoir ?

Elle vit le bûcher de Loramendi comme si elle y avait été : les corps des chimères jetées aux flammes comme des morceaux de chiffon, et Akiva qui contemplait le spectacle du haut d'une tour, respirant les cendres de son peuple à elle. Elle eut sur la langue le goût de leurs cendres, et il devait bien en subsister quelque chose sur la peau d'Akiva lorsqu'elle l'avait embrassé.

C'était à cause d'elle qu'il avait vécu pour se livrer à un tel acte.

Et pourtant, elle n'avait pu se résoudre à le tuer, bien qu'il lui ait rapporté de Prague ses couteaux, et se serait jeté à ses genoux pour lui faciliter la tâche.

Elle l'avait quitté, et même après tout ce qu'elle avait appris, la distance entre eux lui faisait l'effet d'avoir été étirée démesurément. Anormale, cette distance qui ne cessait de croître. Douloureux, ce vide qui à présent lui tenait lieu de plénitude. Une part d'elle-même, la plus malheureuse, voulait ignorer la trahison d'Akiva, revenir en arrière, au bonheur incandescent d'avant le grand effondrement.

– Tu viens ? demanda Razgut en se faufilant dans l'anfractuosité de l'univers, disparaissant à moitié dans l'éther d'Eretz.

Karou hocha la tête. Quand il eut totalement disparu, elle avala une longue goulée d'air vif, se préparant à le suivre. Le bonheur n'existait plus. Mais sous la tristesse, il y avait encore l'espoir.

L'espoir que Sulfure ne lui avait pas donné ce prénom par hasard.

L'espoir que tout n'était pas terminé.

À SUIVRE…

Remerciements

Mes premiers remerciements vont à Kathi Appelt, Cœ Booth, Carolyn Coman, Nancy Werlin et Gene Luen Yang, qui ont changé ma vie d'écrivain. Ils ont à jamais mon immense gratitude.

À Alexandra Saperstein et Stephanie Perkins, qui ont lu et relu plusieurs fois ce livre avec un même enthousiasme. Tous les auteurs devraient avoir des lectrices comme vous. Mais c'est impossible : vous êtes à moi. Muahaha !

À Jane Putch, qui est bien plus qu'un agent : merci. Merci ! Ce livre est le vôtre.

À ma Clementine chérie, qui a été un bébé adorable, et je dirais même un bébé parfait. Si ce n'avait pas été le cas, finir ce livre aurait été une tout autre affaire.

Et, naturellement, à Jim Di Bartolo, mon merveilleux mari, que je remercie pour tout, de sa lecture attentive à ses encouragements, pour ses playlists *et son café, pour s'être occupé aussi de notre bébé et avoir assuré pendant que j'étais «* Ailleurs *». Cher partenaire adoré, dans tous les domaines, créatifs aussi bien que prosaïques – les livres, les rires, les voyages, les couches –, je n'aurais jamais pu m'en sortir sans toi, et ne l'aurais voulu pour rien au monde.*

Des montagnes de gratitude à Alvina Ling et toute l'équipe formidable de Little, Brown, ma seconde maison. Toute cette aventure a été formidablement amusante. Votre créativité et votre enthousiasme ont illuminé mon horizon. Merci. Dans toutes les langues existantes ou imaginaires : merci.

Et, pour finir – je sais, c'est un peu niais, mais après tout, pourquoi pas –, merci au monde d'être un endroit aussi inspirant, rempli de curieuses créatures, de gens étranges et de villes mystérieuses. J'espère avoir l'occasion de faire plus ample connaissance.

L'auteure

Souvent comparée à Neil Gaiman, **Laini Taylor** est un grand nom de la littérature de *fantasy young adult*. Finaliste du National Book Award et récipiendaire du Cybils Award, elle se retrouve classée à chaque nouvelle série dans la liste de best-sellers du *New york Times*. Elle écrit peu mais avec une maestria telle que son lectorat lui voue pratiquement un culte. Son recueil de nouvelles *Lips Touch. Three Times* a été finaliste du National Book Award. On lui doit aussi la série *Dreamdark*. *Fille des chimères*, son premier roman traduit en langue française, constitue le premier tome d'une trilogie, plébiscitée par l'auteure Stephenie Meyer. Laini Taylor vit à Portland (Oregon), avec son mari, l'illustrateur Jim Di Bartolo, et leur petite fille, Clémentine.
Retrouvez l'auteure sur son site : lainitaylor.com

Table

Dans la collection

Pôlefiction

M. T. Anderson
Interface

Clémentine Beauvais
Les Petites Reines
Brexit romance

Bernard Beckett
Genesis

Jean-Philippe Blondel
Blog

Anne-Laure Bondoux
Tant que nous sommes vivants
L'aube sera grandiose

Paule du Bouchet
À la vie à la mort
Chante, Luna
Mon amie, Sophie Scholl
Je vous écrirai

Ann Brashares
Quatre Filles et un jean
• Quatre Filles et un jean
• Le Deuxième Été
• Le Troisième Été
• Le Dernier Été
• Quatre Filles et un jean, pour toujours
L'amour dure plus qu'une vie
Toi et moi à jamais
Ici et maintenant

Irena Brignull
Les Sorcières du clan du Nord
• 1. Le Sortilège de minuit
• 2. La Reine captive

Melvin Burgess
Junk
Lady. Ma vie de chienne

Florence Cadier
Le Rêve de Sam

Sébastien de Castell
L'Anti-magicien
• 1. L'Anti-magicien

Orianne Charpentier
Après la vague
La Vie au bout des doigts
Rage

Émilie Chazerand
La Fourmi rouge

Sarah Cohen-Scali
Max

Eoin Colfer
W.A.R.P.
- 1. L'Assassin malgré lui
- 2. Le Complot du colonel Box
- 3. L'Homme éternel

Élisabeth Combres
La Mémoire trouée

Ally Condie
Atlantia
Promise
- Promise
- Insoumise
- Conquise

Matthew Crow
Sans prévenir

Christelle Dabos
La Passe-miroir
- 1. Les Fiancés de l'hiver
- 2. Les Disparus du Clairdelune
- 3. La Mémoire de Babel

Stéphane Daniel
Gaspard in love

Claudine Desmarteau
Un mois à l'ouest

Victor Dixen
Le Cas Jack Spark
- Saison 1. Été mutant
- Saison 2. Automne traqué
- Saison 3. Hiver nucléaire

Animale
- 1. La Malédiction de Boucle d'or
- 2. La Prophétie de la Reine des neiges

Berlie Doherty
Cher inconnu

Tom Ellen et Lucy Ivison
Mon homard
French ski

Charlotte Erlih
Bacha posh

Manon Fargetton
Dix Jours avant la fin du monde

Timothée de Fombelle
Le Livre de Perle

Cornelia Funke
Reckless
- 1. Le Sortilège de pierre
- 2. Le Retour de Jacob

Aurélie Gerlach
Lola Frizmuth
Où est passée Lola Frizmuth ?
Qui veut la peau de Lola Frizmuth ?

Alison Goodman
Eon et le douzième dragon
- Eon et le douzième dragon
- Eona et le Collier des Dieux

Lady Helen
- 1. Le Club des Mauvais Jours
- 2. Le Pacte des Mauvais Jours

John Green
Qui es-tu Alaska ?
La Face cachée de Margo
Tortues à l'infini

John Green/David Levithan
Will et Will

Lian Hearn
Le Clan des Otori
- 1. Le Silence du Rossignol
- 2. Les Neiges de l'exil
- 3. La Clarté de la lune
- 4. Le Vol du héron
- 5. Le Fil du destin

Monica Hesse
Une fille au manteau bleu

Maureen Johnson
13 Petites Enveloppes bleues
- 13 Petites Enveloppes bleues
- La Dernière Petite Enveloppe bleue

Gordon Korman
Mon père est un parrain

Sève Laurent-Fajal
Les Valises

David Levithan
A comme aujourd'hui

Erik L'Homme
Des pas dans la neige
Nouvelle-Sparte

Sue Limb
Jess Jordan
- 15 Ans, Welcome to England !
- 15 Ans, charmante mais cinglée
- 16 Ans ou presque, torture absolue
- 16 Ans, franchement irrésistible

E. Lockhart
Nous les menteurs
Trouble Vérité

Hayley Long
Nos vies en mille morceaux

Benoît Minville
Les Belles Vies

Jean Molla
Felicidad

Jean-Claude Mourlevat
Le Combat d'hiver
Le Chagrin du Roi mort
Silhouette
Terrienne

Jandy Nelson
Le ciel est partout
Le soleil est pour toi

Patrick Ness
Le Chaos en marche
- 1. La Voix du couteau
- 2. Le Cercle et la Flèche
- 3. La Guerre du Bruit

Nous autres simples mortels

Jennifer Niven
Tous nos jours parfaits
Les Mille Visages de notre histoire

Joyce Carol Oates
Nulle et Grande Gueule
Sexy
Zarbie les yeux verts

Isabelle Pandazopoulos
La Décision
Trois Filles en colère

Mary E. Pearson
Jenna Fox, pour toujours
- Jenna Fox, pour toujours
- L'Héritage Jenna Fox

Lucie Pierrat-Pajot
Les Mystères de Larispem
- 1. Le sang jamais n'oublie
- 2. Les Jeux du siècle
- 3. L'Élixir ultime

François Place
La Douane volante

Louise Rennison
Le Journal intime de Georgia Nicolson
- 1. Mon nez, mon chat, l'amour et moi
- 2. Le bonheur est au bout de l'élastique
- 3. Entre mes nungas-nungas mon cœur balance
- 4. À plus, Choupi-Trognon...
- 5. Syndrome allumage taille cosmos
- 6. Escale au Pays-du-Nougat-en-Folie
- 7. Retour à la case égouttoir de l'amour
- 8. Un gus vaut mieux que deux tu l'auras
- 9. Le coup passa si près que le félidé fit un écart
- 10. Bouquet final en forme d'hilaritude

Nastasia Rugani
Milly Vodović

Ruta Sepetys
Big Easy
Ce qu'ils n'ont pas pu nous prendre
Le Sel de nos larmes

Stéphane Servant
Guadalquivir

Dodie Smith
Le Château de Cassandra

Laini Taylor
Le Faiseur de rêves

Thibault Vermot
Colorado Train

Vincent Villeminot
La Brigade de l'ombre
- 1. La prochaine fois ce sera toi
- 2. Ne te fie à personne
- 3. Ne compte que sur les tiens

Danielle Younge-Ullman
Toute la beauté du monde n'a pas disparu

ON LIT
PLUS
FORT.
COM

L'ACTUALITÉ DES ROMANS
GALLIMARD JEUNESSE

Le papier de cet ouvrage est composé de fibres naturelles, renouvelables, recyclables, et fabriquées à partir de bois provenant de forêts gérées durablement.

Mise en pages: Nord Compo

ISBN: 978-2-07-063994-6
Loi n° 49-956 du 16 juillet 1949
sur les publications destinées à la jeunesse
Dépôt légal: janvier 2021
Numéro d'édition: 182283

Imprimé en Espagne par Novoprint (Barcelone)